U0360250

海派之源

红色基因
Red Gene

徐家汇源景区　主编

上海交通大学出版社
SHANGHAI JIAO TONG UNIVERSITY PRESS

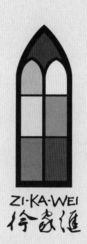

ZI·KA·WEI
徐家滙

序 言

上海徐汇区是海派文化的源头，是当今上海的商业、时尚、文化中心之一，也是具有丰富红色历史的光荣城区，徐家汇街道更是繁荣与文化之所。

衡山路 — 复兴路历史文化风貌区是上海规模最大的历史风貌区，这里曾经是法租界的西区，分布着数千幢花园洋房和别墅；这里也是中国共产党人潜伏、革命、斗争的重要空间，还有一些地下党的机关分布在花园洋房之间。

在天钥桥路和辛耕路的东北片，有一赵巷。300 多年来，赵氏家族在这里生息繁衍，艰难生活。自 20 世纪 20 年代开始，关露、艾寒松、柳湜、查阜西、穆汉祥等共产党人来到了赵巷，他们教人识字，启发觉悟，播下火种，前后绵延 20 年薪火不断，脉脉相传，培养出一批投身于中国革命的仁人志士。这个传奇故事直到最近两年才逐渐为人知晓。对赵巷市民的革命动员，可以说是中国城市革命史中的一个经典的微型案例。

徐家汇红色文化的一个重要特点，就是文化艺术元素特别集中。交通大学就是一座民主、进步的堡垒。1947 年，交大学生积极投身"反内战、反饥饿、反迫害"的抗议游行，交大成为"五二〇"运动的基地。校园中至今完好保存着杨大雄、穆汉祥、史霄雯等革命烈士墓。坐落在徐家汇公园内的百代公司为中国左翼音乐的重镇，任光、聂耳、冼星海、安娥等在此耕耘，在当时亚洲最大的录音棚里，录制发行《渔光曲》《大路歌》等脍炙人口的进步歌曲。其中最荣耀的无疑是《义勇军进行曲》。当时国民党和租界当局禁止宣传抗日，百代的法方经理对是否要推出该曲十分犹豫。音乐部主任任光据理力争，《义勇军进行曲》才在此定型并灌制唱片，传唱至大江南北。新中国成立后，该曲众望所归被推举为国歌。

除了发展左翼音乐，徐家汇地区还是中国电影的重要基地和摇篮。多个重量级的电影企业诞生于此，一批高品质的左翼电影在这里出品。1946 年，在中国共产党领导下，阳翰笙、蔡楚生、史东山、郑君里等在徐家汇的三角地成立联华影艺社，拍摄电影《八千里路云和月》，次年电影上映即轰动一时；接着，开拍《一江春水向东流》的上集《八年离乱》。1947年，联华改组为昆仑影业公司，拍摄《一江春水向东流》的下集《天亮前后》，随后出品《万家灯火》《三毛流浪记》等。这些影片在中国电影史上具有重要地位。

本书分为四大部分：百年交大的民主堡垒、星火赵巷的风雨彩虹、左翼音乐的交响战歌、中国电影的爱国先锋。主持者张伟先生在上海图书馆工作数十年，对上海的历史与文化十分熟稔。本书既有宏观的准确把握，又有细节的生动描写。全书约30万字，配有各类历史图片80幅，是第一本比较完整反映徐家汇地区红色文化历史的图书，也是"四史"教育的生动教材。

我在位于徐汇区的上海师范大学执教已36年，住在徐汇区也有近30年了。教研之余，我也时常漫步徐家汇，实地考察使我对红色历史、海派文化的空间分布与关联有了更多新的认识。

今天，我们应该珍视文化遗产的保护。上海都市的发展，尤其是城市中心地域的发展，更需要整体协调与个性张扬相结合，需要更多人去呵护城市文化的多样性，全力保护红色文化和海派文化纪念地。百代公司小楼将建成纪念馆，这是保存记忆的最好方式。值得庆幸的是，交大校园中的众多红色建筑保存得十分完整。而赵巷这个小尺度的红色街区已面目全非，连地名也几乎湮没了。原来这里的建筑较为简陋，城区更新似无可非议，且赵巷的革命历史挖掘也较为晚近。那么我们能否通过一个浮雕、一座小型的纪念馆来再现那段革命岁月？只有这样，文化的根脉、精神的家园才能得以延续，我们对红色历史建筑遗存才会更加珍视。

苏智良

2022 年 12 月

（苏智良，上海师范大学教授、都市文化研究中心主任、中国城市史研究会副会长）

《红色基因》导读

    徐汇区，素有江南文化汇聚地、海派文化发源地、红色基因承载地之称，是上海红色文化版图中一颗闪亮的红星。其中，龙华烈士纪念地、宋庆龄故居、邹容墓等早已为世人熟知，而徐家汇地区的红色文化，更是以聂耳、冼星海、任光等开创的革命先锋音乐和孙瑜、阳翰笙、史东山、蔡楚生等开创的左翼电影，成为永存于世的经典。2021年，为庆祝中国共产党百年华诞，徐汇区以"星火汇聚、百年荣光"为主题，深入挖掘丰富的红色人文资源，组织专家、学者，从四个方面挖掘、呈现了徐家汇在教育、音乐、电影中蕴蓄的红色文化，主题鲜明，内容独特，丰富了上海红色文化的内涵，梳理出一段很有感染力的党史章节，弘扬了共产党人的精神谱系，凝聚起奋进新征程、创造新奇迹、展现新气象的强大精神力量。

上海是一座光荣之城,是见证曙光升起的东方明珠。留日归国的青年学子陈望道翻译了中文全译本《共产党宣言》,这是国内出版的第一部中文马克思主义经典论著,在传播、宣传马克思主义方面起到了先驱性作用,对中国革命产生了重要影响。在百年历程中,上海作为中国共产党的诞生地,党成立后党中央机关的长期驻扎地,中国工人阶级的大本营,不仅是党的一大、二大、四大在这里相继召开,党领导的工人运动、学生运动也在这里蓬勃展开。上海交通大学是一座具有悠久革命传统、留下早期中共党员诸多革命足迹的高等学府。交大两位校史、党史研究学者在这本书中,为我们呈现了交大校史上的多个第一:1919 年 5 月,交大学生成立上海学生联合会南洋公学学生分会并创办了上海学联第一所义务学校;1925 年 4 月,交通大学有了第一位学生中国共产党党员;1925 年底,交通大学成立第一个中国共产党和中国共产主义青年团支部。20 多年间,交大党组织屡遭严重破坏又屡屡恢复重建,并不断发展壮大,组织发动交大学生参加三次赴南京请愿抗日活动,支持淞沪抗战,参与抗战胜利后的护校运动,投身"反饥饿、反内战、反迫害"运动,声援同济大学"一·二九"等运动。以交大、复旦、同济等高校学生为主的青年爱国民主运动,在人民解放战争中起了积极的配合作用,成为第二条战线中的中坚力量。

每每说到"战斗在敌人的心脏里",熟悉上海革命史的人就会马上想到虹口区的李白烈士与《永不消逝的电波》。其实在那白色恐怖笼罩的年代，申城大地上处处都有中国共产党人的红色足迹以及他们的传奇故事。20世纪初，在临近徐家汇、肇嘉浜路南侧，有个村落叫赵巷，其四周遍布近代工业企业、国民党监狱与龙华淞沪警备司令部以及徐家汇天主教区，这个环境险恶、狭小贫困的村落，却曾是中国共产党地下斗争的一方热土。20世纪二三十年代，三位"红色女婿"查阜西、柳湜、艾寒松和著名作家、诗人关露先后来到赵巷，传播革命思想，点燃革命火种。赵巷曾相继设有两个中共地下秘密活动据点，从事国统区党的文化宣传和高层统战工作。梅益、陈其襄、郑振铎、唐守愚、丁之翔、周建人、王蕴如等文化名人曾在这里活动。这里也走出了一批革命热血青年，其中"女先生"关露在赵巷的青春岁月及其坎坷经历最为传奇；艾寒松、徐鸿、刘大明、赵维龙等人的故事，则完整地呈现了中共地下工作者在大都市社区的革命生涯、赵巷热血青年的成长与奋斗历程。我们还看到了交通大学烈士穆汉祥在赵巷进行惊心动魄的革命活动的记载。

"星火赵巷"现今早已湮没在商圈的繁华之中，但难能可贵的是，本书编者组织了原居民中热心的研究者，精心选材、生动讲述，终于让一片红色热土的历史再现于世，填补了徐家汇地区红色文化的空白，也为上海革命史、党史增添了珍贵的一页。

徐家汇，以众多历史遗存展现了江南文化的底色、海派文化的特色。《海派之源·红色基因》一书，又首次从一个文化视角，展现了红色文化的光亮。享誉国内外、建筑精美的百代小红楼坐落在绿草如茵的徐家汇绿地。这家最早在华开设、实力雄厚的外国唱片公司，汇聚了中国早期流行音乐、中国左翼音乐的推动者与见证者，任光、安娥、聂耳、冼星海都曾在此工作。1935 年初，年仅 23 岁的聂耳主动请缨，为刚遭被捕的田汉所创作的电影《风云儿女》的主题歌《义勇军进行曲》作曲。1935 年 5 月 9 日，《义勇军进行曲》在百代小楼首次录音，并被灌制成黑胶唱片，唱片录音通过现场拍摄收声转录到电影《风云儿女》的胶片上，从此传唱中华大地，以强劲有力的音乐感染力掀起了中华民族抗日救国的高潮。1949 年，这首电影主题曲首先作为中华人民共和国代国歌响彻长城内外。《义勇军进行曲》是一首极富创造性的歌曲，被称为中华民族解放的号角。它具有铿锵有力的节奏、明亮雄伟的旋律，其中三连音的妙用，更增强了歌曲的战斗气氛，对激励中国人民的爱国主义精神起了巨大的作用。现代音乐研究学者用八节内容，全方位地展示了中国左翼音乐在上海的缘起、发展以及左翼音乐家们所创作的一首首脍炙人口的经典之作。

本书第四部分的两位作者既是上影集团的资深领导，也是中国电影的资深研究学者。他们通过对作为中国电影的爱国先锋——上海左翼电影发展历程的条分缕析以及孙瑜导演与《大路》、联华八大导演和全体演员六天赶制抗日交响曲——《联华交响曲》、《狼山喋血记》打响"国防电影"第一枪、昆仑影人在民族危难之际拍摄《三毛流浪记》

和《乌鸦与麻雀》四个故事，为我们描绘了一幅波澜壮阔的上海左翼电影发展时代画卷。作者对这些经典之作的时代背景、关键人物和制作过程如数家珍，他们的精准介绍与精彩点评，使我们感受到了上海滩各大导演的巧妙剧本构思、演员的精湛表演、上海左翼电影强大的明星阵容以及他们"戏里戏外、皆是人生"的艺术风采。"昆仑三老"三节则是点睛之作，"中国新文化运动先驱"之一的阳翰笙，江南才子、文化战士史东山，"中国进步电影的先驱者"之一的蔡楚生，在周恩来同志的领导下，依托中国左翼戏剧家联盟、中国电影文化协会，集聚上海一流的编、导、演、摄、录、美等方面的电影人才，构建起最广泛的文艺统一战线，在极其艰难困苦的环境下，创作了一部又一部时代精品，站在人民的立场上，诉说人民的痛苦，暗示人民的斗争道路，他们将个人命运与电影命运、时代命运紧密相连，把左翼电影现实主义精神推向了最高峰。

建党百年，曙光奔涌，激发我们心潮澎湃。新时代中，前景光明，激励我们奋发向前。作为上海首个开放型都市景区，无论是百年交大，还是百年电影、百年音乐，徐家汇地区都创造过不可替代、独领风骚的辉煌历史。本书深入、翔实地挖掘出"民主堡垒""左翼战歌""爱国先锋"等主题，从一个个鲜为人知的故事和图文并茂的叙述入手，完整讲好了徐家汇的红色故事。徐家汇源景区"海派之源"丛书陆续推出《徐家汇源》《近代巡礼》和《红色基因》，对用深用活上海红色文化资源、描写革命历史、讴歌伟大时代、弘扬中国精神、打响文化品牌、引领社会风尚，均具有积极意义。

沈文忠

2021 年 5 月

（沈文忠，历任复旦大学档案馆馆长，上海市档案学会高校档案专业委员会理事长，上海市文学艺术界联合会党组成员、秘书长、专职副主席）

目录

海 派 之 源

—★—

百年交大的民主堡垒

概　述

　　坐落于上海徐家汇华山路上的上海交通大学，不但是一所百年学府，有着深厚的学术传统，而且是一座红色的熔炉，具有悠久的爱国主义传统和革命传统。这里也是中国共产党最早建立基层支部的高校之一。

　　从1925年交通大学[①]（上海交通大学前身）中共第一个党、团支部建立，直至1949年5月上海解放的24年中，交通大学的中共地下党组织在艰苦卓绝的环境中不断发展壮大，领导全校师生员工参加了反帝反封建的爱国民主斗争，并最终迎来了新民主主义革命的胜利。尽管在"四一二"反革命政变和1934年革命低潮时期，交大的地下党组织曾

[①]　当时校名应为"南洋大学"。交通大学校名在新中国成立前曾出现多次变更，1896—1904年称"南洋公学"，1905—1911年称"上海高等实业学堂"，1912年—1920年称"上海工业专门学校"，1921—1922年称"交通大学上海学校"，1922—1927年称"南洋大学"，1927年后称"交通大学"。为便于行文，以下一般使用"交通大学"或"交大"。

经数次遭到严重破坏，但是在上级党组织的领导下，交大地下党员不屈不挠，努力恢复、重建和发展党组织。直至上海解放前夕，交大党总支已发展成拥有 6 个分党支部、2 个党小组、1 个统战小组，党员 198 人的基层党组织，成为奋斗在第二条战线上的一支重要骨干力量，被时人誉为"民主堡垒"。与此同时，像侯绍裘、陆定一、汪道涵、江泽民、黄旭华等一批有志的爱国青年在交大地下党组织领导的革命斗争中脱颖而出，开始了他们的革命生涯。

第一个党支部建立

1919 年，五四运动爆发，交通大学的学生立即响应，5 月 11 日，成立了上海学生联合会南洋公学学生分会。交通大学学生成为五四运动在上海的骨干力量。在五四新思潮的洗礼下，一些学生意识到救国斗争需要依靠工农的力量。1919 年 7 月，侯绍裘创办了南洋义务学校，旨在传授国民常识、宣传爱国主义，后来开始传播社会主义思想。同月，南洋公学学生会创办了《南洋周刊》，由孙中山题写刊名，内容涉及时政评论、救亡之路探讨，乃至社会主义研究。

1921 年 7 月，中国共产党在上海诞生。党成立后非常重视在青年学生中开展宣传和发展组织。上海党组织认为，交大在高校中具有独特地位，若能发展组织，便能一呼百应，成为学生运动的领头羊。1922 年 4 月 21 日，时任中共中央政治局书记的陈独秀来校做演讲，宣传唯物史观；之后，茅盾、恽代英、郭沫若等中共党员都曾来校报告。这些活动为交大党组织的建立做了思想动员和组织准备。

1924 年 5 月，社会主义青年团①上海地委在徐家汇建立了团支部。1924 年冬，在国共两党合作的大革命洪流中，交通大学国民党区分部

---

① 1925 年 1 月 26 日，中国社会主义青年团更名为中国共产主义青年团，简称共青团。

1930 年代，位于徐家汇北首的交通大学校园

常委张永和转变为社会主义青年团团员；1925 年 4 月，又加入了中国共产党。5 月 8 日，上海地委又批准国民党区分部负责人顾谷宜成为中共党员。张、顾两人都隶属于中共徐家汇支部。

五卅运动中，交通大学附中学生陈虞钦惨遭英国巡捕枪杀，而另一位学生吴恒慈也因忧愤而逝。在这场反帝爱国运动的锤炼下，更多的学生转向共产主义思想。1925 年 9 月，陆定一、费振东加入共青团，不久两人转为中共党员。到 1925 年底，交通大学已有共产党员 8 人。在中共上海区委和徐家汇独立支部的指导下，1925 年底，交通大学第一个中国共产党支部和共产主义青年团支部成立，隶属于中共徐家汇独立支部领导。

风雨中三起三落

1926 年 4 月，陈育生继周赞明之后任交通大学党支部书记，支部党员已发展至 10 人，团员 20 余人。上半年，交通大学党支部在学校所在的徐家汇周边工人夜校、百代唱片厂、固本皂药厂及蒲汇塘、周家桥、华漕一带农村，开展了蓬蓬勃勃的学生运动和工农运动。7 月，支部党员夏采曦作为代表赴广州参加了全国学生代表会。

交通大学活跃的学生政治活动引起了江浙军阀孙传芳的不满，在其压力下，1926 年 7 月暑假，校方开除了 38 名进步学生，其中包括共产党员 7 人。暑假后仅余党员 3 人。9 月，由黄苍麟任支部书记。

1926 年下半年，随着北伐军的节节胜利，至 11 月，交通大学党支部又恢复发展到 8 人，王师穆任支部书记。

1927 年初，交通大学的共产党员和共青团员发展到五六十人。党、团支部积极组织学生支援上海工人武装起义。3 月 21 日，上海工人举行第三次武装起义，交通大学学生参加了上海市总同盟罢课，组织宣传队和纠察队，参与拆毁铁路、上前线救护伤员、晚上对敌人喊话等行动。

刚离校担任中共上海区闸北部委组织部部长的陈育生还亲自带领工人发动武装起义，攻克敌军营垒。

"四一二"反革命政变后，学校中的国民党右派势力夺取了校内国民党区分部的领导权，告发学生中的共产党员和共青团员，成为"上海学界清党之第一声"。1927年5月中旬，在国民革命军东路军的指令下，学校勒令学生中的共产党员、共青团员和进步青年20人离校，余下的党员、团员只能分散活动。交通大学中共党、团组织遭遇第一次大破坏。

大革命失败后，共产党的各级组织被迫转为地下斗争。1927年6月，中共中央对组织机构进行了调整，成立中共江苏省委员会兼上海市委员会。法租界、徐家汇、南市地区党的基层组织隶属中共法南区委直接领导。

1928年8月，在法南区委直接领导下，经过恢复整顿，中共交通大学支部得到恢复。恢复后的首任支部书记是何子佳，10月改由孙宝丰担任。但是由于白色恐怖日益严重，加上党内"左"倾冒险主义的错误领导，法南区委机关和下属党组织屡遭破坏，刚刚恢复的交大党支部于1929年第二次遭到破坏。第三次组织遭到破坏，已是在抗战时的1934年。

1929年，在交大的进步学生中出现了学习马克思主义科学理论和新兴社会科学的热潮。10月，校内成立了社会科学研究社（以下简称"社研"），不久被查封。1930年，在中国社会科学家联盟负责人王学文的指导下，"社研"小组又恢复成立。同年夏，"社研"成员许邦和、乔魁贤参加了由左联（中国左翼作家联盟）和社联（中国社会科学家联盟）开办的"文艺暑期学习班"。在冯雪峰、王学文等人的影响下，8月，许、乔二人在暑校入党。不久，经区委决定，以许、乔两人为基础重建交大党支部，许邦和为支部书记，乔魁贤为组织干事。这是交大党支部的又一次重建。至1930年底，支部已有成员5人。

在此期间，1929年入校的钱学森也曾多次参加过"社研"组织的读书讨论会，并由此得知了红军和苏维埃政权的存在。只是后来由于党组织遭到破坏，他与党的外围组织的联系也就此中断了。

抗日救亡运动中的党支部

九一八事变后，乔魁贤任交大党支部书记。1931 年 9 月 21 日，乔魁贤在全校学生大会上做抗日动员，当天学校成立交通大学抗日特种委员会（以下简称"抗日会"）。9 月 22 日、23 日，"抗日会"组织全校学生走出校门上街宣传，又联合教职员共同致电蒋介石、张学良，敦促政府即刻出兵抗日。9 月、11 月、12 月，交大学生与沪上各校学生一起前后三次赴南京请愿。12 月 17 日发生"珍珠桥惨案"。

1931 年 12 月 9 日，交大支部还组织发动全校学生前往枫林桥，包围了上海市政府大楼，抗议当局绑架来沪宣传抗日救亡的学生代表。最终，被捕学生许秀岑获释，市公安局局长陈希曾被解职，市长张群引咎辞职。在斗争中，戴中孚等 4 人先后入党。

"一·二八"淞沪抗战中，交大的执信西斋被临时改为国民伤兵医院，一些学生与校工加入了救护伤兵的行列。交大支部在此过程中注意发展党员。不久，学生王天眷等 4 人入党，这样支部成员又发展到了10 余人。

1932 年夏，王天眷接任交大党支部书记。当时，中共法南区委受"左"倾冒险主义的影响，经常组织"飞行集会"、游行示威等冒险行动，区委机关和基层支部连遭破坏，交大党支部也经受了严酷的考验，许邦和、乔魁贤被校方开除。

1932 年 6 月，交大支部改选，王镇钰任书记，陈延庆任组织干事。据陈延庆回忆，当时学生党员约有 12 人。改选后的支部除在学生中发展党员，将校工也列为重点发展对象。至年底，新发展党员 8 人，其中学生党员有赵春官、王骥等 4 人，校工党员有冯柏根、冯寿宝等 4 人。

1932 年，设于交通大学校园内的国民伤兵医院全体职员合影

　　1932 年 11 月 6 日，交大支部参加了法南区委策划的"砸白俄《上海柴拉报》报馆冒险行动"。行动暴露后，交大党支部再受重创，学生党员只剩下顾文卿、王骥两人。

　　经历挫折之后，支部重新作了调整，顾文卿任支部书记，王骥任组织干事，此外尚有校工党员七八人。

　　再次调整后的党支部在校内以"社研"为主要阵地发展学生党员，在校外则以平民夜校为讲台发展工人党员。1933 年 3 月，支部发展汪道涵等 3 位"社研"成员成为中共党员。到该年夏，党员人数恢复到近 20 人。一些学生党员还通过竞选进入了校学生自治会，如顾文卿主持学术部，林得连进入艺术部，汪道涵主持平民教育部，以合法形式进一步发挥党组织在学生中的辐射作用。

1934年2月，担任中共法南区委书记的顾文卿被捕，供出已离校的学生党员陈延庆等人，但是未供出仍在校的支部党员，故而交大党组织未被全部破坏，党支部坚持继续工作。但是年底前后，中共法南区委机关又一次遭到严重破坏，徐家汇地区党的基层组织损失殆尽，交大支部遭到第三次破坏。

没有了党组织，交大的进步青年通过党的外围组织中华民族武装自卫委员会（以下简称"武卫会"）开展活动，推动成立了交通大学学生救国会。1935年12月19日，交大学生救国会组织全市6000名大、中学生游行至江湾的市府广场，迫使市长吴铁城接受了学生提出的解散华北傀儡组织、释放平津被捕学生、惩办镇压学生的官员等7项要求。1936年1月，交大"武卫会"成员和其他一些进步学生又开展了寒假下乡宣传抗日运动，在沪宁公路沿线的南翔、嘉定、太仓、昆山等地的群众中间热情传播抗日救亡的种子。

抗战全面爆发后，交大的校舍被日本宪兵队和东亚同文书院占用，学校被迫迁至法租界内办学。这一时期，中共地下党组织主要通过上海市学生界救亡协会（以下简称"学协"）在沪上学校开展抗日救亡运动。至1939年，已有王嘉祥、钦湘舟等6名"学协"成员考入交大。同年，中共江苏省委安排党员沈铮、韩煜昌考入交大，并正式成立交大"学协"，由钦湘舟任"学协"小组组长。

为重建交大的地下党组织，1940年，中共上海大学区委动员在中学已入党的冯彦华、张雄谋2人考入交大；7月，吸收钦湘舟入党。

1940年9月，交通大学党小组成立，钦湘舟任组长。中共江苏省委学委派中共上海大学区委委员马飞海直接联系交大党小组的工作。在中断了5年之后，交大终于重新建立起了中共党组织。

1941年1月，冯彦华的父亲冯执中（新闻界进步人士）惨遭日寇暗杀，组织上将冯彦华撤至根据地。交大地下党又仅剩2人，大学区委改派邵洛羊指导交大党小组的工作。

交大地下党小组根据学校的实际情况，利用"学协"开展了"三勤"（即勤学、勤业、勤交友）活动，逐步打开局面；党小组还利用租界当局对宗教团体活动不干涉这一条件，通过"学协"成员建立了交大基督教青年会，面向全校学生组织丰富多彩的活动，引导大家寻找真理、参加斗争。

1941年秋，在中学就已入党的沈惠龙和蒋淡安两人考进交大，交大党员人数又增加到4人。

太平洋战争爆发后，日军进占租界，汪伪政府接管交大。1942年秋，中学时已入党的吴增亮等4人经组织安排考进交大。原交大"学协"成员葛一飞、王嘉祥也由钦湘舟介绍先后入党。至此，交大地下党员增至9人。

1942年9月，大学区委决定重新成立中共交通大学党支部，指定仇启琴为党支部书记。这是交大党组织自1934年遭破坏、1940年9月重建党小组后，第三次重建党支部。

党支部重建后，决定通过社会化、生活化打开工作局面，集资创办制造化学酱油的南洋化工社和制造粉笔、墨水的小工艺生产合作社以生产自救；举办"南洋数理补习班"，面向社会招生，以团结进步青年。

1942年下半年，交大党支部发展吴仲仪入党。1943年，又发展宋名适、闵淑芬等5人入党。同年秋，在中学入党的沈讴、仇启华等3人考入交大。上级学委先后派曹宝贞、金瓯卜做联系人。1943年9月，交大党支部进行调整，支部书记由仇启华担任。1944年底，仇启华因身份暴露撤离上海，此后直至抗战胜利，交大支部先后由吴增亮、沈讴负责。

1940年交大在重庆设立分校（渝校）。1942年渝校升为总校。渝校没有建立党组织，党员都是由外校转入或中学时已入党后再考入交大的，除李嗣尧与中共重庆市江北县委领导人李晓岚单线联系外，周盼吾、钱存学等都与组织失去了联系，以个人身份进行活动。1944 年，中共中央南方局青年工作委员会在渝校建立了党的积极分子"据点"，由熊庆生负责与党联系。同年，李嗣尧和一些积极分子成立了进步社团今天社，秘密组织马列主义研讨会，公开出版壁报《今天》，在校内竖起第一面民主进步的旗帜。抗战胜利前后，创社、山茶社、知行社等党的外围社团也相继成立。

第二条战线上的民主堡垒

1945 年下半年，交大沪校党支部有党员 25 人，支部书记吴增亮、副书记沈讴，党支部由中共上海市委的学生运动委员会直接领导，联系人先后为张本、陈一鸣、吴学谦。1946 年初，中共上海市委成立中共临时大学（以下简称"临大"）区委，由于吴增亮调任"临大"区委书记，沈讴任交大党支部书记。与此同时，复员回沪的渝校地下党员仍属于中共中央南方局青年组领导的"据点"，组织关系不变。

抗战胜利后，国民政府教育部颁布了《收复区中等以上学校学生甄审办法》。交大沪校学生也被列为"伪学生"归"临大"学习，必须通过"甄审"，才能恢复学籍。"临大"党支部通过成立学生自治会，领导沪校全体学生开展了反"甄审"斗争，历经 10 个月，至 1946 年 6 月取得胜利。期间，渝校复员回沪的学生党员还根据中共南京局[①]青年组的指示，开展了"救灾反内战"运动，使一批同学转向了进步。

到 1946 年 6 月，全面内战爆发时，"临大"交大分部的学生党员人数发展到 50 多人，其中包括从南京中央大学转入交大电机系的江泽民。他是在 1946 年 4 月入的党。9 月，中共上海学委决定撤销"临大"

---

① 1946 年 5 月，中共中央南方局迁至南京，改称中共南京局。

区委。"临大"中还有雷士德工学院、南京中央大学工学院的学生党员15名，组织关系转入交大，合并组成交通大学党总支，由吴增亮任交大党总支书记，沈讴任副书记，受中共上海学委领导。1947年2月，交大党总支书记改由沈讴担任，俞宗瑞任副书记。

北平沈崇事件发生后，交大党总支开展了抗议美军暴行的斗争。为抗议当局停办交大轮机、航海两科及企图肢解交大的图谋，1947年4、5月间，党总支通过学生自治会成立护校委员会，领导全校学生开展了护校运动。5月13日，交大2800多名学生自驾火车前往南京，在上海学委的具体指导下，取得了斗争的胜利。

1947年5月，中共上海学委和国立大学区委在中共上海局的领导下，发起"反饥饿、反内战"运动。不久南京发生"五二〇"惨案，交大党总支通过学生自治会组建宣传队上街抗议当局暴行，期间国民党军警还包围了交大校园。5月31日凌晨，国民党当局入校进行大逮捕，在党组织的事前通知和群众掩护下，16人均安全撤离。他们大部分转移至解放区继续开展革命工作。

"五三〇"大逮捕后，国民政府教育部成立了"交大整理委员会"，勒令谭西夷、朱赓明等12名党员及进步学生退学，交大党总支的力量受到一定削弱。1947年5月，中共南京局青年组领导的交大渝校原党组织"据点"划归上海局领导；7月，组建独立党支部，熊庆生任党支部书记；9月，该支部转入交大总支。俞宗瑞任调整后的新的中共交通大学总支书记。

随着解放战争从战略防御转入战略进攻阶段，1947年底，交大党总支通过学生自治会发动了全校90%以上的学生参与救饥救寒运动；1948年初，又动员组织交大学生包围英国驻沪领事馆，以抗议港英当局制造九龙暴行，以上两项行动成功冲破了当局颁布的《戡乱时期维护社会秩序临时办法》对各校学生运动的束缚。1948年1月29日，穆汉

1948 年 5 月，矗立在交大校园内的"民主堡垒"

祥在支援同济大学学生自治会的行动中被国民党军警的马刀砍伤。

1948 年 5 月，中共交大党总支进行了调整、充实，总支书记由庄绪良担任。

解放战争进入战略决战前夕，党总支领导交大学生开展反美扶日运动。1948 年 5 月 4 日，交大举行五四营火晚会，会上来自沪上各大、中学校的学生在大操场的草坪上搭起了书有"民主堡垒"字样的竹牌楼。5 月 22 日，全市 1.5 万名大、中学生再次在交大民主广场集会纪念"五二〇"运动及上海学联成立一周年，会后进行了反美扶日的誓师；6 月 5 日，校内举行了反美扶日大游行；6 月 26 日，交大举行有"上海十老""救国会七君子"等各界人士参加的反美扶日公断会，反驳了市长吴国桢在报纸上的"七质八询"。

1948 年 8 月 26 日，当局以特刑庭的名义来校拘捕马肇璞、吴振东

交大师生欢庆上海解放

等 16 名学生，并传讯李毓斑等 19 名学生。由于事先得到情报，以上多数同学及时转移或撤至解放区。9 月，交大党总支隶属中共徐（徐家汇）龙（龙华）区委徐家汇学委领导，直至上海解放。

1949 年 1 月，随着解放战争的发展，党总支根据中共中央建团决议的精神，建立了党的秘密外围组织——交通大学新民主主义青年联合会（以下简称"新青联"）；3 月下旬，总支及时通过学生系科代表大会，在上院 114 教室举行了"真假和平辩论会"，揭露当局假和平阴谋；上海解放前夕，交大应变委员会和护校总部成立，保护学校。

1949 年 4 月 26 日，淞沪警备司令部对全市 17 所大专院校实施大逮捕，交大有 50 人被捕，其中包括中共地下党员严祖礽等 7 人，"新青联"成员近 10 人。4 月 30 日，已调任徐汇分区委委员的穆汉祥被捕。5 月 2 日，"新青联"成员、学生自治会主要负责人史霄雯被捕。5 月

20 日，史、穆二人在闸北宋公园就义。5 月 24 日晚，解放军突入徐家汇，驻扎在交大校园的国民党军队撤离，交大解放。

至上海解放时，交大地下党员人数已达 198 人（不包括历次撤退至解放区和输送到其他战线的党员 100 多人），党员数量较抗战胜利时增加了近 7 倍，党的外围秘密组织"新青联"会员有 400 多人（含党员）。

交大党组织发展的历史是一部生动再现中国共产党在高校不屈斗争的历史，是一部忠实记录了青年学子历经磨难、走向光明的历史。

生动的轨迹，理想与追求，读书与救国，校园与战场，惊险与欢乐，沉默与艰辛，浪漫与生死，这一切组成了这个时期，在风雨如晦的岁月里，交大校园里史诗般的大学生活。

怒潮澎湃：

五卅运动的洗礼

矗立在上海交通大学徐汇校园内的五卅纪念柱，一直默默地提醒着后人：在中华民族反帝反殖民、寻求救国的道路上，曾经有两位年轻的交大学子牺牲于五卅惨案中帝国主义的枪口之下！

刘华来校演讲，全校大动员

1925 年 5 月 15 日，中共党员、工人代表顾正红带领群众前往借故关闭工厂、停发工人工资的日商内外棉七厂与资本家论理，要求复工和开工资，日本资本家非但不答应，竟然直接向工人开枪，打死了顾正红，打伤了十余位工人。

惨案发生后，中国共产党组织了上海全市大规模的罢工、罢课活动。然而，日方却变本加厉，勾结租界势力，进行武力镇压，逮捕了多名工人和学生。为此，5 月 28 日晚，中共中央决定于 5 月 30 日在上海租界举行一场广泛的反帝爱国运动。

此时，中国共产党已经在交大学生中发展了两名党员：张永和与陆定一。惨案消息传到学校后，交大学生愤慨不已。共产党员和国民党左派首先提出，要求学生会讨论支援罢工工人和释放被捕学生的事宜。出于爱国反帝的要求和对死难工人的同情，学生会意见一致，决定发动全校学生参与营救被捕学生的活动，并先后两次发表宣言，誓言支援工人"我们情愿做前驱"。

5月29日，上海总工会副委员长刘华应邀来到交大。历来到交大演讲的，都是名流学者，不是穿长袍马褂，就是着西装革履。29日晚上，当穿着一身短打工人服的刘华向交大全体学生做报告时，学生们都感到非常新鲜，到会的特别多，把能够容纳五六百人的大礼堂——文治堂挤得水泄不通。

刘华详细讲述了日本资本家如何剥削压迫工人和顾正红被害的经过。他对工人的工作生活十分了解，工人过着牛马不如的生活，经常被克扣工资，遭受打骂的屈辱，如今又被直接枪杀，公理何在！演讲激起了学生们的民族义愤。在群情愤激中，大会主持人张永和当场提出议案：全体学生捐出3天的伙食菜金200余元，支援罢工工人；5月30日举行罢课，全体学生结队前往公共租界游行示威、宣传讲演。两项议案全部获得通过。这次会议的情况及决定，由陆定一向团江浙区委书记贺昌作了报告。交大的决定与中共领导的工会行动一致。于是团江浙区委立即决定把这个消息通知各学校的团组织、团员和积极分子，要求各学校学生到租界去游行演讲。复旦、同济、文治和上海大学学生都行动了起来。上海总工会知道学生第二天也要示威游行，连忙为学生印制了大批传单。只一天一夜的工夫，大量的传单就排印出来了。

五卅惨案，交大学子牺牲

5月30日上午8时半，交大大学部和附中学生400多人在学校大操场集合，分成17个演讲队，在总队长骆美轮的指挥下陆续出发，从徐家汇步行到闸北华界。演讲地点是华界北火车站到海宁路一带。各演讲队在这一带散发传单，揭露英、日帝国主义的暴行。期间，交大演讲学生被海宁路捕房捕去百余人，至下午2时才被释放。各校学生得知交大学生被捕，乃自行集中到南京路一带讲演。蔡和森也随人群来到南京路发表演讲，散发传单。

下午3时左右，上海学联通知交大学生：4时到交涉使公署集合，为被捕同学及被杀工人请愿。交大是游行队伍的第一总队，共产党员张永和等4位学生负责接运传单，并将传单转送给学生们沿途散发。队伍进行中，复旦、上大、大夏、同济等校的很多学生陆续加入，沿途追听讲演的群众也愈聚愈多。3000多人的游行队伍由福生路、河南路，继续经北京路转浙江路，由先施公司转向西行，经广西路转入南京路。在公共租界南京路附近，游行学

交大附中学生、五卅烈士陈虞钦

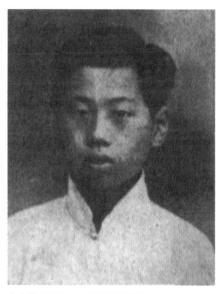

交大附中学生、五卅烈士吴恒慈

生向群众散发传单，高呼"打倒帝国主义""收回租界""中国人民团结起来"。口号声响彻了整个上海的中心地带。学生们在马路上演讲，群众聚精会神地倾听着，个个极为愤慨。

交大1926届电机科学生陆定一在南京路北面、天津路和浙江路路口，向一家店铺借了一张凳子，站上去向群众演讲。由于川流不息的电车阻碍了游行队伍的活动，张永和跃上领头的一辆电车，拉闸停车。接着，一排车子跟着停了下来，司机也下车加入爱国群众行列。数万群众拥挤在老闸捕房门前。面对游行队伍的是全副武装的英、印巡捕，他们举起警棍殴打站在前面的群众。一些学生被打得头破血流。学生们英勇无畏，只见旗帜挥舞，传单满天飞扬，"打倒帝国主义""废除不平等条约"的口号声此起彼伏。下午3时37分，持枪英帝巡捕开始向徒手的群众队伍开枪，一连44响！当场打死爱国学生何秉彝等12人，重伤15人，被捕53人，制造了震惊中外的五卅惨案。交大附中学生陈虞钦在五卅运动中英勇牺牲。附中学生吴恒慈也因五卅惨案激愤而死。

英帝国主义的暴行、同胞的鲜血，进一步激起了上海市民的反帝爱国情绪。在共产党的领导下，上海进行了轰轰烈烈的"三罢"斗争。20多万工人实行总同盟罢工，5万多学生罢课，大部分商人也进行了罢市。上海这个中国最大的城市陷入了瘫痪状态。这时上海学生联合会加强活动，由共产党员余泽鸿任会长，并选举产生了上海学联执行委员会，交大、复旦、上大等校被选为执行委员，由交大担任主任委员。张永和与陆定一被学生会派到上海学联工作。陆定一参加了《血潮日刊》的编辑工作。《血潮日刊》和瞿秋白主编的《热血日报》互相呼应，在群众中起到了很好的引导作用。

6月初，上海工商学联合会与英、日帝国主义进行交涉，提出了英日海陆军永远撤出上海、取消领事裁判权、惩办五卅惨案凶手等17项

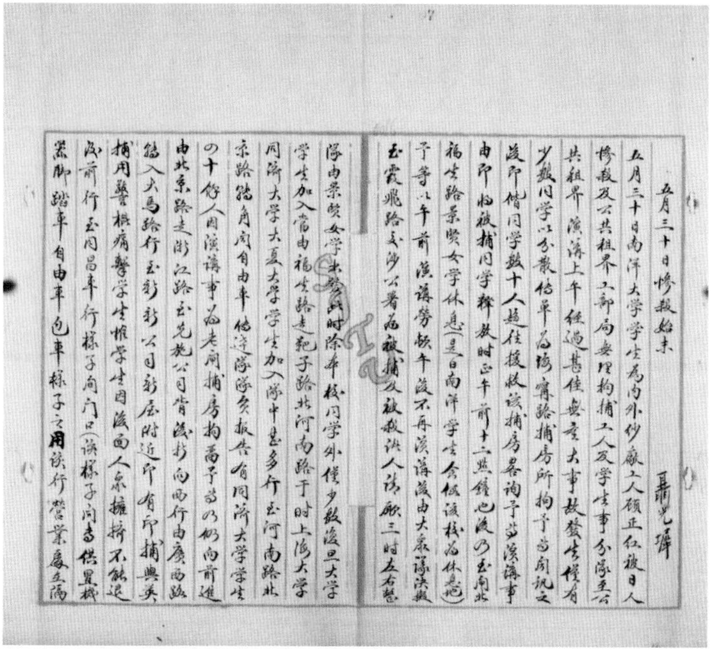

1925年6月16日，在五卅运动中受伤的交大学生聂光墀所记《五月三十日惨杀始末》

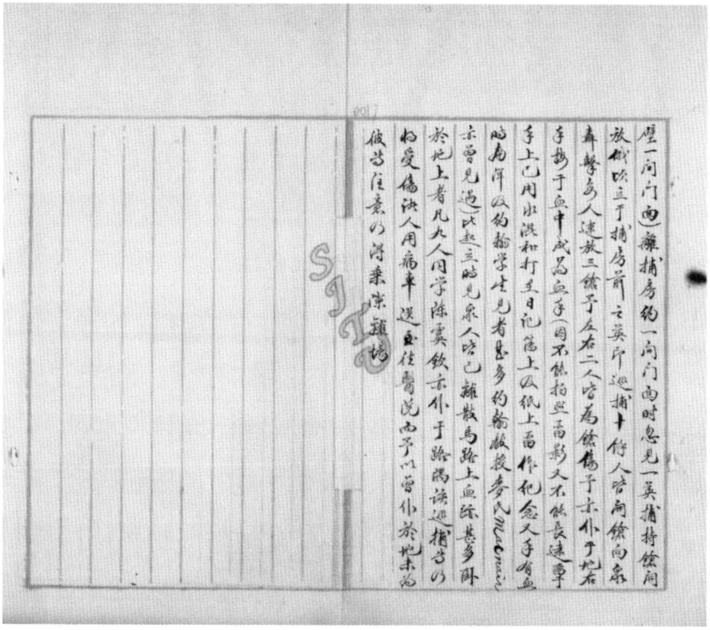

条件。全国各地到处响起"打倒帝国主义""废除不平等条约""撤退外国驻华的海陆空军""为死难同胞报仇"的怒吼声，形成了全国规模的反帝怒潮。

但是，由于帝国主义的软硬兼施，以虞洽卿为代表的资产阶级和帝国主义妥协了，国民党右派戴季陶等人又提出所谓的"友谊协商"，北洋政府屈服于内外反动势力的压力，于7月中旬封闭了上海工商学联合会。9月，上海总工会也被封闭。中国共产党为了保存力量，停止了工人的总同盟罢工。中小商人的罢市和学生的罢课不久也结束了。至此，上海学联也基本停止工作。

矗立在校园内的五卅纪念柱

交大五卅烈士陈虞钦（1909—1925），原籍广东增城，父亲陈晏棠是马来西亚经营椰子的华侨商人，家住婆罗洲山口洋。陈虞钦幼时曾在新加坡道南学校读书，后被父亲送回国，进入交大附小读书。陈虞钦是一位极其优秀的学生，学业优良，闻一知十，热爱运动，多才多艺。他参加的球类比赛，几乎每战必胜。他长期担任小学童子军总队长，在江苏省第四次童子军大会游泳比赛中先后拿到冠军和亚军。附中时，他是年级组篮球队队长，同时还兼任军乐队的号手。

5月29日晚，游行总指挥骆美轮知道陈虞钦会吹军号，便请他跟着自己，走在队伍前面，随时传达号令。陈虞钦一口答应。30日，年纪小的学生被劝不要参加游行，有同学好心劝陈虞钦也不必去。陈虞钦生气地说，帝国主义残杀工人，我们怎能不救？队伍到达北火车站，陈虞钦与7位同学一起到华界演讲宣传。下午3时许，队伍转入大马路（现南京路），陈虞钦紧紧跟着总指挥骆美轮走在队伍的最前面。队伍来到老闸捕房门前，英国巡捕正用警棍殴打学生。队伍高呼口号向前支援。这时，丧心病狂的巡捕竟然向手无寸铁的无辜学生和工人开枪。不幸陈虞钦当即饮弹倒地，血染南京路。同学们冒着危险将他救出，送往仁济医院抢救。经医院检查，他腰部和上腹都有伤口，肠子中弹穿孔达 7 处之多，经多方面医治无效，于 5 月 31 日下午 7 时去世，年仅 16 岁。

陈晏棠在获悉儿子牺牲后，强压着悲愤，致函交大："6 月 2 日接得贵校来电，谓小儿被害身死。为争回外权，奋勇身先，爱国牺牲，死得其所，绝无怀怨。惟望贵校同仁及上海各团体的学生等声援，坚持最后的胜利。"面对这样深明大义的父母，交大师生深为感动！

陈虞钦的惨死对交大师生影响极深。陆定一晚年提起陈虞钦时说："他的形象至今仍印在我的脑子里，我还保留着他珍贵的照片。"

1996 年 3 月 28 日，上海交通大学建校百周年之际，老校友、我国著名的图书编目学家、上海图书馆首任馆长、书法家顾廷龙和他的儿子——校友、歼 8 战斗机总设计师顾诵芬回到交大。顾老十分低调。校庆日是 4 月 8 日，他有意避开，只请了好友的女儿——交大原宣传部部长曹子真陪同，并一再说明不要惊动校领导。校党委副书记蒋秀明还是特地前来陪同。他们父子从北京来，借住在附近，是走过来的。那天天气十分寒冷，校园里的人非常少。他俩慢慢走到了五卅纪念柱前。在纪念柱前，顾老默视良久后，徐徐说道："当年我与他同住在学校校门对面的宿舍里。那天，他们年龄小的，不让去的，可他去了！"之后，顾老沉默了一会儿说："他是一位非常优秀的人。"接着转身要去老图书馆看看。由于天气太冷，曹老师劝他早点回去。顾老在老图书馆前站了一会儿，没有进去。五卅之后不久，他就离开了交大。这次百年校庆之际，他特地来看望陈虞钦和吴恒慈，陈、吴两人的死对他的影响一定非常大，让他难以忘怀。同样，徐家汇这个地方也让他难以忘怀。地铁徐家汇站里，他特为题写的"上海地铁文化艺术长廊"寄托着他的思念和冀望。

吴恒慈（1908—1925），安徽休宁人。他天性纯笃，敏颖好学。

1920 年起，吴恒慈先后就读于绩溪国民小学、上海清心中学等校；1924 年以优异的成绩考入交通大学附属中学。吴恒慈平日学习成绩优异，乐于助人，富有强烈的爱国热情。1925 年 5 月，在震惊中外的五卅惨案中，吴恒慈看到同学陈虞钦身中 7 弹身亡，以及当场十余人牺牲、数十人受伤的惨状，年仅 17 岁的他悲愤万分。他不顾自己身患痼疾以及学生会和父亲的劝阻，以"大人爱国，不能阻止小人爱国"为由，自愿发起捐献活动，不惧危险继续参与游行演讲，一再表示："吾人生于国家，不能奋力以救国难，虽生犹死！" 6 月 11 日，汉口工人游行示威，英国水兵向人群开枪射击，打死数十人，重伤三十余人。汉口惨案进一步激起吴恒慈的愤怒。

吴恒慈与陈虞钦同住在学校对门的民房宿舍里。这里的小同学之间都有着深厚的友谊。陈虞钦的惨死和帝国主义分子在各地继续屠杀中国人的恶行，让吴恒慈难以承受。吴恒慈神经受到极大刺激，旧疾复发，治疗无效，于 1925 年 7 月 3 日卒于苏州福音医院。临死前，他连连呼喊："救国，救国！"

"诚既勇兮又以武，终刚强兮不可凌。"陈虞钦是交通大学历史上第一位牺牲于帝国主义枪弹之下的学生。陈虞钦、吴恒慈都只是中学生，他们为民族解放挺身而出的精神，感动和激励着全体交大师生。1925 年 11 月 21 日上午 9 时，交通大学师生员工及各界代表为陈虞钦、吴恒慈两位烈士隆重举行追悼会。校内降半旗志哀，敲悲钟 10 分钟，凌鸿勋校长亲致悼词。会后，学校将陈烈士葬于万国公墓，送殡者达七八百人。次年，交大于校园中竖立五卅纪念柱一尊，取苏州金山石镌制，为圆柱形体，长 3 米有余，顶端折断，以表烈士中道夭折之意；柱上书有"五卅纪念"四个大字，并书"中弹穿肠而死者陈虞钦；愤激病旌而死者吴恒慈"小字两行。之后，每当五卅周年之时，学校都要举行纪念活动。五卅四周年时，《交通大学日刊》出版五卅惨案纪念特刊，抚今追

1996年3月28日，上海市图书馆首任馆长顾廷龙携儿子顾诵芬返校于五卅纪念柱前留影。左起陈泓、曹子真、顾廷龙、蒋秀明、顾诵芬。顾廷龙曾与烈士同幢宿舍

上海交大校园内五卅纪念柱今貌

昔，缅怀先烈。

五卅运动怒潮澎湃，运动中交大师生经受了一次大风大雨的教育和考验。在这场斗争中一些先进的青年加入了共青团和共产党。它为中国共产党在交通大学里建立中共党组织做了思想和组织上的准备。

鸿蒙肇基:

1925年交大党组织建立

1925 年 5 月，五卅运动爆发；12 月底，中共交通大学党、团组织建立。

中国共产党能够成功地在短期内在交通大学建立中共党、团组织，不但与交大自创立以来形成的深厚的爱国主义革命传统密切相关，而且与 1921 年 7 月，中国共产党在上海诞生，党成立后重视在青年学生中开展宣传和发展组织密不可分。

马克思主义进校园

19 世纪中期，上海是一个中西方政治、经济、宗教、文化的交汇之地，有华界、公共租界、英法租界等，呈现出特殊的政治、地理格局和复杂多元的文化。这里也是中外民族矛盾、社会阶级矛盾最集中的地方。1919 年的上海已经有工人 51 万，略超过全国工人总数的四分之一。

1902年11月，以交通大学退学学生为主体的爱国学社在上海南京路福源里创办。图为开学典礼合影，前排立者右六为蔡元培

"六三"罢工，让陈独秀等寻求救国道路的先进知识分子看到了上海工人阶级的力量。

交通大学是一所具有爱国主义革命传统的学校。创建之初，学校即为师范院作《警醒歌》，以唤醒学生以关心民族命运、挽救民族危亡为己任。中国近代最早的一次学界风潮，应数交通大学200多位学生为抗争开除无辜学生的专制做法而集体退学的"墨水瓶事件"。事件中，同情学生、素具民主思想的公学特班班主任蔡元培在多方斡旋未果后愤然辞职，支持学生，创办了爱国学社。报纸评论："公学革命，其中国革命之先声乎？"

1911年10月10日，武昌起义爆发。消息传至交大，师生热烈拥护，部分师生直接参加了围攻江南制造局的战斗。校长唐文治支持师生革命，率先剪去辫子，宣布学校改名为"南洋大学堂"。交大师生在辛亥革命史上留下了光荣的足迹。

1919年5月4日，巴黎和会上中国外交的失败掀起了震惊中外的五四爱国运动。消息传到交大，交大学生高举反帝反封建的爱国旗帜，奋勇投入五四运动的洪流当中。5月11日，交大成立了历史上第一个学生会组织——南洋公学学生分会。学生抱着"对社会着实做一番有益的事业"和"使得人民都有觉悟"的信念，在学生分会的组织下，有的组成宣讲团，到街头巷尾进行演说；有的深入工厂、农村进行社会调查；有的创办南洋义务学校，与工农大众相结合；有的组成"救国十人团"，约言抵制日货；有的编辑出版《南洋周刊》，传播新思想，评议国内外时政，探讨救亡之路。交大的学生队伍成为五四运动在上海的一股活跃的力量。

1919年7月，在五四运动唤醒民众的过程中，上海学生联合会成立国民义务教育团。交大学生首先响应，接连创办了5所义务学校。其中，影响较大的是上海学联工界第一义务学校。主办者侯绍裘，1918年以优异成绩考入交大土木专业，在五四运动洗礼中，他从一个爱国主义者转变为一个反对军阀政府的民主主义者、一个具有初步共产主义思想的新青年。教职员有14人，包括侯绍裘、赵祖康、赵景沄、吴保丰、高尔柏、恽震、汤天栋等。初办时学生有38人，多半是徐家汇一带的工人、店员、小手工业者及农民子弟。这所学校不久改称南洋义务学校，是上海学联在全市创办的8所义校中创办最早、办得最好的一所。

五四运动后期，南洋义务学校与交大校役夜校合并，规模逐年扩大。1922年，学生有60人；1923年春，达120人；到1925年年底，学生达175人，分儿童、成人、女子、专修4部，学生教员达48人。据1924年至1925年不完全统计，毕业学生有60余人。这些为数不多的毕业生，却是上海"劳动运动中的中坚人物"。

张永和、陆定一晚年在京重逢，畅叙革命岁月

1922 年 5 月 6 日，《南洋周刊》刊发高尔松的《陈独秀先生莅校演讲宗教问题》一文

1919 年 7 月，交大学生会还创办了《南洋周刊》。这是中国学生界最早发行的刊物之一。《南洋周刊》在评论社会政治问题的同时，也介绍社会上流行的各种主义，以宣传社会主义和劳动问题的文章居多，如《废除阶级主义的理由》《社会主义与劳工问题之关系》《社会改革与劳工酬报》《社会主义之一斑》等。马克思主义思想开始进入交大校园，校园里兴起谈论社会主义和研究劳工问题的热潮。《南洋周刊》还曾开辟"劳动界"专栏，刊载调查工人状况和研究劳工问题的文章，第一期发表在《劳工世界》上，其中说道，"现在的世界，差不多可以说是劳工世界"和"斧头凿子"，"斧凿的文明，比笔墨的文明，更是可贵"。

交大学生从《南洋周刊》中接触到马克思主义学说，对社会主义道路产生了兴趣。学生会还邀请中国共产党领袖人物来校，对学生进行面对面的宣传与教育。1922 年，中国学界兴起了非基督教运动，其秘密领导者是中国共产党。学生会于 1922 年 4 月 21 日邀请中共中央局书记陈独秀来校，做了关于宗教问题的演讲。陈独秀在演讲中从宗教的起源和历史出发，抨击了宗教的虚伪性，宣传了唯物史观，号召学生反对资本主义，反对资本主义化了的基督教。同年 5 月 4 日，上海学生集会于交通大学，纪念五四运动三周年。中共中央宣传部秘书沈雁冰（茅盾）应邀到会演讲，勉励青年学生发扬五四革命精神，走社会主义道路。

在现实斗争中，在新思潮的激荡下，一部分交大学生开始从"实业救国""科学救国"的思想中跳出来，认识到只有通过革命才能打倒帝国主义和封建主义，走上"革命救国"的道路，投身于国民革命运动。其中一些进步青年知识分子接受了马克思主义，加入了中国共产党。

1923 年 6 月，中国共产党召开第三次全国代表大会，决定同国民党合作，共产党员、共青团员以个人名义加入国民党。1924 年 1 月，中国国民党召开第一次代表大会，第一次国共合作正式形成。上海是国共合作的重要阵地。2月，国民党上海执行部成立，中共上海地委要求辖区内党、团员"在最短时期内全体加入国民党"，毛泽东、恽代英、向警予等中共党员在其中担任重要职务。执行部注重群众运动和对青年学生的宣传，国民革命形势高涨。不久，以共产党员和国民党左派为骨干，上海及江浙地区改组或建立了各级国民党区分部。

国共合作后不久，国民党在交大建立了组织。随着国共合作和统一战线的建立，以反帝反封建为宗旨的大革命高潮开始形成。交大的一些进步学生满怀信心、奋不顾身地投入到新民主主义革命的洪流之中。1924年5月9日，学生会组织召开"五九"国耻纪念会，邀请中共党员、国民党上海执行部宣传部实际负责人恽代英等到校演讲。恽代英在题为"我们要雪的耻岂独是'五九'吗"的演讲中，揭露国际帝国主义和军阀政治是中国进步的最大阻力，宣传孙中山的三大政策（"联俄、联共、扶助农工"），鼓励学生加入国民党或共产党，投入火热的政治运动当中来。他对着交大学生动情地大声疾呼："现今的中国究竟是一种什么现象？危险啊！是你们知道的。真的危险呀！也是你们相信的。在这种危险的状态之中，是否只是在书本上可以求得着解决这种危险的方法？不行的，是万万不行的。你们大家走来罢！"恽代英的演讲让不少学生当场流下了热泪。校内进步思想异常活跃，不少人决心加入国民党行列，参加国民革命运动。

当时，徐家汇地区的国民党力量迅速扩大。1924年夏季，交大已有国民党员20多人。附近的复旦附中和日本人开办的东亚同文书院的国民党员也有所发展。国民党上海执行部把这三所相邻的学校组合成上海特别市第九区（龙华）第三分部。区分部以南洋大学学术研究会为公开机构，作为对外联络和团结同学的组织，先后数次邀请恽代英、叶楚伧、刘华、郭沫若等国共人士来校演讲，对学生影响极大。区分部首任负责人是1925届电机科学生顾谷宜，常务委员是1926届电机科学生张永和。区分部的领导权始终掌握在共产党和国民党左派手中，因此恽代英和其他国民党左派可以多次公开到校演说，宣传国共合作，宣传共产党的纲领和马克思主义，这为迅速提高交大学生的革命觉悟，培养和吸收党、团员，建立共产党组织，打下了良好的思想和组织基础。

张永和：交大最早的党员

国共合作掀起革命热潮，旨在反帝反封建军阀的国民革命运动为热血青年点燃了一盏救国明灯。不少人怀着对民族独立自强的渴望，投身于国民革命运动中。在实际斗争的考验下，经过社会主义青年团和中国共产党多方面的影响，一些学生接受了共产党的纲领和马克思主义，转变为社会主义青年团员、中国共产党员。其中，张永和的思想转变历程最具有代表性，他实现了从一位诚挚的爱国者到拥护三大政策的国民党员，再到接受共产主义信仰，成为一名共青团员、共产党员的转变历程。

张永和（1902—1992），生于云南省泸西县，在一个彝汉杂居的农村度过了童年时代；1915年，进入昆明省立第一中学读书；1917年，考入北京国立高等师范学校附中。少年张永和在进步思潮的熏陶下，萌发了民主主义的救国思想。五四运动时，他曾和同学们一起上街参加了痛斥卖国贼的抗议活动。他以旺盛的求知欲发奋读书，连寒暑假也不回家乡，在学校图书馆苦读，迫切追求救国救民的真理。孙中山的《建国方略》等著作使他产生了科学救国的思想。1921年，他考入天津北洋大学，攻读土木工程专业；翌年，又考取了唐山大学，改读铁路建筑；1923年9月，又由唐山大学转学南下上海，到交大攻读电机科专业。当时有不少同学认为他能这样顺利地在几所大学中进进出出，必定有背景靠山。对此，张永和回忆说："我是个苦学生，没有什么靠山，靠的是自己的努力。"

到了交大之后，张永和思想上发生了转变。1923年，中国共产党召开第三次全国代表大会。中国共产党与中国国民党领导开展了国民革命运动，受恽代英等人的直接影响，交大广大学生围绕建立和发展国民党组织的问题，掀起了"读书救国"还是"政治救国"的辩论热潮。在这场大辩论中，张永和阅读了《向导》《中国青年》等刊物，提高了政治觉悟，已经不再认为单靠技术科学能救国。他加入国民党，当选为交大国民党区分部常务委员，积极参加各项政治活动。当时他非常崇拜孙中山。1924年，孙中山由广东北上，乘船途经上海。为一睹革命先驱的风采，张永和按报纸所载时间特地赶到十六铺码头。可是孙中山已提前抵沪，离开了码头。张永和又赶至孙中山香山路的寓所，只见寓所前人头攒动，摩肩接踵，孙先生面带微笑，站立在寓所门前向大家频频挥手，感谢群众的欢迎。张永和说这是他一生中最难忘的场面之一。

1924年下半年，贺昌来到上海，担任社会主义青年团上海区委书记。他参加了徐家汇团支部的活动，帮助发展组织。贺昌十分关注交大学生的革命活动，经常了解张永和的思想和工作情况，热情地给予指导。他们俩相处的日子里，贺昌对张永和进行了阶级斗争原理的教育，指出国民党是各阶级的革命联盟，它的革命是不彻底的，只有共产党领导进行的社会主义革命，才能真正使中国获得民族的独立和自由。当时交大、复旦附中和东亚同文书院的国民党属于同一个区分部，东亚同文书院里的中华部学生多为学习日语的中国学生，各校学生之间也时有体育比赛。东亚同文书院里的管理比较宽松，书院中华部的学生中出现了研究社会主义的热潮，并有进步学生参加了中国的社会主义青年团组织和共产党组织。贺昌也鼓励张永和读马克思主义的书，研究社会科学理论，还为他开了阅读书目。因此，张永和经常到图书馆去研读马克思主义书籍。那时这类书籍翻译成中文的还不多，他阅读了不少外文版，如普列汉诺夫的著作等。在贺昌的指引下，张永和

交通大学早期中共党员张永和（左）、陆定一（右）

开始心向社会主义，并积极进行宣传活动。他在同学中组织读书会，传播马克思主义理论，对于当时校内掀起的国家主义反动思想，给予有力回击。1924年冬，经贺昌介绍，张永和加入了社会主义青年团，成为交大第一名团员。

1925年初，贺昌当选为共青团中央委员，并担任团中央农工部部长，仍然经常参加徐家汇团支部的组织生活，向团员讲解党的性质、纲领和任务等基本知识，并结合现实的政治斗争展开讨论，还组织他们去上海大学听党课。经过教育，这个团支部的成员先后转为共产党员，随后成立了中共徐家汇支部。

经贺昌和东亚同文书院中华部学生党员梅龚彬的介绍，张永和于1925年4月加入了中国共产党，成为交大第一位学生党员。张永和入党后进入徐家汇支部，负责学生运动工作。5月8日，上海地委批准顾谷宜为中共党员。这样，五卅运动前，交大有共产党员两名。张、顾二人也成为学生运动的组织者和领导者。他们通过学校国民党区分部开展学生工作，领导全校学生运动，在校内广泛开展反帝反封建军阀的革命宣传，唤醒更多热血青年，奋起投入五卅风暴和革命运动之中。

党、团支部诞生

1925 年 5 月 30 日，上海爆发五卅运动。交大大多数学生在共产党员和国民党左派为主的学生会领导下，积极参加了这次运动。

对亲历过五卅运动血与火锤炼的交大学生来说，其影响是刻骨铭心的。正如当年积极参加五卅运动的陆定一所说："五卅运动给青年学生一个重要的启示，只是罢工、罢课、罢市，不搞暴动，固然能够打击帝国主义，鼓舞人民的斗志，却不能推翻旧的政权，取得革命的胜利。"南京路上同胞的热血，是帝国主义势力在中国土地上肆意暴行的见证；北洋军政府对外的唯唯诺诺，犹如继清政府之后又一个"洋人朝廷"的再现，反帝反封建成为爱国学子们坚定的信念。

五卅运动之后，反帝反封建的国民革命运动深入人心，参加国民党或共产党成为青年学生投身救国运动的选择。一些进步学生和已经是国民党员的学生认识到中国共产党人在五卅风云中的组织和领导作用，认识到只有以马克思主义为指导，进行无产阶级革命，才能彻底完成反帝反封建的任务，人民才能真正从被压迫的地位中解放出来，中国才有希望。国民党进行国民革命，实现资产阶级的民主革命不是他们追求的最终目标。在实际斗争的考验和共产党的影响下，他们成了共产主义的坚定信仰者，先后加入了共产党。据已有资料显示，到 1925 年底，交大已经有共产党员 8 人：张永和、陆定一、周赞明、费振东、竺延璋（祝百英）、陈育生、夏清琪（夏采曦）、周志初。

1925 年上半年，根据上级党组织的指示，中国共产党在徐家汇地区成立了第一个党组织——中共徐家汇支部。支部书记是东亚同文书院的梅龚彬；支部成员 7 人，其中 6 人是同文书院中华部学生，交大有顾谷宜 1 人。顾于当年 6 月毕业离校后，张永和加入。因成员均来自同文书院和交大，徐家汇支部实际成为两校的联合支部。党的上级领导人是中共江浙区委书记罗亦农，团组织的领导人是贺昌。贺昌直接参加这个支部的党、团组织生活。活动经常在同文书院进行。该校课程比较宽松，学生较自由，学校很少干涉学生参与党、团活动。江浙区委也常在星期日指定一批同志到共产党人主持的上海大学去听课。当时黑板上写的是其他课程的大纲，讲的却是马列主义的基本知识，有上大的党、团员在周围放哨。青年学生通过阅读进步书刊和听课，提高了对共产党和共产主义事业的认识，逐步建立起革命的人生观，成为坚定的共产主义信仰者。

1925年10月，徐家汇地区发展了一批党员、团员。徐家汇支部扩建为独立支部，同文书院也独立组建支部。同时，共青团徐家汇部委成立，张永和任部委书记。同年底，在中共上海区委和徐家汇独立支部的指导下，交大独立建立中国共产党和共产主义青年团支部。第一任党支部书记是张永和，成员约有8人。至次年3月，已调任徐家汇独立支部任书记的张永和在一份报告中称"南洋大学支部成员已有10人"。交大团支部书记为陆定一，至1926年，团员已经有近20人。交大中共党、团支部是中国高校最早成立的共产党、共青团组织之一。

在党的领导下，交大学生参加了"三一八"惨案声援活动、与国民党右派论战、上海工人武装起义、深入工农运动等斗争，并在斗争锤炼中发展壮大，成为大革命时期上海乃至全国高校中党组织较为活跃的大学之一。

烽火警钟：
抗日救国运动

　　抗日救国时期，无论是九一八事变、上海淞沪抗战、"一二·九"运动，还是身处战争区、租界"孤岛"区、沦陷区，直至 1940 年交大被迫在上海和重庆分设两地坚持办学，不论形势如何复杂艰险，在民族存亡的紧要关头，交大学子总是勇敢地奔走在反对日帝斗争的前列。他们坚决反对国民政府的不抵抗政策，为抗日奔走呼唤，深入街乡宣传动员，团结师生与汪伪斗争，直至参加抗日组织，走向战场与日军作战。

三次赴南京请愿抗日

　　1931 年 9 月 18 日，日本帝国主义对沈阳北大营的中国驻军发动突袭，侵占沈阳，制造了震惊中外的九一八事变。

　　消息传到交大校园，全校师生无不激愤。9 月 21 日，学生自治会召开全体学生紧急会议。共产党员乔魁贤是自治会学术委员，又是东北人。他以沦陷区代表的身份首先作了发言，痛称自己已无家可归，疾呼采取实际的抗日行动，激起全场学生对日本侵略者的愤慨。会议决议"通电全国对日宣战""电请国民政府厉行革命外交"等抗日7项措施。会后当天就成立交大"抗日会"。教职员也成立了上海教育界救国联合会交大分会。中共交大支部书记许邦和、组织干事乔魁贤和"社研"小组成员袁轶群三人当选为"抗日会"委员，许邦和还与袁轶群一起参加了上海市学联的领导工作。之后袁轶群加入了中国共产党，并出任上海大学学生救国联合会（以下简称"大学联"）党、团支部书记，乔魁贤则任"抗日会"宣传委员会主委。

在"大学联"的部署下，交大党支部通过"抗日会"引导学生的抗日行动：举行罢课，参加全市的统一集会和反日示威游行；组织学生义勇军，开展军事训练；晋京请愿，要求政府出兵抗日……抗日救亡运动轰轰烈烈。9月22日、23日两天，"抗日会"组织全校学生共70个小队，分头奔向徐家汇、法华镇、龙华、南京路等街头宣传，揭露日本帝

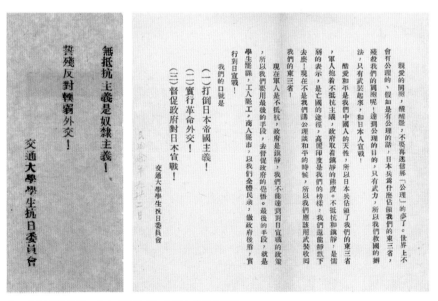

九一八事变爆发后，交大"抗日会"向民众散发的传单

国主义者的侵略行径，沿途民众驻足凝听；张贴"全国军民一致驱逐日鬼出境""全国一致团结起来，不要做亡国奴"等抗日标语。26日，由交大刘旋天、袁炳南两人参加的上海各大学晋京请愿代表团共52人，在南京当面向蒋介石严正提出"迅速出兵""实行革命外交""武装学生"等5项要求。蒋介石对学生代表采取哄骗手段，不准备出兵抗日。请愿团电告上海"大学联"，要求增派同学赴京。"大学联"决定组织一次规模更大的赴京请愿活动，交大和上海其他高校学生三次晋京请愿抗日的序幕由此拉开。

9月28日，交大学生全体大会决定赴南京请愿。晚间，500多名学生一同出发。29日，请愿团下火车后即直奔国民政府请愿，呈文质询蒋介石的空头许诺，全文还在《申报》上发表。为了欺骗学生，蒋介石当天下午在中央军校大礼堂再次接见学生，军校内外戒备森严。蒋对学生们说，"要先安内再攘外，防止共党扰乱""如愿从军效国的，立即在孝陵卫编入义勇军；如愿回校求学，应即于今晚离京"。几千名上海学生被迫分成两批，于当天深夜和翌日凌晨被送回上海。随后在国民党上海市党部和市教育局的操纵下，各校学生复课。

然而，在全国人民要求抗日的压力下，11月19日，蒋介石在国民党第四次全国代表大会上作了"本人将率师北上抗日"的表态。爱国学生抓住这次机会，发起了一场"送蒋北上"运动，督促政府和蒋介石兑现迅速出兵的承诺。11月24日，交大学生和全市大、中学生共8000余人再次组成赴京请愿团，不顾国民党当局的阻挠，分批乘车晋京。26日，上海请愿学生和全国各地学生一起，顶风冒雪伫立在国民政府门前请愿，要求政府出兵，坚持要蒋介石出面相见，终夜不散。27日下午，蒋介石出见，对学生表示："三日之内出兵，不出兵收复失地，杀我蒋某的头以谢国人。"在上海学生强烈要求下，蒋介石还写下了"出兵手谕"。学生以为达到了目的，结束请愿，回到上海。

事后，蒋介石不仅推翻了"三日之内出兵"的保证，而且当日军大举进攻锦州、扰乱天津时，国民政府竟然向国际联盟建议，把锦州划为中立区，由列强共管。12月14日，中共党员、交大学生袁轶群等人受地下党领导的上海民众反日救国联合会委托，率领上海大学生2000余人，第三次赴南京示威请愿。由请愿团改为示威团的上海学生，决心以"坚强的态度督促政府下抗日救国之最后决心"。12月17日，南京、上海、北平、济南等地大、中学生三万多人，从中央大学出发，前往国民党中央党部，一路举行了声势浩大的联合总示威。到达珍珠桥《中央日报》报馆时，因该报连日攻击学生抗日救国运动，谩骂示威学生是"暴徒"，游行学生要求报社撤销诬蔑爱国学生的新闻，并公开道歉。报社却紧闭大门，无人接待。群众愤怒高呼"打倒造谣总部"，并推倒印刷机，捣毁办公室。这时，突然奔来上千名手持枪支和扁担的士兵，对手无寸铁的学生施行毒打。学生们赤手空拳与军警展开了搏斗。上海文生氏英文专科学校学生杨桐恒被打伤后推入秦淮河淹死，30多名学生牺牲，100多名学生重伤，60多人被捕。其中被捕的有交大学生陈延庆、王天眷、龚绍熊等14人。这就是震惊中外的"珍珠桥惨案"。

第二天凌晨，大批军警宪兵包围中央大学，强迫住宿在该校的各地

1930年代交大学生领袖、地下党书记许邦和（左）、乔魁贤（右）

学生立即离开南京，并出动飞机散发恫吓学生的各种传单，以武力押送上海学生到下关火车站。在下关，袁铁群代表上海学生与国民党当局进行了勇敢、机智的斗争，历时一天，国民党当局被迫释放全部被捕学生，送回杨桐恒的遗体。返沪后，"大学联"举行了记者招待会，向社会各界公布"珍珠桥惨案"的真相；随即，又在报纸上进一步揭露国民党当局残酷镇压学生的事实，并向国民政府提出查办凶犯及主使，抚恤死难及受伤学生，保证以后不再发生类似打压学生的事件等要求。在全国各界人士和民众的声援下，京沪卫戍司令陈铭枢被迫向上海学生道歉。

面对空前的民族存亡危机，交大的热血青年纷纷行动起来，和上海乃至全国各地的学生、工人以及各界爱国力量一起，投入挽救民族危亡的反侵略、反国民党不抵抗政策的英勇斗争中，在中国青年运动史上写下了光辉的篇章。

支援淞沪抗战，校园设立伤兵医院

1932 年"一·二八"淞沪抗战爆发，十九路军奋起抗击，但是政府袖手旁观，导致伤员急救十分困难。有鉴于此，宋庆龄、何香凝、杨杏佛等发起设立国民伤兵医院。由于地处徐家汇华界与法租界交界处的交大地理位置得天独厚，东边紧靠法租界，伤兵可以从华界进，医疗器材和医生可以从租界入，当时的交大校长黎照寰又是孙中山先生的好友，所以宋庆龄的请求得到了他的积极支持。交大校园内，以执信西斋学生宿舍为主的建筑临时改为了国民伤兵医院。

当时沪上各大学均告停课。交大留校师生人数不多，临时转移到学校对面法租界内的交大教工宿舍内。这期间，交大的党员和进步学生积极参与校内外的抗日救亡活动。许多留校的学生与校工加入了救护伤病将士的战地服务团行列。他们工作不分高低、大小、脏累，日夜为救治伤兵服务。

1932年"一·二八"淞沪抗战中，上海各大学义勇军开往前线。交大学生张家瑞、张大奇等人参加了义勇军

　　伤兵医院建成后，宋庆龄经常去医院处理事务，慰问伤兵。十九路军伤兵大都是广东人，她就特地选购了《小桃红》《祭鳄鱼文》等家乡粤曲唱片送去。有一次，宋庆龄请一位外交官夫人帮助物色一些妇女来担任医院志愿杂务工作。那位夫人大声说："这不可能……我们的姑娘都出身高贵，她们不能去医院照顾那些粗人！"宋庆龄答道："我懂了……你们是要让他们为你们去死，而不愿意他们和你们一起去死。"宋庆龄

以身垂范，身着缁衣缁裙，外罩白色护士服，亲自为伤员服务。

1932年3月，随着日军在浏河登陆，战事急转直下，十九路军撤离上海。国民伤兵医院于4月中旬完成救死扶伤的历史使命。同时，还有一部分学生如张家瑞、徐威、陆家琛、庄德祖、张大奇等人报名参加了抗日义勇军，直接奔赴吴淞抗战前线，与十九路军一起并肩作战。

这期间，交大党支部把支援淞沪抗战、抗日救亡和发展党员作为主要工作。在恶劣的政治环境中，交大支部几经打击。至1933年夏，支部力量再次壮大，学生和校工党员人数恢复到近20人。另外还有待发展的对象五六人，其中有抗日将领方振武之子方心浩。党支部还在毗邻交大的日本东亚同文书院中发展了两名朝鲜籍学生入党。

此后，交大支部继续利用校内外各种公开活动推进抗日救亡宣传。1933年3月底4月初，37周年校庆期间，学校举行了隆重的工业及铁道展览会，先后有20余万人莅校参观。交大党支部利用这次机会，油印了许多反帝爱国的宣传品。大会举办中，突然从交大上院楼上飘下大量反帝爱国传单。在校园里，路边树下、图书馆、体育馆、展览厅都出现了宣传品。一时间校方大为震动，大批警察出动，还安放了探照灯，在夜间用强光扫射人行道及阴暗处。

当时设在上海的中共临时中央要求上海各级党组织把工人运动摆在首要位置。于是，交大党支部把发动工人群众作为一项重要工作，除了在徐家汇附近办平民夜校之外，支部党员还通过上街写标语、发传单等形式唤起工人、店员的抗日觉悟。2002年春，当年加入党组织，并通过竞选进入学生自治会、主持平民教育部的汪道涵老市长回顾当时的情景："平常每星期都要写标语，写在电线杆上。那很有意思。一种是用毛笔蘸黑墨水写，直接写在杆子上，当时规定末了注明'NY'（南洋）字样。从兴国路一直到交大，兜一个圈子，特别是去租界写。夜晚街上没有什么人，我们两人一组，一个把风，一个就写。标语的口号有'反

青年时期的汪道涵

对帝国主义''打倒日本侵略者''保卫苏维埃'。另一种是散发传单，当时做工人运动，在天钥桥路五洲固本皂药厂，我们在肥皂上刻标语盖在墙上。写标语、写传单、贴传单，想尽一切办法做工人群众的工作。"

可惜的是，由于中共中央"左"倾冒险主义的错误领导，加上国民党当局的残酷镇压，1934年底，法南区委机关因再次遭到严重破坏而停止活动，徐家汇地区党的基层组织损失殆尽，交大支部也停止了活动。

交大沪校重建党支部，打入日伪组织

1937年，风云急变，日本发动全面侵华战争，全民族抗战高潮进一步掀起。华北和沿海大片国土沦陷，上海租界成了"孤岛"，交大被迫从徐家汇迁移到法租界办学。

1940年，交大被迫在上海和重庆分设两地坚持办学。在复杂的情况下，中共江苏省学委积极在交大沪校重建党组织。9月，交大地下党恢复党小组，积聚进步力量，成立了学生救亡协会，团结群众，与日伪势力持续展开斗争。

1941年12月8日，太平洋战争爆发。交大沪校地下党组织根据上级指示进一步重建交大党支部。新的交大党支部根据中央指示精神，总结以往的经验教训，"采取更加灵活的方式"，在与日伪势力作斗争的过程中创造了丰富多彩的故事：勤学、勤业、勤交友，组织青年会、工余联谊社、义卖活动，公演田汉的《蜕变》《谁之罪》和莫泊桑的《毋宁死》等戏剧。

1943年上半年，汪伪政治势力逐渐增强，特别是汪伪青少年团势力侵入学校，在学生中公开号召组织青少年团，气焰嚣张，干扰学生的思想和破坏学生的团结。特别是对一、二年级学生冲击比较大，有的人参加了汪伪青年救国军组织。管理学院二年级一位徐姓同学参加青少年团后，出面公开贴出布告和汪伪青少年团章程，要求一年级学生都要参加。他还穿上汪伪发放的校官军装来上课，明目张胆地宣称自己是交大青年救国军的头目，在校内公然进行各种反动活动。

针对日伪公开建立组织、成立团体、实行奴化统治的新情况，交大党支部及时向上作了反映。中共华中局城工部要求学委注意利用有些党员的家庭、亲友等社会条件打入敌伪团体，把权力夺过来，利用合法形式开展工作，争取群众。于是，交大党支部联系学校情况，发现电机系一年级学生中共党员吴增亮有个社会关系可以打入汪伪青少年团。但是让学生加入汪伪组织，在交大是要受到很大压力的。学生一般连参加汪伪组织的会议都不愿意去。可当时交大名义上受汪伪管辖，所以有时又不得不应付着。为派人参加会议，他们往往采取抓阄的方式。于是，这次行动由党员沈惠龙与吴增亮、冯绿荪商议接受任务后，报请地下党学委同意，先由吴增亮参加汪伪青少年团，以便了解情况。接着，冯绿荪也参加了汪伪青少年团。这样，交大两位地下党员打进了汪伪组织内部。打进敌伪内部的主要任务是站稳脚跟，了解情况，扩大进步力量，以掌握内部活动，便于党及时给出应对办法。

1943年3月，汪伪中国青少年团在上海成立团部，并借"接收"

租界之机，大肆发展组织，扩大分团部。当时，法租界已改称为"上海特别市第八区"。汪伪成立伪中国青少年团第八区分团部。12月，伪市团部决定把第八区分部扩建成6个区团部。地下党学委决定派已打入日伪保甲组织的党员邵洛羊（原大学区委委员，曾是交大党组织的联系人），利用他家庭的社会地位打入青少年团区团部。打入汪伪组织的吴增亮在这年的暑假里参加了伪青少年团办的夏令营活动。这是汪伪大规模发展组织的一次活动。在打入汪伪组织的过程中，交大党支部作了精心部署。

后来，吴增亮按党组织的要求，还当上了汪伪青少年团的副中队长；他还是模范青少年团员，曾到南京短期受训；参加了南市区青少年禁烟禁赌运动；到伪国民党的党部听林柏生训话。1944年8月，汪伪青少年团改组，撤销第八区分团部及所属6个区团部，并将原第一区团部改组为包括苏州河以南原法租界和公共租界地区新第一区团部，邵洛羊被任命为"专务副指挥"。打入汪伪组织使中国共产党获取了许多信息，使得党在复杂的环境里，更好地开展对日伪势力的斗争，扭转了地区和学校里汪伪政治势力逐渐增强的局面，保护了进步群众。交大党组织得到稳步发展，至1945年8月日本投降时，已有中共党员25名。

地下党组织还派党员沈惠龙进入日本人创办的《大学周报》编辑部，利用种种关系创办莘莘学志社，出版《莘莘月刊》，配合地下党领导的学生活动。沈惠龙后来回忆说，当时他参加了《大学周报》，担任通讯员，任务是要站稳脚跟，进而了解这份周报的动向，尽可能摸清它的底细和日本人对大学生的企图。《大学周报》尽管辟有"文艺园地""学校生活"等栏目，但由于政治色彩明显，所以并不受大学生欢迎。不久，《大学周报》因故停办。这时，地下党要他抓住《大学周报》停办的机会，尽可能利用日本人的合法关系，创办一份学生刊物《莘莘月刊》，凭借这一公开阵地，开展群众工作。这份刊物办至 1945 年抗战胜利。它是上海学委利用敌伪关系出版的唯一的一份文艺性、综合性学生刊物。

渝校从军抗日，杨大雄殉国

交通大学在重庆建校是为了响应校友建设抗日大后方军工企业的需求。交大渝校继承了交大优良的传统。1944 年，日军为了打通大陆南北交通线发动了豫湘桂战役。贵州独山的国民党守军不战而逃。国民党大后方为之震动，国民党政府开始从高校里征兵。在民族大义面前，许多交大进步学生义无反顾，投笔从戎。38 名学生分三批，先后被征调入伍，任盟军翻译官。他们业务精通，英勇顽强，不怕牺牲。机械系学生杨大雄就是其中的代表，他用自己的鲜血谱写出民族解放的英雄壮举。

交通大学部分从军学生合影。前排左起董金沂、杨大雄、罗祖道、严楝；后排左起俞鲁达、施增玮、朱城、李呈英、夏邦瑞、程学俭

杨大雄原是交大机械系一名学生。1944 年，还有半年就毕业的他，面对国家的召唤，毅然带头报名应征，奔赴抗日战场的第一线。1944 年春，杨大雄被派往湘南前线的国民党第七十九军。

杨大雄出生在一个知识分子家庭，父亲杨立人毕业于上海龙门师范学校。杨大雄 13 岁时以优异的成绩考入上海中学。当时中学里有一名汉奸教师对学生的抗日热情无理责备，一下子激起了全校学生的反对。杨大雄冲在前面，抗议、演说、罢课。有人将此事报告了法租界巡捕房，杨大雄等一批学生因此被捕，后由社会各界营救方才出狱。

1940 年 8 月，他考入了交大机械系，名列第一。交大有个规定，考取第一名的学生坐在教室第一排的第一号座位，每年考试第一的学生担任该班的班长。杨大雄凭借自己的刻苦努力，一直坐在第一座，并担任班长。

1941 年 12 月 8 日，太平洋战争爆发，日军全面占领上海。第二年 3 月底，杨大雄等一批学生离开上海，经过江苏、浙江、安徽、江西、湖南、广西、贵州、四川 8 省，费时 5 个多月，闯过无数道敌伪的封锁线，忍饥挨饿，目睹了日军暴行造成的沦陷区人民的苦难。他们在 8 月 18 日安抵重庆，在九龙坡的交通大学继续学业。

1944 年，杨大雄应召随军翻译。他曾经协助山炮营的美军希伦上尉工作。平时乘车时，上尉总是喜欢坐在驾驶员旁边的座位上。杨大雄并不了解他的这种习惯，一次就坐在这个位置上。希伦来了，要求杨让给他。杨说："这又不是专座，为什么要让给你？"还有一次，在独山战役前线，路上兵荒马乱，杨大雄随同的美国军官捡到一只保险箱，要杨大雄帮他带回去。杨非常严肃地指出，战场上遗失的物品是中国的财产，作为美国人无权拥有；我们是为抗日服务的，之间是同事关系，应是并肩作战，你无权指挥我干这种事，你要为此向中国人民道歉；至于这个保险箱，应当送交邮局去保管。杨在战场日记中写道：无论是从历史知识、专业知识，还是一般常识来看，我与美国军官相比都毫不逊色；可是有些中国人在美军面前妄自菲薄，我看不起他们。

大学生出身的杨大雄来到部队，仍然保留着一身质朴、率直、求真的作风，对任何事情都很认真。他坚持多年写日记的习惯，并且每两周给家中写一封信。这些文字留下了他在战场上的所见所闻。他首战就遇上了衡阳战役，这一战打得异常艰苦。七十九军在山谷被围，试图向西从邵阳突破日军包围圈，但终因军力不振，部队中的许多军官溃散逃离，最后七十九军军长王甲本也牺牲了。杨大雄在山炮营撤退的艰难时刻，仍和士兵们一起将一门门大炮拖到树林中，并坚持挖洞掩埋。日军的搜索部队已经临近，他表示与战士们共生死，坚持隐藏好武器装备，这令同行的希伦上尉非常感动。

衡阳战罢，杨大雄思绪万千，写下一篇《衡阳突围追记》。他认为，这次战役失败，完全是指挥上的失误。抗战形势如此紧急，但国民党政府却是"前方吃紧，后方紧吃"，前线的官兵们只有靠自己的信念在为国尽忠。他先后参加了衡阳、邵阳、独山、柳州诸战役。在残酷的战斗中，他耳闻目睹了国民党政府的腐败。他曾经著文指出：现在国民党内的腐败，由政治蔓延到了军事。

不久，杨大雄又随二十一炮兵团再上贵州独山前线。这次大获全胜，部队乘胜向柳州推进。1945年4月4日，杨给家中寄回了最后一封家书，信中写道："美好的日子不远了，华先生快要回来了。"6月，交大学生参战已有一年多，国民政府军事委员会外事局对包括杨大雄在内的一批翻译人员给予嘉奖，并准予他们2周的假期。此时，柳州战役即将开始，美军炮兵上校柯伍德为了进一步了解敌军情况，打算接近战场再做一次实地侦察。鉴于杨大雄优秀的工作表现，柯伍德提出，"非杨君莫可以胜任如此艰巨之任务"，一定要杨大雄随行。于是，部队派人赶到车站，找到了即将休假的杨大雄。他听说此事，二话没说，放弃休假，

上海交通大学校园内的杨大雄烈士纪念碑

回到部队。6月21日，杨大雄随柯伍德一行7人，乘车向柳州方向行进。行至南丹，已接近日军的警戒区，距敌不过数百米，正当炮兵团布防兵力时，遭遇日军游动部队的袭击。杨大雄等人举枪还击，终因寡不敌众，致3人中弹牺牲，4人被俘。日寇残忍至极，竟将已经中弹身亡的杨大雄尸解五段，抛入荒山水沟之中。杨大雄殉国时还不到24岁，而此时距日本侵略者战败投降已不足两个月。

杨大雄牺牲的噩耗传到上海，已是抗战胜利之后的事了。交大第一批复员人员回沪后，上海市教育局和交大都派代表先后到杨家看望；杨大雄的师长吴保丰、陈石英等人还多次前去慰问。

交通大学全部迁回上海后，于 1948 年 6 月 21 日——杨大雄牺牲三周年之际，在校园里举行了杨大雄烈士追悼大会暨烈士纪念碑揭幕仪式。吴保丰前校长亲自撰题挽联，周铭教务长主持公祭，杨大雄的父亲杨立人老先生含泪致辞。交通大学的国文教授、著名书法家王蘧常先生曾为杨大雄授过课，此时忆及，潸然泪下，叹曰，"以为温温有君子之容，而不知其感激踔厉壮烈能死国也如此"，他亲笔为纪念碑题写碑文，并拟就五言诗一首，赞道："君志拿青云，君节挺劲竹。君骨虽已灰，君气立山岳。"诗句是对杨大雄烈士崇高品格的生动写照。

1997 年 1 月 22 日，上海市人民政府追认杨大雄为革命烈士。

护校运动：
把火车开到南京去

　　抗日战争胜利后，国民党为了抢夺胜利果实，对原沦陷区实行"劫收"，对原沦陷区公立专科以上学校的学生实行"甄审"。为争取广大学生的读书权利，交大在中共上海学委领导下，开展了反"甄审"斗争并取得胜利。为了争取国家和平民主建设，交大师生积极参加了"迎接马歇尔""助学尊师""救灾反内战"等一系列反内战、争民主活动。

　　可惜的是，1946年6月，国民党政府还是在美国政府的支持下发动了全面内战，并加紧镇压其统治区域的人民革命活动。在上海地下党组织领导下，交大学生开展了一系列反美反蒋斗争。通过学生会、学生社团等合法形式，地下党发动广大学生群众参加了抗议美军暴行运动，赢得了贾子干事件的胜利，开展了大规模的护校斗争，积极投入"反饥饿、反内战、反迫害"运动。

会师徐家汇，党组织发展壮大

1945 年 8 月 15 日，日本宣布无条件投降，举国同庆，万民为之欢腾。交大沪、渝两地师生都为尽快会师徐家汇、两校合并上课而努力。交大渝校师生（其中学生共 1240 余人）分五批，历经一年艰苦陆续复员回沪。沪校的师生在准备迎接渝校师生，清理被日本东亚同文书院占用七年的徐家汇校园的时候，却遇到"甄审"问题。

1945 年 9 月，国民政府通过《收复区中等以上学校学生甄审办法》，将沦陷区专科以上的公立学校定为"伪学校"，一律关闭整顿。上海有 6 所，其中包括交大沪校。沪校留在上海是依据教育部的指示，也是在其默许下忍辱接受汪伪接管的，如今沪校交大突然变成了"伪交大"，学生须"甄审"，教师被停职，师生陷入了迷茫愤怒之中。经过中共地下党组织的发动，交大学生打出"学生无伪"的口号，请愿朱家骅、蒋介石；组织了抗战胜利后上海的第一次示威、记者发布会等抗诉活动。在社会各界的同情支持和各校师生的群起力争下，教育部被迫取消"甄审"，于年底成立了"国立上海临时大学补习班"。交大沪校近 700 名学生，另外还包括上海大同大学、雷士德工学院、南京中央大学高年级部分学生，回到交大校舍开学上课。历时近一年努力，沪、渝两校学生才真正合并在一起上课。

交大党组织经过细致的工作，团结沪、渝两校学生，改选了由三青团分子控制的渝校学生自治会，建立起由党员和进步学生占主导的统一的学生自治会，为爱国学生运动打下扎实的基础。与此同时，在反对"甄审"、争取和平建国、"迎接马歇尔""助学尊师"等运动中，党组织认真物色政治觉悟高、品德好、功课好、联系群众的学生，将他们确定为重点培养发展对象，成熟一个，发展一个。党支部特别关注到胡国定、周寿昌、周盼吾等在斗争中涌现出的学生领袖和积极分子。胡国定，出生于一个富裕而又革命的家庭，做事不盲从，为人正义，表现出突出的领导才能。周寿昌以第一名的成绩考取交大化学系，爱好广泛，博览群书，英语达到可以召开记者招待会的水平，老师称赞他："从未见过这样优秀的学生！"他作为学生代表曾多次与李熙谋、朱家骅、陈立夫等进行谈判，表现出卓越的胆识和才干。周盼吾，中学时期就加入了中国共产党，后来被迫离校，与党失去联系。他入学交大后，仍然发挥党员的作用，尤其为两校同学团结发挥了重要作用。经过重点培养，他们三人先后加入了交大党组织。

抗议美军暴行，捍卫国家独立

1946年12月24日平安夜，北平发生美军士兵强奸北京大学女生沈崇一事。美国军方非但对罪犯不予惩处，反而对受害者横加诬蔑，国民党当局也对此曲意包庇，听之任之。中国人民对驻华美军的暴行已经忍无可忍。愤怒的北平学生迅速行动起来，发动抗议驻华美军暴行的斗争，并于12月30日举行了万余人抗暴示威大游行。

当时，在美国政府的支持和援助下，国民党政府置全国人民的和平呼吁于不顾，发动了全面内战。内战爆发时，驻华美军已达11万余人，他们不仅帮助国民党打内战，而且视中国为其殖民地，在中国的土地上耀武扬威、胡作非为，欺压中国老百姓。从1945年8月至1946年7月，被横冲直撞的美国军车辆轧死的中国无辜老百姓达1000余人。1946年9月22日，上海发生人力车夫臧大咬子被美国海军士兵打死的事件。事后，凶手却被美军军事法庭宣判无罪。

北平学生奋起抗暴的消息传到交大。知行社成员、电机系学生曹炎等人挨个向宿舍的每位学生征集签名抗议。校内三青团成员不敢公开署名反对，偷偷地在夜里贴出一张反对抗暴的大字报，甚至为强奸犯辩护。结果更加引起广大学生，尤其是女学生的义愤。交大党组织直接感受到广大学生的强烈情绪，决定联络上海其他学校，组织大规模的示威游行。

12 月 29 日，交大全体学生开会，会上要求：学生自治会立即联络全市学校响应北平同学的抗暴行动，向美军提出强烈抗议，要求严惩罪犯，并立即退出中国。学生自治会应学生们的要求，于 12 月 30 日晚召开系科代表大会。大会一致通过自 31 日起罢课 4 天的决议，并成立国立交通大学学生抗议驻华美军暴行委员会（以下简称"抗委会"）。会后，"抗委会"向社会发表《抗暴宣言》，并给受害者沈崇发出慰问信。同日，交大女学生也召开大会，成立国立交通大学女同学抗议美军暴行委员会。

31 日下午，交大、暨南大学、同济、复旦、上海法学院等 17 所院校的学生代表，在交大举行联席会议，正式成立上海市学生抗议美军暴行联合委员会（以下简称"抗暴联"），交大、暨大、复旦、中华工商等校组成"抗暴联"主席团，作为运动的具体领导和协调机构。周盼吾、周寿昌、孙增阆、朱葆城等代表交大参加了"抗暴联"主席团的活动。主席团当晚开会做出决定，于 1947 年元旦发动全市学生举行抗暴示威游行。

参加抗暴游行的交大学生有 1000 多名。为了防止反动势力破坏游行队伍，交大从军返校同学会、知行社等社团骨干组织了一支纠察队，加强保卫。下午 2 时，浩浩荡荡的游行队伍由交大学生领头，踏着坚定的步伐行进。在外滩，他们将驻有美国兵的汇中饭店大厦包围起来，把美国国旗扯下来，踩在脚底，高呼"美国兵，滚

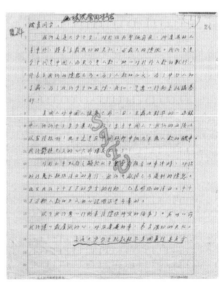

1946 年 12 月，交大"抗委会"致沈崇的慰问信

出去""中国不是殖民地"。接着，示威学生代表向美国驻沪领事馆提交了抗议书。然后，游行队伍离开外滩，沿南京东路、西藏路、林森中路（今淮海中路）等繁华街道进发。一路上，游行学生振臂高呼"抗议美军暴行""为沈崇同学雪耻，为臧大咬子复仇""美军不走、暴行不止"等口号，高唱新编的《抗议美军暴行歌》。

1947 年元旦，交大抗暴请愿游行队伍

学生的抗暴爱国运动得到各校教授及社会各界的大力支持。中华工商专科学校教授马寅初亲自参加了元旦抗暴大游行。交大教授郑太朴、孙泽瀛还与各大学教授马寅初、周谷城、张志让等共 38 人，联名发表《正告美国政府的意见书》，指出美国政府逐渐抛弃在战时较为正确的政策，揭露美国视中国为半殖民地的事实。

以青年学生为先锋的全国人民声势浩大的抗暴斗争，迫使美军军事法庭不得不将沈崇事件的主犯判处 15 年徒刑，抗暴运动获得了初步胜利。1947 年初的反美抗暴斗争是全面内战爆发后的第一声春雷。这次运动把反美和反蒋结合起来，使交大广大学生认清了国民党政府媚外卖国的政策，摆脱了对美国扶助中国的幻想。

贾子干事件："中国不是殖民地！"

抗暴斗争之后，国民党统治区内的群众运动此起彼伏。为推动更强大的斗争风暴的来临，从 1946 年 12 月 31 日至 1947 年 5 月 6 日，中共中央连续发出 9 份有关城市学生运动的指示，正确分析了群众斗争的形势，明确了领导群众运动应有的方针、任务和策略原则。中央指示精神的传达使交大基层党组织对新的群众斗争高潮的兴起有了进一步的认识和思想准备。交大党组织着手发动新的反美反蒋斗争。1947 年 4 月，围绕贾子干事件，交大组织了又一次较有影响的学生运动。

4月4日，交大理学院数学系二年级学生贾子干，不幸在同济大学门口的马路上被美商德士古洋行的卡车撞死。这一突发性事件引发了一场交大学生与美国洋行面对面的斗争。贾子干系安徽涡阳人，家境贫困，惨死于美国人的车轮之下，全校学生十分悲痛，要求校方与美方交涉善后事宜。校方连续发去两次公函，均被美方以不识中文为由无理退回，师生闻讯后十分气愤。学生自治会联合校方和贾子干家属，共同成立了"贾子干治丧善后委员会"，发表公告，对德士古洋行依法提出诉讼。在社会舆论的压力下，德士古洋行才于4月13日派来一名美国律师和一名中国翻译。交大校长吴保丰在容闳堂接待了他们，希望美方妥善解决善后事宜。美方律师却态度傲慢，声称只和死者家属谈，校方不能过问此事，双方的商谈一开始就陷入僵局。

学生自治会闻讯，在征得吴保丰校长的同意后，代表学校接手贾子干事件的善后交涉事宜。学生自治会中共党、团负责人胡国定当即敲响了大钟，告诉应声赶来的学生们：美国洋行派来的人不但不主动认错，妥善处理后事，还对我们堂堂中国大学校长如此无礼。他要求同学集合起来，与美国律师评理。校园里立即响起了"打倒美帝国主义""为贾子干同学讨还血债"的呼声。被激怒的学生涌入容闳堂，见到美方律师正跷着二郎腿，若无其事地抽着香烟。一位学生突然冲到他面前，正色喝道："不许抽烟！这里是校长办公室。"一下子压住了他傲慢的气焰。然后，学生们要求和他商谈赔偿条件。他赶紧推诿说："我只是个律师，不能代表洋行。"学生们说："既然你不能代表洋行，请立即电告洋行派负责人来。但在人来前只能委屈你留在这里等待。"随即将律师和翻译暂时"扣留"，要求美方另派能够负责的代表前来。

下午，学生自治会接到通知，到徐家汇警察分局与洋行代表谈判。自治会代表周寿昌与胡国定到分局后，发现除了德士古公司代表外，还有一位美国副领事柯芬。他们的态度依然十分傲慢，竟然声称：在上海10个轧死人的事件当中，有9个是走路者的错。由于美方的蛮横无理态度，谈判无法进行下去。

当晚，上海市市长吴国桢闻知美国律师被交大学生"扣留"，赶紧打电话给吴保丰校长，令他立即释放人员。在场的胡国定当即接过电话，告知吴国桢，"扣留"人质是学生自治会所为，与校方无关。吴国桢见势不妙，立即赶到交大，答应次日上午让洋行董事长和美国驻沪领事等到市府，与校方、学生代表、死者家属进行谈判。这样，学生才让美国律师和翻译离开了交大。随后，学生自治会党团和主要负责人连夜研究对策，拟定赔偿条件，并确定由全校18个系科各派1名代表参加谈判，同时发动部分学生到市府支援谈判团，作为谈判代表的后盾。

第二日上午，贾子干家属贾子良、交大法律顾问顾文硕以及各系科代表18人，同德士古公司总经理拉斐尔、美国领事馆代表勃朗、美籍律师白莱恩，在市政府会议室举行谈判，市长吴国桢参加。500余名交大学生乘卡车来到市府，声援学生代表的谈判。当校长吴保丰来到谈判现场时，几位美国人坐着纹丝不动，学生代表强令他们起立欢迎，然后让校长坐首位，以示尊重，一雪美国人两次退还公函、藐视中国校长之耻。

谈判过程中，双方展开了激烈的争论，尤其是在赔偿金额方面。学生代表依家属建议，要求赔偿治丧费、生前教育费、家属赡养费共计38400万元，但美方只同意赔偿2000万元，差额悬殊。谈判持续到下午，仍然没有结果。场外声援的学生们群情激愤，递字条到谈判现场，交给了美方总经理。字条的内容大致是："美方肯出的钱如此之少，我们交大3000名学生每人分摊一点就足够了。我们现在不要洋行的赔款，大家凑足这笔钱，以偿付洋行总经理的命作为代价，想必美国人的身价不会比中国人的高吧！"随即，场外高呼："打死美国佬，

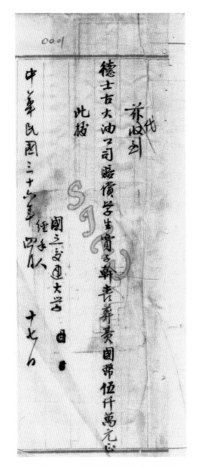

1947 年 4 月，交大代收德士古赔偿贾子
干家属丧葬费的收据

赔他两千万！"德士古洋行总经理理屈
词穷，又慑于交大学生的威势，被迫答
应赔偿丧葬费 5000 万元现款，其余费
用调解未成由法院判决。整个斗争终于
胜利结束。

贾子干事件影响很大，吴保丰校长
和广大师生都积极投入。它实际上是
1947 年初全国掀起的抗暴反美运动的
延续。

护校：把火车开到南京去

1960 年 5 月 28 日，毛泽东在上海
视察中国第一枚火箭（T-7M 火箭）。
当知道该火箭主任工程师、现场讲解员
潘先觉是交大毕业的学生时，他立即说
道："啊，交通大学！是不是那个学生
自己开火车到南京请愿的交通大学？"
当得到肯定答复后，毛主席紧握潘先觉
的手，赞赏之情溢于言表。

1947 年 5 月 13 日，交通大学近 3000 名学生在交大党总支的领导下，
发起声势浩大的护校运动，冲破层层拦阻，自行开火车去南京向国民党
政府请愿抗议，迫使政府当局勉强同意了师生们的各项要求。毛主席指
的正是这一事件。

当然，交大护校运动的发生绝不是偶然的。1946 年 6 月，全面内
战爆发以后，国民党在军事战线上屡屡受挫，对外便更加依附于美国，

经济危机日益严重。在文化教育方面，经费开支不断削减，造成许多学校的办学经费入不敷出。由于国民党内部的派系斗争延伸至交大，交大的处境较其他学校更为困难。当时交大校长吴保丰与教育部部长朱家骅并非一个派系。朱家骅为了扩充势力，经常扣压和削减交大的日常经费，以逼走吴保丰。教育部核准交大教职员为423名，却只支付302名职工的薪金；1947年教育部拨给交大每月经费1000万元，而学校实际开销须5000万元以上。如此巨大的缺口致使学校寅吃卯粮，长期拖欠教职工薪金，学生学习和生活条件也日益恶化。

由经费问题引发的学校危机日趋严重。先是1946年秋教育部为解决经费不足问题强令交大停办航海、轮机两科，之后一连串图谋分裂交大的消息接踵而至。1947年初，教育部不准交大设立水利、纺织、化工三个工程系，甚至还要撤销已开办了近30年之久的管理学院。教育部当局的连续压制和打击，严重威胁到交大的生存和前途，遭到师生和校友的一致反对。护校的呼声和行动在全校蔓延开来。航海、轮机两科学生首先奋起反抗，其他系科学生纷纷响应，要求教育部收回成命，但毫无结果。1947年3月底，校园内大字报已经铺天盖地。4月初，1000多名学生联名要求学生自治会出面领导开展护校运动。

对于经费危机引发的各种矛盾，交大党组织一开始就十分重视。当教授会于1946年进行反欠薪罢教时，党组织就发动学生罢课支持，同时发起了慰问教师的活动。这一次党总支在分析学校领导、教授、学生等各方面的态度后，认为交大危机是国民党内战独裁政策的结果，护校运动已经成为师生员工和校友们的共同要求，是时候决定放手发动群众开展护校斗争。学生自治会迅即召开系科代表大会，成立了由周盼吾、周寿昌、张公纬、丁永康、胡国定等学生组成的护校委员会，组织推进护校斗争。

1947年4月8日，适逢交大51周年校庆。护校委员会邀请陈石英、裘维裕、钟伟成等教授参加护校座谈会，并向参加校庆的校友征集护校签名。5月5日，校方与教育部交涉，但仍然没有结果。广大学生强烈要求护校委员会派代表和吴保丰校长共同赴京再次请愿。教授会表示支持，老校长唐文治也呼吁"团结一致，共赴校难"。护校委员会随即派出周盼吾、张公纬和航海、轮机两科的代表各1名，与校长吴保丰同去教育部交涉，却遭到教育部部长朱家骅的斥责，朱家骅蛮横地拒绝了交大师生的一切请求。

请愿师生代表返沪后，自治会和护校委员会决定立即召开全校学生大会，由周盼吾、张公纬汇报请愿经过。当讲到朱家骅态度强硬、请愿毫无结果时，全体学生被激怒了。"全校集体到南京请愿去""为交大的生存而斗争""找朱家骅算账去"等愤怒的呼声此起彼伏。同时，吴保丰主持召开的教授会也作出了支持学生请愿的决议。

学生自治会中的党员和积极分子，还通过钟伟成、裘维裕等教授与校长吴保丰沟通。吴保丰私下让总务长季文美将200万法币交给护校委员会。护校委员会交通组又通过学校附近书店的金老板和吴保丰的关系，租到50多辆运货卡车，冲破了市政府不准出租汽车给交大的禁令。

5月13日清晨5时左右，学生们开始集合。全校95%以上的学生组队登上了57辆卡车；队伍总指挥以及各大队、中队、小队队长均佩戴鲜明的袖标，待命出发，俨然是一支纪律严明的队伍。护校队伍正要开出校门时，市长吴国桢等人慌忙赶到。他们站在请愿车队前双臂横拦，企图阻止车队出门。面对这种突发情况，几位纠察队员机灵地一边高呼"保护市长"，一边将吴国桢拽至路旁。请愿车队迅速开出了校门。

请愿车队到达北火车站后，学生列队进入铁路局旅客休息室。此时的北站内外，军警四处戒备，站内所有火车都已停开，旅客也被赶走，整个车站只有交大近3000名学生和国民党军警以及零星的铁路职工。护校委员会联络组先与站方交涉购买团体票。北站站长声称，已奉上司

1947 年 5 月 13 日，护校晋京请愿队伍准备启程

命令，不卖票；后又说交通部次长凌鸿勋答应将陪同朱家骅 10 时半乘机来沪，约 75 分钟即可到达车站，不让学生们赴京。

11 时 50 分左右，吴国桢、田培林（教育部次长）、方治（国民党市党部主任）、潘公展（市参议会议长）、吴保丰等赶到北站，同护校委员会主席团成员进行谈判，力图阻止学生赴京。主席团成员提出"交通大学应名副其实成为交通大学"等 8 项要求。国民党当局方面，有的唱红脸，有的唱白脸，谈过来，谈过去，就是不解决实际问题，谈判毫无结果。

谈判过程中，张公纬指挥学生整队进入月台准备登车。此时，车站内已空无一车。没有车，怎么赴京？主席团成员商量后，决定带领几个小组，沿各条路轨分头寻找机车和车皮。在铁路员工的帮助下，学生们终于找到了机车和车皮。一列由机械系学生傅家邦、丁仰炎等开动的火车驶进月台，广大学生一片欢呼，准备分批登车。

开上月台的列车只挂有 8 节客车，不够全体学生乘坐。这时，其他学生又在铁路员工的暗中帮助下找到 27 节闷罐车车厢。傅家邦、丁仰炎等即将原列车开出站台，改挂闷罐车车厢，再次开进月台。学生们无比振奋，纷纷要求马上上车，开赴南京。

下午 5 时左右，吴国桢、潘公展、方治再次来到北站进行拦阻。他们借吴保丰之口说："朱部长限学生于 6 时半前退出月台，明晨 8 时上课，否则全部开除学籍。"吴国桢宣称："教育部已接受学生要求，倘再有越轨行动，要依法制裁！"绝大多数交大学生为朱家骅的一再失信所激怒，非但未被威胁压倒，反而斗志更旺。此时，暨南大学、上海医学院、浙江英士大学的学生代表冲破军警阻拦，来到月台，高呼"支援交大护校斗争""欢送交大同学晋京请愿"。在场群众的情绪达到了高潮。

下午 6 时半，请愿团总指挥组织学生上了车。车头上贴着由穆汉祥书写的"交大万岁"，车厢上贴着"国立交通大学晋京请愿专车"红色大字。6 时 45 分，汽笛长鸣，由交大学生自己开动的火车缓缓驶出车站，向南京方向进发。6 时 55 分，列车开到麦根路、大扬旗路口，列车不得不停止前进。铁路局奉当局的命令，竟将前方一段铁轨拆除。但是铁路工人把拆下的铁轨和工具留在路旁。土木系学生立即把铁轨重新铺好，列车继续前进。行驶了一段路，前面的铁轨又被拆除，这次把拆下来的铁轨也搬走了。土木系学生毫不气馁，将列车后面的一段铁轨拆下来抬到列车之前，补上被拆除的铁轨，列车又向西开进，到达麦根路车站。

晚上 7 时 40 分左右，全副武装的青年军二〇二师一个营的士兵布阵在列车两旁。小股士兵想夺车门而上，阻止学生前进。学生们奋起抵

1947年5月13日，交大学生自行驾驶火车晋京请愿

御，把住车门，不让士兵窜入。许多当过兵的学生前去向士兵做工作，力劝士兵不要干预。双方僵持到晚上9时20分左右，吴国桢、方治与交通部次长凌鸿勋、上海市公用局局长赵曾钰等人来到麦根路车站，与学生代表又谈判了一个小时。学生代表坚持要朱家骅亲临现场谈判，不同意仅由吴国桢等出面担保。谈判再次失败。晚上10时45分左右，列车又继续开动。靠近真如车站时，已是午夜时分。此时，国民党当局又

将前面一大段弯道铁轨拆除。学生们一时找不到合适的弯道替补，同时机车里的水也快耗尽，列车已难以再前行。但学生们斗志不减，不肯下车返校。护校委员会主席团派人通知各个车厢做好应付军警冲击抓人的准备，让各大、中、小队长都把袖标撤下。

14日凌晨1时左右，朱家骅终于坐着装甲车赶到现场。他用扩音器叫喊："交大学生集体中断交通，这已经不是学生的行为了，你们要马上回校，不然就全体开除。"当时的形势十分紧张，青年军已在路口严密布阵，一场血腥的镇压迫在眉睫。

面对严峻的形势，如何对学生们进行引导，是摆在地下党组织面前的一个严峻问题。在此关键时刻，中共上海学委副书记吴学谦、国立大学区委委员浦作赶到现场，秘密找到国立大学区委委员吴增亮，传达了中共中央上海局书记刘晓、钱瑛的指示：要掌握有理、有利、有节的原则，当前形势不可硬拼，宜争取及时妥善解决，胜利返校，避开敌人的血腥镇压，保护群众积极性。当时，刘晓直接布置的"反饥饿、反内战"运动已经启动，如果交大学生先在护校运动中遭到镇压，将对整个运动局势造成不良影响。根据这一精神，总支委员分头到各个车厢向党员传达，党员又分别做积极分子的说服工作。学生自治会党团负责人也派人上机车向傅家邦、丁仰炎等学生"司机"了解机车运转情况，执行刘晓同志指示的对策。

拂晓，学生们下车，与公路上国民党当局人士隔着一条小溪对峙，支持主席团成员跨过小溪去和朱家骅谈判。当周盼吾、周寿昌等代表来到公路上时，朱家骅已经借机离开，只有吴国桢、蒋经国、宣铁吾、田培林、凌鸿勋等在场，他们把朱家骅亲笔签署的书面答复交给学生代表，内容共5条：①交大校名不更改；②轮机、航海两科不停办；③学校经费依照实际需要增加，与其他大学平等；④员工名额按班级人数照章增加；⑤如有未尽事宜，师生及校友可派代表晋京面商。主席团经过研究，认为朱家骅本人已签字保证，护校要求基本达到。当即由周寿昌向全体学生宣读朱家骅签署的书面答复，由周盼吾传达主席团的意见："这次护校已经取得基本胜利，我们回校去继续罢课，再派代表到南京谈判，直到完全胜利为止。如果谈判达不到全部要求，我们再第二次全体到南京请愿。"学生们热烈鼓掌，欢呼胜利，随即分别乘上海市公用局专门调来的 40 辆公共汽车凯旋返校。

5 月 15 日晚，学生自治会召开系科代表大会，选出胡国定、丁仰炎等 15 名赴京谈判代表，并决定继续罢课支持代表谈判斗争，直到护校要求全部达到为止。教授会也派出钟伟成、季文美两位教授代表共同赴京。经过谈判，教育部重新承诺了朱家骅签署的要求，并当即拨付了一笔经费。谈判代表在南京召开记者招待会，介绍护校运动的宗旨、目的和经过，以取得各界人士的理解和支持。至此，交大护校运动胜利结束。

护校运动是国民党统治区爱国民主运动的重要组成部分，是对国民党反动统治的有力打击；在交大的历史上，在上海和全国爱国民主学生运动的历史上，谱写了光辉灿烂的一页，永远留在人们的记忆中。

摄影: 戚炜颐

一起坐牢去：

"五二〇"运动在交大

1947 年，随着解放军在战场不断取得胜利，蒋管区人民反内战的斗争一浪高过一浪。国民党政府决心进行镇压，酿成"五二〇"血案。交大党组织在执行上级指示的同时，善于结合实际情况，创造性地引导群众斗争，取得逼迫市长来校放人、开除特务学生的胜利。

坐牢算什么！我们不害怕

慑于交大的护校运动和随之而起的全国性的"抢救教育危机"运动（不久改为"反饥饿、反内战"）的迅猛声势，国民党政府决心进行镇压，并于 1947 年 5 月 18 日匆忙颁布《戡乱时期维持社会秩序临时办法》，禁止 10 人以上的请愿、罢课、罢工和示威游行，并授权各地政府可采取"必要措施"和"紧急处置"办法。同日，蒋介石亲自出面，发表了"整顿学风、维护法纪"的谈话。一时间，风云突变，黑云压城。但是，交大、同济、复旦等大学的学生自治会仍然决定推定代表，于5月20日与南京学生一起向国民政府请愿"抢救教育危机"。

5月19日上午9时，上海10余所国立院校学生和前来支援的私立大学学生共计7000多人，汇集北站，召开欢送代表进京大会，会后举行了"反饥饿、反内战"大游行。交大学生的游行队伍前头有5名学生各举一只破饭碗，碗上各写一个字，连起来是"我们要吃饭"，还举着由穆汉祥绘制的大幅漫画《向炮口要饭吃》；随后的大卡车上吊着一块大型标语牌，下面挂着两根半大油条，形象地说明学生一天的伙食费只够买两根半油条。学生的呼吁赢得了沿途市民的同情和共鸣。游行队伍多次受到国民党军警拦截，都被英勇的学生冲破。

5月20日，南京、上海、苏州、杭州等地学生代表6000余名，在南京举行"抢救教育危机"联合大游行时，在珠江路遭到军警宪兵的袭击，重伤19人，轻伤90多人，被捕28人，酿成"五二〇"血案。

血案消息传到上海。当天下午，交大学生在钟声中迅速集中起来，走出校门，上街抗议、示威，高呼"支援南京学生""抗议南京军警毒打学生"。21日下午，交大学生代表参加上海市"抗暴联"会议，会上宣布成立上海市学生抗议"五二〇"惨案后援会，议决在23、24日举行全市总罢课，同时扩大宣传，呼吁"反饥饿、反内战、反迫害"。21日晚，交大学生自治会召开群众大会。从南京返回的学生代表报告血案真相，控诉反动军警罪行。学生们义愤填膺，纷纷要求采取支援行动。后经系科代表大会讨论决定实行无限期罢课，展开社会宣传，并绝食一天，抗议政府暴行。

交大党总支依照上级指示，决定在参与"反饥饿、反内战、反迫害"斗争的同时，派学生分头访问教授，争取支持，连日邀请马叙伦、邓初民、施复亮、李平心、胡子婴等民主人士来校演讲，进一步呼唤和鼓舞广大学生"反饥饿、反内战、反迫害"的决心。此外，还派出一批批宣传小队，深入到市区大街小巷、中小学校，揭露和控诉国民党政府镇压学生运动的血腥罪行。

5月25日，交大21名学生组成第一宣传小队，来到外滩和平女神像下（现延安东路轮渡口）宣传。一位女学生悲愤地唱道：

> 南京珠江路啊！
>
> 防线有五道，
>
> 水龙狠狠冲，
>
> 皮鞭重重打，
>
> 还有机枪和马刀，
>
> ……

歌声吸引了群众。歌声一落，另一位交大学生就跳到台阶上向群众高声说道："同胞们，我们是交大学生，现在政府打内战，老百姓没有饭吃，被逼得走投无路，我们也吃不饱，书读不下去了。"她诉说了"五二〇"血案的真相。国民党军警很快赶到，将全队学生强行押上警备车带走。

这时，第二宣传队21人得到第一宣传队被捕的消息后，立即赶到外滩原处，继续第一小队的任务。警察再次将宣传队的全体学生押走。当天被捕的还有同济、复旦、暨大等校的宣传队员57人，连同交大的42人，共计99人，全部关押在上海警备司令部。

被关押的学生斗志高昂，大家高唱《五月的鲜花》等革命歌曲，交大邢幼青等学生还将当时流行歌曲《跌倒算什么》改写为《坐牢算什么》。歌词是：

> 坐牢算什么！
>
> 我们不害怕，
>
> 放出来，还要干！
>
> ……

这首歌很快在各牢房传唱起来，后又在国民党统治区流行开来，被国民党当局密令列为禁唱歌曲之一。

队员接连被捕的消息传来。学生们情绪激动，有人主张派出第三支宣传队继续斗争，有人主张先去营救关押学生。正在犹豫之时，中共中央上海局刘晓派吴学谦来校传达指示：现在当权者内部有矛盾，警备司令部宣铁吾等人主张坚决镇压，大肆抓捕，吓退群众，使少数人暴露出来，把学生运动彻底打垮；但市长吴国桢等人怕把上海的局面搞得太乱，责任难推，不主张一味镇压。在这种情况下，党组织应利用他们之间的矛盾，击退那些企图制造事端、趁机血腥镇压的阴谋。

交大党组织决定"争取复课，救出同学"。学生自治会党组织做了大量的工作，消除一些积极分子的急躁情绪，派出代表前往警备司令部探视被捕学生并交涉放人，还派出钱叔文等6名代表两次到市政府与吴国桢交涉，要求释放被捕学生。社会各界对学生运动深表支持，对政府殴打和逮捕学生的暴行纷纷抗议。国际人权保障会陆干臣、吴

1947年5月26日，交大反内战宣传队员被释回校后部分成员的合影

耀宗等与交大孙泽瀛、复旦张志让等教授，联合向市府交涉，呼吁市长与学生谈判，释放被捕学生。在学生坚决斗争和各界的声援下，上海当局被迫释放部分被捕学生，但是镇压学生运动的行动并未停止。

"团结就是力量"

为了进一步争取教授和校长一同营救被捕学生，进一步说服积极分子继续执行上级"争取复课，救出同学"的指示，党总支和学生自治会党团决定 25 日晚，在上院 114 教室召开系科代表大会，讨论"休止罢课"，统一思想行动。

然而，一场蓄谋抓捕恐吓学生自治会骨干的阴谋悄然逼近。5 月 25 日晚，正在代表们热烈辩论时，校园内传来一阵吵嚷声，校内的特务学生先假装自相打斗，当会议纠察队员干预时，他们便转而毒打纠察队员。此时，一位特务学生点燃鞭炮作为信号，校外的便衣特务和雇来的地痞流氓闻声而来，拆毁学校后门旁的篱笆围墙，钻洞而入，手持棒棍朝 114 室扑去，殴打前来制止的纠察队员。接着，徐家汇警察分局以维持秩序为名，派警察进入校内。警察、便衣特务把会场团团围住，参加系科代表大会的学生处于危急之中。学生纠察罗友被打得血流满面，另有几个纠察一边还击，一边退入会场。会场里电灯突然熄灭。场内的自治会主席周盼吾、周寿昌、胡国定沉着指挥，用课桌、板凳堵死教室门。徐汇分局局长亲自用消防斧头劈门，可惜未能得逞，双方相持不下。特务、流氓又向室内扔掷铺路的石块，有多名代表受轻伤。

纠察队员敲响了大钟告警。急促的钟声把学生从宿舍中呼唤出来，他们纷纷向会场奔去。一群群学生高唱着《团结就是力量》，手挽手，肩并肩，将包围会场的军警、特务反包围起来。在声势浩大、斗志昂扬的学生队伍面前，军警、特务、流氓、地痞等不得不丢下凶器溜走，

1947 年 5 月，交大女学生看望在系科代表大会上遭殴打受伤的同学，并手书"血不会白流"

1947 年 5 月 26 日，交大学生打着"我们一起坐牢去"的横幅集会校园

但也乘夜抓走了 14 名学生。愤怒的学生要求连夜出校游行示威。周盼吾、周寿昌说服学生改在次日游行，以免遭到反动当局的暗算。

上海市学生抗议"五二〇"惨案后援会连夜召开紧急会议，决定发动全市 50 多所大、中学校，于 26 日向市府请愿，要求无条件释放被捕学生。

26 日清晨，打着"我们一起坐牢去"横幅的 2600 余名学生，在校园内集合，准备上街游行。此时，上海几所主要大学 —— 交大、同济、暨大、复旦等都已经被武装军警封锁。交大校门口及四周已被军警包围，一辆红色警备车上架着机枪，堵在校门口，露出森森杀机。被激怒的交大学生纷纷要求领队的学生自治会主席下令冲出去，一些人还组织起敢死队，准备夺枪开路。

在这关键时刻，党总支与学生自治会党团为了争取主动和保护学生安全，逼迫市长来校，果断决定：组织学生打着"我们一起坐牢去"的横幅在校内游行，要求吴国桢市长来校了解情况，进行谈判，否则学生上街抗议，发生冲突，一切后果由市长负责。26日上午9时许，吴国桢被迫来到学校。学生自治会提出必须先撤走军警，然后才能谈判。吴国桢只得下令撤走军警。全校学生就在图书馆前的草坪上席地而坐，举行大会。

学生自治会代表首先要求吴国桢到上院114教室观看现场，又向吴出示了现场留下的斧、棒等特务行凶的器具。当吴回到图书馆后，两位头缠纱布的受伤学生控诉了特务的暴行。在铁的事实面前，吴表示"遗憾"和"痛心"，对学生自治会监事会主席丁永康提出的质问无言以答。

谈判在图书馆内进行，馆外的学生大会热火朝天，《团结就是力量》的歌声响彻云霄。在谈判会场内外的配合斗争下，吴国桢不得不接受学生提出的释放在押学生、严惩凶手、军警不得随意入校等6项要求。学生大会随即通过了休止罢课的决议。当吴保丰校长和吴国桢一起出现在图书馆阳台时，学生们纷纷要求将点鞭炮发信号和带头打人的特务学生丁慧凡、皮岫云开除。教授会表示坚决支持。最后，学校当场以"捣乱学校秩序，成绩十分低劣"为由，宣布开除这两人的学籍。

当日下午，吴保丰校长在学生自治会代表的陪同下到警备司令部保释被捕学生。由于其他各校被捕学生仍然得不到释放，交大被捕学生拒绝出狱，坚持要和各校学生一起被释放。当消息传到学生代表与市长谈判的现场时，在场学生无不为被捕学生的义举所感动，并强烈表示支持。吴国桢市长迫于形势，不得不签发释放各校被捕学生的手谕。警备司令部于当晚释放了交大及各校被捕学生。

国民党当局虽然释放了被捕学生，许下一些承诺，但却在暗地里策划着更大的镇压行动。交大周围密布岗哨，军警公开盘问进出校门的学生。从5月27日起，便衣警察在校门外抓捕进步学生，于锡堃、杨福生、陈明锽、吉菊秋、顾思孝先后被捕，白色恐怖笼罩着学校。复旦、暨大、大同等校也不断发生捕人、打人事件。交大学生自治会决定加强纠察队力量，组织绝大多数从军返校学生在校内巡逻防护。

自治会党、团负责人胡国定与自治会领导成员商量后，决定发动学生集体到体育馆住宿。27日、28日两晚，学生六七百人在体育馆席地而卧，以保护学运领导骨干和积极分子，场面十分感人。钟伟成、季文美等教授也自告奋勇在体育馆和学生一起值班守夜。他们表示："如来抓人，叫他们先抓我们！"大义凛然。校长吴保丰也参加了值班。直到周围的军警撤退后，学生才搬回宿舍。

"五三〇"大逮捕

5月30日，上海学委紧急通知交大党总支，国民党当局当晚就要进校逮捕进步学生，同时还送来通过内线得来的"黑名单"。交大党总支立即进行研究，决定：①按名单并适当扩大范围通知，当晚一律撤出学校。②党内按组织系统通知，对党外积极分子按来自学联的消息通知。③隐蔽地点尽可能利用自己的社会关系；对没有适当隐蔽地点的，组织党员和积极分子互相帮助。很快，党组织依靠广大群众的智慧和力量，竭尽一切办法实现撤退和掩护任务。有的利用通过社会关系找来的小汽车将进步学生送出去，再由校外学生组织有效的接应；来不及出校门的，就采取换寝室、铺位的办法。李家镐利用其父李熙谋（时任交大教务长）的车子，把有关学生送出校门。30日下午和晚间，胡国定等利用市长吴国桢两次要与校长吴保丰会面的机会，分别让列入"黑名单"的学生自治会主席周盼吾、副主席周寿昌、监事会主席丁永康乘坐校长的汽车离开学校，中途下车而脱险。

除了党组织的通知外，非党内人士、交大青年会顾问邵秀琳从爱护学生的立场出发，也冒着个人风险把当局要捕人的消息通知了钱存学。在党组织的安排下，邬娴容等10多名学生掩护钱存学安全离开学校。

5月31日凌晨，军警3000多人进入交大校园内，架起机枪。便衣特务敲开执信西斋等宿舍中各个房间的门，要学生出示学生证，并对照"黑名单"抓人。这时，住在老南院宿舍的李宝珍发现机枪尚未上子弹，就大声喊道："机枪没有上子弹，快跟我冲出去！"于是，老南院宿舍区的学生很快冲到了学校中心广场，其他宿舍区的学生也陆续冲出。学生一起集合在广场，高唱歌曲，和军警对峙。特务用手电照向人群，妄图找到列在"黑名单"上的学生。学生们则交叉游动，以为掩护。特务们的搜捕行动就此落空。除了前两天在校门口被捕的于锡堃、杨福生两位学生外，当局"黑名单"上要抓的人一个也没有抓到。

军警撤走后，学生们群情激愤，要求马上集体去市政府抗议。当时学生自治会的主要负责人都撤离了学校，没有人出面组织。吴振东挺身而出，整顿队伍。学生们则听从指挥，很快形成8人一排的纵队，有序地冲出校园，举行抗议游行，向市政府进发。一些教授也加入学生游行的队伍。游行队伍刚到林森路（今淮海中路）路口，就发现前面集结了大批军警。突然间一批警察和便衣特务从附近冲出，他们有的挥舞警棍，有的手持扁担、长棍，向学生们奔来。为了不给敌人提供借口，学生们全部席地坐下。但是丧心病狂的暴徒仍然不肯罢手，杨治福等30多名学生被打伤，其中3人重伤。为了避免不必要的牺牲，吴振东指挥学生队伍返回学校，在体育馆前召开大会。大会推举吴振东为新的学生自治会主席，增补委员，组成新一届的学生自治会，一些党内第二线的同志和新成长起来的积极分子接替了上去。

军警入校捕人和毒打学生的暴行引起教工的极大愤慨，他们决定和学生们一道为反迫害而斗争！钟伟成、周铭、季文美、李泰云、王之卓等教授共同草拟抗议迫害学生的电文和宣言，决定实行罢教。在举行的记者招待会上，季文美教授报告了学潮的经过和事件真相。6月3日，交大老校长唐文治、张元济联合全市十名七旬以上高龄的社会耆宿，签名致函吴国桢和宣铁吾，痛斥国民党当局镇压学生的种种罪行，要求尽快释放被捕学生。

隐蔽精干，组织撤退至解放区

面对严峻的斗争形势，交大党总支根据中共上海局的指示，不轻易采取游行对抗行动，重点开展调整内部力量、加强党内教育、深入群众、巩固统一战线等工作，加强党员和积极分子的隐蔽工作教育，加强党的秘密工作制度和纪律教育；抓紧机会组织党员和积极分子的理论学习，学习《联共党史》《反杜林论》《论联合政府》《新民主主义论》、党章及整风文献等；结合刘、邓大军强渡黄河、挺进大别山，以及毛泽东关于战争从战略防御阶段转入战略进攻阶段的指示精神，提高骨干对国民党统治区域学生运动规律和对敌斗争策略原则的认识。各支部、各班级组织党员、积极分子深入学习，极大地鼓舞了学生对中国革命即将胜利的信心。

各支部还在各进步社团内推动学习活动，如山茶社、知行社、从军返校同学会、电联社等组织都成了党员、积极分子学习的重要阵地。电联社党小组因势利导，组织运动中涌现出来的积极分子总结斗争经验，学习《新民主主义论》等小册子，进一步提高政治觉悟。根据山茶社成员厉良辅的回忆，他住在新中院时，中共地下党员于锡堃向他推荐艾思奇写的《大众哲学》。从此，他如饥似渴地阅读《共产党宣言》《新民主主义论》《论联合政府》等革命书籍，用革命的理论武装自己，走上了革命道路。他先后被选为自治会执行委员，担任自治会主席。1948年底，厉良辅差一点被国民党当局秘密逮捕。山茶社成员蒋励君记得，山茶社社长许健给她带来的革命书籍《共产党宣言》《新民主主义论》等，常包上《七侠五义》《小五义》的封皮。许健还带她参加过研读马列主义的读书会。当时一起参加学习的还有何祚庥、黄旭华等，大家学习以后，思想豁然开朗。

1947 年 8 月，地下党组织决定输送一批被通缉和被开除的学生撤退至解放区，确定前往的交大学生有张公纬、谭西夷、杨才澄、胡庆蒸、裘有安、朱葆城 6 人。两个月后，江泽民将张公纬护送到码头，和已经到达的其他学生一道登轮离沪。他们转道平津，12 月初到达晋冀鲁豫边区政府所在地。其他被通缉、被开除的学生，大部分都在地下党组织的安排下，撤退到解放区或转移到其他工作岗位，加入解放全中国的革命斗争之中。其中，被锻炼出来的一批敢于斗争的学生运动领袖和骨干，充实了领导全国学运的干部队伍，如史继陶、周寿昌、钱存学等参加了全国学联和国际学联的工作。

在领导交大师生参加"反饥饿、反内战、反迫害"运动的过程中，交大党总支组织扎根基层，善于斗争，灵活应变，表现突出：①组织上周密细致，一方面有坚定的学生自治会党团，有扎实的社团和班级群众工作为基础；另一方面在党内部署了二线，一线党员受到打击，二线党员立即补充上去，组织上不会被打垮。②充分发动了广大党员和积极分子，尤其是学生自治会党团、社团、班级及系科代表党员与骨干的集体力量，使这次斗争突破重重难关、化险为夷。③在执行上级指示的同时，注意争取校方和社会人士的支持，善于结合交大实际情况引导群众斗争，做到有理、有利、有节，如提出休止罢课和逼迫吴国桢市长来校谈判的斗争便是突出的实例。

民主堡垒：

上海学生爱国运动的主战场

　　对于交大学生在爱国运动中不畏牺牲、百折不挠的斗争精神，原交大学生自治会党团成员、南开大学原副校长胡国定有过一段总结。交大工科的特点在于对工程原理的传授比较透彻，使学生不仅知其然，而且深知其所以然。交大学生对于复杂的新事件，总要先独立思考问题，弄清楚了，才下决心怎么去做。所以交大爱国民主运动的特点不在于对外界形势发展的灵敏反应，而在于一旦真动起来，就再不会轻易回头，这可以概括为一种"慢热"精神。

　　1947 年 6 月，解放战争已从战略防御转为战略进攻阶段。中共上海党组织领导下的青年爱国民主运动也在其中起到了积极的配合作用，成为第二条战线上的一支重要力量。交通大学党组织面对国民党当局不断加大的白色恐怖，加强自身组织建设，寻求机遇，动员群众，开展了救饥救寒运动、抗议九龙暴行、声援同济大学"一·二九"事件等一系列斗争，并以交大为主战场，打胜了上海学生反美扶日运动的艰险一战，被誉为"民主堡垒"。

"民主广场"命名

从1947年下半年起，随着中国共产党在军事上取得的一系列胜利，蒋管区人民的斗争热情持续高涨。然而学生运动怎样突破国民党政府《戡乱时期维护社会秩序临时办法》的束缚而继续向前发展，成为党面临的一个十分重要的问题。交大党总支及时注意到：12月起，上海气温骤降，街头冻尸饿殍每天数十起，社会上一些慈善团体和报社发起寒衣赈募活动，但进展不快。党总支认为，即将兴起的救饥救寒运动正是突破束缚的关键。党组织利用上海市提出的"冬令救济"的合法性发起救饥救寒运动，成功冲破了自"五三〇"大逮捕以来白色恐怖的低沉气氛。

为了把运动转向反美扶日斗争，红五月来临之际，上海学委决定选择交通大学作为上海学生反美扶日运动的主战场。学委通过上海学联出

1947年5月，在中共地下党的领导下，交大率先发起反美扶日的爱国学生运动

面,在交通大学举行了一系列大规模的政治性集会,并组织全市学生参加。

1948年5月3日,上海各校学生在交大体育馆联合举行纪念五四文艺晚会。会上,交大演出了《觉醒》《农作舞》和讽刺蒋介石效法袁世凯当大总统的新编历史剧《典型犹存》等节目,矛头直接指向美帝国主义和蒋介石。

5月4日,上海各大、中学校在交大举行营火晚会,主题是反对美国扶植日本军国主义势力。这一日,校园焕然一新,从校门口到民主广场(即大操场),是用大量学生运动历史资料布置的"从五四(1919)到五四(1948)的中国青年的道路"图片展;一路上用彩灯做成的大路标上,依次标着"五四""五卅""九一八""七七""一二·一""抗暴""五二〇"等字样,最后一个箭头写着"走向黎明",指向营火会大门,图片展帮助学生重温中国先进青年的光荣传统。最引人注目的是大草坪中央高高矗立的"民主堡垒",堡垒用竹篱笆和彩纸搭建而成,呈炮楼式样,正面悬挂着"民主堡垒"四个大字,顶部飘扬着一面鲜艳的红旗。此外,民主广场的主跑道旁摆放了一张50平方米左右的巨幅图画,体现了"旧中国在灭亡,新中国在前进"的主题,画上题字"为独立自由、民主富强的新中国奋斗"。在草坪北侧的中院,还有一个以"反对美国扶植日本侵略势力复活"为主题的展览会。

下午,各校学生陆续来到交大,总计有120多所大、中学校学生1.5万余人。校园里面一片欢腾,有的聚精会神地观看图片展,有的成群结队在"民主堡垒"下欢歌、畅谈。夜幕降临,营火晚会在民主广场举行,学生围坐在营火周围。熊熊的火光照亮了大家,大会主席圣约翰大学的阮仁泽首先讲话,悲愤地控诉了日寇侵华的暴行,深刻揭露政府当局追随美国帝国主义扶植日本军国主义的卖国政策。他大声疾呼:"千千万万同胞决不允许日本帝国主义卷土重来,决不允许侵略者的铁蹄再践踏祖国河山。"大会主持人交大吴振东宣读了国际学联的贺电。

接着，国际问题专家孟宪章教授作了"反对美国帝国主义扶植日本军国主义"的主题演讲，用大量无可辩驳的事实和数据，揭露了美蒋的祸心。演讲一结束，各校的节目在营火周围继续演出，交大山茶社演出了秧歌舞和短剧；复旦大学的司徒汉用三节手电筒指挥全场高唱《团结就是力量》《你是灯塔》和《光明赞》。

同志们！

向太阳，向自由，

向着那光明的路。

你看那黑暗已消灭，

万丈光芒在前头。

……

当象征美帝、日本法西斯和蒋介石的三个稻草人被埋葬在烈火之中时，全场欢声雷动。大会在《义勇军进行曲》的雄壮歌声中圆满结束。

会上成立了上海市学生反对美国扶植日本、抢救民族危机联合会（以下简称"反美扶日联"）。会上的演讲、口号通过校内"九头鸟"（有九只扩音器的高音喇叭）的广播清楚地传递给学校周围的市民。当日，上海学联向全市学生发出五四号召，指出民族危机空前严重，因此要求联合全市乃至全国人民，并联合全世界人民，包括美国和日本的反法西斯人民，一同向美帝扶植日本军国主义政策宣战，打退黑暗势力的进攻。此后连日，反美扶日运动的展览会、控诉会、时事报告会，及利用漫画、标语等进行宣传的一系列活动全面展开。

1948 年 5 月 10 日，上海学联欢迎国际学联秘书布立克曼女士，并在交大体育馆举行集会。布立克曼于 5 月初来到上海，住在条件简陋的交大女生宿舍，交大学生蔡晬盎、林家铿等人担任她的翻译。她参加了一周前在交大校园举行的五四营火晚会，对中国学生的生活、思想状态有了更直观的了解。在欢迎仪式上，布立克曼发表了热情洋溢的演说，高度评价五四营火晚会的成功，赞扬中国学生的革命斗争精神，介绍了国际学联的情况，支持正在深入开展的反美扶日运动。

"民主广场"的命名也有一段故事。1948年5月20日，是"反饥饿、反内战、反迫害"斗争一周年，也是在斗争中诞生并在上海学生界已有威望的上海学联成立一周年。上海地下党组织决定召开一次盛大的学生集会，纪念"五二〇"血案暨上海学联成立一周年，主题是进一步动员反美扶日斗争，地点仍然设在交大。集会原定于5月20日举行，因当日有雨改在5月22日。

交大为此做了大量的准备工作。校门上挂着醒目的大幅标语"反对美国帝国主义扶植日本""争取民族独立解放""团结起来，反迫害、争自由，争取爱国革命运动胜利"。

从进校门开始，地上写着"血"底黑字"踏着血迹前进"，这让每个参加者从上面走过的时候，想起对"五二〇"精神的继承。穆汉祥用

交大的民主广场——新文治堂

72张白报纸精心绘制了一幅巨型宣传画，写着"独立、自由、民主、富强的新中国在前进"和"旧中国在灭亡"的宣传画挂在大操场的正北门入口处的竹篱笆上，吸引了大批学生观看。

大会主席台设在大操场东面，这里临时搭建了一个可以容纳100余人的高台，天幕上悬挂着上海学联会旗，上面书写着"热烈庆祝上海学联成立一周年"。背后的体育馆墙上贴着4幅巨型标语，分别是"团结全国人民""反对美国扶植日本""击退一切迫害""争取革命运动的胜利"。对面正在兴建的大礼堂（即新文治堂）正面贴着"民主广场"四个大字。

5月22日下午，上海76所中等学校、26所专科以上学校，共计1.5万余人陆续来到会场。纪念活动一开始，全体学生为牺牲的学生默哀3分钟。

大会由交大学生自治会主席吴振东主持，他宣读了国际学联、全国学联、华北学联、南京学联的来电。接着，圣约翰大学教授陈仁炳作了"反美扶日"的主题演讲，呼吁学生起来反对日本法西斯的复活，为保卫中华民族、世界和平而努力奋斗。演讲后，上海学联将交大的广场正式命名为"民主广场"。

之后，由交大学生林家铿指挥检阅。1.5万人的队伍，步伐整齐，编成8路纵队，绕场行进，接受学联主席团的检阅，雄赳赳，气昂昂，显示出不可战胜的力量。交大学生还表演了反蒋反美和反对日本法西斯的活报剧、胜利舞；中华工商专科学校学生集体朗诵了长诗《掀起民族解放的巨浪》。会上，"反美扶日联"宣布发起10万人反对美国扶植日本的签名运动，提出"迅速召开对日和会""保证日本法西斯侵略势力不能复活""解散日本海上保安厅""拘捕并公审一切日本战犯"等6项主张。这次纪念大会实际上是反美扶日的誓师大会，进一步推动了全市学生反美扶日情绪的高涨。

反美扶日运动的怒涛

经过五四营火晚会、"五二〇"纪念会等几次大型集会的发动号召，反美扶日运动在上海迅猛展开，并很快扩展到全国大、中城市。

在运动兴起之际，国民党当局严令镇压。教育部密电上海市政府责令"对少数违法学生不能再事姑息，要严加惩办，查明重要分子，一律开除学籍"。1948 年 6 月 2 日，上海市市长吴国桢召集各大学校长开会。会上，国民党市党部负责人方治威胁说："发动反美扶日的就是共产党，一定要查究。"吴国桢要求各校"取缔学生的不法活动"，当众责问交大校长程孝刚："交大学生整天唱解放歌，跳秧歌舞，把校园搞得像是赤色租界，你知道吗？"程回答说："我完全清楚，我认为这和我提出并经朱家骅部长同意的'学府以内思想自由'的办学方针没有什么抵触！"吴国桢又说："对学生不能过于放任，否则是要出轨的。孔夫子不是说过'道之以政，齐之以刑'吗？"程孝刚接过话头说："市长先生，孔夫子也说过'道之以德，齐之以礼'的话呀。"一席话让曾任国民党中宣部部长、口才极佳的吴国桢竟然语塞。如同程孝刚校长一样，上海更多的知识分子已经站到学生运动这一边。6 月 1 日，上海各大学校长、教授 347 人联名上书美国总统杜鲁门，反对美国扶植日本。这次上书推动了学生反美扶日运动的进一步扩大。

为了把反美扶日运动引向社会，交大党总支决定，由学生自治会出面召开一次大型座谈会，邀请各阶层人士，国际问题专家、教授参加，还特地给吴国桢、潘公展、宣铁吾等发了请帖。6 月 3 日晚，座谈会在交大体育馆召开，会场楼上楼下坐满了人。参加会议的有周谷城、张孟闻、卢于道、孟宪章、张絅伯及各大、中学校学生。吴国桢也准时到场。

大会开始，会议主席吴振东宣布为抗战八年死难的军民默哀一分钟。静默之后，他激愤地揭露了美国扶植日本军国主义的大量事实，说明反美扶日是每个国民的责任。他接着说："现在政府里有人恐吓我们说，

纪念五四文艺晚会、反美扶日公断会等活动会场——体育馆

反美扶日的人就是共产党。不知道说这种话的人，还是不是中华民族的
子孙？"会场上的人情绪十分激动。

与会的吴国桢试图扭转大会气氛，便抢先要求发言。他忙把话锋一
转，说："今天要谈的是日本问题，首先要注意两点，第一，美国并没
有扶植日本，第二，日本不会再侵略我们，美国的政策是对付共产党，
避免亚洲和中国的赤祸。"接着他吹捧美国的"功德"，说什么平价米、
救济粮都是美国的"大恩大德"，"我奉劝诸位要识大体，要求美国加
强援华，不要受共产党利用"。

吴国桢话音未落，全场发出怒吼，"打倒奴才外交"，"我们不要
美国的救济"。吴自知不妙，声称另有重要约会，便匆匆离去。

十多位与会专家、教授、新闻界、工商界人士，一个接一个发言，
从不同角度说明反美扶日运动的正义性，以大量事实批驳了所谓"美国
并没有扶植日本""日本不会再侵略中国"等谬论，强烈抗议美国扶植

日本军国主义的政策，痛斥国民党当局推行的奴才外交。交大老校友张綗伯揭露了美国政府在抗日战争期间卖军火给日本以屠杀中国人民的事实，说："我是一个中国人，我就是要反美扶日。"周谷城教授说："我们不能忘记上次战争的教训，日本法西斯起来最先遭殃的就是我们中国，我们要反对日本法西斯复活，这是'为天地立心，为生民立命，为往圣继绝学，为万世开太平'。"

座谈会进行了三个多小时，与会学生更加清楚地看透了政府当局不顾民族利益，成为美国"资本美国、工业日本、原料中国"侵略政策的追随者；明确认识到反美扶日必须和反对国民党当局反动政策结合起来。

和轰轰烈烈的学生运动相呼应，其他各界人士也纷纷联名，或发表宣言，或致电美国政府，强烈反对美国扶植日本军国主义。5月8日，香港工商界人士联名发表反美扶日宣言。6月4日，巴金、洪深、孟宪章、周谷城等社会知名人士联名，抗议美国援助日本军国主义复活。

反美扶日运动的怒涛震惊了美国政府。6月4日，美国驻华大使司徒雷登威胁：中国学生反对美国对日政策"如继续不已，将发生不幸的结果"。

同日，根据上海学联安排，交大举行了系科代表大会，决议6月5日继续参加全市反美扶日大游行。吴国桢获悉后急忙电话责令交大校方制止，对校方百般施加压力。上海教育局副局长李熙谋急电程孝刚，坚决制止学生参加游行。程孝刚校长不忍看到学生发生流血事件，当晚与各系主任一起力劝自治会不要上街游行。结果劝说不通，程孝刚和18位系主任贴出布告宣布集体辞职。校方还动员了部分学生家长来校劝阻，但是反而都被学生说服了。蔡元培夫人周峻女士来校劝阻在物理系就读的女儿蔡晬盎，和女儿谈话后告诉程孝刚："青年人比我们进步，懂得应该走什么道路，我们应该支持。"

5日，国民党调动了大批军警、宪兵队、青年军、警备车、飞行堡垒，对交大、复旦、同济等学校进行层层包围封锁，军警们荷枪实弹，全副武装。在学生们义愤填膺、坚决要冲出去的时候，国立大学区委和交大党总支负责人当机立断，决定改在校内游行，同时利用日夜赶制出来的宣传资料、图片，向包围交大的军警进行宣传。自治会这一及时的改变，深得师长们的赞许。总务长蔡泽教授亲自加入了游行队伍，程孝刚校长也高兴地站在上院前向队伍鼓掌挥手。

原定在外滩公园集合游行的队伍，由于交大、复旦、同济等主要大学被封锁，许多到达的中学生受到军警的迫害，队伍被强行驱散，60多位学生被捕。

上海警备司令宣铁吾公开说："根据情报得知，各校共党分子，闹得最厉害的是交大，其次是复旦，再次是同济、暨大……"

以公断会击退"神经战"

吴国桢对学生反美扶日大游行进行了打击破坏之后，自以为得势，决定继续抓住交大给以重点打击，挑起一场针对交大学生的"神经战"。

6月6日下午，吴国桢召开了记者招待会，指责爱国学生是"假爱国之名，图卖国之实"，"阴谋破坏社会秩序"，声称要彻底查究"幕后操纵者"。次日，国民党《中央日报》上登载了一条新闻，标题是"假爱国之名，图卖国之实——市长在昨晚记者招待会上痛斥越轨学生，专函提出七点质询，责成交大校方复查"，并一一详细登载了7点质询的内容。

消息传到交大，激起学生们的无比愤怒，纷纷贴出"爱国无罪，反美扶日有理""和吴国桢评理去"等抗议的大字报。面对吴国桢的嚣张，党总支研究决定由学生自治会就此公开复信。复信在回答了质询后，针锋相对地提出了5点反质询，其中第二、第四点的内容是：学生参加动机纯正的爱国示威游行而遭受残酷的刺伤、毒打和逮捕，请问我们正在行宪的政府：爱国有什么罪？先生提出的七个问题中，问了六个"何人"，请问秘密逮捕、"自动"失踪层出不穷的今天，先生特别追问爱国游行中的"何人"，我们无法不怀疑先生是否抱有类似的特殊目的。吴国桢见到交大竟然如此复函，大为恼火，6月10日又召开记者招待会，并抛出了8点再质询："所谓上海市一百二十校，联合举行之五四营火晚会系何人召集？""反美扶日抢救民族危机联合会何人主持？如何产生？"等等，责令交大"从实答复"，并且威胁说要"以妨害治安论，由警局传讯交大学生自治会及系科代表大会负责学生"，"依法惩处"。这8点质询又在当天各家报纸上全文刊登。

党总支及时指示学生自治会党组："我们有人民群众作坚强后盾，要敢于居高临下，以浩然正气压倒敌人，化被动为主动，把他置于受审地位。"据此，6月11日晚，交大学生自治会在校内招待各报社记者，发出《给吴市长的一封公开信》，提出11条反质询，重申爱国立场，严责吴国桢："我们爱国犯了哪一条法律？违了哪一条校规？如要问反美扶日运动是谁操纵？那就是四万万五千万爱国同胞的良心操纵。"反问吴国桢："不许学生爱国，不许学生反美扶日，是谁操纵？"公开信最后指出，"从你市长先生再三的所谓'查询'里，从所谓'即将传讯法办'的恐吓里，我们不能不联想到在这种分化、威胁的策略下，黑名单逮捕和'自白书''口供'之类，也都早已安排好了。但是，我们不会犹疑恐惧，我们确信爱国无罪"。这封义正词严的公开信在《大陆报》《正言报》《益世报》三份报纸上发表，给了吴国桢迎头痛击。

6月12日晚，吴国桢再次召开记者招待会，对交大学生自治会的公开信不作正面回答，而是攻击反美扶日运动"利用好的名义，混淆民众，而图其捣乱之实"，"幕后操纵有人，企图扰乱治安"，再次要交大回答他提出的8点质询，并威胁说，将要警局传讯交大学生自治会负责人。

6月13日，针对吴国桢的恐吓，交大学生自治会负责人向报界严正声明，"对于吴市长第二次质询各点，本会不预备再有答复。关于吴市长要传询学生会负责人一点，本会愿意接受传询，但有两项条件：①公开传询；②允许参加反美扶日游行的各校学生作证"。

针对吴国桢向报界多次发表的恐吓性谈话，程孝刚校长特地向报界发表谈话，表明学校的立场是"道之以德，齐之以礼"，反对吴国桢对爱国学生的迫害。

6月16日，交大学生自治会发表了第三封给吴市长的公开信，责问他："为什么对我们反质询先后提出的15个问题不正面回答，而单方面催答你那违宪的七质八询？我们提出的问题你不回答，等于你默认企图以强权压制正义，破坏爱国运动。"最后提出："希望你6月18日以前能在报端公布你的答复，如不愿意，就请你驾临交大公开答复。"

6月17日，吴国桢急急忙忙特地又召开了一次记者招待会，再次攻击反美扶日运动"决非纯粹爱国运动，爱国其名，阴谋其实"。如交

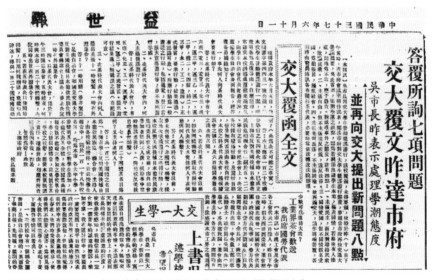

1948年6月11日，《益世报》刊载交大复函市府所询七项问题的全文

大不在他所规定的 6 月 19 日答复他的质询，就准备让特刑庭动用公开传讯的措施。

由于上海政府当局对交大的迫害步步紧逼，校长程孝刚承受的压力越来越大，不得不声明辞职。面对复杂的形势，学生自治会的一部分成员产生了会不会脱离群众的担忧，准备用集体辞职的策略来争取主动，并于 6 月 18 日贴出了辞职布告。

国立大学区委和交大党总支对校长辞职、特刑庭威胁进行了认真研究，认为在敌人的"神经战"和意在欺骗舆论的威胁面前，群众需要的是坚强有力的领导去揭露敌人，带领群众去与敌人展开斗争，学生自治会在这个时候采用集体辞职的策略是不适当的。党总支为此做了大量工作，通过社团联组织通宵讨论，进行充分透彻的说理，统一了广大积极分子的思想。学生自治会全体委员也经过长达三小时的讨论，决议撤销集体辞职的请求。

正在吴国桢授意下的特刑庭准备开庭、交大学生自治会要出庭受审之际，上级党组织指示交大总支：①不承认特刑庭的合法性；②再次责问吴国桢爱国何罪；③交大自行组织公断会，邀请各界人士公开论断交大学生与吴国桢之间谁是谁非。广大交大党员和积极分子知道这些意见后，非常振奋，于是按照这个精神，学生自治会发表了严正声明，发动各界人士举行公断会，把主动权掌握在自己手里。

即刻，学生自治会组织了大批骨干四处联系，邀请各界代表。李君亮同学根据指示，到包达三先生家中和马寅初、盛丕华、张絅伯、沈子槎、邱文奎等先生商量，共同分析形势，商定了公断会召开和主要出席对象的方案。除了有声望很高的"海上十老""救国会七君子""六二三"上海人民代表以及知名专家、教授参加外，还由马寅初先生亲自出面代邀宣铁吾的秘书长方秋苇和国民党政府立法委员周一志、吕克难等人参加。学生自治会同时也向吴国桢、潘公展、方治等人发出了请帖。"海

1948 年 6 月 26 日，交大学生自治会召开的反美扶日公断会现场

上十老"中的唐文治、张元济两位老先生都曾担任过交大校长，但因年事已高，不便行动，即于 6 月 21 日在《大公报》上发表了给吴国桢的公开信，充分肯定交大学生反美扶日的爱国性、正义性，告诫吴国桢要"善为利导，并以保全善类……勿再传询"。老校长的严正态度，对吴国桢的传询阴谋是当头一棒。

各界代表公断会于 6 月 26 日晚在交通大学体育馆举行，交大学生近 2000 人参加。会场正中挂着"反美扶日公断会"大字横幅。在公断席上就座的有陈叔通、马寅初、许广平、史良、王造时、张志让、张絅伯、陈维稷、漆琪生、方秋苇、周一志等近 30 人。交大学生自治会主席吴振东主持了大会，向大会汇报了交大反美扶日运动的情况以及吴国桢对交大发动的"神经战"，请与会者评理、公断，并说明也向吴市长发了正式请帖，吴国桢无故缺席，但可以缺席公断。

民族工业家、前清翰林陈叔通老先生首先发言。他说："吴市长说反美扶日是受少数人操纵，今天来校一看人多极了，情绪很热烈，哪里是受人操纵呢？反美扶日是举国上下，人同此心，心同此理，有百是而无一非，美国扶植日本与我中华民族生死存亡息息相关，我们同是中国人，岂能视而不见，听而不闻，吴市长说你们反美扶日不是爱国，我看说这种话的人便是卖国。"全场一片热烈掌声。

"七君子"之一的史良女士发言说："诸位反美扶日之举，动机是爱国，行动是正义，我查遍古今中外法典，找不出诸位犯法的条文，而吴市长和学生搞'神经战'，还口口声声限期答复，否则将予传询，这倒是真正的犯法，法律规定市长无传询权，他是犯了威胁恐吓之罪。我来当诸位的义务律师。"

紧接着，张志让先生发言："十二年前史良先生等'七君子'以爱国之罪被国民党传询入狱，我是辩护律师，今天国民党故伎重演，我愿意再当一次和国民党当局打官司的辩护律师。"

许广平女士也痛责吴国桢要传询爱国学生是当年北洋军阀迫害她们的旧戏重演。她说，"鲁迅先生名言'公理自在人心'，现在反美扶日运动得到全国人民的热烈响应和支持，可见是完全合乎公理的"。

周一志、方秋苇也先后发言，周说："我是国民党政府的立法委员，是戴不上红帽子，也是共产党不敢操纵的，有人叫我周疯子，我今天不是讲疯话，爱国确实无罪，传询确属非法。"方则用抗日战争将军的身份，揭露吴国桢当重庆市市长时造成的防空洞大惨案，斥责吴国桢"六三"座谈会上侈言自己抗日有功和痛恨日本法西斯的虚伪性。

公断会愈开愈热烈，掌声、口号声此起彼伏，真正成为审判国民党当局奴才外交的人民法庭。公断会经过 4 个小时的热烈讨论，形成论断："反美扶日运动是人同此心、心同此理的全国性爱国运动，不犯法，更绝不可能受人操纵。"最后张纲伯、马寅初以交大校友身份表示坚决和爱国的交大同学在一起，"吴国桢要你们坐牢，我们一起去"，全场欢声雷动。公断会彻底粉碎了吴国桢对交大的"神经战"，取得了政治上的重大胜利。

　　交大学生对吴国桢"神经战"的有力反击,在社会上产生了巨大影响。第二天,《正言报》发表了《交大公断会,吴市长被缺席判决》的消息,并且报道说公断会"情绪颇为热烈,一致认为反美扶日运动是反对日本军国主义复兴,也是媲美五四运动的爱国运动"。《大公报》对公断会的情况以及会上17位知名人士、专家教授发言的内容作了生动的报道,并先后发表了多篇社论和专论,举行日本问题专题座谈会,和学生的反美扶日运动相呼应。此后,反美扶日运动在全国各地风起云涌。

黎明之前：

为迎接解放而斗争

黎明前是最黑暗的时刻，也预示着将要迎来光明！

1949 年 4 月 20 日，中国人民解放军发起了伟大的渡江战役。23 日南京解放，消息传到交大，师生为之欢腾。然而，此时也正是上海最黑暗、最艰苦的时期。紧随着，国民党京沪杭警备总司令汤恩伯即发出了杀气腾腾的"十杀令""连坐法"。行人、住户经常遇到查户口、马路被封锁、抄身搜捕等事。国民党特务到处捕人杀人，深夜警备车的尖叫声时时令人胆战心惊。面对严峻的形势，中共地下党组织向全市发出通知强调：要充分注意敌人临近灭亡，必然会更加疯狂，务必高度警惕，随时应付突然袭击。

"四二六"大逮捕

早在 1948 年 7 月 28 日，《中央日报》社就发表社论《肃清间谍的间谍》，直指交大学生运动："上海方面我们唤起政府和社会注意，千万不要忽视交通大学。交通大学在上学期之内是匪党职业学生所夸称的'民主场'，他们的公开活动都在交大举行，在暑假之内，交大又变成了南北各地职业学生匪党间谍的'民主宿舍'。交通大学现在又造成了苏维埃租界，在国家之内自成一个独立国家。"国民党当局以各种手段对交大的学生自治会和进步学生进行打击抓捕。1948 年暑假后，上海各大学的学生自治会均已受破坏而无法活动，交大学生自治会依然坚守岗位，但是危险四伏，黄贻诚、张宝龄顶上来担任自治会正副主席没几个月，就上了特刑庭传讯名单。11 月，厉良辅勇敢地当选为新一届学生自治会主席，12 月 25 日就险遭国民党小分队秘密"斩首"，幸亏同宿舍的黄旭华机警，识别出阴谋，吓跑了敌人。

为了避免交大革命力量受到损伤，交大总支做出了具体安排：①凡已暴露的党员和积极分子应离开学校，隐蔽起来，还特别通知林雄超、张奇班、史霄雯等 6 人尽快离校隐蔽；②还不太暴露的党员和积极分子，白天可留在学校坚持工作，但夜晚不得留宿学校或家中；③尚未暴露的可以住在校内，但是必须做好应急措施。同时，要加强值班巡逻，保持高度警惕。如果遭到国民党军警包围，则立即敲响警钟；同学们迅速向体育馆集中；用米袋和课桌椅堵住体育馆大门，并请校方出面交涉，力争外援。

另一边，国民党当局也一直在筹划部署对全市学生运动的镇压，妄图将高校中的共产党员一网打尽。1949 年 4 月 11 日，教育部发出"沪上学生有密谋暴动"的信息给交大校长，要求校方"严加防范"。4 月中旬，上海淞沪警备司令部派专员来交大胁迫顶上来的王之卓校长，制止学生运动，并扬言要逮捕为首的学生。4 月 22 日，淞沪警备司令陈大庆颁布了所谓的《上海市紧急治安条例》，即造谣惑众者、集众暴动者、罢工怠工者、鼓动学潮者、破坏社会秩序者等要处以死刑的"八杀令"。同时，国民党当局调整军警的配置力量，增加特务活动经费。

4月25日晚，国民党各特务组织奉命在警备司令部开会，布置大逮捕的具体方案。鉴于以往在交大的搜捕多次扑空的教训，会议决定，交大的逮捕行动换由警察总局负责执行。

4月26日，凌晨1时许，国民党对全市17所大专院校同时发起了大逮捕行动。当时，交大的护校队员正在学校后门（今淮海路校门）巡逻，校门外突然传来一阵密集的脚步声、汽车声。护校队员正想看个究竟，突然"砰"的一声巨响，铁甲车撞开了交大后门，冲进校内；紧接着大批全副武装的军警冲进校内，迅速分散，把守住校内各交通要道和学生宿舍，按预先准备好的"黑名单"逐房对照搜捕。护校纠察队员冲向上院敲钟报警，后面持枪的军警紧紧追赶。一时，清脆的钟声夹杂着恐怖的枪声把全校学生都惊醒了。学生们急忙冲出房门，准备到体育馆汇合，可为时已晚。宿舍楼道外已经被国民党军警的机枪封锁。有几幢宿舍的学生在骨干的带领下试图冲出校舍，到体育馆集中，但是被国民党军警朝天开枪拦了回来。原来学校内的国民党特务已经将学生要在体育馆集中的意图密告给警备司令部，故而军警冲进学校就包围了各个宿舍，使学生无法集中。同时军警们打开了全校的照明电闸，开始逐个宿舍大搜捕。

学生们见集中体育馆反击的方案无法实现，于是就各自为战，与军警、特务展开了一场搜捕与反搜捕的群众斗争。他们或者按照平时准备的应变措施行动，或者根据具体情况随机应变。有的人乘黑夜混乱之际躲进澡堂锅炉房、大烟囱、下水道、污水塘；有的躲进上院的钟楼、体育馆的屋顶、开水房的老虎灶旁；有的爬进天花板，藏在杂物堆中；有的利用几个扶梯上下来回或不断转移房间与军警"捉迷藏"；有的得到教授与学生、工友的掩护脱险。学生自治会主席林雄超是搜捕的重点对象，他住在新宿舍，听到枪声即刻从床上跃起，匆匆往新文治堂方向奔去，路上发现危险，不得已，他跳进了种菜的积肥坑内，用杂草遮盖住

1949年4月26日午夜，国民党军警对交大革命师生进行大逮捕时，纠察队员鸣钟向全校师生报警。
图为用作报警的钟塔

头，才躲过了搜捕。学生会党团书记黄贻诚也是军警的搜捕对象，他值班正到各处查看岗哨，听见枪声、钟声，见到军警后立刻藏进了厨房的垃圾堆后面，躲过一劫。

25日晚上，最危险的是执信西斋的108室内。地下党总支由于没有接到国民党当晚要执行抓捕的情报，正在开会审批党员。会议结束，为防止意外，组织委员将党员名单登记入册后把入党申请书当场销毁了，但是未将灰烬扫尽，即回宿舍睡觉去了。这时已近半夜，108室内只留下赵国士一人。他惊醒后立即把房间打扫干净，沉着地把军警应付了过去。军警刚走，组织委员急忙下楼查看床底下他藏有的全部交大地下党员名单的背包，幸好还在！

二线的党团书记沈友益原本住在中院，因为特务学生常常跟着，那晚他住到了上院宿舍。搜捕时，他赶紧躲到了上院钟楼里，以木桁架为掩护。军警们打开钟楼的小门，用手电筒照了数次，均未发现。上了"黑名单"的张立秉，那晚住在西斋三楼一个三年级学生的宿舍里。搜捕是从一楼至三楼，他在军警未到前和其他学生讲好，自己用的是同学杨昶的学生证。等到两个军警进门时，张拿出学生证给他们看，一个军警向他要身份证，他说丢了，这才混了过去。护校总部1940届的大队长沈肇圻没有冲出宿舍。同舍的学生就叫他躲到一张空床底下，床上和床周用箱子和杂物堆起来。军警进来搜捕，始终没有发现。

26日上午8时，军警才撤离学校。然而，特务仍在周围监视。当时还有5位自治会骨干出不去，王之卓校长用自己的汽车偷偷把他们送出了学校，到安全的地方隐蔽起来。

"四二六"大逮捕，国民党当局带来的交大"黑名单"上有108人，结果被捕的师生有56人。其中同济、复旦学生各1人，唐山工学院4人，交大实为50人。"黑名单"上有名字的17人，中共地下党员7人（严祖礽、魏瑚、叶红玉、许锡绰、许锡振、吴培豪、湛文聪），党的外围组织"新青联"成员近 10 人。

全市 17 所学校共被捕师生 352 人，全部囚禁在建国西路 648 号的达人中学中。这是一所警官子弟学校，有两幢四层楼房，楼顶四周架着机枪，沿墙是铁丝网，军警 24 小时看守。被捕师生在狱中与国民党军警展开了不同形式的顽强斗争。

面对敌人要实行的"学校混合编组，男女分开囚室"，以图分而治之的目的，交大党总支委员严祖礽与另外六位党员交换意见后，借口保护女同学，坚持"一个学校同学住在一起"的要求。在《团结就是力量》《五月的鲜花》的歌声中，最后迫使敌人宣布：按学校为单位囚禁学生。

囚室里的地下党员和"新青联"迅速团结在一起。为克服消沉情绪，魏瑚和叶红玉决定用歌声打破沉闷，于是两人低声哼起高尔基的《囚歌》："太阳出来又落山，监狱永远是黑暗……"这一哼，引发许多学生的共鸣，这边唱《在那遥远的地方》，那边是《坐牢算什么》，歌声此起彼伏。敌人吆喝不准唱歌，学生们就在囚室内讲故事、谈形势、讨论对策，互相鼓励，增强斗志。

对敌人的审讯，学生们缄默不言。徐铭祖被敌人用刑夹指逼供，但是他始终拒绝坦白自治会的情况。第一批监守是警备司令部三连，都是从战场上调过来的，听了学生的诉说，连长都有一些同情学生，为此敌人不得不实施调防。

学生被捕后，交大党总支专门在武康路一座花园洋房内设立了以 1938 级支书徐裕光为首的营救被捕学生党组，多方奔波营救。徐裕光等发动被捕学生家长，联名向警备司令部写申诉信，通过严祖礽的伯父、《新闻报》副总编辑严独鹤出面，联合其他学生家长向新闻界发布信息。不久，《大公报》上刊登了全部被捕学生名单和家长要求释放被捕学生的消息。另一方面，由学生自治会出面，组织专人每天送食物、衣服和日用品进牢。许多师生、亲友到牢狱对面的马路来巡游、探望，

1949 年，"四二六"被捕的部分学生返校后合影。前排
左起杨念如、魏瑚、章苏斐、郭可评；后排左起刘大成、
马昭彦、陈元嘉

给狱中送东西。一天，物理系教授黄席棠给魏瑚送来一大块巧克力。囚
室里的同学每人虽然只分到一小块，却是终生难忘。经过多方营救，陆
续有 40 人获释。另外的 16 人被押至虹口监狱，当时已下了枪决令。市
委布置监狱党支部做策反工作，拖延时间。直至 5 月 26 日清晨，乘解
放军解放上海、敌人各自逃命无暇顾及之时，这 16 人纷纷冲出牢房分
散隐蔽了起来。27 日，苏州河以北全部解放，这批虎口余生的学生重
新回到了学校。

史穆烈士英勇牺牲

1949 年 4 月 30 日，已经调到地区工作并担任徐汇分区委委员的穆
汉祥，在完成了一天任务后觉得又饿又累，途经交大校园边上的一家面
馆，刚叫了一碗阳春面，即被特务学生龚瑞盯上而被捕。5 月 2 日，化
学系四年级学生、学生自治会的主要负责人、"新青联"成员、按要求
离校的史霄雯在电车上亦遭遇特务被捕。

穆汉祥和史霄雯被捕后，被戴上了沉重的脚镣，关在了警察总局的
死牢中。在狱中，敌人对他们用带铁钉的棍子拷打、上老虎凳、灌辣椒

水、刺手指甲，三番五次酷刑逼供。穆汉祥身体受到严重摧残，肋骨被磨得又青又肿，两条腿还受老虎凳酷刑折磨。由于受刑太重，膝关节不能弯曲，他的背部与胸部给带钉的棍子打得满是洞眼，带着血斑，疼痛难当，根本不能坐下，不能躺下，只能斜倚在墙壁边。但他宁死不屈，敌人对他多次审问，仍然毫无结果。史霄雯也满身伤痕，依然顽强挺住，坚持斗争。为了安慰家人，他写了一张纸条通过看守转给母亲："一切平安，请您放心。"交大地下党组织为营救他们想尽办法，却始终没有结果。王之卓校长还亲自打电话给市警察局局长、特务头子毛森，但是他矢口否认有这两个人。就在上海解放前6天，5月20日，穷凶极恶的反动派把穆汉祥、史霄雯押到了闸北宋公园（今闸北公园）秘密杀害。临难前二人高呼"中国共产党万岁""中国人民解放军万岁"。

穆汉祥（1924—1949），回族，天津穆庄人。他生长于贫困的工人家庭；1943年从中央工业专科职业学校毕业后，入四川一兵工厂做工两年；1945年考进重庆交通大学电信管理系。抗战胜利后，穆汉祥怀着"工业救国"梦随校复员来到上海。从重庆到上海途中所见的哀鸿遍野、满目疮痍和上海的灯红酒绿形成鲜明对比，让他不得不求索"中国向何处去"的答案。1946年，全国19个省大灾，他激于同情与愤怒与曹炎发起了"救灾"活动。在党的引导下这场活动演变成"救灾反内战"运动，形成合法有力的反内战斗争。1947年，穆汉祥加入中国共产党，他志在实干，忘我战斗在第一线。运动中，交大队伍中的横幅多是他创造的"穆体字"；护校斗争中，火车头上的"交大万岁"为他亲手所书；他制作的大幅宣传漫画《向炮口要饭吃》《美国兵滚出去》《到农村去》等激励着每一位学生勇敢斗争；同济事件中，他冲向前去，拉住将要践踏到女学生身上的敌骑的马缰，竟被马刀砍伤了嘴唇，击落了门牙；重建夜校，他倾注了自己全部的心血，希望改变儿时一起嬉戏的好友相继失学，去拾垃圾、做童工而无法读书的命运。他在工厂里受的工伤，脸

穆汉祥所绘漫画《向炮口要饭吃》

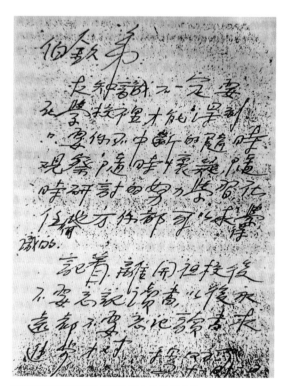

穆汉祥鼓励夜校学员周伯钦努力学习的手书

上、手上留下的疤痕，让他对工人有一种特殊的情感。1946年5月起，他白手起家重建夜校，他关心工人的疾苦远远胜过关心自己。他亲自为工人修桌凳、选课本、刻印教材，救济生病的报童、学徒等。工人们都说"穆老师完全是我们自家人"。夜校从初期的100人发展到450人左右。1948年，夜校开始发展党员并成立党支部，先后有11名夜校学生入党，在夜校里教书的交大学生也有21人入了党。上海解放前夕，白色恐怖最严峻的时候，为了避免暴露其他同志，他主动要求公开担任"真假和平辩论会"的正方主辩手。他先后任交大党总支委员、徐汇区分区委委员。在校时，他分管学生自治会工作；到了地区，他积极从事工人运动，组织工人协会及人民保安队，为迎接解放做准备；在狱中，他以大无畏的英雄气概痛斥敌人，"反人民的政府一定要灭亡，未来是属于我们的，历史可以作证"，表现出共产党人的高风亮节。穆汉祥曾说，"我愿化为泥土，让人们践踏着走向光明的前方"，他用鲜血实践了自己的誓言。

史霄雯（1926—1949），江苏常州人，幼年丧父，家境贫寒。初二时，他6000字的短篇小说《幻灭》曾被刊登在《学生月刊》上。初中时，他常在家中阁楼做化学实验，试制肥皂、墨水、染料等。在澄衷中学，他两次获得自然科学奖金。1944年，他和几个同学一起创办了一所甲申义务学校，帮助失学青年读书。"八一三"事变，他在悼念谢晋元团长的作文中写道，"他的遗范永远是我的轨道"。他在日记里写道："我要用我的力量消灭那黑暗！"1945年，他考入交大化学系。化学系学生曾经开展过"居里夫人道路"之争论，最后多数学生支持"读书不忘救国，救国不忘读书"的观念。他是交大化学学会会长，在第二条战线斗争的洪流中，经受了锻炼和考验。1947年4月，在交大贾子干事件中，史作为系科代表参加了市政府与美国领事、美方资本家董事长的激烈辩论，维护了中国人的尊严。1948年夏，交大学生自治会成员多被特刑

史霄雯（左）、穆汉祥（右）烈士

庭通缉。史当选为自治会干事后对同学说："既然被选到了自治会工作，就应该好好为同学服务，如果一旦有危险要准备牺牲一切，甚至不惜生命。"为加大宣传，他创办了《生活壁报》《每日文摘》等进步刊物，常常工作到深夜。他还参加了秘密宣传小组，负责印刷毛泽东的《新民主主义论》《论联合政府》《目前形势和我们的任务》等文章。1949年初，有传言他被列入了"黑名单"，但是他仍然坚守岗位，参加护校应变活动，并且勇敢地挑起了"真假和平辩论会"的主席一职。作为"新青联"会员的他在牺牲前对穆汉祥说："我史霄雯的血能够和共产党人，为祖国解放和人类进步事业而战斗的最坚定的战士的血流在一起，是我最大的光荣。"这充分表达了他一个革命者的崇高理想。

上海解放后的第三天，即1949年5月29日，自治会的学生在工人的指点下来到普善山庄寻找烈士遗体。经过反复辨认，终于在尸体衣袋里的一条领带中找到一张小纸条，上面写着史霄雯的名字，另外从衣着与牙齿的特征上辨出了穆汉祥烈士的遗体。6月5日，全校师生、员工2000多人怀着十分悲恸的心情赴上海殡仪馆迎回两位烈士的灵柩，在新文治堂隆重举行追悼大会。上海市总工会、市团工委、市学联代表、夜校学生代表发言，纷纷高度赞扬烈士们英勇顽强的斗争精神与坚贞不屈的革命气节。会后,校方在体育馆的东南,安葬了烈士灵柩,师生高唱,"你是灯塔……","英特纳雄耐尔就一定要实现",歌声充满了对烈士的缅怀与悲痛,充满了对敌人的愤慨和仇恨。为了表达敬意、继承革命传统,学校在校园内为两位烈士建起一座纪念碑。1950 年 5 月 6 日,根据学生会建议,校务委员会主任委员吴有训写信给陈毅市长,请他为史、穆烈士墓碑题词,陈毅市长欣然应允,第二天就复信并寄来题词,"为人民利益而光荣就义是永远值得纪念的"。题词镌刻在墓碑上,令前来瞻仰和纪念的师生肃然起敬。5 月 7 日,吴有训也为墓碑题词,"我们誓踏着你们的血迹前进,为建设新民主主义新中国而斗争",表达了师生的心声。

迎接上海解放

1949 年 4 月底至 5 月初,中国革命已胜利在望,国民党当局还在做垂死挣扎。"四二六"大逮捕当天,国民党上海警备司令部下令军队进驻各大学,限令各校 3 天内紧急疏散。面对突如其来的形势,党组织决定:

第一,保存实力,保护学校财产,配合解放军进城。

第二,转移校外,建立联络网。以党员和"新青联"会员为核心、班级为基础,迅速建立起了全校学生联络网。学生自治会转入地下,继续发布号召、布置任务。喉舌报《交大生活》继续编写出版,在学生中广泛传阅。

第三,发动师生,保护校产。为在限令疏散的两三天内把设备、仪器、图书等紧急转移到校外安全地带保存,师生一起动手。物理系的设备多而精密,时间不够,师生们急中生智,将其转移到实验室的地板下——一个隐蔽的"地下室";航空系把实验室的精密仪器与航空器材打包装箱,转运至新中内燃机厂的仓库内;化学化工系由系主任出面,把实室和实验工厂的仪器设备转移到附近工厂妥善保管。学生自治会还利用校方合法的地位，让校工中的地下党员朱骏等骨干留在校内，团结留守人员做国民党驻军的工作。

第四，组织人民保安，开展社会调查。为迎接解放，早在3月到4月间，中共上海市委已经要求：秘密组织人民保安队和宣传队，保护工厂、学校、机关、仓库及公共场所不被敌人破坏；同时配合为人民解放军做向导，协助人民解放军维持地方秩序；监视战争罪犯；瓦解敌军，收缴敌人武器。交大党总支接到指令后，立即通过党员和"新青联"迅速在原有的护校总队基础上，组织建立起了一支1200多人的交大人民保安队和人民宣传队；另外，在交大夜校又组建了一支人民保安中队。保安队下设4个分队和1个救护队。保安队成立后，立即开始对交大附近地区的工厂、街道里弄、棚户区分块分组进行社会情况调查。调查的内容主要有4个方面：一是沪西一带地形地貌；二是国民党军警设置的地堡和岗哨的情况；三是河流、桥梁及沟渠的情况；四是沿途的工厂、学校、仓库及大型建筑物的情况。重点是徐家汇附近的碉堡、战犯住宅、国民党驻军的防务、敌伪资产、地方保甲组织、反动人物和地痞流氓、工厂、仓库及学校等方面的情况。队员们不惧危险，深入侦查。一次，为了查清沿中山西路新筑的碉堡情况，两位学生假装是外出回来迷路的学生，向正在筑碉堡的国民党士兵问路，乘机和他们聊起家常，不但弄清了这支部队的番号，而且还了解了碉堡的结构。当发现徐家汇有一个仓库，门禁森严，轻易进不去时，队员们就装成几个不懂事的学生去打羽毛球，并故意把球打到里面去。结果发现，里面堆着的是一箱箱子弹，原来那里是一个军火仓库。各小组通过调查，分别画出了地图，最后，由工学院的李以钧、李德元绘制成一份交大附近的详细的社区地形图。5月24日，人民解放军第二十七军正是按照地下党提供的地形图从沪西一带进入上海市区的。

第五，加强宣传，开展攻心工作。学校虽然被迫疏散，但是在党的领导下，学生中的积极分子仍然组织起来坚持宣传，迎接解放。他们继续油印毛泽东为新华社写的1949年新年献词《将革命进行到底》以及毛泽东、朱德在《中国人民解放军布告》中宣布的"约法八章"等。这些资料有的加盖了刻有"中国人民解放军上海挺进部队"的印章，分到各校以投寄给周围的反动军警分子，瓦解敌人。在学校，党总支组织印制了警告信，以"新四军先遣部队""上海人民战犯调查委员会"的名义寄给校内特务分子和重大特嫌分子。同时赶制"人民保安队"和"人民宣传队"臂章，为解放军进入市区后使用。

5月24日晚，解放军部队突入徐家汇，驻扎在交大校园的国民党军队闻风逃窜。具有光荣革命传统的交大得以完整地回到了人民手中。5月25日晨，徐家汇地区全部解放。中午，一面鲜红的旗帜在交大校门口升起，人民保安队守卫着学校大门，学校里的"九头鸟"扩音机重新开始广播，播放了《人民解放军进行曲》。下午，交大学生纷纷回校，清理校园，书写"欢迎中国人民解放军"的横幅、标语，制作小旗，刻印欢迎解放军的传单，投入热烈的欢迎活动中。当天起，上海学联在交大文治堂公开办公。27日，上海宣告全部解放。28日，交大被迫疏散至中华学艺社的学生们也全部兴高采烈地返回徐家汇校园。

在这黎明前最黑暗的时期，交大党组织出色地完成了各方面的任务。他们团结全校师生、员工，顶住搬迁、破坏、疏散等高压，不但把学校完整地保存下来，交到了人民手里，而且还顶住了装甲车、机关枪下的大逮捕，保护了一大批进步师生，交还给国家一批在斗争中得到培养和锻炼，既有扎实的科学文化知识，又坚信只有共产党能够救中国，坚定走社会主义道路的交大人。这一批人，在中华人民共和国急需人才的初创时期，被不断选派到新中国建设的各个重要岗位上，成为国家建设的栋梁和骨干。

黑暗过去了，交大徐汇校园里又充满了阳光，充满了青春和歌声！但是，自此，每年的清明节前后，人们都会来到校园主干道边上的史、穆两位烈士纪念碑、杨大雄纪念碑和五卅纪念柱前，缅怀和祭拜英烈。

　　"身既死兮神以灵，魂魄毅兮为鬼雄"，如今，这里松柏环绕，肃穆庄严，每年前来祭拜、扫墓的有烈士们当年的战友、同学和交大的党政干部、师生以及外校的中、小学生。每年的 5 月 20 日——烈士的牺牲日，烈士的亲友、交大原地下党党员和汉祥夜校的学生一定会前来献上鲜花，70 余年如一日，烈士的精神永垂不朽！

史霄雯、穆汉祥二烈士之墓

海派之源

—★—

星火赵巷的风雨彩虹

概　述

徐家汇，上海的西南门户，因纪念明代科学家徐光启及肇嘉浜、法华泾和蒲汇塘"三水合汇"而得名，有着悠久的历史，又是中西文化交流枢纽之一。现今它已是上海城市副中心，一派繁荣祥和景象。徐家汇的天钥桥路、辛耕路、北至肇嘉浜路一带，高楼林立，店铺鳞次栉比，人流如织，车水马龙。但你是否知道，这里过去叫赵巷，新中国成立前只是一座小小的村落。而就是这座小村落，在革命时期曾是中国共产党地下斗争的一方热土，众多革命者在这里演绎着鲜为人知的红色故事。

赵巷的由来和沿革

北宋后期，金兵频频入侵中原。北宋亡，皇族纷纷南渡。南宋灭亡后，赵氏皇室后裔散居江南。至明代，有一支脉迁居浦东三林塘。清顺治年间，又有"赵老太太祖荣"从浦东三林塘"始迁到浦西徐家汇东首肇嘉浜水南上海县二十七保四图羊字圩二百五十二号阳宅基地，计三亩

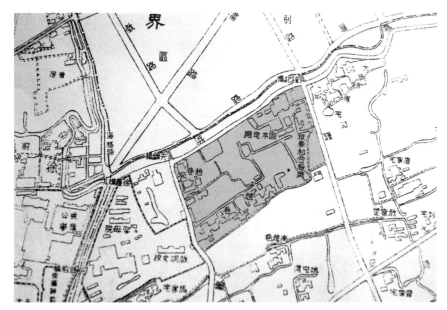

1936 年赵巷老地图

新中国成立前的肇嘉浜是条臭水浜

有零并建造房屋一所"。这就是徐家汇赵巷的源头。今赵巷主要范围为辛耕路以北至肇嘉浜路，西至天钥桥路，东至宛平南路。

这里土地肥沃、水草丰茂，此后这脉赵氏就在这块土地上以农为业，聚族而居，生活繁衍，生生不息。至宪章生三子荣发、荣德、荣庆。三弟兄各自建房自立门户后，逐渐组成了以 5 号、7 号（大房），10 号（二房），18 号、19 号（三房）为主体的赵巷赵氏群落。后来本地籍潘姓、侯姓也迁来赵巷定居，就此形成以赵、潘、侯三个姓氏为主，加上零星外来租住居客为辅的赵巷村落。

赵巷之赵姓，自清顺治年间至 20 世纪 90 年代，历时 300 余年，已繁衍集聚百来号人。在这漫漫的三个多世纪，这里的赵姓仍保留着浦东三林塘地区的乡音。他们长期以农耕为生，自给自足；他们信奉佛教，勤劳节俭；不论贫富，都友好相待；对于公益事业，均乐善好施。直至新中国成立初期，赵姓不论哪一家有婚丧喜事或孩子出生、满月等，全族都要参与或帮忙，俨然是一个大家族，热热闹闹。

1860 年，太平军进军上海时，就受到赵氏家族的热情接待，赵氏老宅 7 号后一长排房子里住满了披着长发、裹着红丝巾的太平军战士。10 号二房的赵芷塘因粗通文字，被太平军请去军中做管理记录粮草军饷的工作，后随太平军辗转中原，病死于潼关，年仅 25 岁。

20 世纪上半叶，尤其自民国初期第一次世界大战以来，各国列强忙于战争，无暇顾及其他，近代工业得以在徐家汇迅速兴起，如五洲固本皂药厂、大中华橡胶厂、百代公司、可的牛奶公司、美亚织绸厂，还有造纸厂、味精厂等纷纷在徐家汇肇嘉浜两岸新建。徐家汇地区就此有了第一代产业工人，其中包括转型过来的赵巷农民。他们白天在工厂上班，工余仍在农田里翻土、种菜、浇水、浇粪、搭豆棚……他们身上除了有农民勤劳淳朴的品格外，又平添了守纪律、讲秩序和重集体的观念。

赵巷的地理、政治、人文环境独特。赵巷北接法租界，向西北方向走，只要几分钟就到徐家汇中心地带。其老街乡土味足，市井繁荣，与邻近贝当路（今衡山路）的现代街景相比仿佛相差一个世纪。赵巷西连远东第一大教堂徐家汇堂区，教会学校启明女中与赵巷隔路（天钥桥路）相望；其东不远处就是阴森森的枫林桥监狱，中国共产党早期工人运动领导人陈延年、陈乔年、赵世炎、罗亦农等都英勇牺牲在那里；其南三里的龙华淞沪警备司令部，是血腥屠杀大批共产党人、革命志士的场所。赵巷就处在这四面环绕的"夹缝"中。

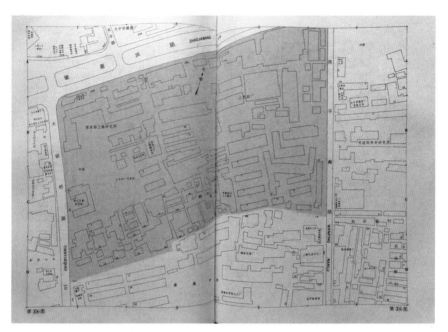

20 世纪 80 年代赵巷 (动迁前) 地图

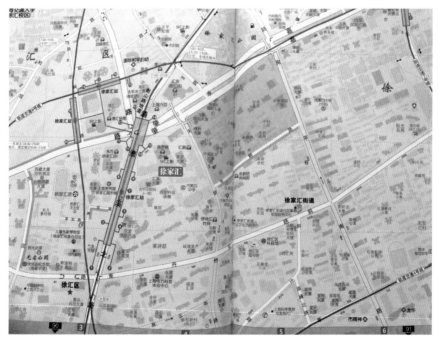

赵巷原址在现天钥桥路以东至宛平南路、辛耕路以北至肇嘉浜路

天钥桥路、辛耕路转弯处就是原赵巷赵族老宅群

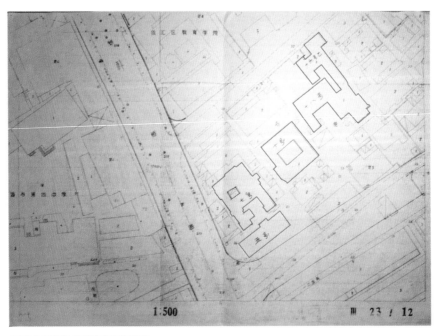

1990 年代初赵巷赵族老宅位置图

殖民文化的渗透、宗教和鸦片的腐蚀、军阀的骚扰、国民党的反动统治、地痞恶霸势力的猖獗，特别是1930年代日寇在上海发动的"一·二八"事变、"八一三"事变，使这里的百姓深受苦难。1926年元宵节凌晨，驻扎在龙华的军阀孙传芳部下的兵痞突然沿天钥桥路一路朝北抢劫杀奔过来，赵巷和附近村庄的人只得拖儿带女拼命向肇嘉浜北岸法租界避难。待半月余这些兵痞撤退后，这里早已被洗劫一空。

　　赵巷的人还具有消息灵通和见多识广的特性。目不识丁的女性可以随意讲出"德利风"（电话）、"摩搭卡"（汽车）、"港白渡"（买办）等词汇，会时常听到途经天钥桥路疾驰而过开往龙华的囚车里高呼"共产党万岁"的口号声，以及诸如"今天又开脱（枪毙）几个人了"的最新消息⋯⋯

　　哪里有压迫，哪里就有反抗，徐家汇燃起了革命星火。1924年，中国共产党早期领导人恽代英等就在徐家汇地区活动并发表演讲；1925年，中共徐家汇地区党支部和共青团支部成立，其党、团组织的领导人分别是罗亦农和贺昌；一些优秀共产党员也遵照党的指示身体力行，深入徐家汇的企业，如美亚织绸厂等，通过组织工会、办夜校，做发动劳苦大众的工作。受党的宣传的影响，徐家汇地区的人们逐渐觉醒，红色基因也在赵巷涌动。1926年，赵巷有了党的农民支部，代理书记是侯海根，隶属于徐家汇独立支部。1926年5月1日，赵巷的青年积极参加在枫林桥南面广场上举行的五一国际劳动节纪念大会，声讨帝国主义屠杀工人和学生的罪行。坐落在徐家汇肇嘉浜南、位于赵巷东北部的五洲固本皂药厂老板项松茂（他也任过赵巷的保长），组织工友奋起抗日，在"一·二八"淞沪抗战中牺牲，他是中国抗日救亡运动中第一个被日本鬼子残杀的爱国实业家。赵巷的第一个大学生、居住在5号的进步青年赵子云，在1920年代学生时期就参加学潮运动，被校方开除后又进入由沙千里等领导的党的外围组织—— 蚂蚁社（其前身是青年之友社），"一·二八"事变后参加地方武装保卫团，并任排长。赵巷的青年还参加由交大地下党领导的平民夜校，自装矿石机、用听筒收听进步电台、学唱抗日歌曲。赵巷学生，自发在徐家汇肇嘉浜北的法租界柏油马路上，趁安南巡捕不在用石灰水写下大大的"抗日救国"……赵巷人在探索！赵巷人在抗争！

赵巷的三个"红色女婿"和一位"女先生"

在 20 世纪二三十年代，有四位革命者先后来到赵巷，为这里的民众传递党的光和热，成为革命思想的有力传播者。其中三位在这里与赵巷女性结婚，他们被誉为赵巷的三个"红色女婿"。而女作家关露来到赵巷，用办识字班等方式细致地启蒙群众，则被称为"女先生"。

第一位赵巷"红色女婿"是新中国成立后我国民航局顾问、杰出古琴大师查阜西。

查阜西（1895—1976），祖籍江西修水，出生在湖南永顺。他年轻时就立下爱国志。查阜西 1917 年进入烟台海军学校，1919 年受五四运动影响，以总干事身份率学校 81 名学生到上海向海军部抗议擅改学制而被开除。他 1920 年入国民党；同年 9 月考取北大，得李大钊指点，改到广州孙中山办的广东航空学校学习；1923 年在长沙加入共产党，大革命时期已是湖南省委组织部部长，和李维汉、谢觉哉都是战友。1927 年"四一二"反革命政变后大革命失败，查阜西 7 月被捕入狱，10 月被救出狱。出狱后他和组织失去联系，于 1927 年秋天流落到上海，改名查镇湖，在赵巷落脚，过着隐居生活。在徐家汇短短一年里，地方上的上海土语都被他掌握了。

那时，徐光启十四代孙徐凤岐一家因落难从 1925 年起借住在赵氏属二房的赵巷 10 号。这里有个婆婆看到查阜西为人实实在在，便给他介绍对象，这就是徐凤岐的大女儿徐问铮。后来两人于 1928 年在赵巷结婚，查阜西成了赵巷的第一位"红色女婿"。

就在新婚之年，查阜西与昔日海校同学聂开一一起草拟了我国第一份民用航空计划书并得到认可，为以后他进入航空界，最终成为航空界元老奠定了基础。查阜西在航空界十多年，后来担任欧亚航空公司副总经理。抗战期间，他只身前往西安和云南，将航空器材迅速转移，免受日军轰炸之损失。1946年，已成为他连襟的柳湜代表党中央希望通过他来策划"两航起义"等事时，他欣然接受了这个非常艰巨的任务，并在以后三年多的时间里，冒着极大风险尽力完成党的嘱托。在上级党组织的领导下，在夫人徐问铮的全力支持下，"两航起义"终获成功，也书写了他人生中最辉煌的一笔！

继查阜西之后来到赵巷的革命者是被赵巷青年亲切称之为我们的"女先生"、当时四大才女之一、著名作家、诗人关露。

关露（1907—1982），出生在山西右玉。因父母早逝，关露与外祖母和姨妈一起生活，又因反对包办婚姻与其妹同来上海。受进步人士刘道衡支助，关露得以进入上海法科大学和南京中央大学深造。临近毕业时因参与进步学生活动被校方开除，便再次来沪。在上海她积极参加工人运动和抗日活动，于1932年入党，同年加入中国左翼作家联盟（以下简称左联）。她以旺盛的精力创作了大批诗歌、散文、杂文、小说和翻译作品。她牢记党的使命，自觉以巨大的热情深入基层，做唤起民众的工作。她与徐鸿是知心朋友，徐鸿从她身上深深感受到革命者的无私无畏，从中接受了革命的真理，也为自己打开了一扇希望之窗。关露又与赵巷5号的革命青年赵子云合作并在他家客堂办女工识字班，为那些没有机会读书的青年女性创造学习条件，并让她们受到革命思想的熏陶。关露在赵巷的革命实践给赵巷吹来了一股新风，成果丰硕，徐鸿、赵金秀等一批赵巷青年因此先后踏上了革命征程。

赵巷第二位"红色女婿"是我国著名社会活动家、教育家，新中国

摄影：戚炜颋

成立后担任我国教育部副部长的柳湜。他是 1935 年由关露向徐鸿介绍后来到赵巷的。

柳湜（1903—1968），湖南长沙人，出身贫苦。3 岁丧父，生活困顿。他受到本家兄弟柳直荀等的进步思想影响，后进了徐特立首创的长沙师范，毕业后认识了中国共产党早期活动家李维汉，1924 年又在北大以半工半读方式读了两年多。1926 年秋，柳湜回长沙，在王季范任校长的长沙第一中学任教。马日事变后，他经受了血和火的考验，毅然在革命低潮期于 1928 年 2 月入党。随后他即被党安排到安徽省委任秘书，因叛徒出卖被捕入狱，被判九年徒刑。在监狱里他受尽酷刑，坚强不屈，得到狱友的信任，担任党的支部书记；1933 年 4 月，经组织营救出狱。在上海与党组织接上关系后，他努力写作，成为著名社会活动家和抗日救亡运动负责人之一。后来，他与李公朴、艾思奇等创办了读书生活出版社。

在与徐鸿的交往中，柳湜同情徐鸿童年的苦难遭遇，欣赏她自强自立的精神，表示要帮助她提高文化水平，而徐鸿也为柳湜丰富的学识所吸引。两人恋爱了。那时"七君子"因宣传抗日被捕，柳湜的安全也受到严重威胁，他所借的住所周围常有特务"光顾"，然而柳湜毫不畏惧，照样写文章，与战友议论国事。徐鸿一直勇敢地陪伴在他身边，两人于 1937 年 1 月 3 日在赵巷 10 号结婚，柳湜成了赵巷的第二位"红色女婿"。

柳湜还关心赵巷的青年。1936 年，当刘大明初中毕业，无力升学又找不到合适的工作时，柳湜推荐他进读书生活出版社做练习生，助他踏上革命的人生旅程。

1930 年代，柳湜长期在生活书店任编审委员会委员。他配合形势撰写了大量宣传马克思主义哲学、经济和社会学的文章和专著，其中最有名的是《街头讲话》。此书曾受到毛泽东的高度重视。1940 年，他到延安后转教育领导岗位，任边区教育厅厅长。此后，他一直在教育领域担任要职。1968 年，柳湜逝世，他的骨灰存放在八宝山革命公墓。

第三位赵巷"红色女婿"是新中国成立后担任中共江西省委宣传部副部长、《怎样做一个共产党员》一书的作者艾寒松。

艾寒松（1905—1975），江西高安人，1930 年于复旦大学政治系毕业后进入生活书店。1935 年 5 月 4 日，他在《新生》周刊上用笔名"易水"发表的《闲话皇帝》一文，引发了震惊中外的"《新生》事件"，艾寒松被迫流亡国外。1938 年 2 月，他回到武汉。1938 年 3 月，艾寒松入党，先后任生活书店的总务部主任、编审委员会委员兼秘书。1939 年，他以中共上海地下党市文委委员的身份到上海。

经徐鸿介绍，艾寒松来到赵巷，并认识了赵金秀。艾、赵两人越谈越投机，最后就谈了恋爱。1940 年，他们在赵巷 7 号结婚，艾寒松也成了赵巷的第三位"红色女婿"。

婚后不久，艾寒松奉党的指示于 1942 年 2 月春节前到苏北根据地。赵金秀决心与夫同行，就此参加了革命。

抗战胜利后的 1946 年初，艾寒松又奉命回到上海，续任上海地下党市文委委员。在赵巷 7 号一间密室里，开始了他将近三年的惊心动魄的战斗人生。

他的文章大量散见于各进步刊物。1953 年，他写的《怎样做一个共产党员》一书曾一版再版，发行量很大，获得读者广泛好评。

赵巷青年的绚丽风采

查阜西、关露、柳湜和艾寒松，他们在不同的时段来到赵巷，以革命者大无畏的人格魅力、丰富的知识学养、忘我的工作精神和平易近人的踏实作风，很快与赵巷民众融为一体，为正在觉醒中的赵巷吹来了阵阵新风，让党的光辉渐渐映入群众心中。在党的阳光沐浴下，一批赵巷青年勇敢踏上革命之路，其中具有代表性的是徐鸿、刘大明和赵敬耕。他们分别奔赴革命圣地延安、太行山八路军总部和苏北革命根据地，为民族解放和新中国诞生做出了贡献！

徐鸿（1916—1995），出生在徐家汇庄家宅，1925年随父母长期借住在赵巷10号。她5岁半就做童工，曾在五洲固本皂药厂做工8年。在关露、柳湜的启发教育下，她的思想产生飞跃，决心投身革命。

徐鸿与柳湜结婚后不久，党指示他俩到武汉。在武汉，徐鸿做杂志社编务行政等工作，工余还去医院义务为伤兵服务。1938年7月，徐鸿入党。武汉失守后，她来到重庆，经组织安排先后在妇女慰劳会重庆分会和妇女指导委员会工作。1941年，在邓颖超的支持下，徐鸿前往延安女子大学学习。之后，她还参加了整风运动和大生产运动，并先后在华北书店和妇女合作社工作。

抗战胜利后，她被调到中央政治研究室，还参加了吕梁晋西南新解放区建政和土改工作，三次与死神擦肩而过。1949年1月31日，她亲历了威武雄壮的北京入城式，随机关先到香山再进驻中南海。她一度又配合田家英搞信访工作，这就是中共中央办公厅信访局的前身；又被组织保送中国人民大学马列主义研究班深造；1956年毕业，调武汉大学……徐鸿完成了从一个童工到党内中高级知识分子、成为成熟的革命女战士的"红色转型"！

刘大明（1921—2016），1921年出生在赵巷7号，初中毕业即失学。经柳湜介绍，他到读书生活出版社做练习生。1937年11月上海沦陷，他就随出版社到武汉；1938年入党；武汉失守之后又到重庆和成都，18岁就当上成都分社经理。

1940年初夏，经组织决定，刘大明代表读书生活出版社，李文代表生活书店，王华代表新知书店，共筹集资金5万元，到太行山区创办华北书店，并取得一定成绩，书店受到军民欢迎。1943年10月，华北书店与新华书店合署办公，刘大明先后任出版科长、业务科长。抗战胜利后，他调任冀鲁豫新华书店副经理。北平解放后，组织上安排他到国防科研战线担任领导工作。2012年，刘大明被评为"全国离退休干部先进个人"，受到习近平总书记接见。

除1942年初随艾寒松去苏北抗日根据地的赵金秀外，赵巷还有一位赵敬耕，于1941年奔赴苏北抗日根据地。

赵敬耕（1919—2000），出生在赵巷18号，因父亲早亡，母亲多病，生活困顿，靠亲友接济才断断续续读了几年书。他十多岁就进华丰印刷铸字所总厂当学徒，成为排字工人。

赵敬耕在村里就经常与进步青年在一起。当时华丰印刷铸字所地下党较为活跃，赵敬耕很自然地与地下党员接触密切起来，并参加了进步组织。后在地下党的启发和鼓励下，他写下志愿书，决心到革命根据地去干革命。

1941年12月，他在该所地下党员范本和的带领下和另一位工人一起到达"抗大五分校"（全称为中国人民抗日军事政治大学第五分校）所在地盐城。赵敬耕即被编在属政治队的二大队六中队学习。"抗大五分校"是我军为新四军和华中抗日根据地培养军事、政治干部的一所重点学校。赵敬耕在这里学理论、学军事、学文化，接受全新的教育。他聆听过陈毅等军首长的形势报告；有幸听到由冯定、薛暮桥等专家学者组成的讲师团讲授的关于马列主义、政治经济学等革命的基础理论知识；跟随军事教官手持步枪或手榴弹，进行实弹训练。其间，他又经历了反"清乡"、反"扫荡"斗争，随部队转移穿插，经受了战斗洗礼。经过四个月的学习，赵敬耕因表现良好，在"抗大五分校"入了党，并以优异成绩结业。

随后，赵敬耕与范本和都被保送到新四军军部军法处参加第二期保卫工作训练班，进行专业培训，学习锄奸保卫工作业务等。两个月后结业，

摄影：戚炜頔

赵与范又一起被分配到盐城县民主政府保安科任科员。从此以后,尽管工作地点频繁调动,但他一直战斗在党的保卫工作岗位上。在锄奸、反特、反霸、镇压土匪等对敌斗争第一线上,他踏遍了阜东大地的山山水水。那时环境险恶,随时有牺牲的可能,他的战友范本和就在1943年一次日伪军的偷袭中,为掩护同志不幸壮烈牺牲。抗战胜利了,他要求留下继续战斗,因为他对阜东的一草一木已有很深的感情。但不久,国民党反动派就发动全面内战,1947年重点进攻山东解放区。赵敬耕随部队转移到山东省渤海地区阳信县华东军区政治部保卫处,担任重要保卫任务。

上海解放时他随军南下到沪,组织上安排他到上海市公安局档案处工作。此后赵敬耕一直在市局从事档案工作。1995年,他获得"从事档案工作三十年荣誉证书"。现上海青浦区福寿园内长达88米的新四军广场纪念碑墙上刻有"赵敬耕"的英名。

赵巷的两个地下活动据点

解放战争时期,在国共生死大搏斗的险恶形势之下,中国共产党在赵巷这"弹丸之地",先后设有两个地下秘密活动据点,为在国统区做好党的宣传文化和高层统战工作,为在国民党大溃败之前防止敌人大破坏、迎接上海的新生做出了重大贡献。

中共上海地下党市文委活动据点

1946年初,赵巷"红色女婿"艾寒松来沪续任上海地下党市文委委员。经组织上考察和同意,他就住在赵巷7号一间十分隐蔽的密室里,秘密从事地下活动,编辑进步杂志;赵子竞负责迎送"客人"、联络送信。"客人"在这里分析形势,研究对策,传达学习党的文件、指示等。实际上这里成了中共上海地下党文委的一个活动据点。1948年秋,由于国民党的破坏,地下党市文委在赵巷7号的活动就此终止。

交大民众夜校地下党支部活动据点

解放战争后期，国民党当局自知末日将至，更是对共产党人和进步民主人士进行疯狂的大逮捕、大屠杀。1949年2月，因穆汉祥的身份在校已暴露，组织上将他的组织关系转入地方，穆汉祥任中共徐龙区委徐家汇分区委委员。同时，交大夜校党支部（包括学生党员和教师党员）也一并转入地方。地下党支部的秘密活动据点选在穆汉祥好友赵维龙的家中（赵巷19号）。从1949年3月起到上海解放前夕，赵巷19号的小阁楼就成为穆汉祥为首的地下党支部和地下刊物《民众》报的活动、编辑印刷场所。他们在这里商讨发展人民保安队员，开展护厂、护校斗争，以及摸清国民党军队在徐家汇地区设置的兵力等，以更好配合解放军从西南攻入市区。

丰厚的红色基因和涌动的红色血脉

综观徐家汇赵巷解放前的风雨历程，从20世纪20年代到上海解放前夕，先后有15位革命者（含10位地下党员）聚集在这里生活和战斗，留下了革命足迹。他们分别经历了第一、第二次国内革命战争，抗日战争和解放战争的相关阶段，经受了血与火、生与死的考验，表现出共产党人和革命志士的崇高理想和一往无前的大无畏精神！

这中间有"两航起义"的主要策划者查阜西，有社会活动家、抗日救亡运动负责人之一的柳湜，有革命女作家关露，有引发"《新生》事件"中《闲话皇帝》的作者、后为上海地下党市文委委员的艾寒松，有上海地下党徐龙区委徐家汇分区委委员、牺牲在上海解放前夕的穆汉祥烈士……这里更有热血青年，在党的召唤下走上红色征途的徐鸿、刘大明、赵子云、赵敬耕、赵金秀、赵维龙、赵维南、赵钰龙等。革命火种从播种到传承、从光大到收获，走过了艰辛历程，最终迎来了新中国的诞生。

赵巷这块红色热土人员之多、足迹之广、史料之丰，以及所蕴藏的丰厚红色基因和涌动的红色血脉，实为一般地方党史所罕见。众多革命者遵循党的指示，用血汗和生命所演绎的一幕幕惊心动魄的活剧，所谱写的一页页激情如潮的华彩乐章，所托起的那一片片绚丽的风雨彩虹，正是革命者奋力践行中国共产党"初心""使命"的生动写照，也是"四史"学习教育的最有说服力的教材！

关露：

在徐家汇赵巷的青春岁月

关露照

包办婚姻誓不从，闯荡上海忙革命

关露（1907—1982），原名胡寿楣，又名胡楣，出生在山西右玉县的一个没落的封建官僚家庭。父亲胡元陔是清末举人，在山西省保德等县当七品芝麻官。在她10岁时，父亲突发急病亡故，此后家庭重担全落在母亲一个人身上。

好在母亲徐绣风勤奋好学，受过较好教育，有古文基础，还能写一手漂亮的毛笔字。关露与妹妹小学毕业后，就由母亲带教四书五经，关露也因此爱上了文学。可不久，母亲也因

关露诗集《太平洋上的歌声》封面（1936）　左联旧址

病撒手人寰。当时关露还不满 16 岁，只得跟着外祖母几经辗转来到南京与姨妈同住。

姨妈早年丧夫，无子女，过着孤苦的生活。关露受母亲影响，仍努力利用一切机会抓紧读书学习。外祖母和姨妈看到姐妹俩渐渐长大成人，便操心起她们的婚事来，不仅天天唠唠叨叨，而且还隔三岔五托媒人、亲友为关露物色好"婆家"。而关露铁了心不放弃学业，决不服从包办婚姻。几次被拒后，两位长辈伤心至极，为婚姻事双方矛盾日益尖锐，已闹到水火不相容的地步。

那时，军阀混战，烽火连天，内战不止。由于家庭矛盾、政局不稳，姐妹俩想到外地避难，但苦于不知去往何处。此时母亲生前好友、在长沙的常干娘主动伸出援手。1926 年冬，她到南京带走关露姐妹，并绕道上海。在上海，通过常干娘朋友儿子的引见，关露姐妹认识了住在法租界霞飞路（今淮海路）的进步人士刘道衡。在他的全力支助下，1927 年姐妹俩得以同进上海法科大学法律系学习，并认识了沈钧儒、史良、李剑华等教师。1928年暑假，关露考入南京的国立中央大学文学系，后转哲学系。在中央大学，她阅读了古今中外的很多名著，对中国古代的李清照、朱淑贞的诗和国外歌德、莎士比亚的诗剧尤为欣赏。她本来文学功底就不错，在这里进一步获得提升。1930年，她在《幼稚周刊》第二期上署名胡楣发表了处女作《余君》，由此踏入文学圈。1931年暑期，她因参与进步学生活动被校方开除。同年秋，关露回到上海。

因进步文学青年牵线，关露积极参加工人运动和抗日活动，担任上海妇女抗日反帝大同盟宣传部的副部长，并于1932年春由张佩兰介绍入党。同时期，关露又经张天翼和彭慧介绍，加入了左联。她先后担任过三任左联领导周扬、任白戈、徐懋庸的"交通"。关露积极参加各类进步社团活动，尽力为社团做实际工作，成为左联的中坚人物之一。全民抗战时期，她更是为抗日救国奔走呼号。数十年后有作家回忆，当时在社团组织的集会、示威游行队伍里，经常可看到关露忙碌的身影。

那时关露的生活非常艰苦，甚至可以用清贫来形容。她是职业革命者，是作家，但也是一位普通女性，仅靠微薄的稿费收入尚不能维持日常生活。她必须学会谋生，并以此作掩护。在这期间，她做过学校教师，当过家庭教师、小职员等，也遭受过失业的困顿。由于职业女性的需要，她要穿旗袍、高跟鞋，甚至抹口红，但时常囊中空空，只得以阳春面和黑面包充饥，甚至到妹夫李剑华家去"蹭饭"。有时因革命工作的需要，或为躲避反动当局的追捕，她被迫东搬西迁，频换居住地。

就在社会工作繁忙、生活清苦、居无定所的情况下，她以巨大的热情投入创作。1930年代，她写下了大量诗歌、散文、杂文、评论、小说和翻译作品。她的诗集《太平洋上的歌声》、长篇自传体小说《新旧时代》、俄文翻译著作《邓肯在苏联》相继问世，她为电影《十字街头》所作的歌词《春天里》由作曲家贺绿汀谱曲，后被广泛传唱。这些力作为她赢得了上海滩"四大才女"之一的美名。

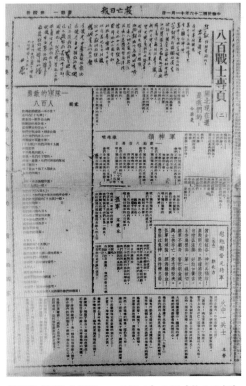

关露诗《勇敢的军队——八百人》（刊《救亡日报》
1937年11月1日）

关露为电影《十字街头》写的主题歌词《春
天里》（刊《大晚报》1937年3月3日）

蹲点赵巷播火种，引领徐鸿走新路

  说到20世纪30年代的关露，如果只讲她的创作和在左联的活动，
是很不全面的，她还时常冲在斗争第一线。"一·二八"事变后，她在
丁玲的领导下，上街贴抗日标语，为抗日伤兵募捐，到闸北前线慰劳抗
日将士……据她妹妹胡绣枫回忆，她俩还一起做过埋"地雷"的事。白
天她们选择好适合写抗日标语的地段和墙面，把墨汁瓶掩埋在附近，做
好记号，天黑后就拿笔在墙上写上"打倒日本帝国主义"等标语，写完
后便迅速撤离。

  中国共产党历来强调要发动工农群众。在这方面，关露又以巨大的

热情，全身心投入到党的事业中去。1932年起，她经常一下班就来到沪西肇嘉浜地区的美亚织绸厂、沪西纺织厂及南市的纱厂、丝厂等，通过办夜校、读书班，接近工人姐妹，将那里的工人群众运动搞得风生水起。

1933年，关露在欧亚航空公司工作时认识了同事查阜西，觉得很谈得来，便成为查家的座上客。一次，关露主动要求查为她物色一位生活在底层的青年女工作为深入调查研究的对象。查阜西就把自己的小姨徐鸿介绍给她。

1933年，当关露在徐家汇赵巷10号找到徐鸿时，徐鸿已在地处徐家汇肇嘉浜浜南、赵巷东北角的五洲固本皂药厂做了七年女工。当时的徐鸿深处贫穷和资本家工头欺压的困境，对现实强烈不满，想反抗，却不知如何反抗，又没有文化，所以找不到出路。她儿时目睹几个穷邻居死时的惨状，觉得与其将来这样惨死，还不如现在早点弃世，故曾两度萌生吃安眠药自杀的念头。只是想起疼她、爱她的母亲，徐鸿始终下不了决心。在她内心彷徨又苦闷之时，一直关心她的姐夫查阜西为她送来了"及时雨"——关露。

初次见面，关露便说明来意，并提出要与徐鸿交朋友。徐鸿想，自己是底层的穷女工，对方是一位知识分子。现在对方竟然要与自己交朋友，这让徐鸿受宠若惊。因徐鸿白天要上班，故关露经常晚上来徐鸿家，两人围着小桌促膝谈心。不久彼此熟了，关露与徐鸿就像一家人一样，一起吃夜饭，一起过夜。

关露的真诚和循循善诱深深打动了徐鸿。每次关露来，总是先让徐鸿讲自己从童年到现在的种种苦难，讲在工厂里她和工友如何受老板、工头的欺诈和凌辱。徐鸿说，她差一点是个"不准出生的人"，妈妈怀她时，考虑到家穷会养不活她，便偷偷几次服"痧药水"想打掉她，但都没有成功，只得生了下来。她五岁半起就跟着姐姐学做花边活以补贴家用，小小年纪便常常在昏暗油灯下，做到深更半夜，疲倦不堪，以致

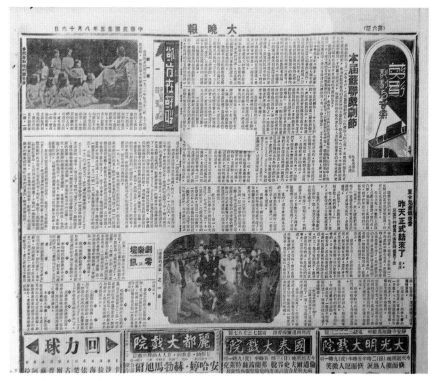

关露的《邓肯在苏联》（译文）于 1936 年 8 月 16 日起在《大晚报》连载

脑袋撞到桌角上鲜血直流。白天厂里干活时不准工人说话；走过滚烫的皂池边如过鬼门关，夏季车间像蒸笼，没有任何降温设施；工人出厂要搜身；受伤就被老板一脚踢出厂门；除春节放三天假，全年一年做到头，还要经常加夜班……关露一面认真听，一面在小本子上不停地记着。这一件件、一桩桩的辛酸与血泪，徐鸿讲到动情处，关露也为之动容，流下泪水。这时关露会适时提出一些启发性问题，让徐鸿独立思考，如为什么工人这样苦呢？为什么富人不干活却过着花天酒地的日子呢？她引导徐鸿去逐步认识：这是万恶黑暗的旧制度造成的。

关露对徐鸿因贫穷而自小失学十分同情。她以自己的经历一再提醒徐鸿学好文化的重要性，告诉徐鸿没有文化就不能学习革命理论，不能读马克思的书。马克思写了许多关于如何革命的书，读了他的书，就会懂得资本家剥削工人的秘密，革命就有了方向。徐鸿本来就是个自强自立的青年，她对关露的话感到很新鲜，似乎觉得关露讲的学习的意义与自己原先想的并不完全一样，是在开导她从私人的狭小空间走向更宽广的天地。

后来，徐鸿告诉关露自己已进交大平民学校读夜书。这样，关露来徐鸿家自然又多了一项任务——辅导徐鸿读书。当知道徐鸿在班上考试获第二名并被奖励6支铅笔时，关露从心底里为她高兴。但是好景不长，由于工厂不同意上夜班的工人请假读书，否则就将他们辞退，徐鸿迫于经济压力，不得不忍痛中断交大夜校的学习。关露又鼓励她自学，并列举了古今中外名人自学成才的故事来激励她，还介绍自己的一些常用学习方法，如读书有的要背下来，有的要理解，掌握细读与略读的关系。

随着徐鸿的不断学习和认识的逐步提高，关露又不失时机为徐鸿推荐一些革命进步书籍，如高尔基的小说《母亲》《在人间》等。徐鸿读着读着，便不由自主地将书中的主人公与自己对照。徐鸿刚进五洲厂时才10岁，因人小、体质差，不停地咳嗽，在厂里也得了个"小痨病"

关露长篇小说《新旧时代》（1940）

关露编《女声》杂志

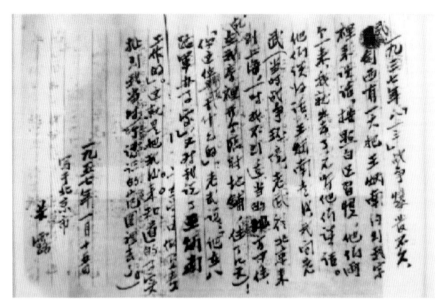

关露手迹

的绰号。厂里上厕所要领牌子，而100多号人的药部只有三块牌子，为此，工人，尤其是童工，因等不到牌子而拉在裤子里是常有的事。通过阅读，徐鸿深深感到，万恶的旧社会必须被摧毁！

关露除了关心徐鸿的学习，还让她到社会上多参加进步社团活动，开阔视野。一次，关露让徐鸿出席一个由进步人士沈兹九主讲的妇女问题座谈会。沈兹九一口气在会上讲了两个小时，让徐鸿好生羡慕：她的知识和理论真是丰富啊！沈兹九特别讲道：妇女要解放，必须先求得政治和经济上独立！这些话深深印在徐鸿的心坎里。她后来就沿着这个思路行动，一直到参加革命。

徐鸿与关露的情感与日俱增，徐鸿的觉悟不断提高，思想境界也不断提升。徐鸿想，像关露这样才貌双全的女青年，本可以嫁个体面的丈夫，过上安逸的日子。现在却不辞辛劳到这里来与我们穷女工交朋友，教我们文化，讲革命道理，她究竟图什么呢？为此，她曾问过关露。关露则满怀真情并坚定地说:"我的青春活在苦难的工人之中!"关露这番发自肺腑的话,极大地温暖了徐鸿的心,让徐鸿认定,关露就是革命者(当时关露不可能向徐鸿讲明自己是共产党员),做人要做这样的人!

关露与徐鸿从 1933 年认识后一直保持着密切联系。后来,关露又为徐鸿介绍了另一位革命者柳湜。1937 年底,徐鸿奔赴当时的抗战中心武汉,踏上了革命征途。她和关露由于身处两地忙于革命,竟中断了将近 30 年的联系。

识字班里勤耕耘,辅导读书情更深

就在关露来到赵巷认识徐鸿不久,赵巷 5 号的革命青年赵子云在家里也准备办识字班。

赵巷 5 号的主人是赵莲舟。他原住赵巷 7 号老宅,与赵琴舟是胞兄。他先在法租界公董局食堂当厨师,后提升为总务兼膳食主管。由此赵莲舟有了一份较丰厚的薪酬,便于 1926 年在祖传宅基地上,朝南建了一排由东向西的五间平房,为赵巷 5 号。

5 号新房前面非常开阔,有菜地、晒场和花棚等,东、南、西三面被一人高的紫荆藤围起,内衬篱笆以替代围墙,既绿化美观又通风实用。整个院子呈矩形,巷门正对赵巷总弄堂。平时巷门关着,故私密和安全性都较高。这在当时是赵氏居宅中唯一只有一家人居住的"独家村"。敞亮的客堂面积最大,约有 40 平方米。逢丧喜事或有重要客人,则开巷门,来客径直可进客堂,主人则在客堂门前恭候;一般邻居或熟人则习惯从厨房后门进入。

赵子云(1909—1988),赵莲舟长子,是赵巷第一位大学生。他在震旦大学(复旦大学前身)因热衷于参加学潮,被校方开除,后入中国公学就读药学系,深受进步教师、社会学家李剑华教授影响,与之结为知交。毕业后在法租界公董局医院任药剂师。他很早参加由共产党人和

1980 年关露与青年学者丁言昭合影　　《关露传》（丁言昭著）

进步人士许德良、沙千里、李伯龙等领导的党的外围组织、以职业青年为主的蚂蚁社（简称蚁社）。他是蚁社的骨干，负责徐家汇地区的蚁社日常活动，如组织联谊会、歌咏会等。

那时，蚁社为吸引和满足广大青年的需求，下设蚂蚁图书馆、蚂蚁补习学校、蚂蚁剧团，还有摄影社、参观团等，深受欢迎，最多时有社员七八百人。赵子云受蚁社办补习学校的启发，同时有感于当时男尊女卑、重男轻女封建思想的严重（就赵巷来说，家里再穷，哪怕勒紧裤腰带也要让男孩读一点书，而女孩只能做文盲），心想何不利用家里客堂宽敞、安静的有利条件办一个识字班呢？他决定先带教自己的未婚妻、在五洲厂做工的山凤妹（小名玲珠），不料让徐鸿先探得此信息。

徐鸿将赵子云要办识字班的消息告诉了关露，引起了关露的关注和极大兴趣。如前所述，关露之前就在美亚织绸厂等办了多个夜校，有较丰富的经验。她认为这又是一个接触工人姐妹和宣传革命思想的好机会。于是，在徐鸿的引见下，关露与赵子云见了面，两个心向革命的年轻人一见如故。聊到李剑华时，他们发现李剑华既是赵子云在中国公学的老师和密友，又是关露姐妹在法科大学的教师，现在还是关露的妹夫。他们之间的距离拉得更近了。当关露表示愿为识字班出一份力时，赵子云当即表示非常欢迎。接着，他们就为办班草拟了初步计划：为避免当局注意，不贴布告，生源内部消化；对象以五洲厂女工和宅上熟悉的女性为主；自编教材；每周三个晚上；两人轮流执教……

赵子云很忙，平时不住在家里。每次夜里上课前，他才赶回来，将汽油灯吊在客堂正中上方，把方砖地面打扫一下，把两只或三只八仙桌靠拢，三面排好方凳，墙上挂起小黑板，备好粉笔和揩刷……参加读书的女青年有山凤妹、10号的徐鸿、7号的赵金秀（赵子云的堂妹）、五洲厂的女工黄梅秀等七八个（还有一位7号的陈顺秀，她要参加，也去听过几次，后因婆婆反对而被迫中断）。她们和关露都习惯从5号后门进入，穿过厨房及正房起居室便到客堂。看到那明亮的客堂，桌上放着的油印教材，还有两位大学文化的老师义务执教，学生们真是心花怒放，心底有说不出的高兴。别看她们热情高，在厂里干活和做家务很利索，是行家，现在要她们拿起一支轻轻的铅笔，却似要举千斤重。关露就手把手教她们写，一点一画，一遍又一遍，直到她们写正确为止，就这样从零起点教起。关露有着女性特别的细心和耐心。她往往用通俗的语言来讲解知识，使学生们能理解并记得牢。如什么叫工人？在车间里干苦活累活的都是工人。什么叫农民？在田里插秧收割的都是农民。没有农民种田，天下人就没有饭吃；没有工人织布，天下人就没有衣穿！关露以此启发引导学生们在识字的基础上去思索和理解劳动的真正价值和意义。当关露在小黑板前细心讲解时，赵子云便坐在八仙桌旁批改学生们的作业，还会在作业本上写几句鼓励的评语。下课了，学生们不会马上离开，往往坐下来谈心，似开小组会，聊聊厂里发生的事、社会上的不公事，气氛热烈，这是她们最快乐的时光。关露、赵子云也不失时机地对学生进行点拨，以提高她们对事物的认识水平。

春去秋来，这些女青年在关露、赵子云的带领下，在赵巷 5 号客堂里接受基础教育，懂得了学习的重要性，增强了学习的兴趣和动力，获得了革命思想的启蒙教育。两位老师对学生的亲切关怀和热心教导，深深印在每个学生心里。赵金秀后来继续努力自学，达到中学文化水平，后来参加了革命，担任苏北抗日根据地《苏北日报》译电员；徐鸿也坚持自学，入了党，后奔赴延安，考上了延大高级班，1949 年初保送中国人民大学马列主义哲学研究生班，毕业后任武汉大学教师，完成了从童工到党内中高级知识分子的华丽转身。几十年后，白发苍苍的山凤妹回忆起当年在 5 号客堂间识字班时的情景，仍动情地说："我的第一个先生是关露！"

关露在赵巷的足迹是扎实的，其意义是深远的，她和另几位革命者一起在赵巷辛勤播下了革命火种，让这里的一批青年踏上了人生的新征程，也让赵巷充盈了更多的红色血脉，成为一方革命的热土。

一纸电文改变命运，蒙受冤屈终还清白

正当关露在申城的革命事业干得有声有色时，1939 年秋的一天，上级一纸电文指示她去香港接受新的任务。她在香港见到了廖承志和潘汉年。两人代表组织要求关露打入汪伪特务机关，做汉奸李士群的策反及搜集情报工作。关露回沪后深入敌窟，她克服重重困难，将日寇的"清乡""扫荡"计划及早提供给新四军，出色地完成党交给她的任务。

1942 年春，关露又受党派遣，打入日本大使馆与日本海军部主办、由著名日本女作家佐藤俊子主编的《女声》杂志社。她一面当编辑，一面搜集情报。同时她利用编辑权力，巧借这块阵地，尽可能刊登那些暗含反战爱国色彩的文章。

1943 年 8 月，她以《女声》杂志编辑的身份出席日本东京举办的"大东亚文学者大会"，出席人的姓名和照片都要公之于报，这让关露陷入

了犹豫和纠结。这时潘汉年托人带给她一封重要信件，是一封当时在中共的日共领导人野坂参三给日共中央的信，要关露赴日时交给秋田教授。关露再一次忍辱负重赴日，机智地完成任务。但由于这次日本之行，外界骂她是"汉奸"的声浪达到了顶峰。

呼喊"宁为祖国战斗死，不做民族未亡人"的关露，从1939年11月香港领命，直到1945年8月日本无条件投降，在敌营卧底将近六年。她一方面在敌营巧周旋，处处险象环生，惊心动魄；另一方面，还要忍受读者、亲友乃至原左联同行的误解，甚至鄙视的目光。但她恪守对党的承诺，决不辩护，把委屈的泪水默默深埋心底。雪天红梅枝骨硬，傲雪凌霜花迎春。她忍受着双重的煎熬直到抗战胜利。

抗战胜利后，国民党政府要"肃奸"，关露首当其冲。党组织立即将她转移到苏北。但组织上要她少公开露面，不能用关露的名字发表作品，她所钟爱的恋人也因这些政治原因不能与她成婚。加上党内存在"左"的倾向，整风时她还成了"重点审查"对象，她的身份竟成了不能清洗又不能公开的难题。这让她精神上受到很大刺激。

1955年起，她受"潘汉年案"等株连，先后两次被捕受审共达十年，1975年第二次出狱时，关露已68岁。本来就体质差的她，此时又染上了多种疾病。1979年，她出席全国第四次文代会。1980年，关露突发脑血栓，经抢救才好转。后虽恢复党籍，但对她的抚慰政策仍无法全面落实。她多病体弱，孑然一身，生活非常清苦。其间，她的妹妹胡绣枫、好友萧阳、陈慧芝，文坛朋友丁玲夫妇、司空谷、鲁煤、梅益、蒋锡金、许幸之、柳倩、丁景唐、碧野等都去看望她、关心她，并给予她帮助，这给了她莫大的安慰。

病痛中的关露仍顽强地拿起笔来继续写作，想把过去流失的时间追回来。她写诗剧和小说，将《新旧时代》改写成《不屈的人们》。她也常常回忆峥嵘岁月，特别是她付出过青春、热血和汗水的徐家汇地区的

赵子云住宅，关露曾在这里办识字班（绘画 赵星波）

那段日子。她怀念肇嘉浜，她思恋赵巷，她多次写信给在上海的妹妹胡绣枫，倾诉她对那块土地的思念。她是多么想去看看那里的变化啊！但她已年老体衰，力不从心，无法远行。她甚至恳求其妹一定要代她去走一走、看一看。思念之情，溢于言表！

1982 年 3 月 23 日，中共中央组织部作出了《关于关露同志的平反决定》，"关露的历史已经查清，不存在汉奸问题"，"撤销和推倒强加于关露同志的一切诬蔑不实之词"，"应予彻底平反，恢复其名誉"。彻底平反的这一天虽来了，但毕竟太晚了。同年 12 月 5 日，经受过无数风雨考验的她，默默辞别人世。12 月 16 日下午，关露的骨灰安放仪式在八宝山革命公墓举行。12月18日，文化部和中国作协召开悼念关露同志座谈会，周巍峙、夏衍、王炳南、丁玲、姜椿芳、周扬、杨沫等出席，大家深情回顾了她不平凡的一生，深切表达了对她的怀念之情。

关露的一生，无私地为党奉献了自己的青春、名誉、爱情、前程乃至生命，她为党献出了自己的一切！

艾寒松：

自"《新生》事件"开始的跌宕人生

日寇逞强凶，《新生》起风波

1935年5月4日出版的《新生》周刊上，发表了一篇署名"易水"的文章《闲话皇帝》。这是一篇讲述中外君主制度的短文，其中提到日本天皇是个生物学家，但这个天皇没有权，他有自己专门的实验室，如果他不是天皇，一心一意专门做他的生物学研究，也许会在生物学上有更多建树。日本人见有人如此"议论"天皇，认为有机可乘，立即在上海出版的日文报纸的新闻头条上首先叫嚷，借机"兴师问罪"；在沪虹口一带的日本浪人、日侨等也集结起来，游行示威，寻衅闹事，砸碎了四川北路上多家中国商店的玻璃橱窗。日本驻沪领事石射猪太郎更是向当时上海市市长吴铁城表示强烈抗议，认为此系"妨碍邦交，侮辱元首"之举，中国政府必须向日本天皇"谢罪"。他提出要"立即禁止该刊发行并严禁转载""惩办《新生》负责人及文章作者"等六点要求。与此

艾寒松复旦毕业照　　　　　　　　艾寒松生活书店照

　　同时，日本军舰不断驶进吴淞口，以武力威胁施压。面对日本的无理挑衅，上海市政府担惊受怕，顺从日方的无理要求，赔礼道歉，并立刻查禁《新生》周刊。上海市市长吴铁城紧急与南京方面密商，欲将责任推卸在《新生》周刊社长杜重远身上。尔后，国民政府逮捕杜重远，令他交出文章作者，被杜一口拒绝，推说此稿系自发来稿，作者只署名"易水"，真实姓名和地址未留下，无法找到，文章是经国民党中央宣传委员会图书杂志审查委员会审查通过的，政府也应担起责任。吴铁城觉得此事不能外泄，便说要体谅政府的苦衷，并与杜重远私下达成协议，仅罚款了之。本想这事就此结束，岂料日方认为惩罚太轻。国民政府为讨好日方，判决杜重远囚禁 14 个月，将其关在上海西南漕河泾模范监狱。

　　得知事件真相后，广大民众强烈谴责国民党政府在日本面前的丑恶行为。上海民众成立了《新生》事件后援会。实业家穆藕初在《申报》上呼吁为杜重远案请求更正。鲁迅在文中对反动政府进行了无情鞭挞，

登《闲话皇帝》一文的这期《新生》封面

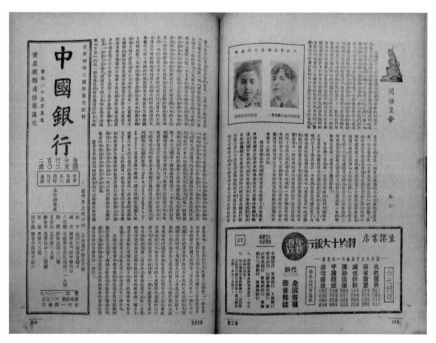

发表在《新生》第二卷第十五期上的《闲话皇帝》一版

"如此善政(指图书杂志审查委员会)，行了还不到一年，不料竟出了《新生》的《闲话皇帝》事件。大约是受了日本领事的警告罢，那雷厉风行的办法，比对于'反动文字'还要严：立刻该报禁售，该社封门，编辑者杜重远……判处徒刑，不准上诉的了，却又革掉了七位审查官，一面又往书店里大搜涉及日本的旧书，墙壁上贴满了'敦睦邦交'的告示"。中共在长征途中，发表《八一宣言》，怒斥"日寇要求惩办《新生》等杂志主笔和新闻记者，《新生》主笔和许多记者便立刻被逮捕监禁了"的降日卖国行为，提出"停止内战，一致抗日"的口号。同时，《新生》案引起了世界舆论关注，美国《纽约时报》、英国《泰晤士报》、法国《巴黎时报》等也指责日本是"小题大做，别有用心"。

这就是 20 世纪 30 年代由《闲话皇帝》引起的"《新生》事件"。这个署名"易水"的作者就是生活书店编辑、邹韬奋助手、《新生》周刊实际主编、以后成为徐家汇赵巷 7 号"红色女婿"的艾寒松。

复旦高材生，韬奋好助手

艾寒松（1905—1975），江西高安人。他少年离家，1930 年毕业于复旦大学政治系，同年署名"何敬之"给邹韬奋写了一封长信，讨论有关青年与国事问题。邹韬奋看了此信，被这位青年的才气和文笔吸引，觉得这是一位不可多得的人才，便回了信。但是艾寒松署的不是真名，所以此信被退了回来。邹韬奋将信略加删改刊登在《生活》周刊上，并写了附言，寻找"何敬之"。一天，艾寒松走过路旁的书刊摊，见有新一期《生活》周刊上的附言，得知邹韬奋正在找他，非常兴奋，便直接来到《生活》周刊编辑部，与邹韬奋握手长谈。邹韬奋准备聘用这位年轻人，问他有什么要求，艾寒松说只要每月生活费 30 元即可。

1931 年 1 月，艾寒松开始在邹韬奋麾下做编辑。艾寒松第一次在《生活》周刊发表文章《青年烦闷之由来》时，邹韬奋给他起了笔名"寒松"。

艾寒松很快适应工作，成为邹韬奋的得力助手。1933年，生活书店改制为合作股份制，艾寒松被选为书店监事。同年起，艾寒松开始与地下党组织有了联系。

九一八事变后，国家危在旦夕，蒋介石政府实行的政策引起全国人民的强烈不满，抗日救亡运动日益高涨。此时的邹韬奋已是文化新闻战线上抗日救亡的领军人物，被国民党列入"黑名单"，不得不于1933年7月流亡国外。生活书店则由徐伯昕负责，《生活》周刊由胡愈之、艾寒松负责。由于《生活》周刊抨击国民党政府的现行政策，维护人民民主，宣传抗日救亡思想，1933年12月，国民政府就以"言论反动、思想过激、毁谤党国"等罪名将其查封。

《生活》周刊被迫停刊，编辑部于是就想用新刊名继续办刊。此时杜重远在上海，编辑部决定由杜出面，通过他与国民党的关系，申请新刊号，刊名为《新生》。1934年2月，《新生》周刊创刊，杜重远任社长、总编，艾寒松任编辑。《新生》周刊沿用《生活》周刊原班人马，坚持《生活》办刊宗旨，邀请邹韬奋、胡愈之、章乃器、曹聚仁、陶行知、萧乾、周建人等为《新生》周刊撰稿。由于杜重远要做实业，所以艾寒松是实际的负责人。从栏目设计到组稿，从审稿、改稿到编排、校对，从刊头封面到刊内图片，直至印刷发行，都由他一人负责，亲力亲为，夜以继日。特别令人称道的是，他自进《生活》周刊编辑部以来，深受韬奋精神之影响，自觉地为读者服务已成为他的坚定信念和职业道德。他在整理、编辑邹韬奋给读者的大量复信中，深深为韬奋全心全意为读者服务的精神所折服，暗暗立誓，也要像韬奋那样，为读者着想，做读者精神上的挚友。他认为，做编辑就是要成为作者、读者与刊物之间的桥梁和纽带。为使《新生》周刊适应不同层次读者的需要，他从实际出发，煞费苦心，辟有"老实话""小言""专论""常识讲座""杂文""国外通讯""人物介绍""社

会问题讲座""经济问题讲座""青年园地"等20多个栏目，刊出的
文章又紧跟时代潮流，反映民众疾呼，短小精悍、掷地有声。《新生》
创办不久即声誉日隆，印数节节上升，达16万份。从1934年5月起，
《新生》连载邹韬奋的《旅欧通讯》《萍踪寄语》，将邹在国外考察
的情况及时介绍给读者，深受读者欢迎。1934年10月出版的《新生》
特刊，刊出章乃器、胡愈之、陶行知、茅盾、傅东华、陈望道等12位
社会名流的专文。该期特刊一经出版，读者竞相争购，很快售罄。《新生》
周刊的创办成功，除了杜重远的号召力外，艾寒松功不可没。正当《新
生》周刊办得风生水起时，1935年5月就爆发了"《新生》事件"。

辗转汉渝沪，再到根据地

　　"《新生》事件"爆发后，面对国民党的高压与追捕，处在风口浪
尖上的"要犯"艾寒松竟有惊无险、毫发无损，这要归功于中共地下党
和众多正义人士对他的关爱与呵护。1935年9月，经党组织安排，他
先到巴黎，后转莫斯科，在由吴玉章主编的《救国时报》当编辑。虽然
身在异国，但艾寒松仍心系原《生活》《新生》的读者们。他主动要求
上海编辑部的同仁将读者的地址、姓名寄给他，以便向这些老读者赠送
《救国时报》，弥补他们因刊物被查禁而受到的损失。

　　卢沟桥事变后，国共再度合作，建立起抗日民族统一战线。此时还
在莫斯科任《救国时报》编辑的艾寒松，按捺不住激动的心情，经组织
同意，于1938年2月回国，直奔当时的抗战中心——武汉。在武汉，
他见到了邹韬奋、胡愈之等许多生活书店的老朋友。那时，生活书店经
过几年发展，先后在武汉、重庆、广州、昆明、金华、南昌等城市设有
几十家分店。组织上便决定由他出任总务部主任，兼编校主任和编委秘
书。同时，他加入了邹韬奋、柳湜任主编的《全民抗战》。

　　1938年3月，艾寒松由吴克坚等人介绍入党。入党时，周恩来、

艾寒松与赵金秀结婚照

王明安排博古与他长谈。1938年7—8月，广州、武汉战事吃紧，国民党政府撤往重庆。遵照党的指示，生活书店等一批文化单位也都迁往山城。生活书店管理处设在重庆冉家巷16号，在同一巷内还有读书生活出版社等兄弟单位。这时，艾寒松改任生活书店编审委员会委员兼秘书，编审委员会主席是胡愈之，副主席是沈志远、金仲华，委员有柳湜、沈兹九、戈宝权、张仲实、茅盾、史枚、胡绳等。因大部分委员都是兼职，故日常具体工作都由艾寒松负责。

当时在重庆，敌机狂轰滥炸，印刷出版条件极差，任务又十分艰巨。艾寒松以生活书店总务部主任身份，到中共驻重庆办事处向周恩来汇报生活书店的工作，并从上级党组织处获得经济上的支持。

1938年8月上旬，武汉告急。在撤往重庆途中，与艾寒松同乘一条船的有柳湜的夫人徐鸿。艾寒松在《全民抗战》任编辑，与主编柳湜十分熟悉，但与徐鸿接触不多。言谈中，徐鸿了解到艾寒松是《闲话皇帝》的作者，她还提到赵巷7号的赵金秀、刘大明姐弟的革命活动。徐鸿建议艾寒松如到了上海，去见见赵金秀。之后，徐鸿还给赵金秀写信，向她介绍了艾寒松。

1939年9月，组织上派艾寒松到上海主持生活书店的编辑出版工作，并任中共上海地下党市文委委员，秘密开展地下活动。艾寒松在工作安排好之后，便带着徐鸿的嘱托去找赵金秀，两人一见倾心。很快，他们于1940年在上海结婚。

婚后，艾寒松和赵金秀在赵巷7号住了一段时间。1941年12月7日，太平洋战争爆发，日本占领上海租界。不久，艾寒松按上级党组织指示，准备前往苏北根据地工作。1942年2月，赵金秀的哥哥赵子竞护送两人到黄浦江边，交给地下交通员李成浩。为了保密，艾寒松夫妇成了李成浩的"姐夫""姐姐"，假装一家子回老家过年。在李成浩的精心安排下，艾寒松平安到达苏北抗日根据地盐城。

艾寒松奉命前去加强苏北抗日根据地的文化建设，先是任盐阜行政公署文教科科长，又任苏北盐阜区阜东县委宣传部长兼《盐阜报》(后为《苏北日报》)总编辑，赵金秀则担任报社的译电员。

《盐阜报》

艾寒松所著《大众革命知识》封面

艾寒松所著《青年修养与意识锻炼》封面

当时，敌伪对苏北抗日根据地进行频繁的扫荡。在苏北区党委领导下，艾寒松和《盐阜报》全体人员一起，保证报纸按期出版，极大地鼓舞了苏北广大抗日军民。

1945年8月，日本无条件投降，蒋介石又挑起内战。在这历史转折的重要关头，艾寒松被组织再次安排到上海工作，续任地下党市文委委员，负责宣传和统战工作。这是他第三次来上海。

战斗黎明前，铁肩担道义

艾寒松夫妇到上海已是1946年初了。他们来沪后就住在岳父赵琴舟所在的徐家汇赵巷7号。赵金秀的父亲将最隐蔽的一间密室让给女婿艾寒松居住，以便他开展地下活动。为了专心致志做好党的工作，艾寒松将两个女儿一个送给工人家庭，一个送给农民家庭。

赵巷7号附近绝大部分都是赵族宗亲，而且赵琴舟当时是赵巷保长，住在赵巷5号的赵金秀的堂兄赵子云是徐汇区副区长，在政治上可对艾起到保护作用。为掩护地下党活动，在赵巷5号靠西的地方还开了一家汇丰木行，经理是赵子云。艾寒松化名"何仁甫"，以木材商人名义在这里工作，晚上就住在7号密室里。汇丰木行不仅使艾寒松有了"合法"身份，它还是个"瞭望哨"。木行正对面是启明女中(今上海第四中学)，当时商店少，视野开阔，一旦发现异常情况，可以由木行后门经5号传递消息到7号密室，以便紧急撤退转移。

在这里，艾寒松秘密开展活动，编辑《民主》《群众》《新文化》等杂志，与梅益、陈其襄、丁之翔、郑振铎、唐守愚、周建人、王蕴如等人来往密切。这段时间里，艾寒松经常发表文章，在《民主》《新文化》上发表的有《关于目前时局的意见》《纪念民主战士高尔基》《悼念李公朴先生》《韬奋先生的时代并没有过去》《真假分明》《关于青年修养问题》《谈人的思想意识修养》《谈人的认识和怎样做人》《谈人的理想和实践》等文。据《生活书店图书目录》中记载，艾寒松之前还编有《读者信箱外集》《学习的理论与实践》等书籍。他担任过《太白》半月刊编委，与李平心创办《读书与出版》月刊，与史枚一起创办《读书月报》，并和蒋天佐主持《民主》周刊。他的更多文章散见于各进步刊物上。

艾寒松白天到木行工作，夜里常在油灯下奋笔疾书，一篇篇由他撰写和编审的文稿从7号密室送出，而赵金秀哥哥赵子竞则负责迎送客人或与周建人、马叙伦、许广平等高层统战人士联络。赵子云除了以汇丰木行经理身份照应艾寒松外，还利用徐汇区副区长的职务便利在审批报关、通关等方面起了很大作用。凡地下党人员因工作需要出国出关的，都会将相关材料交给赵子云，由他报上级部门签发。

1948年秋，随着解放战争的节节胜利，国民党政权摇摇欲坠。国民党对中共地下党和进步民主人士的迫害更加疯狂，特务、便衣布满街头巷尾。那时《民主》周刊已于1946年10月被迫停刊，《新文化》半月刊也在1947年4月被迫停刊。1947年7月，反动政府取缔进步刊物《文萃》，《文萃》主编陈子涛等三人遭逮捕，后均被国民党残酷杀害，史称"文萃三烈士"。1948年秋的一天傍晚，艾寒松走在路上，遇到有人跟踪。他费尽心机将之甩掉，并马上向组织汇报。敌人发现艾寒松还在上海活动，便对他加紧追捕。这时，地下党文委姚臻又突然被捕，以防万一，上级党组织当机立断，指示艾寒松马上撤离北上。艾寒松和周建人两家人由赵子竞护送到码头，通过地下联络点，先坐轮船到天津，尔后又到达河北平山县党中央所在地，受到周恩来等中央领导同志的热烈欢迎。中共上海地下党文委在赵巷7号的秘密活动就此终止。

艾寒松抗战以后在赵巷7号密室近千个日日夜夜的战斗，是他人生的又一光辉亮点。坚定的革命信念和坚韧的定力，让艾寒松与他的战友们，在黎明前的黑暗里，面对腥风血雨的恶劣环境、政治高压，能镇定自若，从容应对，冲破艰难险阻，去完成党交给他们的宣传及统战方面的各项任务，使这里成为地下党文委的一个活动据点和进步刊物的地下编辑部，为党的文化和统战事业写下浓重的一笔，也为赵巷这方革命热土留下深深的红色印记。

理论出光彩，遭诬终平反

艾寒松到达华北后，先后在华北大学、人民大学担任教务工作。1949年，他随军南下，回故乡江西参加接管南昌的工作。新中国成立后，他先后任江西省教育厅厅长、《跃进》杂志主编、江西八一革命大学教育长、南昌大学改革委员会主任、江西省委党校校长等职；1951年2月4日至6月22日，任中南地区代表团副团长，赴朝鲜慰问志愿军。在工作之余，他还编著了《怎样做一个共产党员》一书，受到广大读者欢迎。

《怎样做一个共产党员》封面

艾寒松 1950 年代全家福　　　　艾寒松夫妇在江西省委党校照

1973 年元月，艾抗美（右）和艾小寒（左）去江西省革
委会圭峰学习班看望父亲艾寒松

1949 年前，因为革命而收的养女林佩珍与父母艾寒松、赵
金秀合影

1963 年，艾寒松的《怎样做一个共产党员》被认为是"修正主义大毒草"，他在"文革"中又被打倒。1975 年春，艾寒松在妻子的陪同下，回到赵巷 7 号养病，还住在那间不足十平方米的密室里。当时寒松谈起当年的革命经历，颇有点兴奋，思维清晰，带有理论色彩。他曾将方志敏在狱中所写的《可爱的中国》手稿，通过地下通道转交给鲁迅；还曾作为唯一的中国人参加了高尔基的葬礼。

　　1975 年 7 月 2 日，艾寒松在江西医院抢救无效去世。1979 年 9 月19 日，江西省委宣传部在《江西日报》上宣布为艾寒松及其著作《怎样做一个共产党员》平反。

徐鸿：

奔向延安的上海女童工

生在柴屋里，五岁做童工

  徐鸿（1916—1995），原名徐红贞，又名徐培影，小名"阿妹头"。她生于上海，世居徐家汇地区，但从其祖父开始家庭败落，后她们一家被住在徐家汇庄家宅的姑母收留，住在一间狭长的柴间里。徐鸿就出生在这里。在她之前，家中已有两个哥哥，一个姐姐。

  徐鸿的父亲徐凤岐是明代文渊阁大学士徐光启的第十四代孙，原本是书香门第，现虽穷还是要穿长

青年徐鸿

衫，要订报纸。他从报贩子那里半价买进转让过来的订报券，报纸看完后再当废品卖掉，不亏本，保留着一点读书人的情调。徐父瘦弱多病，无固定职业。邻居劝他摆摆摊头以贴补家用，他认为是有辱门庭，不干。家里主要靠徐鸿的母亲帮人家洗衣裳、打短工为生，过着半饥不饱的日子。母亲生下徐鸿才三天就又出去打工，哥哥在外当学徒，姐姐在做童工，故只能把她放在屋内床上。而这间柴屋又长又矮，没有窗户，十分潮湿，老鼠、蜈蚣、蛇经常出没，才几个月的小徐鸿常常被这些害虫咬得脸鼻红肿、血迹斑斑。

徐鸿一家为生计曾多次搬家，不过搬来搬去，总是在徐家汇天钥桥路方圆一里的范围内，直到1925年借住进赵巷10号的老宅，才算安定下来。

徐鸿从小就经历了人生的磨难。那时徐家汇地区流行做"家庭女工"，即从花边公司领来原料在家里加工制作，按件领取工资，主要是为外国女人穿的丝绸衬裙、睡衣等手工制作花边，如拉丝卷、卷边、包花、扣眼等。徐鸿从五岁半起，就跟着比她大七岁、已在五洲固本皂药厂做童工的姐姐学做花边工。每当姐姐不上夜班，她俩便一起做花边。徐鸿本来体质就差，又经常与昏暗的油灯为伴，实在太困时，竟不由自主地把小脑袋撞到桌子上。母亲看着实在心疼，常常含泪说道："'阿妹头'（上海地区长辈对幼女的昵称）啊，自小吃苦，都是大人作的孽呀！"

徐鸿的苦难童年还在继续。10岁那年，姐姐徐问铮通过向工头送礼，将徐鸿领进了五洲固本皂药厂当包装女童工。账房给了她一块铜牌，这块紫铜色的牌子有两寸长、一寸半宽，亮光光的，上面刻着阿拉伯字"239"。铜牌是工人的身份证，故十分重要。姐姐和母亲怕她太小不懂事，不慎会把铜牌丢失，就在徐鸿的每件衣服上都做了一个放铜牌的小口袋。自有了铜牌后，厂里人都不叫她名字了，而是用"239"来代替。

徐鸿包装过的产品有"人造自来血""十滴水""赖沙尔"等，日工资 1 角 8 分加上夜班收入，每月可领 5 至 7 元。尽管厂里做的蚊香等产品气味很重，常常呛得她咳嗽不断，但为了减轻家庭负担，徐鸿还是坚持上班。最难忍受的是厂方苛刻的厂规及工作环境，工人的人身安全没有丝毫保障，工头为虎作伥。除了农历新年放三四天假外，工人们其他时间都得上班；且夏、冬两季都有夜工，每天劳动达 13 个小时。

如此苦的工作，徐鸿一干就是 8 年，然而，令她感到幸运的是，在厂里她结识了一批意气相投、富有正义感的女工，如沈小妹、包应秀等。她们是互相帮助、互诉衷肠的好姐妹。回家后，四周邻里对她也非常好。徐鸿与赵巷 7 号的赵金秀、刘大明姐弟俩经常在一起玩耍，情同手足。刘大明手巧，替他姐姐和徐鸿各装了一台矿石机。这样，徐鸿在家时一边做花边活，一边听广播，可以听到进步电台播放的革命歌曲。这让她痛苦的心灵得到一些抚慰。

1934 年，徐鸿因不愿再给工头送礼而被五洲厂变相开除。离厂后，徐鸿努力寻找新工作，但都不如意。赵巷 5 号的青年革命者赵子云热情介绍她去中华职业教育社学打字，结业后也帮助她联系了几个单位，都未成功。

五洲 8 年，失业 3 年，这段经历在徐鸿的人生道路上留下深深的印记。正当她徘徊在人生十字路口时，她遇到了两位足以影响她人生轨迹的引路人。

关露与柳湜，革命引路人

那时，正好有一位名叫关露的酷爱革命文学的青年女作家，遵照党的指示，欲深入调查工人的悲惨生活状况，创作革命文学作品。于是，她请同事查卓西帮助，介绍一位工厂女工作为采访对象，查卓西就将童工出身的小姨妹徐鸿介绍给她。

1930 年代关露

几天后，关露就到徐家汇赵巷找到了徐鸿。

关露与徐鸿认识后，两人一见如故，越谈越有劲。有相当一段时间，关露为更深入地了解徐鸿，就住在徐鸿家里，她们常常彻夜谈心，同睡一张床，同盖一条被。关露成了徐鸿走上革命道路的引路人。

后来，关露又介绍徐鸿认识了著名社会活动家和抗日救亡运动负责人之一的柳湜。柳湜同情徐鸿苦难的童年，对她刻苦学习、追求进步的精神十分欣赏，而徐鸿也对柳湜的革命精神和丰富的理论修养心生仰慕。徐鸿的父亲也喜欢读柳湜的文章，对柳湜很有好感。就这样两人热恋了。柳湜一有空，就教徐鸿识字、读文章，并向徐鸿介绍他写的《街头讲话》和《社会相》等书的内容及社会意义。在白色恐怖下，柳湜的安全受到严重威胁，可他照样写文章，积极投入救亡运动。徐鸿一直陪伴在他身边。对柳湜写的东西，她虽然似懂非懂，但总是兴致勃勃地认真阅读。她与柳湜的感情与日俱增，她对革命的认识也在逐步加深提高，柳湜是徐鸿走上革命道路的又一个引路人。

1937年1月3日，徐鸿与柳湜在赵巷10号结婚。当时"救国会七君子"（沈钧儒、邹韬奋、李公朴、章乃器、王造时、沙千里、史良）被关在苏州高等法院看守分所已有四五个月了。柳深深地想念他们。当他得知当局允许亲友探望时，便于4月下旬带着徐鸿去苏州看望他们。到了看守所，沿着昏暗的长廊走进去，徐鸿心想关在监房里的人一定都是垂头丧气、精神萎靡不振的。可是，当她走到转角处，却听到朗朗笑声。此时正是"休息"时间，"七君子"都在锻炼身体，他们一见到柳湜夫妇，都异常兴奋，纷纷握手道好，一种革命乐观主义精神充溢四周。他们向柳湜夫妇介绍他们在牢内如何抓紧学习，如何与国民党当局斗争。柳湜也向他们简要叙述了大墙外抗日爱国运动的新形势。这次探监让徐鸿受到了一次深刻的爱国主义教育，更坚定了她走向革命的意志。

战火纷飞日，携儿上征途

1937 年 11 月 12 日，国民党撤离上海。不久，柳湜赴汉口和沈钧儒一起主编《全民周刊》杂志，而此时徐鸿已怀有身孕。柳在信中对徐鸿说："孩子生下后妥善安置，若实在没有办法，送育婴堂也行。"让她生下孩子后立即去汉口参加革命工作，并说："这里有许多革命工作需要人做，有许多适合你做的革命工作。"徐鸿看了信后是既高兴又痛苦。高兴的是自己能直接投身到抗日洪流中去，痛苦的是她可

徐鸿、柳湜结婚照

柳湜

能要舍弃自己的孩子。1937年12月8日早上，徐鸿在沪一所教会医院产下一子。孩子要送人，犹如割她心肝。于是，徐鸿与柳湜反复商量，决定把男婴送到长沙乡下，寄养在柳湜姐姐克勤家里。可是问题又来了，她一个人带着未满月的婴儿，还有大大小小的行李及柳湜的许多书籍，如何到达长沙？更何况，身处兵荒马乱、战火纷飞的年代！父母兄姐和邻居们都劝她过段时间再走，但徐鸿革命心切，毅然决定马上动身。她先乘轮船到香港，再转长沙。经过两天航程，船只到达香港码头。码头上一片混乱，小贩的叫卖声和搬运工、旅馆雇员的拉客声此起彼伏。忙乱中孩子和行李都不见了，徐鸿顿觉五雷轰顶，脑中一片空白，只能随潮水般的旅客上了岸。正在焦急万分之际，一名旅馆雇员轻拍徐鸿肩说，孩子和行李已经到他们旅馆了，叫她上他的搬运车。到了旅馆楼上时，徐鸿循着小孩的哭声，终于找到了"失联"的孩子。原来，过去人们只知道旅馆可以"拎包入住"，却没想到这里还有"抢孩入住"的套路。可小孩受了惊吓，发烧了，又吵又闹，徐鸿一夜未睡好。第二天一早，徐鸿又拖着疲惫的身躯赶到航空公司售票处，总算买到了飞往长沙的半价机票，旋即回到旅馆，带着小孩和行李，再赶到机场。三小时后，徐鸿安全到达长沙柳湜的叔曾祖家。柳湜接到徐鸿的消息后，也从武汉赶到长沙。一家三口在叔曾祖父家过了元旦。随后他们来到克勤姐姐家安置好孩子，即坐船沿湘江直驶武汉。徐鸿就此真正踏上了革命的征途。

胡绳做介绍，加入共产党

　　《全民周刊》社就设在武汉江汉路口的联保里，是一幢老式三层楼房，有一大间客房和几个小间。柳湜、徐鸿住在饭厅后面的小间里。1938年7月，该刊就与邹韬奋主编的《抗战》合并为《全民抗战》三日刊。邹韬奋、柳湜任主编，因韬奋太忙，实际主编是柳湜。编辑有胡绳、林默涵、廖庶谦，后来艾寒松也加入进来。经常为杂志撰稿的有史枚、石西民、徐步等。徐鸿主要承担行政事务工作，如计算和发放稿费、找预约作者催稿及购买文具用品等。编辑部里的人都是很有才华的写作高手，徐鸿在这里工作感到既高兴又荣幸，有空余时间经常向这些有才气的革命知识分子请教学习方法。同时，徐鸿如饥似渴地阅读了很多进步书籍和文学经典，并多次向党组织表达了志愿加入中国共产党的美好愿望。

一次，沈钧儒的女儿沈谱来找徐鸿。当时，沈谱还在汉口中山大道第六十四后方医院做伤兵服务工作，因伤兵太多，沈谱希望徐鸿去照顾伤兵。徐鸿听了心动，就征求柳湜的意见。柳当即表示同意。第二天，徐鸿就去伤兵医院报到，与沈谱等人一起为伤兵服务，不取一分报酬。至于杂志社的工作，徐鸿合理安排。中午徐鸿自费在医院旁的小摊买几分钱一碗的咸菜稀饭充饥，晚上待熄灯伤兵就寝后才回家，开水泡饭吃下后继续干杂志社的工作。

1938年6月中旬的一天，柳湜高兴地对徐鸿说："王先生知道你想入党，他要找你谈谈。"隔了三天，徐鸿就像等了三年，王先生终于来了。原来"王先生"就是经常来杂志社的何伟同志（新中国成立后曾任湖北省委宣传部部长，还出任过中国驻越南大使）。何伟与徐鸿进行了一番长谈，特别强调："做一个共产党员是冒风险的，别看现在国共合作，统一战线，蒋介石骨子里还是反共的，我们要随时提高警惕，随时准备牺牲！"并提示她，以后有什么想法，可以多问问柳湜。

1938年7月中旬的一天，天气炎热。柳湜严肃地告诉徐鸿，吃了晚饭不要走开。徐鸿觉得有什么大事要发生。晚饭吃好后，她就坐在床沿上等待柳湜。柳湜说："组织上已经同意接收你为党员。但要两个介绍人，我可以是一个，你再找一个。"第二天，徐鸿请胡绳做她的入党介绍人，胡绳欣然同意。又过了几天，柳湜通知徐鸿：你是正式党员了，你是工人出身，不要候补期，因为是在白区入党，就不举行仪式了。徐鸿听到这个喜讯，激动得彻夜未眠。之后，经组织安排，项泰同志（胡绳的姐姐）代表上级组织与徐鸿保持联系。

调入"妇指会"，见到宋氏三姐妹

武汉会战失败后，徐鸿急匆匆带上行李和两大箱书籍，乘轮船前往重庆。柳、徐在冉家巷 18 号租了间东厢房落脚。柳湜在生活书店编辑室工作。八路军驻重庆办事处负责人熊瑾玎则安排徐鸿到妇女慰劳会（以下简称"妇慰会"）工作，这是国民政府军事委员会政治部第三厅领导的组织。当时周恩来是政治部副主任，第三厅厅长是郭沫若。"妇慰会"重庆分会中有国民党，但大部分工作人员是共产党，实际上是由中国共产党领导。

"妇慰会"分会主要工作之一是开展群众性支前募捐，提出"有力出力、有钱出钱"等口号。针对不同的对象采用两种方法：对有名望的、上了年纪的人物，就约好主动上门。如她们曾到李宗仁家募捐，李宗仁夫人郭德洁热情接待，不但自己捐了巨款而且还表示要说服其他人士一起捐，以支持抗日。此外，"七君子"之一的史良，还有刘清扬、沈兹九等，也带头捐了款。对中等人士和广大群众，她们就采用街头宣传的办法，不管烈日当空，还是刮风下雨。尽管每个人的捐款数目不多，但群众面广，意义深远。

那时，由宋美龄为指导长的新生活运动促进总会妇女指导委员会（以下简称"妇指会"）下面有许多小组，其中沈兹九负责文化事业组，史良负责联络组，刘清扬负责农村服务组。她们都是地下党员或有名望的人士。1939 年春，沈兹九给徐鸿来信，希望她能到文化事业组工作。徐鸿有些顾虑，不敢回信，问柳湜，也拿不定主意。徐鸿只得向邓颖超请示。邓听后，当即表示应该去，并说："那里党员少，你去正好。但是你一定要注意，不要暴露党员的身份。"这样，徐鸿就高高兴兴地来到"妇指会"文化事业组上班。

"妇指会"设在城外上清寺和曾家岩之间的求精中学内。徐鸿的工作是编写三天一期的《壁报资料》，每期两千字。它的宗旨是宣传抗日，争取抗日胜利。资料主要取自《新华日报》。《壁报资料》发行范围广，工作量大，从编写、排版、刻蜡纸、印刷到封卷，全由徐鸿一人负责。起先，《壁报资料》编好后让组内同志审阅，总有百分之七八十被改掉。经过两三个月的实践，徐鸿编写出来的稿子基本不用改了。由于《壁报资料》挂的是"妇指会"的刊物，所以"妇指会"下属的众多组织和三民主义青年团等组织都来函索取，反而扩大了抗日的影响。

1940年春夏之际，"妇指会"曾邀请全体工作人员去蒋公馆接受蒋介石的接见。在蒋公馆，蒋装出一副笑脸讲了一些类似"你们工作有成绩，希望继续努力"等官话。还有一次，宋美龄设家宴，招待二姐宋庆龄，大姐宋霭龄作陪。"妇指会"的全体人员应邀参加。徐鸿记得在吃西餐时，宋美龄对大家说："你们今后都有可能做大使夫人，所以你们都要学会吃西餐。"宋庆龄马上接着宋美龄的广东话说："我们许多人不会吃西餐，是帝国主义侵略造成的，我们连饭都吃不饱，哪里还有可能吃西餐。"把她的话直接顶了回去。

奔赴延安决心大，学习工作新气象

1940年10月后，形势更加恶化，《壁报资料》也受到上面的特别"关注"，迫于种种限制，难以发挥作用，加之主编徐鸿是左翼文人柳湜的妻子，恐有不测发生。正在徐鸿困惑之中，忽然传来延安的中国女子大学广招各地女青年学习的消息。这对一直坚持自强自立、酷爱学习的徐鸿来说，是个大好消息。但令她意外的是，柳湜不同意她去延安。徐鸿是个独立意识很强的女战士，她认定了正确方向就一定要走下去。

她先后三次请示邓颖超。经邓颖超和周恩来商量后，最终她的要求获得了同意。邓颖超又说："你去延安要改一下名字。"于是，她便将当时用的姓名"徐培影"改成了"徐鸿"。徐鸿又一次得到邓颖超的关心和支持，她激动的心情无以言表，只想尽快飞到延安。

1940年11月11日凌晨，徐鸿打扮成"阔小姐"，途中历尽艰险，于12月31日到达延安。延安的中国女子大学设在王家坪和杨家岭之间，在延水河北岸。校长是王明，副校长是柯庆施、林莎。徐鸿被安排在高（2）班。课程有俄文、政治经济学等。这个班的学员都是党员，且是学校里政治、文化水准最高的班级。这使徐鸿倍感压力。徐鸿来时，这个班已上了半年课了，但通过老师的个别辅导，班里同学的关心和帮助，经过一个多月的日夜苦战，她终于赶上了班上的学习进度。之后不久，徐鸿又被调到华北书店工作。

延安的生活的确艰苦，主食是小米，有时没有菜吃，就只能挖野菜来替代；没有油，只能用盐水煮了吃；晚上的灯光很弱，难以看书读报，大家就开生活会和谈心会，或进行俄语会话训练。班上不少同学原来就是大学生，成绩好，且有工作经验，都提前调出去工作了。后来中国女子大学和泽东青年干部学校、陕北公学合并成新的延安大学，根据个人意愿，徐鸿继续到俄语系高级班深造。

1942年2—3月，党中央决定在延安各抗日根据地开展整风运动。运动重点整顿"三风"：反对主观主义以整顿学风，反对宗派主义以整顿党风，反对党八股以整顿文风。要求大家集中精力学习整风文件，如毛泽东的《改造我们的学习》、刘少奇的《论党内斗争》等。大家认真学习了半年，通过讨论、交流、自检，对提高思想觉悟、找准自身不足起了很大的作用。

徐鸿在华北书店工作一年后，组织上又调她到边区财政厅厅长南汉宸夫人王友兰领导的妇女合作社工作。合作社的任务是把妇女生产的编织品销往白区，换成法币，再购进边区军民的必需品。合作社闯出了一条新的生产线路，将已弹好的棉花、纺好的毛线发给大家加工，加工完后再交合作社，由合作社按质按量年终结算，发放工资。徐鸿刚到合作社正巧遇到合作社一周年纪念及年终工资发放。这天，广场上放着方桌，桌上放着一大沓账本及算盘，财务当场核算兑现工资，广场四周红旗飘扬，领钱的、围观的人到处都是，场面非常热闹。这在边区是新鲜事。

徐鸿在延安如鱼得水，她进入了一个更高、更大的平台：可以经常聆听中央领导同志的报告，近距离听到党中央的声音；与从全国各地来的抗日青年精英一起学习，一同工作；在为基层群众服务的过程中，她与憨厚的老乡结下了深厚的友谊。唯一遗憾的是，她因全身心投入到学习和工作中，没有时间顾及家庭孩子，与柳湜的感情也出现了阴影。

1945 年 8 月 15 日，日本无条件投降，延安城沸腾了，军民们尽情地唱歌、扭秧歌。这时徐鸿在考虑如何迎接新的任务。当她知道中央将调动机关干部到白区工作，特别是打算把一些曾在上海做过工作的党员抽调回去的情况后，立即向边区秘书长李维汉提出回上海工作的请求。李维汉表示同意，要她等通知。

返沪紧急谋划"两航起义"

在这期间，李维汉、谢觉哉二老，曾多次来到徐鸿家里与他们夫妇谈话，进一步了解徐鸿姐夫查阜西的情况，以考察策划"两航"（指中国和中央两个航空公司）及上海一批国民党军舰起义的可能性。

原来，李维汉、谢觉哉与查阜西在第一次国内革命战争时期就是战友。查阜西与徐鸿的姐姐徐问铮结婚后也借住在赵巷 10 号与徐鸿及父母一起生活。他在 1930 年考入军政部航空署任航务科科长。他的英语好到能在纽约讲美式英语、在伦敦讲英式英语的水平。之后他升职做了

查阜西在弹古琴

欧亚航空公司副总经理，一度还代理过总经理。结婚二三年之后查阜西夫妇就搬出去了。不过查阜西仍时常来这里看望岳父母和徐鸿，并给予他们经济上的资助。查阜西后在苏州买了花园住宅，一有空就沉醉于弹奏古琴，研究中国古典民族音乐。

柳、徐特别谈到查阜西来到徐家汇赵巷后过着隐居生活。查阜西从未做过一件有损于革命的事。他认识很多国民党要人，但坚决不加入国民党。他与国民党人士因工作在一起时，只谈吃喝，谈古琴；而与左翼文化人士相聚时，则谈笑风生，互通心曲。他的心是向着共产党的，特别是看到党逐渐壮大并取得节节胜利的情况下，内心跟着党走的愿望更强烈了。

根据查阜西的一贯表现，组织上决定让柳、徐到白区做好查阜西的工作。1946 年早春，两人带着党中央的重托，携女儿延延先飞重庆再飞上海，后赶往苏州姐姐家与姐夫进行了多次长谈。查阜西对日本投降后的国内形势颇为关注，十分拥护党中央的一系列方针政策，并一再表示，如有机会要为革命再做贡献。柳见时机成熟，便开门见山，将党中央希望他利用自己的权力和人脉，在条件成熟时策划"两航起义"的愿望和盘托出。查阜西没有犹豫，欣然接受。

尔后，柳湜安排查阜西与上海地下党领导人吴克坚接头。在党的领导下，在各方的密切配合下，查阜西冒着极大危险，倾力而为，"两航起义"终告成功。1949 年 11 月 9 日，12 架飞机从香港起飞，一路向北飞去，举世震惊。当查阜西 1949 年底在中南海受到周总理的接见时，两人激动得紧紧握手拥抱。周总理说："你做出了很大贡献，人民会感谢你的！"电视连续剧《北飞行动》就反映了这段史实。

吕梁搞土改，三次遇"死神"

柳、徐二人在完成了联系查阜西的任务后，先后回到延安。徐鸿被王明调到中央政治研究室苏联问题研究组工作。就在此前，她已与柳湜平静地分手了。

1946年10月，国民党阴谋占领延安。党中央从战略大局考虑决定撤出延安，但仍坚持留在陕北。与徐鸿一起行动的还有毛岸英。他年轻，充满活力，一路上跑前跑后，帮助体弱的人背行李，到了驻扎地就与大家一起访贫问苦。

队伍在王家沟驻守了一个月。突然，王明的秘书代表他向研究室同志传达"中组部要在中央各单位抽调一百名干部，到吕梁晋西南新解放区进行建政、土改工作"的指示，并希望大家报名。徐鸿听了很高兴，马上报名并得到批准。

1946年底，徐鸿等人就上路了。经过一个多月的顶风冒雪、长途跋涉，他们终于来到目的地山西离石，见到了吕梁区党委副书记解学恭。解学恭告知徐鸿等人工作地点在石楼村。

石楼村的建政工作告一段落后，徐鸿又返回离石搞土改。根据党的"五四指示"要求，她与本地工作队共同工作，队长是胡克实。

就在罗村和离石，徐鸿经受了三次生死考验。

第一次险情是在罗村。那天下午，领导把徐鸿一人安排到离罗村四五里的一个小自然村。谁知就在离开罗村的当天晚上，罗村出事了。凌晨两点，盘踞在吕梁山上的一股匪徒，收到奸细的情报，趁着天黑，手拿武器冲进罗村。当时，队员们正在熟睡。队员张仪被土匪用斧头乱砍，壮烈牺牲。个别工作队员侥幸逃离，而杨洛夫和绰号"小八路"的一名同志却被押到匪窝。土匪对他们进行严刑拷打，逼着他们交代工作队和游击队的情报。杨洛夫面对酷刑不吐一字，被匪徒残酷杀害。"小八路"也被吊在树上，匪徒要他交代，但"小八路"装傻，答非所问，敌人以为他真的不懂，就把他放了。这个机灵的"小八路"绕了一个圈子，跑到游击队驻地汇报。游击队正苦于找不到匪徒藏匿的地方，马上组

1949 年前后徐鸿在北京

徐鸿与子女

织力量，把匪窝彻底端了，为民除了害，巩固了新生政权。

　　第二次险情是在离石，也是徐鸿一人被派到一个较远的自然村去。当晚，工作队政委的警卫员突然出现在徐鸿面前。徐鸿正在惊愕当中，警卫员悄悄对她说："是郝政委叫我来的。"徐鸿听了，心里一阵激动。这天晚上，她主持村干部会一直到深夜 11 时。一名贫农和警卫员商量决定，让徐鸿当晚临时转移到另一个地方住，警卫员仍住这里。

凌晨2时多，徐鸿已进入梦乡，房东大嫂把徐鸿推醒，说是警卫员来了。警卫员急促地告诉她：自己刚睡下不久，便听到门外神秘的脚步声在门前停了下来。警卫员判断是土匪袭击，赶忙取下挂在墙上的步枪，故意把拉栓、装子弹的声音弄得咔嚓响。土匪听到声音，自知手里的木棍敌不过步枪，就溜走了。这显然是又有人与土匪内外勾结，只因徐鸿不住这里是临时决定，奸细无法及时通知土匪，所以未得逞，让徐鸿幸免于难。徐鸿从心底里感谢郝政委、农民兄弟和警卫员的救命之恩。

第三次险情还是在离石。那天徐鸿一人到一个村子搞土改，因原来这里的工作队员走得太匆忙，未与徐鸿很好交接，徐鸿只得自己去排摸。让她吃惊的是，只有120多户的小村，竟有地主30多户，至于被划为富农和富裕中农的就更多了。了解实情后，徐鸿认为是"拔高"了。问题是敢不敢纠正？徐鸿想到自己是一名共产党员，应该坚持原则。她就与几个可靠的贫农一起研究，一致认为有六个"地主"是错划。最后大家都同意停止对这六人的羁押，并予以释放。但也有个别人说：我们是同意的，只怕其他村有意见。原来，每个行政村下面都有几个自然村。通行的做法是全部土地和财产在行政村范围内打乱平分。如果地主划得多，参加平分土地的人数减少，每个人可以分到的土地数就多。因此，私心重的人总希望地主多划点。而现在徐鸿不仅不多划，竟然把已经划成的地主放了，这究竟是为谁张目？他们便向上面打了小报告。

一天，胡克实通知徐鸿第二天去开会，并严肃地提醒她要好好准备，把相关材料带上，把工作交代一下。徐鸿感到问题的严重性。

所谓参加大会，徐鸿是经历过的，大会一开，大家七嘴八舌，把问题抛出来，不容分说，上纲上线，然后是拳打脚踢，甚至棍棒齐下，最后把人打死的事情也常有发生。对地主是如此，对"包庇地主"的工作队员也是如此。

第二天清晨，徐鸿背着行李去开会。一个村干部冷冷对她说："你就住在这里！"然后扬长而去。到吃饭时女房东也没好气地说："你自己去盛！"下午到了，徐鸿准备挨斗，有人告诉她："大会推迟！"到了第三天上午，又有人通知她到某地听报告，根本不提大会的事，让徐鸿丈二和尚摸不着头脑。

听了报告后，徐鸿才明白危机过去了。原来这个报告是传达毛主席1947年12月在中央工作会议上关于"目前形势和我们的任务"的讲话。其中谈到土改问题时指出，"必须坚决地团结中农，不要损害中农的利益"。就这一句话解救了她。后来碰到胡克实，她才知道几经周折，那六个"地主"总算平反了。

奉调西柏坡，参加入城式

1948年4—5月，中央后委来电将徐鸿调回中央机关工作。徐鸿一身"女八路"的装束，在一名20多岁保定青年的护送下，骑着小毛驴，从离石出发，前往党中央所在地西柏坡。

刚到西柏坡，她听到最多的是解放军节节胜利和收复延安的喜讯。不久，徐鸿被分配到后委城工部。李维汉主持城工部的工作。一见徐鸿，李维汉就问她有什么困难，并笑着说："你的命大，连敌人都没有把你压倒。"这显然是先回来的同志告诉李维汉的。1948年5—6月，徐鸿来到石家庄裕民公司裕民化工厂做调研。

不久，徐鸿又接到通知，回到城工部。她把三个月的调研系统整理了一下，向李维老和工厂组的同志做了全面汇报，并就企业经济核算问题与大家进行了深入讨论。

北平解放前夕，徐鸿被选中将进入北平。当时挑选的条件是身强力壮，政治素质好。这些准备进入北平的队伍先在阳泉集合，再乘火车到石家庄后，换乘卡车直达北平西郊青龙桥住下。那时共产党正与傅作义将军谈判，徐鸿等人的驻地距清华谈判小楼很近。大家十分关注那边的动静。一到晚上，那里灯火通明，双方谈判通宵达旦地进行着。大家多么希望谈判早日成功，为国家为人民带来福祉啊！

谈判终于成功了，北平和平解放，共产党决定于 1949 年 1 月 31 日举行入城式。

凌晨 2 时，参加入城式的同志全部穿上军装，腰束皮带，头戴棉军帽，分坐几十辆大卡车到西直门外。入城式开始了，当队伍到西直门时，热烈的鼓掌声和欢呼声响起，群众夹道欢迎，"向亲人解放军致敬"等口号声此起彼伏，有人还向徐鸿及其战友们递茶送水。从西直门到驻地西交民巷，队伍足足走了两个小时。

参与筹办信访局，重结连理枝

徐鸿在西交民巷住了几天，就被分配到北平市委政策研究室工作。

当时，彭真等领导同志决定建立一所俄文专科学校，并决定派徐鸿去香山协助中央书记处政治秘书室主任师哲做筹备工作，徐鸿立即前去报到。那里中午吃的是中灶，八个人一桌，经常在一起用餐的还有王惠德、田家英、于光远等，他们在一起说古道今，谈笑风生，思想活跃极了。

田家英是秘书室副主任，又是毛主席的秘书。他有一项工作是处理人民来信，十分繁忙。而当时徐鸿刚筹备俄文学校，不是很忙。于是，征得师哲同意，田家英将徐鸿暂时调来，帮助处理人民来信。但还是忙不过来，田家英在请示毛主席同意后，调来一批干部创建了一个信访机构，这就是中共中央办公厅信访局的前身。1949 年 10 月 1 日开国大典正是徐鸿工作最忙碌的时候，她只能在收音机里感受开国大典的盛况，实在是一大憾事。

之后，中央各单位开始向中南海集中。徐鸿于 1 月中旬搬进中南海工作，多次见到毛泽东、刘少奇等中央领导。这期间，田家英又交给徐鸿一项任务，让她照看患病的毛岸青。徐鸿高兴地接受任务，尽力照看好毛岸青。

在信访工作走上正轨后，徐鸿又回来继续参与筹备俄文学校。筹备人员中有一名同志叫殷铁铭。1949年底，领导决定由徐鸿和殷铁铭一起去哈尔滨外国语专科学校，调50名在读的一、二年级的优秀学生来北京俄文学校突击培训，以解决中央机关俄语翻译紧缺的燃眉之急。于是，他俩风尘仆仆地赶赴沈阳到东北局开介绍信，东北局为他们开具了介绍信后，两人又马不停蹄地赶到哈尔滨俄文专科学校，得到王季愚校长的全力支持。很快，徐、殷就带了50名学生在1950年春节前夕回到北京。此次的哈尔滨之行让徐鸿对殷铁铭有了一定了解。后来经领导批准，两人又都去中国人民大学听了一年多由苏联专家主讲的关于马克思主义哲学经典著作讲座。在共同的学习和工作中，两人擦出了爱情火花，于1951年秋结婚。

不久，徐鸿向中央组织部提出想进行翻译工作的请求，得到批准后于1951年调到中国人民大学研究部编译室工作，主任是尹达，徐鸿任编译室副主任，后又任研究部党支部书记。在该室不到两年，徐鸿翻译了《历史唯物主义辩证法》（教材）及《历史唯物主义》两本译著，发表了《东欧人民民主国家经济发达情况》等译文。正当徐鸿在工作和学习上取得一些成绩时，又接到校党委通知，要她去中国人民大学马列主义研究班学习。徐鸿读的是哲学班。这个班有30多名学员，都是来自各地的大学哲学系毕业生，唯有徐鸿连小学都未上过，年龄又最大。那时徐鸿有了第三个孩子，儿子身体差，经常生病，徐鸿迫不得已时常请假。但她以惊人的毅力，苦干加巧干，终于在1956年夏以优异的成绩毕业。

毕业时，教育部应武汉大学校长李达要求，将徐鸿与殷铁铭同时调

1982 年前后徐鸿与女儿延延

晚年徐鸿

往武大。到武大后，徐鸿积极备课，在历史系、法律系和外文系开了"历史唯物主义"课程。可第二年，组织上认为，像她这样有着丰富经历和经验的革命干部应该做党的工作。徐鸿服从组织决定，由此在武大先后任图书馆系、中文系、哲学系党总支书记及校图书馆副馆长等职。

时隔 40 年，再回赵巷话乡情

正当她全身心投入大学的党务工作时，童年时的严重营养不良、白区地下斗争和战争时期的长期超负荷工作以及年龄的增长等因素，使病魔渐渐侵袭她的身体。1966 年起，她患有晚期宫颈癌，又得了脑垂体癌，再加上糖尿病、胆结石、口腔炎等多种疾病，可谓百病缠身，但她一面与病魔顽强斗争，一面仍保持革命老干部本色，尽力做好党交给她的各项工作。

徐鸿在 1966 年赴北京治病期间，柳湜曾多次前往探望与慰问。

"文革"后期，徐鸿带着病体与姐姐徐问铮一起回到徐家汇赵巷，仔细看了她俩当年共同生活、战斗过的地方，同时还探望了老邻居。她俩与赵巷 18 号赵云南（赵云南母亲赵徐氏与徐鸿家是同宗亲戚，赵云南与徐问铮、徐鸿曾一起在五洲厂做工）等人谈了很久，直到傍晚，才依依告别。

徐鸿一直惦记着将她引上革命道路的女革命家关露。1977 年，她因病在北京治疗，通过各种途径打听关露的地址，总算找到了关露的妹妹胡绣枫。当她了解到关露现住在远郊香山时，就不顾疲劳，立刻赶到香山。这对历经风雨的革命老姐妹的手紧紧握在一起，禁不住热泪盈眶，热烈拥抱。

1982 年，徐鸿离休了。她自知剩下的日子不多，就决心写回忆录，在饱受病痛折磨的情况下，断断续续写了四年多。1991 年，徐鸿的回忆录《"阿妹头"自述》在刘大明等战友的帮助下，由解放军文艺出版社出版。徐鸿的最后一个心愿终于实现了。三年多后，徐鸿终因多病并发、医治无效，病逝于武汉。这位从上海徐家汇赵巷走出来的革命女战士，终于走完了她的传奇一生。

《阿妹头自述》封面

徐鸿手稿

刘大明:

将文化火种引上太行山

"读社"练习生,辗转汉渝蓉

刘大明(1921—2016),原名赵子诚,又名赵刘根。他从小是个苦孩子,先后上过陈泾小学、明德小学,都是父亲向校长求情才免去学费的。但校方要求,刘大明每天要为校方打钟、课间休息出售糖果糕点等。刘大明初中就读的中国中学,也是父亲向校方多次申请,由此获得了免费入学的名额。他自知机会得来不易,所以学习更加刻苦,成绩优异,得到老师和同学的好评。课余,他还与徐鸿、赵金秀等参加堂兄赵子云组织的蚁社歌咏活动。三年初中很快读完,家里已无力支持他继续读高中。为了减轻家庭负担,他坚持要去做工,但一时又找不到合适的工作。那是1936年,正当他十分无奈时,好邻居徐鸿和地下党员柳湜及时伸出了援手,介绍刘大明到读书生活出版社做练习生。

读书生活出版社(以下简称"读社")是在当时白色恐怖之下,由李公朴主持,柳湜、艾思奇、黄洛峰等地下党员支持的以出版进步

1936年刘大明去读书生活出版社前照　　1939年在读书生活出版社成都分社任
　　　　　　　　　　　　　　　　　　经理

刊物为主的出版机构，社址设在静安寺路斜桥弄（今吴江路）71 号。
1936 年 11 月，刘大明到"读社"上班，大家亲切地称呼他为"密斯脱
赵"（当时刘大明用名赵子诚）。刘大明在这里被安排到邮购部当练习
生，学习开采购单、发票、打邮包等工作，后又改任出纳，管保险柜钥
匙，经常跑银行。大家对他十分关心，希望他学好本领，胜任工作。在
充满激情与友爱的环境里，刘大明不仅业务上长进很快，在思想上也深
受影响，觉悟在逐步提升。

　　"八一三"淞沪会战爆发，刘大明随"读社"迁武汉。刘大明白天
投入书店工作，业余时间则参加汉口的各类救亡和学习活动，进步很快。
1938 年 10 月，刘大明加入了中国共产党。武汉失守前，他随"读社"
西撤重庆。

　　"读社"在重庆先成立了总社，并定名为读书出版社，又在贵阳、
昆明、香港、成都等地设立分社。在重庆工作困难重重，面对敌机空袭
和国民党顽固派的反共政策，刘大明等"读社"人无所畏惧，巧妙与之

周旋。总社常收到从延安天主堂一位叫李六如的同志发来的购书单。后来他们知道这是毛泽东需要的书，就千方百计配全后发往延安，从未失误过。那时，重庆的中苏友好协会、生活书店等经常举办演讲会、报告会。刘大明曾聆听周恩来、邓颖超、董必武、博古、徐特立等同志热情洋溢的演讲，并成为重庆书业界同仁联谊会的常委。

1939 年 5 月，"读社"准备在成都设立分社。18 岁的他出任成都分社经理。刘大明在政治环境险恶、无上级直接领导的情况下，紧紧依靠地方党组织担起了经理的重任。分社社址在祠堂街 72 号，经过紧锣密鼓的准备，7 月 1 日，成都分社如期开业了。由于各地送来的新书很有特色，开张以来，每天顾客盈门。

1940 年初夏，重庆总社又把刘大明调回重庆。黄洛峰代表组织通知刘大明，由他代表"读社"同生活书店代表李文及新知书店代表王华三人，去八路军野战总部所在地创建华北书店。

奔赴太行山，创办新书店

李文、刘大明、王华三人创办华北书店一事，是针对当时国民党对进步书店的迫害加剧这一情况，遵循周恩来的指示，保存进步书店力量，加强敌后抗日根据地的出版工作，由邹韬奋、徐伯昕、徐雪寒和黄洛峰共同商量决定的。三人深感责任重大。他们迅速筹集资金五万元，并通过八路军办事处转往太行山根据地。

1940 年 8 月初的一个夜晚，三人悄悄到达红岩。同行的有十多人，他们上了八路军办事处的大卡车，坐在汽油桶盖上面，为防备国民党沿途捣乱，一律换上八路军战士的服装，佩上了第十八集团军的臂章、胸章。为了安全，大家把原名改掉，刘大明这个名字就是在此时才用上的，并一直沿用终身。

在西安七贤庄八路军办事处，刘大明等人受到林伯渠的接见。10

八路军胸章（刘大明捐赠）

1940年8月，刘大明赴太行山用过的胸章等

刘大明在太行山时用的军用望远镜

月中旬，得知运输队已到黄河北岸，于是三人由八路军办事处安排，徒步向河南岸走去，整整走了一天，第二天乘坐渡船，过了黄河，到达运输队驻地——济源境内的灵山。刘大明知道"读社"同仁桂涛声（阿桂）受党的委派正在济源境内的国民革命军第四十七师政治部工作，看望战友心切，于是李文让刘大明带着《阵中日报》工作证，以记者采访的名义，找到了阿桂。故人战地重逢，分外亲切。

刘大明和阿桂一起回忆《在太行山上》歌曲的诞生。1938年，阿桂从前线一回到武汉，立刻去找正在武昌的冼星海，请他为自己创作的《在太行山上》诗歌谱曲。星海接过阿桂写在香烟壳纸上的歌词，仿佛看到了太行军民与敌浴血奋战的英勇场景，激动不已，当晚经反复构思推敲，连夜谱成曲。阿桂一拿到此谱就跑到"读社"门市部，对刘大明高兴地说："冼星海给我的诗谱曲啦！"喜爱歌曲的刘大明接过曲谱，吟唱了起来。后来刘大明常自豪地说："我是第一个唱响歌曲《在太行山上》的人！"

几天后，他们越过封锁线，终于到达边区政府所在地。杨秀峰及夫人接见了他们。后来，三人又受到八路军野战政治部主任罗瑞卿的接见，并与之共进晚餐。罗主任对他们的业务、财务、生活等都作了具体的指示。刘大明三人根据罗主任的指示，经与有关方面商量研究，认为可以先在根据地中心桐峪镇开设门市部，销售边区出版的书刊、文具；同时也可以用油印方式印一些文艺小册子，以图发展；并决定门市部在 1941 年元旦开张。于是，三人分工：李文负责采购文具用品，王华负责筹建门市部，刘大明负责选编、刻印。

1941 年元旦，门市部正式开张，第一个三联书店（即生活、读书、新知联合办的书店）华北书店在敌后诞生了。店里的职工一起把自制的写着"华北书店"四个大字的布织招牌在桐峪镇的大街上高高挂起，又贴了许多鲜艳夺目的宣传广告，给古镇增添了喜庆的色彩和节日的气氛。慕名而来的机关干部及当地民众见书店开张，都涌进书店来购买书刊、文具，一时宾客云集，当天的营业额竟达到 120 元之多。

第一炮打响让他们尝到了甜头。华北书店头几个月就把精力集中在出版油印书籍上，于是相继印出了《阿 Q 正传》《狂人日记》《不走正路的安德伦》《死敌》等书，对封面设计也予以改进，印数为蜡纸的极限数 500 册。

那时，为落实周恩来的指示，重庆总社又派柳湜、赵冬垠、徐津到延安，在那里也成立华北书店，并调李文速去延安。这样，总社的华北书店就由刘大明和王华负责了。1942 年春，由于总社迁到麻田，华北书店在麻田又开了一个分店。王华常驻麻田，负责进货、送货等；刘大明常驻桐峪镇，负责油印出版。刘大明油印出版了《朝花夕拾》《第四十一个》《和列宁相处的日子》等书，每种都印 500 册，合计 20 多种。那时，每当决定印一本书，刘人明就夜以继日地刻蜡纸。一旦刻完蜡纸，全店就总动员，油印、折页、针线缝钉、糊贴封面、裁剪毛边等，一道工序都不能少。

1941年，在山西辽县桐峪镇的华北书店，左起王华、刘大明

华北书店的工作一直得到八路军总部和中共中央北方局的关怀。1942年元旦，彭德怀给刘大明和王华发来邀请他们参加新年团拜的请柬，并在团拜前亲切接见了他俩，勉励他俩继续做好边区出版发行工作。刘大明和王华深受教育并深感责任之重大。罗瑞卿更是自始至终给予他们多方面的关心，他给书店调来了干部和勤杂人员，还调拨了枪支和牲口等。1942年秋，《新华日报》主动帮助书店采用"在铅板上用手工印刷"的方式，以替代铅印机短缺的状况。

坚守太行山，难忘彭老总

1943年春，罗瑞卿亲切地对刘大明和王华说："延安来了指示，征求你们意见，是在这里坚持下去，还是回延安去？"刘大明、王华两人得知组织如此关心他们，心中无比感激。能在延安工作是多么幸福，但在太行山两年，对这里深有感情，他们已离不开这里的八路军和广大人民。于是，他们商量的结果是愿意在敌后坚持下去。

不久，组织上又划了一个中型铅印厂给华北书店。铅印厂有40多人，设备有四开机1台，十六开机1台，排字、纸型浇铸、装订工艺都是全套，全由华北书店领导。为了安全和保密，公开代号为"干部学校"，印刷车间放在外人进不去的院子内。工厂办了半年多，出了20多种书，有《农村调查》《经济常识》《党证》等，还为北方局印了许多内部文件。在发行方面，书店在河南又增设了一个门市部。

1943年，上级要求华北书店与新华书店合署办公，一个行政单位，两块牌子。刘大明在这里任出版科长，后又任业务科长。不久，王华去党校学习，当年来的"三驾马车"只剩下刘大明一人了。两店合作出版的书有 60 多种，包括《评＜中国之命运＞》及苏联小说《毁灭》等，书店还应北方局要求出版了毛泽东的《论持久战》等三本著作。

根据地生活十分艰苦。机关团体伙食一律一日两餐；开饭时间是上午 9 时、下午 3 时；主食是小米干饭，有时加山药蛋、绿豆。麦收后吃面条、馒头多一些，平时吃土豆和胡萝卜，夏天吃黄瓜、茄子。进山以来除罗主任（罗瑞卿）招待刘大明他们吃过一顿好的，整整五年，他们没有再品尝过白米饭的味道，也从未见过鱼。

虽然伙食条件不佳，但彭老总（彭德怀）举办的春节团拜会气氛非常热烈。刘大明曾多次受彭老总、罗主任邀请参加。团拜会聚餐，有时在室内，有时在室外，有时有桌无凳，只能蹲在地上；一般七八人一桌，有红烧肉、烧鸡块、炸豆腐、炒土豆四个菜。当时这已是很丰盛了。

在艰难的岁月里，合并后的华北新华书店成立了编辑部。总编辑是林火，编辑有王春、赵树理等。他们非常有活力，成绩显著。像赵树理的《小二黑结婚》《李有才板话》都是在这时出版发行的，并在社会上引起轰动。当时郭沫若也著文大加赞扬。关于《小二黑结婚》，还有一段小插曲。开始编辑部对这部作品是否出版举棋不定，原因是它含有反封建婚姻思想，迷信"尺度"大，怕地方上受不了。是彭老总一锤定音，为之题词："像这样从群众调查研究中写出来的通俗故事还不多见。"书店才决定正式出版。

1945 年 8 月 11 日，中共中央北方局宣传部朱穆之（他是直接领导新华书店的负责同志）突然来清泉村，告诉刘大明日本投降的特大喜讯。抗战胜利了，村里和八路军总部驻地一样，一片欢腾，到处是祝捷的声音。

1945 年 9 月中旬，刘大明接到北方局宣传部部长李大章的电报，令他到冀鲁豫边区新华书店工作。于是，刘大明结束了在太行山的工作，踏上新的征程。

奋战冀鲁豫，迎来新中国

　　刘大明到冀鲁豫新华书店工作，正是毛主席到重庆与国民党谈判的时候。冀鲁豫新华书店成立于1944年，设有编辑部、营业部，还有两个印刷厂，一个印《冀鲁豫日报》，一个印书刊。另有一个装订厂，共有300多名职工。经理是张鲁泉，副经理是刘大明。当时书店主要业务是为区党委印刷各种内部文件，翻印延安、太行山出版的马列著作及理论读物，印刷《冀鲁豫日报》。1945年底，报社、书店随边区党政机关迁往菏泽城。新华书店在菏泽设了第一个门市部。不久，济宁解放后，总店迁到济宁，在那里也开了门市部。

　　随着全面内战的升级，为避免因战火受到更大的损失，同时配合刘、邓大军在运动战中歼灭敌人的战略，冀鲁豫新华书店与各机关一样，也不得不频繁转移。边区党委认为，如做到"转移不停报"，这对鼓舞全

刘大明编著的《农村应用文》（1945）一书的封面

1947年春，刘大明在冀鲁豫边区朝城孔庄冀鲁豫新华书店

区军民斗志意义深远。刘大明等人决定完成领导对书店的要求。为此，他们制订了一系列办法，做到全体人员人人动员、个个有责、环环相扣、不留死角，保证天天出报、期号相连。

在整个解放战争中，书店累计转移 10 多次。其中，1946 年 9 月至 1947 年 3 月就频繁转移了 5 次。最艰苦的一次是 1946 年 9 月刘、邓大军攻打定陶的时候。转移中须拆卸器材、捆绑物资、装箱装车、押车上

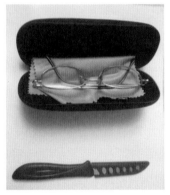

刘大明生前用过的眼镜、水果小刀

1983 年，刘大明与侄子赵毅明合影

路。刘大明背着一支小马枪，在队伍中走前跑后。走着走着，车队的速度越来越慢，甚至停了下来。前面来人报告说：因为连着几天下雨，道路经不起大车轮子的反复碾压，地面松软冒水，车轮都陷在泥里了。民工们无论怎样鞭打自己的牲口，大车还是出不来。刘大明看在眼里，急在心里，就与大

2001 年 11 月，在上海原华东局书记韩哲一家中，左起刘大明、韩哲一、李曙明

刘大明所著回忆录《风雪草青》
封面

刘大明、李康夫妇同获中国人民抗日战争胜利 70 周年纪念章

家一起商量决定：车子拉不出去的，把车上的东西搬下来，空车先拉到好路上，再用人力把东西搬上空车前行。各小组分头行动，自己找好道路，在指定地点集合。就这样在民工老乡们的全力支持下，昼行夜宿，艰难前进，拼了几天命才到达目的地。

1947 年 3 月，当新华书店转移到朝城孔庄时，我军在冀鲁豫战场已经取得了主动权，频繁转移的日子已成过去，书店先后在朝城、大名、桐城、聊城开了四个分店。随着解放大军的节节胜利，1949 年春天，书店再次入驻离开两年多的菏泽市，在市中心先办起了门市部。1949 年 5 月，安阳和新乡相继解放，守敌被我军全歼。自此，华北大地全部解放。中央决定以冀鲁豫边区为基础，建立平原省，省会在新乡，原冀鲁豫边区党委行署改为平原省省委和平原省人民政府，改《冀鲁豫日报》为《平原日报》，冀鲁豫新华书店撤销，新华书店平原分店成立。

刘大明在新华书店平原分店工作不久，组织上就调他到平原省财经委任副秘书长。他就此阔别了他工作了 14 年的书店，奔赴新的岗位。

1952 年 11 月，中央决定撤销平原省，刘大明调任第二机械工业部

晚年刘大明

2012 年，刘大明（第一排右三）被评为"全国离退休干部先进个人"，光荣与习近平合影

行政司副司长等职。之后，他又先后在中国科学院半导体研究所、电子工业部第十四研究院等单位担任领导职务。他在每个岗位上都体现了他干一行、爱一行、钻一行、精一行的务实精神。

2012 年，刘大明被光荣评为"全国离退休干部先进个人"，出席了表彰会，还受到习近平总书记的接见。2016 年，这位从上海徐家汇赵巷走出来的苦孩子、有着 78 年党龄的革命老战士，因病在北京逝世，享年 96 岁。他的骨灰存放在八宝山革命公墓。刘大明在临终前的那段时间里，经常要求亲人为他播放《在太行山上》这首歌。每当旋律响起，他总会露出坚毅的目光和宽慰的神色。

赵维龙：

黎明前脱险记

夜校是熔炉，实践中成长

赵维龙（1923—2001），又名赵雍，出生在徐家汇赵巷 19 号，贫苦出身，为人直爽、讲义气，性格硬朗。赵维龙小时候读过几年私塾，15 岁起就参与抗日救亡活动；此后打过短工，做过杂工，一度还拉过黄包车，无固定职业；后经人介绍进了可的牛奶公司（俗称"牛奶棚"，现在上海图书馆馆址）做送奶工人。

一次，他因打抱不平，与交大学生穆汉祥巧遇相识，结为知己。经穆汉祥介绍，赵维龙成了交大民众夜校的一名学生。赵维龙说，那时夜校在穆汉祥等进步教师的领导下，气氛相当活跃，工人们在单位里受的气，思想上的苦闷，在社会上遇到的不公、制度的黑暗，都可以在这里发泄、倾诉，还可以唱革命歌曲。工人来到这里，心头总是热乎乎的，他们呼吸着新鲜的空气，把夜校看作是穷苦人的一方绿地。

穆汉祥照

赵维龙照

穆汉祥会组织各种活动，如办壁报、组织政治时事讨论会、阅读经典好书、唱革命歌曲、观摩进步电影等，让工人们在增长书本知识的同时，扩大视野，经风雨、见世面，进一步从朴素的阶级感情升华到要自觉革命的高度。如他组织全班讨论"是工人养活资本家，还是资本家养活工人""妇女怎样才能解放"等问题，气氛相当热烈，都收到了极好的效果。

赵维龙和其他学生在穆汉祥的引领下，参加了许多革命活动。如1948年6月26日在交大体育馆举行的各界代表公断会，由赵维龙担任纠察，叶慧华等同学参与旁听；赵维龙与王纪文、冯菊年等参加的"反饥饿、反内战""真假和平辩论会"；赵维龙去徐家汇"一乐天"（演戏的茶楼）等热闹地区贴标语……正是通过这些革命实践，他们积累了斗争经验，增长了才干，觉悟有了明显提高。每当学生取得进步，穆汉祥总是兴奋万分。他常常会说起夜校的学生，一个一个说过去，如数家珍。他还特地对女友周蔚芸说："工人是我们的阶级兄弟，一个可的牛奶公司的工人（指赵维龙）认识很清楚，很聪明，要鼓励他进步，我就主动接近他，借书给他看。"说的时候，他内心的喜悦溢于言表。

在穆汉祥、黄香国等人的领导下，在徐寿铿、林雄超、张培性等众多教师的努力下，夜校成绩斐然。夜校，改变了学生们的人生道路，培养了一批优秀的工人和干部，成为交大学生与工农相结合的红色纽带，成为培养新人的革命大熔炉！交大地下党组织不失时机地在夜校成人班中发展符合条件的学生入党。赵维龙就是第一个由穆汉祥在夜校中被发展入党的工人学生，他于1948年11月入党。

1949年2月后，由于形势发展和斗争需要，穆汉祥的组织关系调离交大，任中共徐龙区委徐家汇分区委委员。这样，穆汉祥与赵维龙这些生活在徐家汇地区的同志工作上联系更密切了。

战斗黎明前，同遭生死劫

解放战争后期，国民党军队兵败如山倒。他们一面穷凶极恶地搜刮民脂民膏，一面对共产党人和进步民主人士进行疯狂的大逮捕、大屠杀。到了上海解放前夕，反动派更是困兽犹斗，垂死挣扎。汤恩伯发布"十杀令"，军警、特务横行，"飞行堡垒"昼夜在街上呼啸而过，全市一片风声鹤唳。

黎明前是最黑暗的。面对反动当局的高压，夜校党支部在穆汉祥的领导下，全力以赴，冒着生命危险，日夜战斗，成为党在徐家汇地区活动的一支重要的力量。

赵维龙家位于赵巷赵氏大家族住宅群东北角边缘，位置较隐蔽。其东首是荒凉的墓区，南面有弯弯曲曲的小道通向赵巷总弄堂；西边连着18号，可通过灶间走道通往各处；北面有一条东西向、一人多深、十米余宽的河（徐家浜）。浜南、浜北是没有桥的，但巧妙的是赵维龙家

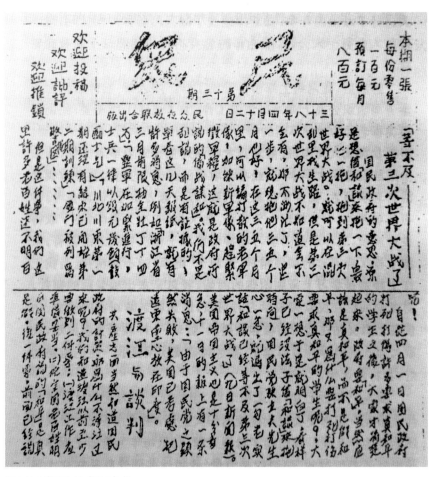

交大民众夜校办的《民众》报

那段河岸处有一道一肩宽的通向北岸的暗堤。之所以称之为暗堤（实际上是水下暗桥），是因为它藏在水面下，距水面有 0.3 米多。这暗堤，只有赵家成年人知道，平时不用，只是在必要时南岸人可以轻易通过暗堤到达北岸（走在暗堤上河水仅到膝盖）。

由于当时形势严峻，地下党秘密活动地点必须慎之又慎。穆汉祥过去常来赵维龙家，现在又认真察看了四周环境后，认为这里倒可以作为地下党活动的理想场所。穆汉祥就与赵维龙商量，赵一口答应。

须知，将地下活动点设在自己家里是多么危险的事，万一暴露，全家遭殃。但为了迎接上海解放，赵维龙早把自己的生死置之度外，一切服从党的安排。

那时，每当家中的小阁楼上有活动，赵维龙妻子顾行南就承担望风警戒的任务。一旦有风吹草动，阁楼上的人即可迅速从后窗跳出，走过菜园从河边暗堤撤向北岸。

1949年4月23日晚上，赵巷19号赵维龙家又在开支部会。顾行南照常在天井里值班。穆汉祥是最后一个到的。他为大家带来了一个特大的好消息：国民党大本营南京解放了！大家抑制不住激动的心情，低声欢呼起来。穆汉祥又指挥大家轻声唱起"同志们，向太阳，向自由"。赵维龙、凌灿英等还情不自禁跳起青春舞来，震得地板咯吱响。后穆汉祥不得不以要遵守纪律为由宣布一切停止。这一晚，大家轮着编印新一期的《民众》报。第二天清晨，印有百万雄师过大江和南京解放等最新消息的小报，带着油墨的清香，在徐家汇一带散发。

然而，不幸随之发生。早在4月初，穆汉祥已上了敌人的"黑名单"。4月26日国民党反动当局对交大进步学生实施大逮捕时，因穆早已转移，警方在他宿舍扑了个空。之后，穆汉祥匆匆来到赵维龙家，告诉赵维龙交大大逮捕的情况。赵维龙关心穆汉祥安危，想到不久前的半夜，穆也悄悄来到自己家里，当时穆晚饭还未曾吃，赵维龙的妻子就在大灶头上将剩饭剩菜热了给他吃。穆就在小阁楼上躲了几天。有了这个先例，赵便建议他这几天还是吃住在自己家里，先避避风头。穆沉思后说："现在你在厂里的行动已引人注目，你这里也不安全。"他提醒赵要倍加小心。赵维龙只得倾身上所有，塞给穆汉祥两块银元。想不到这竟是两位师生、战友之间的最后诀别！

不出穆汉祥所料，赵维龙也上了敌人的"黑名单"。在这段时间里，警方多次抓捕赵维龙，都被他侥幸脱身。5月18日，地方党组织紧急

1949 年 4 月，赵维龙家在开地下支部会

传达迅速转移和隐蔽的指示。赵维龙和妻子立即将存放在家里的党的相关文件统统塞进大灶头里，一把火烧掉。第二天，赵没有去上班，为转移撤退做准备工作。

就在第二天中午，三个特务鬼鬼祟祟摸到可的牛奶公司，要抓赵维龙。他们见赵没有上班，便断定他在家里。因路况不熟悉，特务硬令与赵同在一个厂工作的严玉书带路。严玉书是赵维龙母亲姐姐的儿子，比维龙大几岁，也是进步人士，就住在赵维南、赵维龙兄弟俩同一院子里。他知道这帮人来者不善，便推说"我很长时间没有去过他家了""平时也不来往的""我也不熟悉"等。特务见严玉书不肯走，便拔出手枪顶着他的腰，恶狠狠地说："你到底走不走！"玉书被逼无奈，只好硬着头皮上了他们的吉普车。车沿着高安路、衡山路、天钥桥路开到启明女中（今第四中学）斜对面的荒地停下（即赵巷5号对面）。

三个特务到了赵巷，押着严玉书寻找赵维龙的住处。严玉书磨磨蹭蹭，装作不熟悉的样子，跟着特务后面东打听、西打听，兜来兜去，只为拖延时间，以便碰着认得的可靠人去通风报信。赵巷的民居不像市区里石库门的门牌号是连着的，除了几座典型的绞圈房子外，都是大大小小的平房，由于是在祖传宅基地上因地制宜盖的屋，建造年代又有先后，故门牌号前前后后跳来跳去，屋与屋之间有连着的，也有独立的，中间还穿插着小河、小沟、小路，有的房屋与菜园还用篱笆围着，真是犬牙交错，对这里不熟悉的人就是有门牌号要找到也颇费周折。严玉书跟着特务后面，刚走到"七间头"附近，恰好碰到住18号正房的赵行南（女，世居赵巷，是五洲厂工人，系赵维龙堂姐）。赵行南听到这伙人在打听赵维龙住哪里，便朝玉书一看，玉书机灵地眼睛眨眨，赵行南心领神会，立即快速走开。

这里，特务们和严玉书才刚刚问到18号正门。严玉书非常紧张，离赵维龙家越来越近了，不知赵行南是否把信息带到？不知赵维龙是否已经潜逃？18号居民告诉特务，去赵维龙的家要往后退，再向东沿沟渠，再向北走到底（其实，18号内朝东从灶间穿过就是19号）。这下又把特务们搞得一头雾水。路旁都是乱堆的垃圾，小道越走越窄，行走十分不畅。这样弯弯绕绕总算到了赵维龙家的墙门口。碰到赵维龙哥哥赵维南（两兄弟家共用一个门牌，维南住东间，维龙住西间，客堂公用），特务大声问："赵维龙在家吗？"赵维南镇静地回答："赵维龙啊？几天没看见了。"特务们急不可待，推开赵维南朝里冲，穿过天井来到西首正房，见一女子正在给婴儿喂奶，此人正是赵维龙妻子顾行南。特务拔出手枪，急吼吼地大声叫嚷："赵维龙呢？""他到七宝贩米去了，"顾行南镇静地回答。"什么时候回来？""我不知道，大概要两三天。"特务们不死心，但里里外外几经搜查，既搜不到要捕的人，连有点价值的文件之类的东西都没有搜到，只得空手怏怏而去。直到此时，严玉书一颗紧绷的心才算松了下来。

　　原来，赵行南得知有人要抓捕赵维龙的消息后，心急火燎，连奔带跑，进自己家从西门绕到赵维龙房子后窗。赵行南的房子（18号）与赵维龙的房子（19号）是东西连着的。赵行南一边猛敲维龙家后窗，一边声嘶力竭大喊："维龙啊！快逃！有人来捉你了！"此时，赵维龙正在屋内收拾准备转移的衣物等行装，一听到堂姐赵行南的呼叫，凭他多年的地下斗争经验，知道大事不好，便急急奔向在天井井口边正在洗衣的妻子顾行南，对她说了一句："我走了！"不等妻子应答，赵维龙就调头拿了几件衣服从后窗翻出，穿过菜园，来到河边水桥头，熟门熟路地踏着水没膝盖的暗堤撤向北岸。

　　险啊！赵维龙得信后迅速出走和特务到家搜捕的时间仅差短短5分钟。正是这宝贵的5分钟，让赵维龙与死神擦

原徐家汇的人碉堡

肩而过。如果不是严玉书的足智多谋，巧妙地运用拖延战术，如果没有赵行南在人命关天的时刻，冒着风险去通风报信；如果赵巷地形和民居并非那么错综复杂（包括河中暗道），就无法赢得这宝贵的 5 分钟时间，赵维龙肯定难以死里逃生。

迎来艳阳天，师生阴阳隔

赵维龙从赵巷撤离后，几经周折，跑到浦东地区藏身，东避西躲，不敢露面，居无定所，后又转辗到松江泗泾。但他心里明白，上海解放的日子就要来了。一天，他看到一支解放军队伍整齐走来，他激动极了，便主动上前请缨，说明心意，自告奋勇担任向导。部队首长欣然同意。解放军一路跟着坦克横扫残敌，沿七宝直插徐家汇。一到徐家汇，赵维龙拿了一面大红旗兴奋地爬上肇嘉浜头北侧的圆形大碉堡顶部（20 世纪 90 年代初因造地铁 1 号线被拆除），使劲地挥舞。徐家汇地区的群众看到解放军来了，都站在马路两旁拍手热烈欢迎，赵维龙的二姐赵取琴也在其中。她远远看见一个像弟弟的人在法租界大碉堡上面大力挥着红旗。走近一看，果然是多日不见、生死未卜的弟弟，她顾不得与弟弟打招呼，便赶紧跑到赵巷，把这个好消息告诉家里。家人听闻这一喜讯后，妻子顾行南、哥哥赵维南，包括老阿奶、小孩等纷纷出动，都奔到徐家汇的大碉堡处，只见赵维龙仍在使劲地舞动着大红旗。

虽然赵维龙死里逃生，但穆汉祥以及交大的另一位进步学生史霄雯不幸被捕牺牲。当年 7 月，由交大学生自治会和史穆二烈士治丧委员会编印的《史霄雯、穆汉祥烈士纪念册》内收有三位夜校学生的悼念文章，他们是凌灿英、表本智和赵雍（赵维龙）。赵维龙的悼文不长，敬录如下：

> 穆导师汉祥：
>
> 安息吧！你栽种的幼苗，渐渐在生长，懂得国民党反

上海图书馆藏《史霄雯、穆汉祥烈士纪念册》

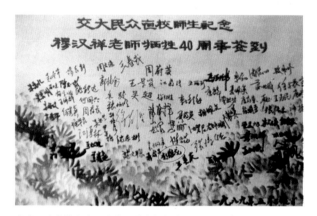

交大民众夜校师生纪念穆汉祥老师牺牲 40 周年活动签到

赵维龙夫妇与外孙女

原交大民众夜校师生纪念穆汉祥烈士牺牲五十周年活动签到

1999年，原交大民众夜校师生在史霄雯、穆汉祥两烈士牺牲五十周年重修墓前合影

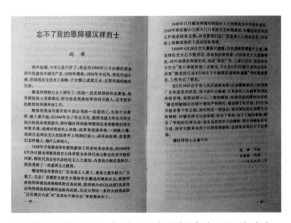

赵维龙在病中为纪念集《我们的革命引路人》中写的回忆文章

穆汉祥烈士牺牲五十周年原交
大民众夜校师生编撰的纪念集
《我们的革命引路人》封面

动派的血腥，把解放中国人民的你，在黑白不分的暴力统治——蒋军的枪刀下，残害了你。

安息吧！人民的导师，我们更坚强地站起来了，去讨还你的血债！

安息吧！导师，我们无泪，只有恨与愤怒，愤反动派的恶毒手段，为了使你安息，我们已同步踏着你的血迹，去完成了你的志愿——人群解放，世界大同。

赵雍 六月四日于上海可的牛奶公司

赵维龙出走的时候，满城乌云密布，恶魔横行，回来时申城已是阳光灿烂，晴空万里。他心情好极了，多日在外的担惊受怕一去不复返。赵维龙在家待了一会儿便匆匆赶到公司，协助有关方面维护秩序安定，恢复正常生产。他被选为可的牛奶公司工会主席，全身心地投入工作中。抗美援朝时，他积极响应党的号召，将一个月的工资悉数捐出，以表一个从旧社会过来的工人翻身做主人的心态及中国人民同仇敌忾对抗美帝国主义的坚强决心！

晚年，他享受离休待遇，因中风三次，行动和讲话不便。赵维龙平时不大讲1949年前地下党与国民党反动派斗争的经历。有一次，他讲到那时（指1949年前）地下党接头都是单线联系的，有暗号，譬如双方手拿卷起来的《申报》，暗号对上了，才彼此交接任务。一次，他想起当年经穆汉祥介绍认识并一起战斗过的原市学委领导吴学谦，在1980年代初，还邀请他去吃其儿子新婚的喜酒，说起这事他满脸开心。还有一次，他拿起当年在交大民众夜校读书时的学员证，若有所思，仿佛又想起了那难忘的岁月。他常常会拿起自己与穆汉祥两人唯一的一张合影——照片背面有穆汉祥当年的亲笔题字，"送给最亲密的战友！穆汉祥"，眼里流下激动的泪水。

2001年，赵维龙病逝于上海。

海派之源

—★—

左翼音乐的交响战歌

概　述

　　徜徉于绿茵环绕、水流潺潺的徐家汇绿地，一幢红砖红瓦、间以白色立柱的小楼在古树掩映之下显得分外耀眼。尖耸的假三层屋顶缓缓向下舒展开来，出檐较深，檐下承以牛腿木托架，富有装饰感。走到近处，刷成白色的北入口弧线优美，门洞沿曲线环绕，与弧形的大台阶遥相呼应。走上台阶，入口墙面上挂着一块泛黄的铜牌，一行细密的小字"百代公司旧址衡山路 811 号"在阳光的照射下散发着淡淡的光晕。恍惚，仿佛历史的乐章在此处叩响，浅唱低吟、轻歌曼舞之间，汇成了一曲波澜壮阔的大合唱。

　　百代唱片公司是最早在中国设厂的一家外国唱片公司，1930 年代中国实力最雄厚的唱片公司，也是中国早期流行音乐的推动者和见证人。这些溢美之词在讲述百代传奇历史的文章中俯拾皆是，但较少有人提到，在 1930—1937 年中华民族深陷亡国危机之时，百代公司制作发行了大

鸟瞰百代公司

量由左翼人士创作的进步歌曲，对左翼音乐的发展和壮大起到了推动的作用。百代小红楼即见证了这段风云历史。现今中华人民共和国国歌《义勇军进行曲》当年就是在这里录音并以唱片形式发行全国各地的，不少著名的左翼音乐人士如任光、安娥、聂耳、冼星海等也都曾在这里工作过。这座小楼，在 1930 年代百代公司如日中天之时，就被注入了一抹红色基因，虽然此后因抗战爆发而被短暂中断，但到新中国成立时，又在百代原址的后继者上海唱片厂中继续发扬光大。

百代公司创立与中国首批流行歌曲诞生

1877 年，爱迪生在美国新泽西州成功制作出第一台留声机，录下并重放了他所说的"玛丽有一只小羊"这句话，这是人类第一次对自己的声音进行存贮和还原。从此，唱机和唱片一步步通过商业市场，成为改变人们生活方式的重要载体，同时一个新兴产业——唱片制造业亦在摸索中逐渐兴起，法国百代就是其中的先驱者。

1908 年，百代公司在上海南阳桥（今西藏南路）附近租房成立东方百代唱片公司，由乐浜生经营，其唱片商标为一只报晓的雄鸡。因经营得法，不出几年，这只"雄鸡"便风靡全中国，到处可见其昂首阔步的雄姿。1922 年，大发其财的百代公司踌躇满志，一举购下徐家汇路 1434 号地皮（现徐汇区衡山路 811 号），设立唱片制造公司，准备大展宏图。彼时，此处房屋连排成栋、鳞次栉比，莫不为百代所有，如今留下的小红楼以作录音棚之用，不过是其中一幢，在相当长的一段时间里，它一直是全中国最大最好的录音棚。

从此，著名的红色"雄鸡"商标享誉全国，不仅运销国内 21 个口岸，在新加坡、越南、泰国、印尼、菲律宾以及美国都有相当的销量。那时，中国还没有所谓的流行歌曲，百代所灌制的唱片以西洋音乐和中国戏曲为主。"名伶唱片"为其主打品牌，京剧名伶如余叔岩、梅兰芳、尚小云、程砚秋等莫不为其录过唱片，其他地方戏曲名角如"鼓界大王"刘宝全、"女子苏滩"王美玉、"梆子大王"金钢钻等也都在百代发过唱片，满足了观众口味多元化的需求。百代的"名伶唱片"曾红极一时，当时甚至连皇宫都有收藏。

这种戏曲一家独大的局面一直持续到 1920 年代末。1927 年，一首朗朗上口的情歌小调在街头巷尾交口传唱，不仅拉开了中国流行歌坛的序幕，也把唱片业推上了另一个高峰。这首小调名为《毛毛雨》，词曲作者黎锦晖，演唱者是他的女儿黎明晖。百代公司为其录制的唱片现在依然留存，曲调简单，歌词也颇为通俗："毛毛雨下个不停，微微风吹个不停。微风细雨柳青青，哎哟哟柳青青。小亲亲不要你的金，小亲亲不要你的银。奴奴呀只要你的心，哎哟哟你的心……"乍听之下，并无任何惊艳之处，然而就是这样一首不起眼的小曲开创了中国流行乐坛的先河。考量当时之社会环境，倒也可以想见。那时，民众的文娱生活非常贫乏，就歌坛而言，除了一些传统的民间小调，几乎无歌可唱。教会学堂里倒有一些歌曲可唱，但那是外国的宗教歌曲；当时知识阶层中流行一种学堂乐歌，也多是借用外国曲调填词，传唱有限。在这样贫瘠的土壤上，《毛毛雨》一出，还真有一股清新之风。

《毛毛雨》不但词曲简单，其作者黎锦晖也并非科班出身，他最初是为了推广国语才走上创作歌曲这条道路的。1920 年，随着新文化运动的发展，全国小学原先开设的"国文"（文言文）课开始改为"国语"（白话文）课，课文配以注音字母，实行读音规范化（普通话）。黎锦晖跟随他的哥哥、著名语言学家黎锦熙，投身到了这一事业中去。他担任国语统一筹备会干事，编写《新小学教科书·国语读本》。他还亲自向儿童普及国语，用一些小道具，以亦歌亦舞的方式向小朋友们讲述国语课本中的一个个故事，并组织他们自己表演，小朋友们从中感受到了从未有过的新鲜和快乐。因反响奇佳，黎锦晖大受鼓舞，于是将这些故事配上歌曲乐谱和舞蹈动作提示，整理发表。他的《老虎叫门》《麻雀与小孩》《可怜的秋香》《葡萄仙子》和《三蝴蝶》等一批歌舞作品都创作于这一阶段。1927 年 2 月，黎锦晖更进一步，创办了中国近代音乐史上最早一所专门训练歌舞人才的学校—— 中华歌舞专门学校，并在是年 7 月发起了全市性的"中华歌舞大会"，连演 10 天，《毛毛雨》是当然的压轴曲目，其他如《葡萄仙子》《最后的胜利》等也大受好评。这些曲目，包括其后创作的《妹妹我爱你》《桃花江》等后来都由百代公司制作发行，标志着中国第一批流行歌曲的诞生。

中国流行乐坛初具气象的同时，百代公司内部也正在酝酿一场巨变。1930 年，法国百代公司的唱片生产部门及法商东方百代公司被英国哥伦比亚唱片公司收购。英国哥伦比亚唱片公司为美国哥伦比亚唱片公司设在英国的分公司，当时规模在英国唱片企业中排名第二，仅次于

百代公司小红楼外景

英国留声机公司。英国哥伦比亚唱片公司的实力在 1920 年代迅速膨胀，遂大举开展企业兼并活动，一些欧洲老牌唱片公司也难逃厄运。除了兼并百代，它还控制了德国高亭唱片公司。这场轰轰烈烈的收购没过多久，1931 年，英国哥伦比亚唱片公司又与英国留声机公司合并，之后组成了英国规模最大的唱片企业——电气音乐实业有限公司（Electric & Musical Industries Ltd., 简称 EMI）。1934 年 6 月，EMI 将英商东方百代有限公司及中国唱片有限公司合为一处，更名为英商电气音乐实业有限公司[Electric & Musical Industries（China）Ltd.]，作为其在华的分公司。由于继续沿用百代品牌及商标，该公司一般仍被称为百代公司，但血统已经从法国变为英国。就在股权更替之际，百代在出版方向上出现了根本性的变化：京剧和戏曲逐渐让位于在社会上初露头角的流行歌曲，起先是权重的变化，继而逐渐发展为百代公司的宗旨和特色。

左翼音乐的产生土壤

流行歌曲取代戏曲成为唱片市场的新宠是时代发展的必然。首先，京剧唱腔虽有其艺术魅力，但它显然不及倾诉喜爱忧念的流行歌曲来得更直接。其次，大量商业性歌舞演出和电台的活跃又为流行歌曲提供了传播平台和潜在的消费群。《毛毛雨》的畅销就是例子，百代连出两个版号依然好卖。再次，迫于唱片成本的压力，能被唱片公司邀请录音的艺人均为各剧种、各行当中的名角，否则唱片很难有销路。既是名角出场，唱片公司支付的酬金自然比较优厚，且数十年来越涨越高。1930年代初的行情为每片数百元、千余元，乃至四五千元不等。相对而言，请女明星唱歌所费的成本则低廉得多，即使最走红者如黎明晖、胡蝶、徐来、陈燕燕等，每灌一片所得酬金也至多四五百元。

这一转向成为潮流后，唱片销售也逐渐步入黄金时期。不过稳居行业龙头地位的依然是百代。整个1930年代，百代囊括了流行音乐唱片70%以上的市场份额，拥有最佳的创作和编曲人才以及水平极高的白俄乐队伴奏。当时的百代场面极阔，著名歌星有自己的录音室，作曲家有自己的办公室，里面均配备了钢琴。打开当时的报刊，几乎每天都可看到百代的大幅广告，而沪上的一些广播电台，也都时时刻刻在播放百代的唱片。最盛时，它曾创下一月销售唱片超过10万张的纪录。

在这些唱片中，有不少左翼音乐的代表作品，如《渔光曲》《大路歌》《义勇军进行曲》等。如今，我们将其称之为左翼、进步、革命歌曲，主要是从内容分析上出发的，这些曲目大多体现了针砭时事、抗日救亡的主旨；而从形式上看，它们依然属于流行歌曲的大范畴。

当时的歌曲创作可分为三个流派。一个是以萧友梅为代表的学院派。他们创作了许多艺术水准较高的歌曲，如《问》《海韵》《玫瑰三愿》《教我如何不想他》等，歌词典雅，讲究技巧，以意境取胜，又称艺术歌曲，多在知识阵营中流传，未经过训练者一般较难学唱。一个是以聂耳为代表的时代派。他们谱写了很多反映时代风云的歌曲，气势雄壮，多适合集体演唱，成为那个年代鼓舞人们斗志的战歌，如《毕业歌》《义勇军进行曲》《黄河大合唱》等。一个是以黎锦晖为代表的大众派。大众派歌词通俗，曲调优美，容易上口，传唱广泛。黎锦晖之后成就最大的是陈歌辛和黎锦光，以及姚敏、严华、李厚襄、严折西等。这三个阵营有时候壁垒分明，相互指责；有时候又彼此交融，互相声援，在不同时间、不同地方呈现出复杂的阶段性和互通性。

左翼音乐基本都属于以聂耳为代表的时代派，这一流派之所以在1930年代迅速涌现，是因为西洋音乐经过多年的输入传播，与中国民间音乐融合发展；再加上黎锦晖创作《毛毛雨》等情歌小调最初的尝试后，国内已经沉淀了孕育流行音乐的土壤；当时国内政治环境又日趋恶劣。进入20世纪30年代后，日本军国主义的狼子野心日益显露，行动也更为明目张胆，1931年九一八事变悍然侵略东北三省，1932年日本发动"一·二八"事变炮轰上海，中国进入一个民族矛盾日益激化、社会生活愈加动荡、人民生活更加苦难的艰难局面。同时，这两场炮火也震动了全国人民的麻木神经，中国人民民族存亡的危机感日渐深重，有识之士和进步青年于愤慨之中共同汇集，在各领域组织抗日救亡活动，其中自然也包括音乐界，各类左翼音乐组织迅速建立起来，革命音乐运动如火如荼般展开。

1932年秋，王旦东、李元庆、黎国荃等人牵头在北平组织成立左翼音乐家联盟；1933年春，任光、安娥、聂耳、张曙、吕骥等在上海先后成立了苏联之友社音乐小组、中国新兴音乐研究会；1934年初，聂耳、任光、张曙、吕骥、安娥、王芝泉等人组成左翼戏剧家联盟（以下简称左翼剧联）音乐小组。虽然这些组织规模不大，但都自觉接受中国共产党的领导，以左联纲领为指导意见开展工作，学习无产阶级革命文艺理论，创作进步的爱国歌曲。

此外，还有两个促进左翼音乐发展的重要因素。一是电影插曲的兴盛。1930 年代正是有声电影兴起之时，而这一技术革新也带动了电影插曲的发展。为了配合剧情，这些插曲大多为流行歌曲，曲调优美、歌词通俗，内容与情节相得益彰，颇能烘托电影氛围。因效果良好，电影插曲这一新鲜事物迅速风靡市场，当时几乎每部电影都有插曲。电影插曲一般由女明星演唱，由唱片公司灌录发行后，大多能取得销售佳绩。一开始左翼音乐很多都是作为左翼影片的插曲而被创作出来的。"一·二八"淞沪抗战签订停战协议后，上海的各大制片公司纷纷顺应民意，转换制片方针，引进左翼人士担任编剧，开始摄制大量进步影片。这些影片聚焦于上海的社会弊端和冲突，关注工人、妇女和学生的生存处境和悲剧性抗争，反映社会不公，希冀建立一个自由和独立的中国。代表影片有《母性之光》《渔光曲》《桃李劫》《大路》《新女性》《风云儿女》《逃亡》等。为了更好地表达影片主旨，渲染影片氛围，影片主创者会寻找词曲作者量身打造主题曲，而许多专门为此类影片创作的歌曲就成了左翼音乐的代表作，如《渔光曲》《开矿歌》《铁蹄下的歌女》等。这些歌曲曲调优美，歌词贴近现实，反映人民心声，随影片上映时能带动观众情绪，灌录成唱片后也能独立于影片存在，持续传播，受到了社会各阶层人士的欢迎，产生了极其广泛的群众影响。

　　第二个促进因素则是歌咏运动的肇兴。九一八事变后，抗日救亡呼声高涨，群众性集会的热潮一浪高过一浪。集会中除了激情宣讲、高喊口号外，合唱也是一种集聚能量、表达愤慨之情的绝佳形式，于是适合群众合唱的左翼歌曲也应运而生。黄自在 1931 年创作的混声四部合唱《抗敌歌》和 1933 年创作的《旗正飘飘》慷慨激昂，扣人心弦，首次以鲜明的时代性、广泛的群众性和娴熟的技巧、生动的形象，形成我国合唱创作的独特风格，也标志着歌咏运动进入高潮。1934 年，为了进一步加强和推动歌咏运动的发展，以吕骥、沙梅、孟波、麦新为主的左翼音乐工作者，组织了业余合唱团，并且大力支持当时由群众自发组织起来的民众歌咏会。这两个组织在群众中教传了许多优秀的爱国歌曲，广泛团结上海各个行业领域的进步爱国音乐爱好者，也包括电影领域的创作者、表演者以及广大观众，掀起了一场有组织、有领导的救亡歌咏运动。这些合唱活动不仅让那些具有革命意味的战斗歌曲有了用武之地，也进一步促进了左翼音乐的传播。

百代公司与左翼音乐创作

而在这场左翼音乐井喷式发展的浪潮中，百代公司在其中扮演了举足轻重的角色。当时左翼音乐小组的部分人士就在百代唱片公司供职，有些还身居高位，具有选择曲目的权利，于是百代自然而然成为左翼音乐制作、发行的阵地，代表人物有任光、安娥、聂耳、冼星海等。

任光（1900—1941），曾留学法国里昂大学音乐系，1928年回国入职百代公司，任音乐部主任。因与田汉等上海的左翼知识分子频繁接触，开始涉足左翼文艺界。起初，他只是一个单纯的爱国知识分子，想用音乐的方式服务社会，启迪民智。1931年日本侵略东北的行径以及国民党政府日趋严厉的唱片审查制度，使他进一步向左翼思想靠拢，不仅参加了苏联之友社等左翼音乐小组，还将自己的私人住宅提供出来作为小组活动据点，将自己的小汽车作为小组交通工具，还提携聂耳、安娥等左翼人士进入百代公司工作。正是在他的努力下，进步音乐家们得以利用百代的优厚条件创作了大量艺术水准高超、深刻揭露和批判社会黑暗面的歌曲。同时，任光自己也创作了大量左翼歌曲，最脍炙人口的有电影插曲《渔光曲》、抗日救亡歌曲《打回老家去》等。1937年任光结束了在百代的工作，但此后仍积极从事爱国音乐事业。

安娥（1905—1976），著名剧作家，同时也是一位女词人。安娥早年即加入中国共产党；1927年，被选送去莫斯科中山大学进修；1929年

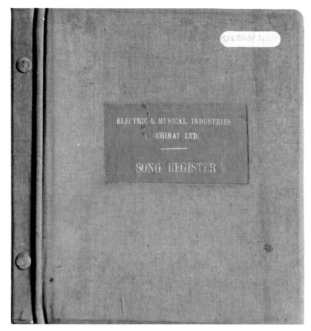

百代公司唱片录制登记簿

回国后，在从事中央情报工作的过程中，接触南国社社长田汉，协助其开展工作，同时自己也开始左翼文学创作。1933 年，经田汉介绍，安娥结识任光，并由任光举荐进入百代公司歌曲部，协助任光拓展歌曲业务。两人合作创作了大量反映社会现实、呼吁民众奋起反抗的进步歌曲。因为两人第一次合作创作的《渔光曲》极其成功、非常畅销，任光曲、安娥词也成了当时唱片界的金字招牌。

聂耳（1912—1935），左翼音乐的代表人物。聂耳 1930 年来到上海；1931 年，考进明月歌剧社成为乐队练习生，苦练小提琴；1932 年，经田汉介绍加入左翼剧联，接触左翼人士，开展左翼文艺活动；翌年加入中国共产党。与此同时，聂耳供职于联华影业公司，为电影主题歌、插曲谱曲，开始进步歌曲的创作。1934 年 4 月，经瞿秋白的授意，聂耳进入百代公司任音乐部主任助理，表面上是"帮助任光的一切收音工作，经常地教授歌者，抄谱、作曲"，实际上的工作则是协助任光，扩大进步歌曲的流传并与外国"靡靡之音"相抗衡。在百代，聂耳组建了一支由五人组成的国乐队——森森国乐队，提倡中国新兴音乐，并和任光一起制作了大量涵盖各种风格、兼具娱乐性和社会批判性的歌曲。不过，聂耳在百代工作的时间并不久，因不满公司高层干涉音乐部选曲，于同年11月底即辞职。但百代却将他创作的大部分歌曲录制成了唱片，包括后来创作的《义勇军进行曲》，且大部分都获得良好的销售成绩。

冼星海（1905—1945），另一位左翼音乐代表人物，也曾被百代聘请过。冼星海早年留学法国，1935年秋回到上海。1936年，他参加了孙师毅和吕骥发起组织的词曲作者联谊会，全身心投入到"国防音乐"运动中去，以炽热的激情创作爱国歌曲，以音乐为武器进行抗日救亡活动，并成为进步音乐创作的骨干力量。这段时期，冼星海创作了一系列救亡歌曲，其中《战歌》《救国军歌》和《运动会歌》由百代唱片公司灌制成唱片发行。由于这些歌曲的销售量创造了该公司的纪录，他还被百代聘请担任作曲，成为一名职业作曲家。然而好景不长，《战歌》唱片上市后不久即遭封杀。冼星海辞职离开，不久被新华影业公司聘请担任音乐部门负责人，依旧活跃在左翼音乐阵营，为进步电影创作歌曲。

正是因为这些左翼音乐人士的不懈努力以及他们与百代公司千丝万缕的关系，百代才能在左翼音乐发展史上占有一席之地。但本质上百代公司是一家外国商业唱片公司，商人的第一目标是逐利，之所以聘请任光、聂耳等人进入公司，是为了拓展国语流行歌曲业务，开发更能挣钱的唱片领域；之所以与各大制片公司合作，为左翼电影创作插曲并发行，是因为当时电影插曲风靡一时，灌录成唱片收益颇丰（同一时期百代还出品了很多其他类型的电影插曲）；之所以尽管国民政府屡有禁令，公司还是在审查制度的空隙中闪展腾挪，发行了不少进步歌曲，是因为当时整个社会都处于民族危亡的深切焦虑之中，这些宣传救亡图存的进步歌曲有不少受到民众的热烈欢迎，在商业上能够取得成功。百代唱片公司和左翼音乐人士是一对互利互惠的关系，前者利用后者的才能攫取更多商业利润，后者则利用前者的平台广泛传播自己的政治思想，而一旦不能取得良好的经济效益，或者面临来自当局极高的政治压力，百代就会偏向保守的政策选择。比如，聂耳当初进入百代后即组建了森森国乐队，灌录《金蛇狂舞》等民族器乐曲唱片，百代高层就觉得这些曲目商业性不佳，干涉音乐部选曲。再比如，冼星海创作的《战歌》被当局明令禁止后，百代就开始对发行歌词激进的抗战歌曲持消极态度。所以到1937年，抗战全面爆发，上海沦陷，政治局势恶化后，左翼人士纷纷出离百代则成为必然，百代公司与左翼音乐的发展轨迹也就此分道扬镳。

不过，百代公司虽然不再灌录左翼歌曲，并且在上海解放前夕，以唱片销路不良、营业无以为继为由，单方面宣布停业，但左翼人士为百代公司所在地——小红楼注入的红色基因却没有就此断绝，随着新中国的成立，这一抹红色又被重新唤醒。1952年1月5日，上海唱片厂在百代公司的原址上成立；3月10日，该厂发行了第一张唱片《我们要和时间赛跑》，从此开始大量发行歌颂祖国新面貌的红歌。1959年，国庆十周年之际，上海的献礼曲目，由上海音乐学院作曲系学生何占豪、陈钢作曲，小提琴专业二年级学生俞丽拿担任独奏的小提琴协奏曲《梁山伯与祝英台》，也是在这座小楼里制成唱片的。这支中国有史以来最著名的小提琴协奏曲是中国现代音乐走向世界、将民族化与国际化完美结合的典范之作。1960年起，小红楼还见证了每年一届的"上海之春"国际音乐节，见证了1964年那台由3000名演员参与的音乐舞蹈史诗《在毛泽东的旗帜下高歌猛进》。

百代唱片橱窗广告

整个 20 世纪 50 至 60 年代，上海唱片厂的唱片技术水平都走在国内前沿，直到北京（1968 年）和成都（1971 年）建立了薄膜唱片生产基地。1982 年，国家成立中国唱片总公司，上海唱片厂则改为中国唱片上海公司。此后，随着上海改革开放的启动，随着经济发展和城市建设的需要，小红楼也在时代中完成它又一次的华丽转身。2002 年，徐家汇绿地二期工程开工，唱片公司整体动迁，大部分建筑被一一拆除，只保留了如今这一幢红色小楼。小红楼经粉刷一新后，成了一家西餐馆。远远望去，任谁也无法将之与当年的录音棚相联系，唯有踏入其中，转角的一架老式唱机，墙上的几张木纹唱片，依稀还流淌着几串往日的音符。

电通影片公司的
音乐实验

　　在 1930 年代的中国影业版图中，电通影片公司是一个不可忽略的存在，虽然它只短暂维持了一年（1934—1935），出品影片总共也只有四部（《桃李劫》《风云儿女》《自由神》和《都市风光》），但因其为当时"左翼电影运动的新阵地"，拍摄影片进步气息浓郁，在早期中国电影发展史上占有特殊地位。电通出品的影片受到格外关注不只是因为它的革命性，还在于它的艺术性，尤其是音乐性。电通进入影界时恰逢有声电影发展高峰期，再加上它本身也是从录音器材公司转型而来的，是以非常注重影片中的音响运用。电通影片把人物对话、音效和音乐等纳入整体银幕构思之中，将电影配乐艺术带到一个新的高度。同时，电通推出的每部影片都有电影插曲，有些歌曲的影响甚至超过了电影本身，比如《毕业歌》《义勇军进行曲》等。

"三友式"录音机创造者：司徒逸民、马德建、龚毓珂

左翼电影运动的新阵地

中国的左翼电影运动始自 1932 年淞沪抗战爆发，以夏衍、钱杏邨、郑伯奇应邀担任明星影片公司编剧顾问为序幕，逐渐进入蓬勃发展期。成立于 1932 年的艺华影业公司是早期左翼影人的创作阵地。虽然其出资人是以贩卖烟土起家的商人严春堂，但具体主持业务的却是上海左翼阵营领袖田汉，阳翰笙、夏衍参与剧本创作，先后完成的作品如《民族生存》《肉搏》《中国海的怒潮》等，无不具有鲜明的抗日反帝色彩，由此艺华也成为国民党当局的"眼中钉"。1933 年底，国民党特务组织蓝衣社借"上海电影界铲共同志会"的名义突然发动袭击，火烧艺华摄影场，砸毁摄影器材及办公用品，炮制了震动影界的"艺华被捣毁事件"，不仅重创艺华迫使其转向，也借此警告其他影片公司和电影院不得与共产党有勾连。左翼电影运动遭受重大挫折，举步维艰。

面对如此严峻的政治压力，左翼电影人迫切想找到一块新的电影阵地，电通电影器材制造公司就此进入他们的视野。这家公司于 1933 年由在美国学习过无线电机工程的马德建、龚毓珂、司徒逸民三人创办，最初主要业务是研制国产电影录音机。自有声电影兴起后，录音器材和技术就一直为欧美公司所垄断，电通公司瞅准国产有声技术落后带来的潜在商机，试制"三友式"录音机并获得成功，开始为其他电影公司提供有声技术服务，蔡楚生导演的《渔光曲》和《新女性》，其主题曲就是用"三友式"录音机录制的。

电通公司之所以能从一家电影器材公司转变为一家电影制片公司，有一个人在其中起到关键作用，那就是司徒逸民的堂弟司徒慧敏。司徒慧敏 1927 年即加入中国共产党；1928 年在日本东京学习美术时，参加由夏衍、许幸之、沈西苓组织发起的留日左翼艺术家同盟；1930 年回到上海后继续从事左翼文艺工作，并曾在天一影片公司参与置景工作。1933 年，司徒慧敏成为以夏衍为首的中国共产党电影小组的成员之一。

同时，他也深度参与电通公司的创立，并积极推广"三友式"录音机。录音机尚在实验阶段时，他就常邀请田汉、夏衍等人到设在家里的研究室试录。在司徒慧敏的牵线搭桥下，电通公司改组为电影制片公司，并由左翼影人直接领导。

电通影片公司刚成立时，"只有一座三开间的旧二层楼房，一个很小的只拍过无声电影的摄影棚……那个小摄影棚经过一番改造，又增加了一个小录音室，便成了可以使用的有声电影摄影棚了"。不仅条件简陋，而且由于电通的左翼背景，当时已经成名的演员、导演都担心会背上与共党合作的名声而失业，所以不愿与电通合作。无奈之下，公司只能放弃聘用一线明星、编导的计划，转而寻求影界新兴人才。当时，电通中绝大部分员工是刚从戏剧界转来的，之前从没有接触过电影拍摄工作。但在众人的共同努力下，电通还是组建起了一支制作班底，包括编导袁牧之、应云卫、许幸之、孙师毅，摄影吴印咸、吴蔚云、杨霁明、冯四知，演员陈波儿、王人美、王莹、施超、唐槐秋、周伯勋等，开始向电影界展示自己独特的面貌。

家喻户晓的电影插曲

电通推出的首部影片为应云卫导演，袁牧之、陈波儿主演的《桃李劫》。这部影片不仅在题材上处处挠着社会痛处，更是中国第一部以声音作为艺术手段创作的有声影片。当时电影虽已进入有声时代，但囿于技术所限，国产电影还是以默片居多，一些标榜为有声的国产影片也大多采取的是后期配音的方式。而电通影片公司因为拥有刚刚研制成功的"三友式"录音设备，因此决定采取同步录音的方式拍摄《桃李劫》。

电通出品影片的声音艺术在其第一部作品中就体现得淋漓尽致。影片《桃李劫》中大段大段的音响处理不再割裂于故事主干之外，而是与叙事有机结合为一体。比如：陶建平在工厂做工时各种机器的喧闹声；在工头办公室内行窃时发出的急促的喘息声；还有他将儿子遗弃在育婴院门口，婴儿的啼哭声与背景的风雨声……这些音效与画面的有机结合增强了特定情境的真实性和感染力。影片最大的高潮出现在结尾陶建平被执行枪决时，沉重的脚步声和铁链声，伴以临刑时的枪声，以及恰到好处响起的画外音《毕业歌》，与电影画面融合成了一幅震撼人心的图景，成为早期影片中声音运用的典范。

《桃李劫》的主题曲《毕业歌》由田汉作词、聂耳作曲，这是两人第一次合作创作电影歌曲，也是聂耳为电通写的第一首歌曲。《毕业歌》一经推出后，就广为流行，激励了万千有志青年走上抗日救亡的道路。正是鉴于电影插曲良好的传播效果，同时因为音乐相较于审查严苛的电影文本不太会引起国民政府注意，此后电通拍摄的每部影片都会配上一首具有革命意识的电影歌曲，来渲染影片氛围，传递斗争诉求。而这些歌曲都是由百代唱片公司代为录制发行的，当时在百代任职的任光、聂耳又是左翼组织成员，因此百代间接为左翼音乐的创作和传播提供了一个广阔平台。

1935年，继《桃李劫》后，电通影片公司摄制的第二部影片《风云儿女》上映。此片不仅延续了《桃李劫》相对激进的题材，而且也有一首广受欢迎的主题曲——同样由田汉作词、聂耳作曲的《义勇军进行曲》。这首歌旋律激昂、歌词奋进，犹如军队号角，激发人们的革命热情和战斗意志，当时就迅速在歌咏团和游行队伍中传播开来，流传度和知名度甚至超过了电影本身。新中国成立后，此歌被选定为中华人民共和国国歌，更赋予其超然的政治地位。电通影片在音乐上的成功由此也可见一斑。

电通公司的第三部影片是由夏衍编剧、司徒慧敏导演、王莹主演的《自由神》。该片主要讲述了一位出生于封建家庭的知识女性陈行素从五四运动到"一·二八"淞沪抗战 13 年间的遭遇和蜕变,通过她的三段爱恋和参加北伐的经历展现了新女性的革命意识和精神风貌。和前两部影片一样,《自由神》也有一首浓缩主旨、深化主题的插曲,即由孙师毅作词、吕骥作曲的《自由神之歌》。此歌"在剧中为北伐军民联欢大会中女兵陈行素(王莹饰)所唱,每段末句,有群众数千人合唱,片终复有避难儿童合唱,由虹口中华慈幼教养院百余儿童义务担任演唱,成绩极佳,歌词悲壮明朗"。虽然与《毕业歌》和《义勇军进行曲》相比,《自由神之歌》无论在流传度还是美誉度上都相形逊色,甚至有人批评主唱王莹的"声音真是难听极了",但此曲仍以激昂的旋律和充满战斗意味的歌词,唱出了时代女性冲破黑暗、争取民族自由解放的决心和勇气,与整部影片的精神内核相一致,也起到了烘托主题的作用。

音乐电影《都市风光》

电通拍摄的第四部也是最后一部影片是轻喜剧片《都市风光》。相比之前几部的凝重基调,该片氛围轻松幽默,略带讽刺,讲述了一家人在火车站等车时,透过西洋镜看都市生活的故事。同时,这还是一部具有开创性的、真正意义上的音乐电影,对音乐的运用相较之前的影片更为成熟,涉猎的音乐范围更广。主创司徒慧敏在《为了这是一个新的开拓》一文中就曾说道:"《都市风光》的摄制,是有建立电影音乐的意图。虽然成功与失败须待公判,但是因为这是一个新的开拓,我们应该认为是有意义的。"为了实现这个目标,《都市风光》剧组找来许多音乐人才,组建了一支异常强大的原创音乐团队。

首先,片头曲《都市幻想曲》邀请 1930 年代知名进步作曲家黄自谱写。黄自早年在美国学习音乐,1929 年回国后历任沪江大学音乐教授、上海国立音乐专科学校教授兼教务主任。1931 年九一八事变后,黄自与音专师生组织抗日救国会赴浦东等地宣传抗日,并创作了我国最早以

One of the Musical Scenes of Deuton new film "Ouo Vadis"

《都市风光》的音乐工作者们

梅百器指挥工部局乐队演奏《都市风光》片头曲

抗日救亡为题材的合唱作品《抗敌歌》。1932年"一·二八"事变爆发后，他创作了四部混声合唱《旗正飘飘》，这首歌也成为抗战前后音乐会中的保留曲目。而为了写好《都市风光》这段开场音乐，据说黄自在夫人汪颐年的陪同下，多次到南京路和新世界一带去观察都市的繁华生活。《都市幻想曲》总时长三分钟，一共分为六段，每段节奏快慢有别，与电影画面形成有机结合。第一、四段是快板，描写灯红酒绿、车水马龙的都市生活，与万花筒似的片头字幕、熙熙攘攘的车站人流等画面相得益彰；第二段是抒情的行板，描写公园美景；第三段是庄严的行板，描写英国人在公共租界上耀武扬威的场景；第五段是虔诚的行板，描写教堂里的活动和外滩海关钟声；最后一段回到快板，将画面切换到高楼鳞次栉比的城市夜景。整体短小精悍，结构工整，短短三分钟内浓缩了1930年代上海都市代表风景。该曲还请梅百器指挥上海工部局乐队演奏，由百代公司录制成唱片发售。

其次，主题歌《西洋镜歌》请来著名语言学家、作曲家赵元任谱写。赵元任早年留学美国，回国后任清华大学教授，在语言学、音韵学方面成绩斐然。他还是中国现代音乐的先驱者，代表作有1926年根据刘半农诗歌创作的《教我如何不想她》以及1927年根据徐志摩诗歌创作的《海韵》，都是格调高雅、具有浓郁学院派风格的艺术歌曲，同时也是经典的传世之作。这首《西洋镜歌》由孙师毅作词，饰演拉西洋镜人及本片导演袁牧之演唱，旋律汲取了民间说唱的形式，具有民族韵味且生活化。整首歌分为三段来唱，每段都有画面配合。第一段是拉西洋镜人在车站招揽生意时唱的，四个乡里人闻声而来，好奇地通过西洋镜看风景。当他们在西洋镜中看到了都市生活的世态炎凉、尔虞我诈后，画面又从镜内切换到镜外，拉西洋镜人唱起了第二段主题歌，并与火车鸣笛声、铃声、机动车声、人群嘈杂声交织在一起，如梦初醒。第三段则是在火车进站时响起的，伴随着四个乡里人在两列相背而驰的火车中间犹疑不决，不知该往何处，最后"十字街头你切莫停留，再造起一个新世界，向前去，凭着你自己的手"的歌词点明主题。

此外，片中配乐的器乐曲由当时小有名气的贺绿汀创作。贺绿汀1931年考入上海国立音乐专科学校，选修钢琴与和声学。1934年，他因在俄国作曲家齐尔品举办的"征求中国风味钢琴曲"比赛中，以《牧童短留》和《摇篮曲》获得一、二等奖而蹿红。百代公司还将他的得奖作品灌制唱片，发行海内外。此后，贺绿汀开始参与电影音乐创作，在聂耳的介绍下，为明星影片公司出品、沈西苓导演的《船家女》写插曲，同时也为一些左翼影片配乐。其中，《风云儿女》和《都市风光》的配乐他都也曾参与创作。相较于此前一些影片随意选择外国音乐配上情节，贺在《都市风光》中的配乐无疑专业了许多，不仅讲求音乐与剧情相匹配、声音与画面相和谐，甚至用音乐来展现人物心理活动，为影片增色不少。

正是在如此多的优秀音乐人的通力合作下，中国电影史上诞生了第一部真正意义上的音乐电影。《都市风光》上映后虽然褒贬不一，但其开拓性的音乐试验对今后中国电影的发展，尤其是音乐电影的进步有着不可磨灭的作用和贡献。同时，《都市风光》的片头曲和主题曲都由百代公司灌录成唱片，也成为这次电影音乐探索的珍贵记录。

《都市风光》是电通影片公司探索有声电影拍摄的里程碑作品，却也是最后一部作品。由于出品影片有进步倾向，电通早已受到国民党当局的"特殊关注"，而每况愈下的经营状况则让国民政府有了迫其歇业的可乘之机。电通拍摄的四部影片，虽然立意高洁，在音乐和音效运用上也大胆创新，但除了第一部《桃李劫》外，都未能取得商业上的成功，拍至《都市风光》时，股本已全耗尽。1935年底，为了拍摄第五部影片《街头巷尾》，电通以摄像机和录音机为抵押品，向国华银行借贷4万元。出于对电通的照顾，银行允许抵押品不入库，继续供其拍片使用。此事被国民党当局知悉后，便向国华银行提出，由南京中央党部代为偿付欠

梅百器指挥工部局乐队演奏《都市风光》片头曲

款，将电通与银行签订的贷款契约文书移交给南京政府。国民党当局在不知不觉中成了电通公司的债权人，并且在电通公司提出延期还贷时，用一辆卡车搬走了抵押的录音机和摄影机，致使电通再无可能拍片。

电通停办后，其主创人员也纷纷四散寻找新的东家，一部分转入明星公司，一部分转入联华公司，还有一部分转入新成立不久的新华影业公司。虽然电通在商业上是失败的，但其对有声影片拍摄的多种尝试，为不少影坛新人积累了宝贵的经验，并在日后大放异彩。比如1930年代最重要的电影代表作《马路天使》就是由曾在电通历练的袁牧之编导的，而剧中最脍炙人口的插曲《四季歌》和《天涯歌女》也是由曾为电通配乐的贺绿汀根据苏南民歌《哭七七》和《知心客》编创的。可以说，从电通开始，"中国有声片的艺术提高到一个新的水平"，而这一影响是深远而持久的。

任光

与百代公司的转折

在论述百代唱片公司与左翼音乐运动的关系时，有一个不得不提及的关键人物，那就是任光。任光 1928 年进入百代公司任音乐部主任，1937 年辞职远走巴黎。在他就任的近十年间，正是百代唱片公司的全盛发展期，也是百代业务拓展转型的关键时期。百代唱片刚成立时，主要经营外国音乐唱片，销路一般，改制中国戏曲唱片后，才开始业绩猛增。百

青年仜光像

代聘用任光，也是为了灌制中国戏曲和广东音乐唱片，帮助公司扩大业务。任光入职后，不但尽职选编中国风味的音乐，还抓住了电影插曲的风口，帮助百代完成了从戏曲唱片独大到时代歌曲领衔的重要转折，百代一跃成为当时国内唱片业独领风骚的巨头。同时，他在任时期也是百代出品左翼音乐最多的一个时期，联华二厂、电通公司的多部左翼电影插曲，包括聂耳、冼星海等左翼音乐领军人物创作的许多救亡歌曲都是由百代录制出品的。可以说，无论是落实英商经营方向转变、提振百代业绩，还是积极参与左翼电影插曲制作、扩大救亡音乐的传播，都与任光密切相关，他是百代公司与左翼音乐之间最重要的联系点。

任光的双重身份

任光之所以能起到如此关键的作用，就在于他的双重身份：一方面，他表面上是一位有着极高音乐素养、良好留学履历，在外国公司供职的高级雇员；而另一方面，又是一位积极向党组织靠拢的左翼音乐人士。

任光1900年出生于浙江省嵊县一个石匠家庭。他从小便展露出过人的音乐天赋，入读中学时，就已精通二胡、铜号、风琴等多种乐器。1917年，任光考入上海震旦大学。1919年五四运动后，爱国的知识青年中掀起了一股出国勤工俭学、探索救国道路的风潮。受此风潮影响，任光萌生了去法兰西学习音乐，用音乐唤起民众、报效祖国的想法，并最终说服父母，踏上了赴法之路。

1919年到达法国后，经华法教育会安排，任光去里昂的亚佛钢琴厂做工，同时他考上了里昂大学音乐系修学音乐理论和钢琴，每天骑着自行车奔波于厂校之间。一次，任光在路途中为了避让汽车，不慎撞到桥柱，摔断门牙，不得不请假休息，却因祸得福结识了一位精通钢琴制造的补课教授。教授非常同情他的遭遇，劝他别去打工，跟着自己帮忙修琴赚取生活费，由此任光学得一手高超的钢琴调音和修理技巧。当他结束四年工读时，又被亚佛钢琴厂聘为越南河内分厂的总工程师兼经理。不过这份令外人看来艳羡不已的工作，任光只做了三年。1927年，怀着对祖国的满腔思念和热爱，他重新回到了上海。

1928年，应法侨经理之聘，任光进入法商百代唱片公司担任音乐部主任一职，并兼任公司华方经理，负责音乐节目的造型和录制工作。百代是当时中国实力最雄厚的一家唱片公司，任光入职后待遇丰厚，月薪高达数百银元，在徐家汇有一幢上下三层的花园式小洋房，还有专用小汽车一部，成为在"外国公司做事，比较有钱，也比较不被统治者注意"的那一类人。

任光回上海之初，租住在上海中西部哈同路（今铜仁路）民厚南里，1922年从日本东京高等师范毕业回国的田汉住在民厚北里。不久，两人得以结识。其时，供职于中华书局的田汉正致力于把南国社由最初的话剧社团扩展为包括文学、戏剧、电影、美术、音乐的联合社团，为此，他积极吸收各类专业人才。任光因非凡的音乐才华被田汉赏识，就此与南国社建立联系，并接触了许多进步的文艺界人士。在这些进步人士的感召下，尤其是经历了1931年九一八事变的刺痛，任光步入左翼音乐阵营。

1933年，田汉发起并成立苏联之友社音乐小组，任光应约参加，同时参加的还有聂耳、吕骥等人。任光主动将自己的寓所作为小组活动的场所。自此，聂耳、张曙、吕骥等人也成了任光家的"常客"，每周来此聚首共同"研究国内外形势"，提交歌曲，相互"探讨作曲方面的得失"。此后，左翼人士在上海发起的多个音乐组织，如中国新兴音乐研究会、左翼剧联音乐小组、歌曲研究会、歌曲作者协会等，任光都积极参与。

同时，他还亲自创作了多首救亡歌曲，从最开始的《十九路军》，到《反侵略战歌》《抗敌歌》，再到后期声名远扬的《打回老家去》，任光用实际行动践行着自己用音乐报效祖国、振兴中华的初心。即使拥有体面的工作、高薪待遇和较高的社会地位，任光依然保有以音乐启迪民智的决心，这使他很快向左翼组织靠拢，接受进步思想，为左翼音乐发展做出了巨大贡献。

创作左翼电影歌曲

任光担任百代音乐部主任时，主要有两方面贡献。首先，他在有声电影兴起、电影插曲风行之时，参与并主导了进步电影的配乐工作，为左翼电影音乐发展开疆扩土。

1930 年秋，任光即参与了明星公司的中国第一部有声故事片《歌女红牡丹》的制作。这部影片采用蜡盘发声方式，选用了京剧《穆柯寨》《玉堂春》《四郎探母》《拿高登》的部分唱段，共录成 18 张蜡盘与影片同时播放。录音前后失败四次，费时近半年。次年 3 月 15 日，这部影片终于在新光大戏院上映，引起轰动；后又被菲律宾和印尼买下当地播映的版权，饮誉南洋。同一时期，百代公司也开始为一些电影专门制作插曲，比如《良心复活》的插曲《乳娘曲》等。

1933 年 2 月 9 日，经田汉推荐，任光在上海出席了中国电影文化协会成立大会。该协会是党的电影小组为开展左翼电影运动而成立的进步组织，下设文学部、组织部、宣传部等。在此次大会上，任光与夏衍、田汉、蔡楚生、聂耳等人同时当选为执行委员。大会还发表宣言，号召电影工作者"组织起来"，开展"电影文化的向前运动"，共同建设"新的银色世界"。

就在这次会议前后，任光开始投入左翼电影插曲创作工作，第一部尝试之作就是《母性之光》。《母性之光》是田汉在左翼运动中最早创作的一部电影，剧本完稿于 1931 年。这一年国民党当局正在施行针对左翼剧作家的"文化围剿"活动，南国社领导人田汉无疑是首要目标。正因为如此，田汉无法在剧本《母性之光》上署真名，只能改用笔名"陈瑜"。同时由于南国社被查封，左翼戏剧运动被迫中止，田汉不得已放弃话剧，转向电影这一领域，继续传播救亡思想。

影片《母性之光》通过两代人的爱情纠葛，揭示了1930年代中国社会严重的贫富对立和不可调和的阶级矛盾。该片由高举"复兴国片"大旗的联华影业公司制作，卜万苍导演，黎灼灼、金焰、陈燕燕主演。插曲则由任光和聂耳分别谱写，这也是两人首次参与左翼电影插曲创作。据记载，聂耳写了一首描写南洋矿工的《开矿歌》，还在中国新兴音乐研究会成立会上进行集体讨论。任光则写了三首，分别为《母性之光》同名主题曲、《春之恋歌》和《南洋歌》。三首歌完成于1933年2月上旬，早于聂耳所谱的《开矿歌》。写出后即受到导演卜万苍的肯定，卜万苍还向聂耳推荐，让他上门聆听歌曲，为写《开矿歌》做准备。聂耳听后，表示"很好听"。

自此之后，任光接连为多部左翼影片创作插曲，包括获得空前成功、让他名声大振的《渔光曲》同名主题曲，《大路》的插曲《新凤阳歌》《燕燕歌》，《凯歌》插曲《采菱歌》，《迷途的羔羊》插曲《月光光》《新莲花路》，以及《狼山喋血记》插曲《狼山谣》。这些歌曲不少由安娥填词，风格虽各有不同，但大多采用民间音乐素材，并在此基础上开拓和创新，使之更契合时代精神，同时也符合他自己对"中国新兴音乐"方向的理解，即创作具有进步意义、为群众喜闻乐见的大众歌曲。任光以自己的实践创作为左翼音乐打开了局面，不愧为左翼电影音乐运动的"开路先锋"。

提携左翼人士进入百代

除了躬身亲为、积极创作优秀左翼歌曲外，任光对左翼音乐运动发展的另一大贡献则是凭借音乐部主任的这一身份，极力举荐安娥、聂耳、冼星海等左翼音乐人士进入百代，并通过百代灌制了大量左翼音乐唱片，为救亡歌曲的传播做出了极大努力。

任光、安娥、蔡楚生合影

1933 年，在任光的推荐下，安娥进入百代公司歌曲部工作，后两年任歌曲部主任。从 1933 年到 1937 年，任光和安娥既是夫妻，也是合作无间的词曲搭档。两人合作的第一首歌曲就是大获成功的《渔光曲》，此后又有《红玫瑰》《落叶》《小鸟儿亲》《采莲歌》《凤求凰》《最后一声》等多首作品问世，并由百代公司录制唱片推出。这些作品让任光和安娥名声大噪，同时也激励他们继续用音乐启蒙民众。他们曾共同撰文《歌曲小讨论》，阐明自己的音乐理念，并用音乐创作实践这些想

著名电影明星胡蝶演唱的《最后一声》（任光曲、安娥词）唱片

法。两人的合作及婚姻一直持续到抗战爆发、任光被迫避走法国。

1934年4月，任光接受田汉关于"照顾聂耳的生活和学习"的提议，向外商推荐，让聂耳进入上海百代唱片公司音乐部，并协助自己进行收音、抄谱、作曲和教唱等工作。

而在此前，任光和聂耳早已相识。聂耳非常钦佩任光的专业音乐素养和钢琴演奏技巧，称他为"我们的导师"，时常拿出自己的音乐作品向任光讨教，还请任光指导自己小提琴演奏方面的不足。而任光也非常爱惜聂耳的音乐才华和满腔热忱，常与他一起讨论音乐创作方面的问题，并帮助他发行唱片，解决生活困难。因此，当田汉提议让聂耳加入百代公司后，任光积极促成此事。

聂耳在百代的这段时间，任光与他合作森森国乐队，直到1934年11月聂耳离职。尔后，任光则继续主持森森国乐队的工作，排练乐队演奏民族管弦乐曲。

1936年春，任光借冼星海创作的《战歌》《救国军歌》唱片创造百代最新销售纪录的契机，向急于牟取暴利的公司外商推荐，聘请冼星海参加上海百代唱片公司音乐部的作曲、配音、指挥工作。此举不但帮助此时刚从法国学成回国的冼星海摆脱失业困境，到良好的环境中实现音乐救国理想，也方便两人深度合作，以利用公司当时还不受当局限制审查的优势，创作进步歌曲和灌制唱片。不过没多久，《战歌》即被当局查封，百代也不再同意发行救亡歌曲，冼星海感觉无法施展才能，便离开了百代公司。

离开百代抗日救亡

1937年7月，就在日军全面发动进攻前夕，日本领事馆得知创作《打回老家去》的"前发"正是百代唱片公司的任光，欲下毒手暗杀。听闻风声后，1937年8月，任光再次踏上开往法国的邮轮，去巴黎音乐师

任光（弹钢琴者）与聂耳（拉小提琴者）合奏

范学院进修并避难。

随着任光的离开，百代历史上最激动人心的一页被翻过了。可以说，任光担任百代公司音乐部主任的那些年（1928—1937），既是任光创作精力最旺盛、成就最高的十年，也是百代公司最辉煌、同进步力量结合最紧密的十年。任光通过自己的双重身份和不懈努力，在国民党当局严密管制的国统区，为左翼歌曲的制作和发行提供了一个广阔平台，促进了救亡音乐的传播和发展，并为后代留下了一笔宝贵的精神财富。

任光离开百代后，依然孜孜不倦地进行抗日救亡活动。在法国进修期间，他时刻不忘陷于炮火肆虐中的祖国，积极从事宣传中国抗战的音乐活动，并为救济国内难民举行募捐公演。1938 年，他曾回国去长沙、贵阳等地从事抗日宣传活动，次年去新加坡华人社区组织救亡歌咏运动，后又转赴重庆政治部第三厅艺术处工作，并在这些年间创作了《高粱红了》《洪波曲》《不害怕进行曲》等作品。1940年，他跟随新四军军长叶挺，奔赴皖南抗日前线，被分配到战地文化服务处，负责音乐工作。1941年1月6日，国民党发动皖南事变，对新四军进行伏击剿杀，任光被迫随大部队突围转移。1月13日，任光和一群军部直属队的非战斗人员退到一个叫石井坑的小山村时，遭到了国民党军队的疯狂扫射。任光不幸被一颗流弹击中，伤重而亡。这位创作了大量优秀歌曲的音乐人，就这样永远地离开了人世。任光牺牲后，重庆和延安都以不同的形式对他表示哀悼，称他为"民族的号手"。人虽已逝，但他所创作的歌曲，他为左翼音乐传播所做的贡献，将永远被后人铭记。

神秘的
"红色女郎"安娥

　　1929年秋，一位神秘的"红色女郎"在上海左翼文艺界横空出世。她自称张瑛，留俄归来，"住在北四川路永安坊的一个小亭子间里，生活似乎很苦，又似乎不差。平时穿的是蓝布大褂"，"有一晚在施高塔路附近遇见她，一件很华贵的紫罗兰色的露臂西服，给她打扮得更甚于平时的漂亮"。有人抱着好奇心试图打探她的来历，据说她曾经在新华艺专教过社会意识学，又据她自己说在一个很奇怪的人家有点小职务，但终究没能探

1030 年代的安娥

出些什么踪迹，只好推断"她是一个不可测的怪人"。

这个神秘的"红色女郎"正是安娥，当时她在上海中共中央特科从事情报工作，带着组织任务来到上海，化名张瑛，从此开启了她在上海跌宕起伏的生命历程。1929—1937 年，安娥在上海生活了八年，这八年又可按 1932 年安娥回河北小住的一年为分界而分为前后两个时期。1929 至 1931 年，安娥主要从事情报工作，并开始涉足左翼文艺界。1933 年后，因为结束了中共特科的工作，安娥完全转入文艺领域，在加入百代公司歌曲部后，更以其优秀的作词能力，成为左翼音乐运动的核心人物之一。她与作曲者任光合作无间，创作了多首脍炙人口的电影插曲，其中就包括轰动全城的《渔光曲》。而和这些文艺作品一样耀眼、令人着迷的，则是她作为一名神秘的"红色女郎"、少见的革命女性，那浪漫而多舛的人生际遇。

漂泊的女革命人

安娥，原名张式沅，1905 年生于河北获鹿县。安娥的父亲是一位曾留学日本的实业家和教育家，思想较为开明。安娥自小便入读当地女校，成绩优异，但随着识字读书，思想日趋成熟，她逐渐感受到来自父母权威的压迫，并渐渐成长为一个旧式家庭的反叛者。1923 年，安娥考入国立北京美术专门学校西画系，同时积极投身学生运动，参加罢课和示威游行活动。1925 年，在美专同学邓鹤皋（1923 年加入中国共产党）的影响下，安娥加入了共青团和共产党。1926 年安、邓两人结婚后，受北方区委李大钊派遣，双双来到大连，邓鹤皋担任中共大连地委书记，安娥帮助他一起组织工人罢工，深入女工群体。翌年年初，安娥被派往莫斯科中山大学学习，因邓被捕入狱，两人失去联系。在莫斯科，安娥认识了她的第二任丈夫，共产党员、中山大学职员郑家康（1931 年在上海被秘密杀害）。1928 年，他介绍安娥去苏联国家保卫总局东方部工作。由此，安娥开始了她的特工生涯。

1929 年秋，三年学习期满后，安娥被调回中国，在上海中共中央特工部从事情报工作，接受中共地下党派遣，担任中国国民党组织部调查科驻上海中央特派员杨登瀛的秘书，利用这个有利职位，将重要情报直接呈交给上海中共特科领导人陈赓同志。

同时，她还有个秘密任务，即广泛接触上海文艺界知名人物，争取让他们"左转"。而发起南国社戏剧运动的田汉，无疑是当时一个与各派都有关系、各派也都要争取的风云人物。1929 年冬，在组织授意下，经南国社社员左明联系，安娥慕名拜访田汉，动员他入党。当时正是田汉在思想上、政治上向"左转"的时候，突然有这样一位神秘的"红色女郎"、"从地底下"来的光明使者出现在他面前，无论在思想上、艺术上，还是在情感上，都对他有致命吸引力。两人几乎是一见钟情，从此开始了半生纠葛。那段时间，两人时常出双入对，形影不离。特别是1930 年 6 月，南国社被查封，田汉不能公开露面，只能隐居江湾，作为他的联系人，安娥经常去看他，两人感情迅速升温。田汉在安娥的影响下，确实发生了思想"左转"。虽然田汉的"转向"自有其政治和社会大背景，此前左翼作家如蒋光慈、钱杏邨、阳翰笙等都对其思想产生一定影响，但安娥的作用仍不可小觑，因为只有她的影响是深入到个人感情生活的细微之处的。1932 年，田汉正式加入中国共产党，成为中共上海中央局文委成员，以自己在戏剧界的地位和影响以及"党的领导干部"的身份来指挥左翼戏剧运动。

然而，安娥与田汉虽然情投意合，并有共同的革命目标，却没能走到一起，因为此时田汉已经有一位正在南洋教书的未婚妻 —— 林维中。1930 年春，林维中从南洋回到上海。田汉虽爱上了安娥，却仍不能忘情于曾在事业低谷期给他安慰和资助的林维中，并决定遵守前约，与之完婚。这不单是因为田汉与林维中有婚约在先，更因为安娥是个四海为家的地下共产党员，对婚姻和家庭，没有林维中看得那么重。林维中觉察到田汉与安娥的关系非同一般后，曾去询问安娥的态度，安娥很潇洒地说："我是不要丈夫的，我有我的生活。"作为一个坚强独立的革命女性，其襟怀之宽广可见一斑。安娥与田汉和平分手后，退回到革命同志的位置，甚至还帮忙安排田汉与林维中的婚房。但其实，安娥此时已然怀了田汉的孩子。1931年8月，安娥生下孩子，因工作繁忙无暇照顾，一度只能将孩子寄养在朋友郑君里家中。这年底，结束大道剧社的演出后，她无奈带上才三个月大的儿子，回到家乡河北保定。她在上海的生活暂时画上了休止符。

加入百代公司

安娥在老家生活了近一年，终于说服母亲照顾年幼的儿子，自己则重回上海，再次投入革命事业。相别一年，和田汉再见面时，她冷静地对田汉说"孩子死了"以示决绝，同时也断了田汉的挂念，彻底终止两人的关系。

而此时中共组织在上海的形势非常恶劣。1931年4月，顾顺章被捕叛变，供出中共在武汉的各大办事处和联络点，造成十余人被捕。接着，中共特科在上海的格局被彻底破坏，杨登瀛和陈赓相继被捕。1932年12月，安娥的单线领导人姚蓬子也被捕叛变，从此安娥失去了和党组织的联系，不再从事特科工作，全面转向左翼文学领域，继续进行战斗。从1933年起，安娥连续在上海报刊发表了多部作品，包括小说《打胎》《围》，剧本《兵差》等。

但她最为斐然的成就还是在歌词创作方面。也就在这一年，从情感失意中振作起来的安娥嫁给了百代唱片公司音乐部主任任光。任光本有一位从巴黎带回来的妻子葛莱泰勒，但她因为不习惯"东方巴黎"上海的生活，再三要求任光跟她回巴黎，任光没有答应，于是葛莱特勒决定自己回娘家。任光无奈，只好送她回法国并与之分手。安娥重回上海后，田汉托好友任光帮安娥找一份工作，两人就此相识。正值情感空窗期的任光向安娥展开了追求，本已心灰意冷的安娥"以痛苦的心情接受了"任光的爱。两人结为夫妇后，正遇百代公司要拓展歌曲业务，任光即举荐安娥进入百代，担任歌曲部主任。

安娥在歌曲部主要负责歌词创作工作。1933 年，她即为聂耳的《卖报歌》填词；1934 年，她与任光首次合作词曲，便创作出轰动全城的《渔光曲》。两人就此成了黄金搭档，谱写了许多脍炙人口的电影插曲。此外，安娥与任光一起参与了多个左翼人士发起的音乐组织。1935 年 1 月，安娥与任光一起抵达北京，为学校课程灌录唱片，还录制各种民间歌曲，从民间音乐中吸取营养，为创作寻求灵感。1935 年 6 月，陈嘉震主编的电影音乐月刊《艺声》创刊后，安娥与任光负责音乐栏目，安娥在创刊号及第二期上发表文章《中国电影音乐谈》和《乐片短评》，任光则发表了《音乐家传》。

不过，相比音乐合作上的亲密无间、夫唱妇随，两人的感情生活并不那么和睦。据安娥自述，1937 年，"我资助任光到法国学习，这样无言地解除了夫妇名义"。

1937 年 11 月 12 日，国民党军全面撤退，上海沦陷。在沦陷前夕，安娥与摄影家郎静山一家搭英国船"同和"号离开。在船上，她遇到了同样准备离开上海的田汉。两人此前虽各有家庭，但并未断绝来往，还一同活跃在左翼文艺阵营。1936 年，安娥和任光去南京时，田汉还陪他们游览金陵名胜。就在登船的前夜，田汉找到安娥，与她在上海的马路上漫步，倾心长谈，互相安慰和激励。此次船上相逢，他们得以有机会进一步畅谈对祖国未来的期许，交流如何继续开展救亡运动。船到南京后，他们又一同搭汽车前往长沙，再从长沙分赴武汉。20 多天的旅途中，两人朝夕相处，倾诉衷肠，安娥把孩子没死的实情也和盘托出。

由此，安娥和田汉的感情迅速复燃，并进入了一个新的阶段。

当然，因为此时田汉仍有妻子林维中，这复活的爱情只能偷偷燃烧，战乱中田汉与安娥各自奋斗，又互相安慰。直到抗战结束，林维中大闹了几次后，田汉才于1946年结束了与林维中的婚姻，与安娥正式在一起。历经近20年的风风雨雨，兜兜转转半生，两人终于认定彼此才是真爱，从此结伴终生。

成为知名女词人

安娥与任光虽然和平分手，奔赴两地，但仍维持友谊，其间还继续合作了多部作品。1938年10月1日，任光结束一年多的欧行考察进修，与陶行知一起从法国回国，经香港到达武汉后，与安娥再次相遇。此时安娥虽已回到田汉身边，但安、任两人仍然像从前一样共同创作歌曲《高粱红了》。同年10月19日，两人还一起参加武汉青年会举办的鲁迅逝世二周年纪念会，会议由郭沫若主持，周恩来、邓颖超、田汉等数十人出席。1938年，安娥由武汉到重庆后，深入前线，根据实地采访而创作了有关台儿庄战役的歌剧剧本《台儿庄》，完成后交给任光，任光携剧本到新加坡，于1940年春完成谱曲。1942年12月，剧本由重庆育文出版社出版，剧名改为《洪波曲》，成为中国抗战史上歌颂台儿庄战役胜利的唯一的一部大型音乐作品。另据赵清阁回忆，1940年7月，任光离开重庆，加入新四军、奔赴前线前，还曾去与安娥道别，不想次年任光就在皖南事变中身亡，这一别竟成了永别。

虽然安娥与任光在一起的时光在安娥的感情生活中可能只是一段小插曲，但两人合作的曲目确实缔造了安娥文艺创作的高光时刻，尤其是1933—1937年，安娥在百代公司供职的那段时间。当时正值中国电影音乐发展的第一个高峰期，安娥填写的歌词大多为左翼电影和戏剧所创作，包括《渔光曲》主题歌及插曲《渔村之歌》（1934）、《红楼春深》插曲《采莲歌》（1934）、《大路》插曲《燕燕歌》《新凤阳歌》（1934）、《空谷兰》插曲《抗敌歌》《大地行军曲》（1935）、《凯旋》插曲《采菱歌》（与田汉共同创作，1935）、《王老五》插曲《王老五》（1935）、《迷途的羔羊》插曲《新莲花落》（1936）、《狼山喋血记》主题歌《狼山谣》（1936）等。歌词内容贴近劳苦大众的日常生活，用口语化的笔触展现他们在贫富分化悬殊的社会中的悲惨命运。

　　安娥也为其他出色的作曲家填词，比如聂耳的《卖报歌》就是由安娥作词。这首歌的主角"卖报小行家"也确有其人，是一位聂耳在上下班路上经常看到的小女孩。据说聂耳谱完曲并请安娥填完词后，拿去唱给小女孩听，小女孩说，"如果把几个铜板能买几份报的话也唱出来，我卖报时就可以唱这首歌儿了"。聂耳觉得这一改动非常好，就去找安娥商量，安娥也同意了。于是《卖报歌》最后一句就变为"七

安娥与田汉 1940 年在桂林合影

个铜板就买两份报",小姑娘也果真把这首歌唱了出来。另一位和安娥合作较多的作曲家则是冼星海,两人1936年至1938年间,合作创作了《路是我们开》《山茶花——一个小女工的故事》《我们不怕流血》《战士哀歌》《抗战中的"三八"》《六十军歌》等多首歌曲。

正是有了安娥与这些优秀作曲家的合作,左翼音乐运动中涌现了许多流传后世的经典名曲,而安娥作为音乐文学家的地位也在这些作品中得以确立。安娥写的词简洁有力,容易传唱,不仅歌词语句凝练,兼有古典诗词的隽永和现代生活语言的清新,而且安娥创作时也十分重视深入生活,通过观察人物,努力展现"歌中人"的实际遭遇和心声。她还将自己早年从事革命工作的经历融入歌词创作中,尤其鲜活动人。从一位神秘的"红色女郎"转为知名的歌词作者,安娥虽然没能继续从事特科工作,却在另一片领域倾注全力,为左翼文学,特别是左翼音乐的发展做出了卓越贡献。

聂耳的

1934 音乐年

　　"一九三四年是我的音乐年"，在 1934 年 1 月 29 日的一篇日记中，聂耳如是说道。当时，他刚刚被联华影业公司以"有违反厂规的举动"的借口辞退，面临来到上海后的第三次失业。但他并不沮丧，反而因为有了更多自由时间创作、练琴、演奏而感觉充实无比，并且很快在任光的推荐下，他得以进入百代唱片公司音乐部就职。虽然当年 11 月聂耳就因为一些纠纷离职，任职时间仅半年，但他却以辛勤的劳动实现了自己年初的预言。的确，在百代的这一年成为他音乐创作上最丰收的一年。而此时，距离他远走家乡，奔赴上海，已过去整整四年。

聂耳的两条生命主线

　　聂耳，1912 年出生于云南昆明，原名聂守信。因为他的听觉特别灵敏，两只耳朵还能一前一后抖动，人们常戏称他为"耳朵先生"。于是在联华歌舞班时，他便干脆给自己取名"聂耳"。聂耳的　生短暂而

聂耳与明月歌剧社女演员王人美（左）、于知乐（中）、胡笳（右）合影

辉煌，当他的音乐事业正处于全盛期时便因意外不幸去世。

而在他短暂的生命历程里，有两条最鲜明的主线一直相互缠绕、贯穿始终。一条是"革命"主线。聂耳 15 岁时即秘密加入共青团；16 岁时，出于参与实际革命斗争的渴望，瞒着家人报名参加滇系军阀范石生所招收的"学生军"，秘密离开昆明，接受新兵训练；次年返回昆明。1930年，昆明火药库大爆炸事件发生后，聂耳积极参与中共地下党领导的青年救济团工作，引起反动当局的注意，随时有被捕的危险，不得已逃亡上海。在上海，经朋友介绍，他很快参加由上海中共地下党领导的进步群众组织——反帝大同盟。其后又通过与当时上海左翼文艺阵营的领导人之一田汉的接触，结识了许多进步人士。1933 年初，聂耳参加了由田汉发起的苏联之友社音乐小组，之后又参与中国新兴音乐研究会、左翼剧联音乐小组等多个左翼音乐组织。1933 年春，由田汉介绍、夏衍监督，聂耳正式加入中国共产党。

另一条则是"音乐"主线。聂耳从小就表露出对音乐的热爱，喜爱民间音乐并学习民族乐器吹奏，在小学时就热情投入课余音乐活动。中学时，他积极参加学校和亲友组织的各种器乐合奏活动，平日晚上就去法籍教师柏希文开办的英语学会进行英语补习，还学习一些音乐基础理论和钢琴弹奏技巧。考入云南省立第一师范学校高级部外国语组后，聂耳结识了后来担任第一师范附属小学音乐教师的张庾侯，开始随张学习小提琴，并与张庾侯、廖伯民等友人一起组织九九音乐社，作为学校文艺活动积极分子，参加校内外各种音乐活动。1931年，来到上海一年后面临失业的聂耳，根据一则招生广告，报考明月歌剧社（后被联华影业公司收编改名为联华歌舞班）。主考人也是明月歌剧社负责人即当时上海流行乐坛的风云人物黎锦晖。黎慧眼识英才，破格录取他为乐队练习生。聂耳加入歌舞班后很受关照，师从乐队首席王人艺学习小提琴。王人艺离开歌舞班后，还给他推荐了一个更好的老师——在工部局管弦乐团拉琴的意大利音乐家普杜什卡。通过刻苦学习，聂耳的小提琴水平有了很大提高，在歌舞班乐队中担任首席。1932年，由于"一·二八"淞沪抗战的促动以及与许多左翼人士的接触，聂耳的思想发生了巨大转变，他在左联创办的《电影艺术》上用笔名"黑天使"发表《中国歌舞短论》一文，严词批评黎锦晖的歌舞节目。此文一出，在歌舞班内引起轩然大波。为了扭转舆论压力，歌舞班辞退聂耳并与之撇清关系。此后，聂耳一度北上尝试报考艺术学院，失利后听朋友劝告重回上海，并通过导演卜万苍的介绍，加入联华影业公司一厂，任音乐股主任。这一年是1933年。

在1933年之前，"革命"与"音乐"这两条主线虽时刻烙印在聂耳生命中，但经常互相矛盾。聂耳有时会思索，是应该过平静的音乐人生活还是应该积极投入革命斗争。而在1933年，随着左翼运动日益高涨，覆盖范围扩大，这两条主线逐渐汇合到了一起。这一年，正式成为共产党员的聂耳开始了左翼电影插曲和救亡歌曲创作，用音乐来

拍摄影片《母性之光》时，聂耳在拉小提琴

进行"革命"。

他的第一次尝试就是创作左翼电影《母性之光》的插曲《开矿歌》，这是聂耳接触电影音乐的开始，也是聂耳与百代唱片公司产生联系的开始。

向"银色世界"进军

1932 年 7 月，任光到赫德路（今常德路）恒德里来听明月歌剧社的器乐节目，由此认识了在社里担任小提琴手的聂耳。聂耳也非常高兴见到自己仰慕已久的音乐家任光，当即邀请任光即兴弹奏钢琴。1933年初，两人还一同参与了苏联之友社音乐小组和左翼影人组织的中国电影文化协会，开始向影坛进军。《母性之光》是两人合作的第一部影片。聂耳为这部电影奉献了电影插曲首作《开矿歌》。为了弥补中国电影文化协会成立时独缺音乐联盟的遗憾，任光、安娥、聂耳、吕骥、张曙、孙慎、孟波、麦新讨论成立新兴音乐研究会，旨在开拓既能反映民众心声又能保持高度艺术水准的新音乐道路。新兴音乐研究会不定期召开作曲讨论会，在第一次大会上，大家围绕聂耳的《开矿歌》进行了热烈讨论。聂耳这一初试啼声的作品获得了巨大肯定，《开矿歌》"以蓬勃的朝气，激扬的旋律，出色地表达了工人阶级的精神气质，开创了我国 30 年代革命电影歌曲的先声"。

然而，随着左翼文化力量的结集，右翼也加大了压力。1933 年 11 月 12 日，蓝衣社的一群暴徒借故捣毁了以出品抗日救国电影著称的艺华影业公司，震动了整个影界。联华影业公司怕被牵连，暂停了进步影片的拍摄，又借故辞退了参与左翼电影运动的聂耳。聂耳再一次面临失业的威胁。

田汉了解到聂耳的困难处境，请任光想办法关心一下聂耳的生活。之前聂耳已经写了一首《卖报歌》。那时聂耳去联华厂上班时，在常经过的霞飞路、吕班路路口（今淮海中路、重庆路路口）注意到一个大眼睛的卖报女孩，于是与她攀谈起来，知道她从小生活在妈妈做工的纱厂车间里，卖报纸帮妈妈贴补家用。聂耳非常同情她的处境，回到住所一夜之间就谱成一曲，并请安娥配上歌词，完成了《卖报歌》。有了这首歌打底，任光让聂耳再写几首歌，准备给他发一张唱片。于是，聂耳用老家玉溪花灯《玉娥郎》的旋律写了《一个女明星》《走出摄影场》，又用陈伯吹的《小野猫》谱了一首歌，再加上节奏比较慢的《卖报之声》和《雪花飞》。这些歌与《卖报歌》一起由龚秋霞演唱，百代将其灌制成唱片发行，聂耳也拿到 40 元版税解了燃眉之急。

此后，任光又向英国老板里德力荐聂耳，并得到首肯。1934 年 4 月 1 日，聂耳正式加入百代，主要协助任光的一切收音工作，同时教歌星演唱新歌，因为不少人是不识谱的，有时也协助抄谱和作曲，月薪 60 元，是联华时代的两倍。稳定的薪资、良好的工作环境，聂耳迎来了自己的音乐丰收年。

1934 年的聂耳

创建森森国乐队

　　聂耳进入百代后，与任光配合默契，为探索中国音乐发展和传播进步歌曲做了许多工作。他们抓住外商希望通过发行国乐唱片谋取利益的心理，在百代内部成立了一支森森国乐队。队员包括聂耳、王为一、林志音、陈中和一位徐姓职员五人。他们通过演奏和灌制唱片，倡导民族音乐，推动和发展中国新兴音乐。森森国乐队既可以为公司录音，又可以对外演出。而英国老板之所以同意这个提议，是因为此前任光推出的国乐唱片如《梅花三弄》和《行街四合》（江南丝竹）等都卖得相当火爆。

森森国乐队成立后,演出曲目创作就落在了乐队中心人物聂耳身上。他潜心研究各地传统民间音乐,接二连三地创作出优秀的民族器乐曲。他以少年时代在昆明三丰庵里听到的洞经音乐《宏仁卦》为基调,写成《翠湖春晓》;借鉴云南龙灯舞《倒八板》的热烈气氛,写成《金蛇狂舞》;又将内蒙古民谣《大红公鸡》的民谣和聊斋俚曲《玉娥郎》改编成活泼轻快的《山国情侣》;还将一首自己叫不出名的很熟的曲子,改编成《昭君和番》。这些曲子通过国乐队的演奏,极大显露出传统民间音乐的魅力。同时,为了扩大乐队影响,任光还以队员下班回家需要练习为名,说服外商同意队员将乐器带回家,然后让他们自制演出服,背着公司,去上海民立女中、八仙桥青年会等处进行演出。也因为国乐队经常私自在外表演这些曲目,是以灌制成唱片发行后,很多人争相购买,销路颇广。

　　除了改编创作民族器乐曲外,聂耳在这一年还创作了多首舞台剧和电影插曲。比较重要的就有为田汉编写的歌剧《扬子江暴风雨》创作的《码头工人歌》、《苦力歌》(现名《前进歌》)、《打砖歌》、《打桩歌》四首插曲。为了写好这些歌曲,聂耳曾多次去黄浦江边,了解码头工人的生活,观察他们的劳动场景。他还在剧中成功扮演了一个角色——打砖工人老王。这部新歌剧于6月30日、7月1日在法租界八仙桥的基督教青年会礼堂演出,激昂的台词和振奋人心的歌曲,获得现场观众的热烈掌声和进步报刊的一致好评。

　　另一首更为成功的作品,则是为上海电通影片公司拍摄的第一部故事片《桃李劫》创作的主题歌《毕业歌》。《桃李劫》讲述了大学毕业生陶建平踏入社会后的坎坷人生,控诉了黑暗社会如何把一位积极上进的有为青年一步步逼到锒铛入狱的绝境。主题曲《毕业歌》明快昂扬,赞颂了踌躇满志、渴望报效祖国的青年学子。随影片放映,该曲在广大观众,尤其是青年知识分子中引起了极其热烈的社会反响。

同样非常重要也极其成功的作品，则是为联华二厂拍摄的进步电影《大路》创作的主题歌《大路歌》及序歌《开路先锋》。《大路》由孙瑜编导，金焰、黎莉莉、陈燕燕主演，主要讲述军用公路建筑工人保护公路、保卫祖国的故事。由于此前联华出品影片《渔光曲》创造了票房纪录，而贯穿始终、烘托气氛的主题曲《渔光曲》为影片增色不少，是以孙瑜在拍摄《大路》时也非常注重影片的音乐性，特意找来因《毕业歌》等一系列作品而声名鹊起的聂耳来创作歌曲，希望他能写出悲壮而令人激动的主题曲。聂耳接到创作任务后，全情投入，听说上海江湾在筑路，便赶到工地，与工人一起劳动，实地体验筑路工的生活，并用劳动号子的曲调和节奏写出《大路歌》。全曲沉实有力，雄壮激昂，表现了筑路工人满怀热忱的激情和对胜利保有乐观的信心，电影公映后随即引起轰动，联华厂收到全国各地飞来索要主题曲乐谱的信件，聂耳名声大振。

1934年10月13日，在聂耳和任光共同提议下，百代唱片公司还假座博物院路亚洲文会大楼举办了一次"百代新声会"，以现场播放唱片的形式介绍百代新近出品的各类音乐作品，包括京昆名曲、中西歌曲、电影音乐等6个种类29首曲子，聂耳创作的《大路歌》《开路先锋》《毕业歌》等都在这次试听会中得到播放宣传。

这一年，聂耳还创作了艺华影业公司出品电影《飞花村》的主题歌《飞花歌》和插曲《牧羊女》。谁知就是这两首歌曲的创作，给聂耳惹上了大麻烦，最终他不得不离开百代。完成《大路》后，导演蔡楚生拜访聂耳，邀请他为自己编剧的电影《飞花村》写主题歌。作品完成后，不管是蔡楚生，还是导演郑应时、作词者孙师毅，都是赞不绝口。但关于唱片出品方的问题，聂耳得罪了百代高层。拍摄《飞花村》的艺华公司与胜利唱片公司有约，电影插曲要在胜利出版，而聂耳是百代的员工。百代公司高层严厉指责他将自己的作品交由竞争对手出品。聂耳对此不

聂耳在《扬子江暴风雨》中饰演打砖工人老王

以为意，认为自己只是在为有价值的影片创作歌曲而已。因为这次矛盾，加之可能还有其他工作上的不愉快之处，1934 年 11 月聂耳向百代主动提出辞呈，又一次失去了工作。

　　聂耳虽然离开了百代，但他与百代的联系并没有结束。1935 年初，辞职不久的他很快重新被联华二厂聘为音乐股主任，负责电影配乐和插曲创作工作。而聂耳此后创作的多首歌曲也继续由百代公司灌录唱片并发行，包括最为知名、后来被定为国歌的电影《风云儿女》的插曲《义勇军进行曲》。可惜，写完这首歌没多久，聂耳便在避居日本游泳时溺水身亡，年仅23岁。

聂耳逝世前的1934年，无疑是他短暂生命中无比重要的一年，同时在这一年，中国一些新的音乐气象初露端倪，这一点聂耳也深切感受到了。1935年1月6日，聂耳以"王达平"为笔名，在《申报》新年增刊号上发表了一篇综合性的评论文章《一年来之中国音乐》，以简洁的笔调回顾了过去一年的音乐界在电影、广播、出版、演奏以及理论讨论等各方面的情况。关于自己工作的电影音乐领域，聂耳起首充分肯定了电影音乐自《渔光曲》以来的迅速发展和所获成绩，并列举了自己紧

在金城大戏院举办的聂耳追悼会

随其后创作的《毕业歌》《大路歌》《开路先锋》《飞花歌》《牧羊女》等，尤其赞美《大路歌》《开路先锋》的刚健新颖，殊为难得。聂耳认为自己和任光的音乐作品都属于新音乐范畴，并指出："一九三四年的中国音乐界虽不曾有过丰美的收获，但它的光明的前途却已是预示了。新音乐的新芽将不断地生长，而流行俗曲已不可避免地快要走到末路上去了。"聂耳的这些评述虽难免有自夸的成分，但论断无疑是正确的。吸取传统民间音乐精华、契合时代民族精神、表现人民大众心声的中国"新音乐"，经过大批左翼音乐人的共同努力，在 1934 这一年，终于开始绽放璀璨光芒，涌现了一批为后世所铭记的红色歌曲。

冼星海

与《战歌》

　　"风在吼，马在叫，黄河在咆哮，黄河在咆哮……"每当响起这一《黄河大合唱》中的经典唱段，一般人都能跟着哼唱两句，而这段旋律的谱写者正是中国近代著名音乐家冼星海。冼星海，1905 年出生于中国澳门，1945 年因肺病逝世于俄罗斯。在 40 年的生命中，他奉献了多部优秀作品，尤其在 1935 到 1940 年中国抗日救亡运动轰轰烈烈展开时，写了大量战斗歌曲鼓舞士气，代表作品《黄河大合唱》就是在延安鲁迅艺术学院工作时写就的。1935 年，冼星海刚从法国学成归来时，也曾在百代唱片公司短暂供职过。他最早写出的一批救亡歌曲即是由百代唱片出版的。在他波澜壮阔的一生中，这段经历也许只是一段小小的插曲，却是冼星海从一个纯音乐人转向人民音乐家的关键节点，也是他用音乐启迪民智、呼唤拳拳爱国心的起点。

聂耳的接班人

1935 年，冼星海坐在从香港返回上海的轮渡上，归心似箭又踌躇满志。从 1930 年为了实现音乐梦想到法国巴黎求学，他已经远离故土整整五年了。

冼星海自小喜爱音乐，十多岁就显露出了过人的音乐天赋。他在岭南大学附中学习时，积极参加学校社团活动和军乐队演出，因为单簧管吹奏技巧出类拔萃，还赢得了"南国箫手"的美誉。1926 年，想要在音乐上进一步深造的他，选择到北京大学音乐传习所国立艺专音乐系学习。1928 年，冼星海又进入萧友梅创办的上海国立音乐学院学习，主修小提琴，辅修钢琴，后改修作曲。1929 年 6 月，学校要加收暑假留校生活的学生杂费，加之南京政府修正《大学组织法》，规定仅传授一种专门技术的学校都应改为专科学校，引发了学生群体的极大不满，激烈的学潮运动爆发。冼星海是此次运动的主要组织者之一。事件过后，他不得不中断国内音乐学习，转而到巴黎开辟新的天地。

冼星海（左一）在留法时期与友人合影

在巴黎最初的日子里，冼星海主要靠在餐厅打工维持生活。后经同乡马思聪介绍，冼星海才得以跟随巴黎歌剧院乐队首席奥别多菲尔学习小提琴。接着，冼星海又向巴黎音乐学院的著名教授加隆以及俄国著名作曲家普罗科菲耶夫学习作曲理论、技巧和规则。在一边辛勤打工，一边刻苦学习，同时还要忍受异国他乡诸多冷眼的痛苦煎熬中，冼星海坚持创作了室内乐三重奏《风》。这首乐曲得到了老师们的一致称赞，并在巴黎音乐院新作品演奏会上获得成功。由此，他认识了法国印象派作曲大师保罗·杜卡，并在杜卡的推荐和帮助下，考入巴黎音乐学院杜卡的高级作曲班。当时在那里学习音乐的中国留学生，只有他考取了这个高级作曲班，并获得了荣誉奖。

1935年5月，杜卡教授突然病逝，冼星海不得不结束在高级作曲班的学习，加上离开祖国多年，思念许久未见的年迈母亲，便在友人的帮助下搭乘轮船回国。那时，他还想着回国一段时间后再重返巴黎继续学业，没想到就此卷入了国内救亡音乐运动的大潮中。

1935年，正是中华民族面临日军步步紧逼的危险时刻，也是左翼运动风起云涌迅速发展的澎湃时刻。中国左翼作家联盟、左翼戏剧家联盟及电影小组、音乐小组、苏联之友社音乐小组相继成立，积极开展各类左翼文艺活动，田汉、聂耳、任光、张曙、吕骥等都是这些组织中的文艺骨干。

也就是在返沪的轮船上，冥冥之中似有天意，冼星海结识了当时已加入左联、后来《战歌》的作词人俯拾。两个广东人很快就用家乡话亲切地交谈起来。在交谈中，冼星海谈到了对音乐和时局的看法，并认为"聂耳的音乐创作道路是对的"。

回到上海后，两人继续来往，俯拾积极鼓动冼星海参加救亡歌咏活动，并把他介绍给左翼剧联音乐小组组领导吕骥。吕骥为冼安排了教作曲的工作。俯拾强烈地预感到，凭借冼星海深厚的音乐素养、艰

冼星海与田汉合影

辛的留学经历和深厚的爱国情怀，他会成为"聂耳的接班人"、中国音乐界的一名"新的领头人"。

创作《战歌》

鼓励冼星海参与抗日救亡音乐运动的远不止俯拾一人。到上海不久，上海左翼音乐运动负责人张曙便热情地邀请冼星海加入进步的文艺活动和救亡歌咏活动。早在岭南大学求学期间，冼星海就与南国社的田汉、张曙等人熟识，还曾参加南国社组织的进步戏剧活动，负责相关音乐内容。此次回国后，他自然成为左翼运动文艺骨干张曙的争取对象。在张曙的努力下，南国社还专门为冼星海在左翼报刊上开辟了一个专栏，介绍他的求学经历和音乐创作。

1935 年秋，张曙邀请冼星海一起去南京会见田汉，并一同观摩苏联电影《夏伯阳》《四姐妹》。在交流中，冼星海对田汉倡导文艺界"一洗今日的靡靡之音""展开惨烈雄大的民族抗争"的艺术主张深表赞同，并坚定地表示也要让自己的"音乐创作充满着被压迫的同胞的呼声"。不久，冼星海就与田汉开展合作，为左翼电影创作进步歌曲，包括《运动会歌》《救国军歌》等。这是冼星海最早创作的一批救亡歌曲，它们的旋律虽然还带有"或多或少的洋味儿"，但已明确表达了救亡决心。随着这些歌曲在民众歌咏运动中的传播，冼星海也逐渐有了些名气。

在冼星海早期创作的救亡歌曲中，《战歌》无疑是最成功、最脍炙人口，也是引起最大风波的一首。1935 年底，"一二·九"学生运动在北平爆发，席卷全国，当时参加上海学生示威游行的俯拾，有感而发，写下《战歌》歌词，并把它交给冼星海谱曲。据俯拾回忆，冼星海写这首歌非常迅速，将歌词反复审读几遍后，就拿起笔，"在五线谱纸上窸窣作响地写了起来，只几分钟，基本旋律就出来了，紧接着这首二部合唱的第二部也出来了，而且他很快又为这首歌谱上了乐队伴奏"。

歌曲创作完成后，很快便进入了录制阶段。而这要归功于冼星海在上海结交的另一位朋友，同样曾留学法国，时任百代唱片公司音乐部主任，同时也是左翼音乐活动家的任光。在任光的帮助下，百代公司组织上海新华艺术专科学校的学生合唱这首歌，由冼星海亲自指挥，进行配器录制，同时录制的还有冼星海之前创作的《救国军歌》和《运动会歌》等，并将其灌制成一张唱片。"唱片出版后，再听，不仅旋律激昂雄壮，而且和声交融，浑厚、感情更加丰富。"

唱片发售后，立时风靡全国，不到两个月就打破了百代公司的销售纪录。《战歌》成为冼星海早期流传最广的歌曲之一。这首歌的曲谱还在《前奏》诗刊上首发，又被全国各地众多音乐刊物和歌曲集转载，传播影响日益扩大。在举行群众游行示威活动时，队伍里经常会唱响这首激昂的《战歌》。它是最受民众歌咏团体欢迎的歌曲之一。

《战歌》的风靡给予冼星海极大的信心。冼星海继续从事救亡歌咏活动。此后，他亲自到许多歌咏团体去教唱、指挥这首歌曲，比如位于上海大场的山海工学团。这是著名教育家陶行知 1932 年在上海郊区大场镇开办的一个穷苦儿童学校，也是冼星海较早接触的一个社会团体。聂耳去世后，陶行知便约请冼星海每周定期去那里主持音乐讲座，讲授音乐知识，教唱歌曲。从这所学校开始，冼星海积极参与和推动救亡歌咏活动。

因为《战歌》破了百代唱片公司的销售纪录，任光也得以抓住时机，举荐冼星海。百代公司以每月 100 元的高薪聘请冼星海进入音乐部，担任作曲、配音和伴奏工作。冼星海成为一名职业作曲家。

《战歌》遭禁

进入百代公司后，冼星海的生活得到极大改善，日子安稳了许多。

冼星海（左一）与演剧二队从徐家汇乘木船出发

他搬到上海法租界福履理路（今建国西路）居住，并购置了一架钢琴帮助创作。此前他创作音乐作品时，只能借助小提琴练习和试音，现在有了钢琴，就更加便捷有效了。这段时期，冼星海已加入歌曲作者协会。此协会广召上海各界爱国诗人、作家、音乐家加入，目的在于促进群众歌曲的创作，为群众演唱提供材料。协会定期开展创作讨论会，冼星海常"带头拿出自己的新作品与大家切磋"，他在法租界的房子也成为歌曲作者协会定期聚会讨论创作的场所。此外，由于在百代供职，他还可以利用公司优越的录音条件，将自己创作的一些左翼歌曲进行录制和灌音。

然而，好景不长，这样安稳的日子只维持了八个月，便被当局的一纸禁令打破了，而祸端就始于此前发售的唱片《战歌》。《战歌》投入市场后，反响奇佳，复灌后依然很受欢迎。更重要的是，它成为群众示威游行时经常演唱的曲目，而这引起了当局的注意。

早在 1931 年，上海特别市政府教育局就制定了《上海市教育局审查戏曲·唱片规则》，明确唱片内容不能逾越当局的政治底线，杜绝利用唱片批评、反对国民党统治的可能性。日本发动"一·二八"事变后，随着中华民族危机日益深重，抗日救亡的呼声一浪高过一浪，民众歌咏运动如火如荼，许多救亡歌曲一经问世就被广为传唱。面对这一局面，国民党当局心情复杂，一方面不得不正视全社会广大人民的爱国情绪，但另一方面又担心这些歌曲的流行会激怒日本政府，同时也对这些歌曲是否影射自身十分敏感。因此，在日方出面干涉下，最终国民党当局对戏曲唱片采取了总体打压的措施，而《战歌》就是这些措施下的一个牺牲品。

1936 年 7 月，上海审查戏曲委员会对《战歌》下达封杀令，全面禁止销售，禁止在电台播出，所有库存唱片一律没收，母版销毁。发行此唱片的百代公司也受到部分牵连，百代责令音乐部主任任光停职两个月，此后迫于压力，也不敢再出版救亡歌曲。《战歌》遭禁是当时百代公司，乃至上海唱片界的一个大事件，对正蓬勃发展的左翼音乐运动无疑是一次沉重打击。此后，冼星海在百代只能做一些配音和"生意眼"的工作，待遇也比不上做同样工作的其他人。当时，冼星海已开始着手进行大型交响音乐《民族解放》的创作，这些"生意眼"工作不仅耗时，也与他的音乐理念相违背。取舍之后，他决定向公司提出辞职。

离开百代后，虽然失去了稳定的工作和收入，冼星海却更为忙碌和充实了。他继续积极参加救亡歌咏运动，奔赴各个歌咏队教唱，为歌曲研究会、业余合唱团培养音乐干部，义务教授作曲、指挥。不久，新华影业公司聘请他去担任音乐部门的负责人。该公司由张善琨创办于 1934 年，因为投资拍摄《红羊豪侠传》《新桃花扇》等几部影片获得了可观的效益，开始扩大规模和发展，正式与编导、演剧人员签订合同，增加影片生产数量。而此时恰逢电通影片公司由于当局的高压政策和本身的经济困难而宣告解散。1936 年初，新华聘请了从电通转来的部分左翼电影工作者，成为当时摄制国防题材电影的一个基地。左翼电影小组也希望冼星海能够转入电影界，通过电影音乐进一步传播进步思想。冼星海进入新华后，利用有利条件，为左翼电影创作音乐，如《拉犁歌》《青年进行曲》等。其中知名度最高的便是为当时创下票房纪录的影片《夜半歌声》创作的歌曲《夜半歌声》《热血》《黄河之恋》。冼星海这一时期创作的歌曲，其唱片大多仍由百代公司灌制发行。百代虽然销毁了《战歌》母版，但没有将冼星海列入黑名单，

冼星海作曲、百代灌录的《黄河之恋》唱片

依然出版他创作的歌曲，尤其非常好销的电影插曲。随着影片热映，冼星海也成为当时知名的作曲家，并得到进步文化界的热烈赞誉。

1937 年 6 月，因与新华影业公司转拍古装片理念不合，冼星海愤而辞职。1937 年 8 月，上海文化界发起救亡演剧队动员大会，冼星海加入了救亡演剧二队，奔赴武汉，从此结束了在上海的日子。

冼星海在武汉生活了一年。1938 年 11 月，收到延安鲁迅艺术学院音乐系师生集体签名发出的邀请后，他考虑再三，决定和妻子钱韵玲一起，奔赴延安。1939 年 3 — 9 月，冼星海在延安接连创作了四部大合唱：《生产大合唱》《九一八大合唱》《牺盟大合唱》《黄河大合唱》，进入了高产的全盛时期，成为近代中国最具创造性的作曲家之一。1940 年，他受中央指派去苏联为大型纪录片《延安与八路军》进行后期制作与配乐，不想次年因战乱中苏交通被阻断无法回国。1945 年冼星海病逝于莫斯科。

冼星海整个的音乐生涯中，在上海的时间其实只有 1935 年到 1937 年短短三年不到，但依然有其重要意义。就是在上海，冼星海在诸多左翼文化界人士的鼓励和影响下，开始参与民众歌咏运动，创作一系列救亡歌曲，为左翼电影谱写插曲，成长为一位人民音乐家。冼星海评价自己在上海这段音乐创作活动时也曾说过："我的作品那时已经找到一条路，吸收被压迫人们的感情。"

第一首成功的

左翼电影插曲

《渔光曲》

1934 年的上海盛夏来得格外迅猛，不仅炎热时期较往岁提早，热度之增高更为数十年来所未有，久旱不雨，气温超 40℃，所有的柏油马路几乎被骄阳所熔化。然而比节节攀升的气温更牵动市民兴味并引发全城风暴级"热度"的事件，则是联华二厂出品的国产巨制《渔光曲》的热映。自 6 月 14 日影片在金城大戏院上映后，广受好评，场场爆满，60 年难遇之酷暑也抵挡不住观众涌入影院的热情，下档时间一再延宕，最后打破了此前明星公司出品影片《姊妹花》连映 60 天的纪录，创造了连映 84 天之久的奇迹！据说有位家境富裕的青年观众看过此片后，说服父亲自费在《新闻报》上为《渔光曲》刊登了一则特大广告，"渔光曲"三个字占据了两个版面，每个字尺寸足有一部电话机那般大，就是为了要让《渔光曲》家喻户晓。

随着影片热映，由主演王人美演唱的主题曲《渔光曲》也不胫而走，

1934 年百代灌制的《渔光曲》唱片

一时间街头巷尾歌声缭绕，"云儿飘在海空，鱼儿藏在水中。早晨太阳里晒渔网，迎面吹过来大海风……"。因其曲调婉转优美，歌词真切悲戚，男女老幼交口传唱，"虽三尺童子，亦能朗朗然歌《渔光曲》"。《渔光曲》成为第一首在商业上取得巨大成功的左翼电影插曲。

1930 年代初电影界的两股潮流

这一成功绝非偶然，而是天时、地利、人和，共同作用的结果。1930 年代初的中国电影界有两股风潮：一是左翼电影全面兴起，二是电影插曲蓬勃发展。《渔光曲》恰好踩在两股潮头之上，顺势而起，成了一个新标杆。

左翼电影兴起的转折点是 1932 年"一·二八"淞沪抗战的爆发。在这场为时一个多月的战争中，闸北、虹口、江湾一带的电影公司和电影院皆毁于日军炮火，其他地区的中小电影公司也被迫停业。于是，在淞沪停战协定签订之后，电影制片公司仅存明星、联华、天一三大公司和几家小公司，且都面临难以维系的危机。如此内忧外患的形势之下，制片公司开始意识到电影所负的时代使命。为了适应"一·二八"淞沪抗战的大环境,顺应广大民众高昂的抗日情绪,制片公司纷纷改弦易辙,转变制片方针,将镜头对准现实,于是表现抗日斗争和国内社会矛盾的影片开始大量出现。1932年6月,明星影片公司邀请夏衍、钱杏邨、郑伯奇三人化名黄子布、钱谦吾、郑君平担任公司编剧顾问,参与剧本编写,并推出了第一部左翼影片、"明星公司划时代转变的力作"《狂流》。联华公司则找到田汉,编写剧本《三个摩登女性》《母性之光》等。田汉后来又与阳翰笙一同加入艺华公司,加上之前已进入天一影片公司的司徒慧敏和沈西苓,左翼艺术家同盟成员陆续进入各大制片公司担任骨干,左翼电影创作核心队伍基本成型。

而电影插曲的蓬勃发展则得益于电影制作技术的革命性突破,电影这个"伟大的哑巴"开口说话了。1930年,随着美国有声片陆续传入上海埠内放映,国人关于是否应该开拍有声片、默片到底还有无前途的争论甚嚣尘上,不少电影刊物相继出版"有声电影专号"对此进行讨论。1931年3月15日,中国第一部蜡盘配音有声片《歌女红牡丹》在上海新光大戏院公映,不仅吸引了全国各大城市的观众,还吸引了南洋侨胞。紧接着,技术更为成熟的片上发声有声片《雨过天青》《歌场春色》也陆续在新光大戏院上映,电影业全面进入无声电影转向有声电影的过渡阶段。不过这一过渡并非一蹴而就,在明星、天一纷纷转入有声片拍摄轨道时,联华依然坚守无声片拍摄阵地。不过联华开始注意到音乐对影片的增色作用,同时开创了一种过渡时期的新形式影片——"配音有声片",即虽然拍摄时没有同步收声,但放映时配上了事先录好的音乐和歌曲,这一举措使电影插曲开始大放异彩。其实,早在默片时代已经产生电影插曲,比如影片《良心复活》上映时就曾让主演杨耐梅在影片播放至高潮时亲自登台演唱插曲《乳娘曲》,效果极佳,后来该曲还曾灌录成唱片。技术进步后,歌唱者无须亲自上阵,只要事先把曲目都录好,随片播放即可。这些插曲多为时代曲，曲调优美、歌词通俗、贴近情节，放映时颇能烘托影片气氛、带动观众情绪，同时还能单独灌录成唱片出售，既扩大影片知名度，又能另外赚一笔收入，因此影片公司和唱片公司都很乐意制作，市民也乐意购买。

《渔光曲》的创作和录制

《渔光曲》就是一首专为左翼影片《渔光曲》量身打造的主题曲。影片出品方为 1930 年 8 月在沪成立的联华影业公司。该公司是以民新和华北两公司为基础，合并大中华百合、上海影戏公司和粤人黄漪磋在沪经营的印刷业而组成的。罗明佑任联华影业总经理。因为是由多个公司合并而来，联华采用了松散的组织结构，在上海、香港、北平各地皆有分厂，各厂拥有自己的制作班底，创作相对自由，互不干涉。联华一厂由原民新公司转变而来，由罗明佑主持，黎民伟出任厂长，有孙瑜（后转调一厂）、费穆、吴永刚等知名导演，风格相对保守，维护传统价值观念。相对而言，由大中华百合影片公司转变而来的联华二厂则要"进步"得多，也是党的电影小组极力争取的电影阵线。该厂由陆洁任厂长，拥有蔡楚生、史东山等导演，出品影片左翼气息浓郁。

影片《渔光曲》由著名导演蔡楚生编导创作。他自 1933 年思想发生重大转变，并自述"时代的严重性使我感到极度的恐慌，甚至于窒息！我不能再在象牙的宫殿外面彷徨；我不能再在诗一般的境界里追寻着美妙的幻梦"。其后，蔡楚生推出的作品《都会的早晨》即借遗产风波表现了当时中国都市生活尖锐的阶级对立，被认为是"目前联华的锐利优秀作品"。《都会的早晨》拍摄结束后，蔡楚生就开始构思《渔光曲》剧本，1933 年 6 月确定大纲，8 月底开始拍摄。除在市内摄影场拍摄内景外，联华二厂还携剧组遍历舟山、宁波等地拍摄外景。

为了给影片增添"声色"，创作主题曲的任务也提上日程。为此，

《渔光曲》广告

联华二厂特邀此时已加入左翼音乐小组的任光和安娥来谱写。

《渔光曲》是任光与安娥合作的第一首歌曲。安娥原本就对渔民的生活有所了解，1926年她在大连开展女工工作时，就经常与渔民接触，十分理解渔民生活的艰辛。为了写好这首曲子，任、安两人还应蔡楚生之约，同乘一条小舢板，专程去上海吴淞口渔民区采风。他们目睹了渔民的生活，倾听渔民的呼声，亲身体察了贫苦渔民的真实心声。就在返回上海的当晚，任光和安娥思如泉涌，一起写下了这首《渔光曲》，并连夜为蔡楚生弹琴试唱。全曲委婉抒情、抑郁深沉，据说蔡楚生听后，连连点头称好。主题曲谱写完成后，交由影片主演王人美演唱，并由上海百代唱片公司灌制成唱片。

据说，将此歌曲收录到影片中，也费了一番波折。以前的电影插曲大多是后期配唱，而《渔光曲》却是采用同期录音的方法，用的录音机则是电通电影器材制造公司自产的"三友式"录音机。当时的录音机都由国外生产，价格极其昂贵，连一些大制片公司想购买都心有余而力不足，因此严重阻碍了国产有声影片的发展。电通创始人之一的司徒逸民的堂弟司徒慧敏当时在影片公司负责置景工作，他一方面帮助堂兄和友人进行录音试验，一方面则向影界同仁极力推荐同期录音的新技术。蔡楚生对此很感兴趣，他一开始就和司徒慧敏商量，能不能把《渔光曲》改成有声片。司徒告诉他，对白录音怕来不及，但是唱歌部分可以配音。1933年9月，"三友式"录音机正式试验成功，蔡楚生向联华负责人提出，用"三友式"录音机录影片主题歌。不料这一提议遭到了公司高层的强烈反对，他们不相信国产录音机的性能，认为不会有好的效果。然而，蔡楚生不甘心就此罢休，他把大部分内景拍完后，留下"小猫为垂死的小猴唱《渔光曲》"结尾不拍，再三要求用"三友式"录音机来同期录音。双方僵持了几个月，最终公司老板勉强同意了。1934年4月的一天，剧组在摄影棚里搭起渔轮一角，请司徒慧敏带来"三友式"录音机，录下了王人美演唱的《渔光曲》，影片圆满收尾。

1934年6月，《渔光曲》公映，这首主题曲也受到万千观众的喜爱，发行的唱片也热销一时，在全国广为传唱，上海几乎人人都能唱《渔光曲》。主题曲紧扣影片内容，旋律哀怨惆怅，任光以民间歌曲《孟姜女》为基本素材，运用五声音阶G宫调式，保留了《孟姜女》起承转合四句体的结构特点和一些旋律特色，使其具有浓郁的江南风格。全曲速度舒缓，节奏为4/4拍，且歌曲的每一小节都是从强拍到次强拍，再落到第4拍的弱拍，这样便能唱出4/3拍的荡漾效果，听众仿佛坐在船头，感受到大海的波涛起伏，展现了人物内心情感的波动和纠结。歌词典雅隽永、清新真挚，描绘了广大渔民极为穷困又悲惨的生活，冒着风险出海捕鱼、辛勤劳动，却是"鱼儿难捕租税重""捕得了鱼儿腹内空"，稍有不慎还会丢了性命，并且"捕鱼人儿世世穷"，摆脱困境何其之难。但即使如此，主人公们也不绝望、不放弃，坚定地与命运抗争，期待着"又是东方太阳红"的到来。在1930年代民族危亡关头，那些还处于彷徨和苦闷中的人们，既为主人公的命运感到怜悯、同情，又对社会的黑暗产生愤懑，从而获得思想觉悟。

《渔光曲》的深远影响

　　《渔光曲》的成功也给当时的中国流行乐坛带来了不少冲击和变化。首先，这是任光和安娥合作的第一首曲子，从此任光曲、安娥词便成为畅销歌曲的标志。

　　其次，歌曲在电影中的地位骤然提高。此前电影插曲已在蓬勃发展中，而《渔光曲》的横空出世则将这一势头推至高峰。聂耳曾撰文说，"这首歌（《渔光曲》）形成了后来的电影一定要配上音乐才能卖座的一个潮流"。安娥1935年在《中国电影音乐谈》一文中也提到了这一新现象，

电影《渔光曲》1935年在莫斯科获国际荣誉奖颁奖之景

"一年来，中国电影对于音乐，特别是歌曲，感到非常的兴趣。于是每部影片，每个演员，只要可能的话，都要加上一两支歌曲，或是配上点音乐，才觉得是'完全'了。同时在观众的眼光里，无论一部任何的影片，任何的演员，如果不唱一支歌曲，也好像缺少点什么似的。在这样双方的供求之下，一时电影形成'歌曲狂'的现象了……"。

而最重要的一点是，《渔光曲》的走红证明了即使是主题凝重的进步歌曲，只要配上恰当的旋律和歌词，同样可以流行。此前中国流行乐坛最火的词曲作者是凭借情歌小调《毛毛雨》一炮而红的黎锦晖，听众乃至唱片公司也都认为只有类似《毛毛雨》《妹妹我爱你》这样曲调简单、歌词通俗的靡靡之音才能大卖。《渔光曲》的流行则完全打破了这一固有印象，从而为以后左翼歌曲的高歌猛进拉开序幕。

《渔光曲》可以说是救亡歌曲的先声，它"哀而不伤""怒而不发"的基调无声控诉了当时中国社会贫富分化严重的悲惨局面，对人们的革命意识觉醒起了鼓舞和催化的作用，也为以后《义勇军进行曲》《救国军歌》等战斗歌曲的陆续登场吹响了号角，在左翼音乐发展过程中做出了不可替代的贡献，影响深远。

同时它也是大众歌曲的优秀代表，是"完善的大众音乐，加以完善的大众文学"，即使剥离时代背景和意识形态解读，《渔光曲》也是一首旋律优美、辞藻凝练的歌曲，在任何时候唱响都能引起人们极大共鸣，焕发出新的生命力。

国歌《义勇军进行曲》
的诞生

　　1949 年 9 月，毛泽东、周恩来召集新政治协商会议筹备会（以下简称新政协筹备会）第六小组成员、相关专家顾问、各界著名人士齐聚一堂，商议选定国歌之事。此前，新政协筹备会已向全国人民发出了征集国歌的启事，并在神州大地引起巨大反响。评选委员会共收到国歌稿件 32 件，歌词 694 首。民众参与热情固然高涨，然而绝大多数作品质量不高，无法打动各位代表，开国大典又举行在即，没有国歌显然不符合惯例，于是尽快选定国歌成为当务之急。会上，各位代表低首沉思、默不作声，不敢贸然举荐。这时，著名爱国人士、享誉海内外的画家徐悲鸿站了起来，提议将一首当时已广为流行、脍炙人口的歌曲作为新中国国歌，那就是《义勇军进行曲》。这一提议立即得到大部分与会代表的一致支持，认为这首歌雄壮豪迈、节奏鲜明，有革命气概。因此，在国歌没有正式选定前，《义勇军进行曲》被选为代国歌。

然而，对于《义勇军进行曲》的歌词是否符合新中国现状，一些代表是持有异议的，特别是其中一句"中华民族到了最危险的时候"，有人建议修改。毕竟，这是一首诞生于 1935 年的歌曲，而那时才是中华民族最危险的时候。

在危难中创作

　　1935 年初，日军蚕食我国东北并对华北地区步步紧逼，全国各地反日情绪高涨，而国民政府却依旧在"不抵抗主义""攘外必先安内"的政策立场下对国统区宣传抗日的左翼人士实行白色恐怖。2 月 19 日，由于中共上海中央局书记李竹声、盛忠亮被捕后叛变告密，一场针对中共上海中央局成员的抓捕行动大肆展开，30 多人当夜被捕，其中就包括文委成员、著名剧作家田汉。

　　被捕前，田汉正在为电通影片公司撰写剧本《凤凰涅槃图》，此剧主要讲述了诗人辛白华和农村少女阿凤战乱中的离合悲欢。剧中有两条最重要的线索：一是诗人有一幅名为《凤凰涅槃图》的画，象征着他们在"烈火中获得新生"的命运；二是诗人正在创作的一首长诗《万里长

1935 年，百代灌制的《义勇军进行曲》初版唱片

《义勇军进行曲》唱片的金属母版（第二版，版号 A2395，出版日期 1935 年 10 月 4 日）　　百代唱片档案上《义勇军进行曲》的灌制记录

城》，表达不屈不挠的抗争精神。而影片主题歌《义勇军进行曲》就是长诗的最后一节。田汉被捕时，剧本才写了梗概，长诗也没有写完整，据其自述，"记得原是要把这主题歌写得很长的，却因为没有时间，写完这两节就丢下了，我也随即被捕了"。

不得已，在抓捕行动中幸免于难的夏衍接过田汉写在旧式十行红格纸上的十多页剧本梗概，将其改编成电影台本，投拍时取名《风云儿女》。"《义勇军进行曲》这首主题歌，写在原稿的最后一页，因在孙师毅同志书桌上搁置了一个时期，所以最后一页被茶水濡湿，有几个字看不清楚"，但这并不妨碍年轻的作曲家聂耳看完初稿后就被其强烈的爱国热忱深深震撼，主动请缨为主题歌作曲。

聂耳在创作这首歌曲时，"完全被义勇军救亡感情激励着，创作的冲动就像潮水一样从思想里涌出来，简直来不及写"。他还对影片导演许幸之说："为创作《义勇军进行曲》，我几乎废寝忘食、夜以继日，一会儿在桌子上打拍子，一会儿坐在钢琴面前弹琴，一会儿在楼板上不停走动，一会儿又高声地唱起来。房东老太太可不答应了，以为我发了疯，并向我下逐客令，我只好再三向她表示对不起，最后她才息了怒。"经过近两个月的酝酿构思，聂耳完成了《义勇军进行曲》的初稿，以及该片的另一首插曲《铁蹄下的歌女》。

然而，1935 年 4 月 1 日，消息传来，聂耳也有被捕的危险，最好的办法是及早逃离上海。于是，党组织为了保护他，让他先去日本考察，然后再转赴欧洲或苏联学习。为了避难，同时也趁此机会出国深造，聂耳借口到日本与三哥一起做生意，于 4 月 15 日，登上了日轮"长崎丸"，离沪赴日，随身还携带了《义勇军进行曲》的乐谱初稿。

定稿最后由聂耳在日本修改完毕。日本的一帮朋友们先听为快，聂耳自己也比较满意。歌曲采用明亮稳定的 G 大调，旋律以向上行走为主，起于弱拍并不断加强，连续重复三次，音域一个比一个高，情绪一次比一次饱满，最后推向高潮。这样的旋律音程昂扬向上，具有不断积聚、推动向前的力量，并富有鲜明的紧迫感和战斗性。歌曲节奏采用进行曲风格的 2/4 拍，而三连音和休止符的使用更是画龙点睛。三连音在全曲中出现了五次之多，尤其最后结束句中同音反复的连续两次三连音，表现了坚定的决心。休止符的使用则增加了歌曲中的战斗情绪，比如"中华民族到了最危险的时候"，在"到了"之后一个八分休止符的恰当运用，如当头棒喝，警醒中华民族已经到了危急存亡的关头。

为了使词曲配合得更加顺畅有力，聂耳还根据许幸之的意见修改了三处歌词：把第一句"起来"与后面的句子断开；把"我们万众一心，冒着敌人的大炮飞机"改为"冒着敌人的炮火"；并把最后的"前进！前进！前进！前进"改为"前进！前进！前进！进"。修改后，全曲显得更加铿锵有力，把义勇军坚毅果敢的奋进精神表现得淋漓尽致。可惜的是，这首曲子写完后不久，1935 年 7 月 17 日，聂耳在日本藤泽市鹄沼海滨游泳时不幸溺水身亡，《义勇军进行曲》也就此成了他的绝响。

《义勇军进行曲》在百代唱响

1935 年 4 月底，聂耳将《义勇军进行曲》词曲定稿寄回上海后，录制歌曲就提上了议程。这其中，有两个人发挥了巨大作用。一个是百代的乐队指挥、俄籍犹太人阿甫夏洛穆夫，《义勇军进行曲》最早版本的配器就是由他完成的。阿甫夏洛穆夫1894年11月11日出生在中俄边境的尼克拉耶夫斯克（庙街），从小就非常喜欢中国民间音乐和京剧，对京剧中的武打场面及舞蹈身段十分着迷。阿氏于1930年代初定居上海，进入百代唱片公司担任乐队指挥一职，当时任公司音乐部正、副主任的分别是任光和聂耳。他们三人配合默契，利用外商以赚钱为主、不问政治背景的特点，录制了大量自己喜欢的音乐，其中有不少是左翼歌曲，如《大路歌》《开路先锋》《渔光曲》等。阿氏来华期间积极学习并研究中国民间音乐，作品多取材于中国民间传说，以西洋歌舞剧为表现形式，加入传统戏剧元素，形成独树一帜的风格。聂耳在离开上海之前，即1935年3月中旬，曾和当时左翼文艺界的同志一起去观看了阿甫夏洛穆夫创作的中国乐剧《香篆幻境》，并写了一篇小文《观中国哑剧〈香篆幻境〉后》，肯定了阿氏对中国音乐的贡献。而在1935年4月，聂耳寄回上海的曲谱定稿由孙师毅和司徒慧敏交给《风云儿女》摄制组时，阿甫夏洛穆夫也拿到了曲谱，他决定亲自为这首战歌配器。为了烘托《义勇军进行曲》激烈雄壮的情绪，阿氏采用了小号、军鼓等节奏感强、音色嘹亮的乐器，不仅使歌曲更为激荡人心，也为以后的各个版本定了基调。

另一个就是《义勇军进行曲》的唱片灌制人、百代公司音乐部主任任光。当时百代唱片公司的法方经理对出版这首歌曲的唱片颇为犹豫，因为国民党政府和租界当局明令禁止宣传抗日，在一切出版物上，抗日都被视为违禁词，这首歌曲又极具号召力，出版后也可能会引来日方的"麻烦"和"抗议"。此时，作为音乐部主任的任光据理力争、一再坚持说："我们歌词中没有提到日本帝国主义。哪个也没提，一般地讲，抗战！应该可以发。"在他的坚决支持下，法方经理考虑到广阔的市场前景，从经济效益的角度出发，最终同意制作发行。

《风云儿女》拍摄之景

　　1935 年 5 月 3 日，任光组织了电通影片公司唱歌较好的七位演员——盛家伦、司徒慧敏、郑君里、金山、袁牧之、顾梦鹤、施超，齐聚百代公司录音棚，录制首版《义勇军进行曲》。5 月 9 日，唱片制作完成，这就是全球第一张《义勇军进行曲》的唱片，编号为 34848b，现保存在上海的国歌纪念馆中。

　　随后，摄制组又将录音通过现场拍摄收声的方式转录到电影《风云儿女》的胶片中去。据演员王人美回忆，拍摄合唱《义勇军进行曲》这一场面很费事，"大概考虑到这首歌的歌词鲜明强烈、曲调慷慨激昂，若是过早流传出去会招致不必要的麻烦，同时也考虑到场面大，演出人员多，不容易把歌唱好，唱整齐。事先没有集合全体演员练歌，只给每人发了张歌谱，让各人自己练习，并再三叮嘱妥善收藏，不得外传和遗失"，"实拍那天晚上，气氛也很紧张……一直等到更深夜静，肯定摄影棚外没有异常情况，许幸之才下令开拍最后的镜头。唱片里播放着《义勇军进行曲》，大家边做着动作，边随着唱机里的歌声唱着。尽管声音很小，许幸之还一再让大家压低声音。等到镜头平安拍完，大家悬空的心才落了地"。

1935年5月24日，《风云儿女》在金城大戏院隆重首映。影片广告上有一行字格外醒目："片中王人美唱《铁蹄下的歌女》暨电通歌唱队合唱之《义勇军进行曲》，已由百代公司灌成唱片出售。"现在还能看到的编号为34848b的唱片上赫然写着："《义勇军进行曲》，袁牧之、顾梦鹤演唱，聂耳作曲，夏亚夫（即阿甫夏洛穆夫）和声配器。"我们将34848b唱片再次放上唱盘，随着一阵老唱机特有的"沙沙"声，首先传出的是袁牧之的开场白："百代公司特请电通公司歌唱队唱《风云儿女》《义勇军进行曲》。"然后就是小号奏出的高亢的前奏曲和袁牧之等人雄壮激昂的歌声，无论是和声还是节奏，一切都是那样熟悉。唱片转完最后一圈，唱针微微一颤，雄壮的歌声随之消融在空气中。这就是中华人民共和国国歌的最早版本。

歌声飘荡全世界

随着电影上映和唱片发行，《义勇军进行曲》迅速在长城内外、大江南北广为传播，成为影响最广的抗日名曲。第一次灌制的唱片很快销售一空，后来任光又连续灌制了两次，同样销路紧俏。尤其是"一二·九"运动以后，出现了全国性的群众歌咏运动，"由北京南下做救亡宣传的学生们，各地鼓吹抗日救国的青年男女们，甚至像沈衡老（即沈钧儒）那样的爱国老人们，同情中国革命的国际朋友们都在唱这支歌。可以说，《风云儿女》这个电影作品被《义勇军进行曲》这支主题歌给掩盖了"。当时，在上海积极开展民众歌咏运动的刘良模多次组织合唱《义勇军进行曲》。1936年1月28日，淞沪抗战四周年纪念日当天，上海各界救国联合会正式成立，刘良模和歌咏会成员在成立大会上领唱了《义勇军进行曲》。在后来救国会组织的各种活动中，刘良模都带头唱《义勇军进行曲》，还被称为"救国会的啦啦队长"。那时，《义勇军进行曲》是游行集会必唱的战斗进行曲，是唤起民众奋起意识的动员令，有力地推动了中华民族抗日救亡运动。并且，由于歌曲强烈表现了民族情感以及团结战斗的意志，不仅在民族危机日益深重的当时，在以后的抗日战争和人民解放战争时期，《义勇军进行曲》也犹如进军的号角，持续激励着人民的革命热情和战斗意志。

《义勇军进行曲》在国际上也产生了广泛而深刻的影响。任光是把《义勇军进行曲》介绍到国外的第一人。1937年，任光在法国进修期间，担任法国左翼文化组织民众文化协会委员，他组织巴黎华侨合唱团，首次海外教唱《义勇军进行曲》。1938年春季，在由42个国家代表参加的反法西斯侵略大会上，他指挥华侨合唱《义勇军进行曲》等抗日歌曲，在场国际友人无不为之感动。1940年，民众歌咏运动领袖刘良模赴美求学，也把这首歌带到了美国。1941年，刘良模结识了美国著名黑人歌唱家保罗·罗伯逊，罗伯逊同情和支持中国抗日救亡运动，并学唱了中文版《义勇军进行曲》。1942年，两人继续合作，灌制了一套中国革命歌曲的唱片《起来：新中国之歌》（*Chee Lai：Songs of New China*），收入了包括《义勇军进行曲》在内的一组中国进步歌曲。罗伯逊曾深情地对刘良模说："这首歌不仅唱出了中国人民争取自由解放的决心，也唱出了全世界被压迫人民，包括美国黑人在内的争取解放的决心。"

可以说，这首歌在诞生之初，便如燎原之火一般势不可挡，点燃了民众心中积蓄已久的抗争精神。而且正因为没有明确提到"抗日"，这首歌反而得到了抽象和升华，避开了一时一地的具体事物，获得了超时空的更大的概括性。当时不仅中国的万千群众在演唱它，甚至朝鲜、日本、美国、苏联等国家都在流行这首战歌。

《起来》唱片封套

　　正是鉴于这首歌曲在国内、国际上的影响，新中国成立前夕，在没有征集到适合的国歌候选时，各位代表就把《义勇军进行曲》选为代国歌。虽然一部分人对歌词持有异议，但最后在毛泽东的首肯下，歌词也没有被修改，原封保留。"文化大革命"期间，由于田汉被迫害，这首歌也受到牵连，正式场合只能演奏曲谱，不能演唱歌词。十年动乱结束后，1978年，第五届全国人民代表大会第一次会议决定国歌仍然采用聂耳谱写的原曲，歌词则由集体重新填写。但因为新改之词没有生命力和感召力，难以被国人认同，1982年，田汉作词的《义勇军进行曲》又被恢复，并抹掉了"代"字，被正式定为国歌。虽然这是一首在民族危机日益深重的年代写出的救亡歌曲，却早已超出了抗日的范畴，适用于更广阔的时代。它唱出的民族危机感，那种自卫、自救意识，在中国直到现在都具有现实意义。

《打回老家去》
唱响民众歌咏大会

　　1936年6月7日上午10时，民众歌咏会在上海西门公共体育场举行第三届大会唱。民众歌咏会发起者、"救国会的啦啦队长"刘良模站在高凳上，指挥700余名会员为3000余名静坐群众演唱救亡歌曲。不料曲目未完，国民党政府派来大队武装警察，包围会场，下令停止演唱，幸被愤怒的群众厉声斥止，大会唱才得以继续进行。《和平歌》《大地行军曲》《义勇军进行曲》《开路先锋》……一首首震撼人心的歌曲被接连唱响。最后，歌咏会还应观众要求，演唱了临时加唱曲目《打回老家去》。"打走日本帝国主义，东北地方是我们的。他杀死我们同胞，他强占我们土地。东北同胞快起来，我们不做亡国奴隶……"歌词简单直白，歌声悲愤交加，撼动了全场听众的心弦，以致几名到场的东北籍警察也被歌声感动，止不住流下眼泪。

　　这首歌的作曲者正是当时任百代公司音乐部主任的任光。为了不暴露身份，他化名"前发"发表了这首《打回老家去》。这首歌在民众歌咏会第三届大会唱中一炮唱响后，很快就流传开来，与聂耳的《义勇军进行曲》、冼星海的《救国军歌》、吕骥的《中华民族不会亡》、孙慎的《救亡进行曲》一起，成为当时最受群众欢迎的抗战救亡歌曲。

刘良模在歌咏大会场指挥会员齐声高唱

民众歌咏运动兴起

1930年代，能够传唱大江南北的歌曲，主要通过两种途径传播：一种是作为热映电影的插曲传播，如《渔光曲》《义勇军进行曲》等；还有一种则是通过歌咏运动反复歌唱，如《救国军歌》《抗敌歌》等，当然也包括《打回老家去》。

抗日救亡歌咏运动是中国抗日战争爆发前后遍及全国的群众性爱国歌唱活动。这一运动酝酿于1931年九一八事变后，日本侵略者的炮火激起了全国人民同仇敌忾之心。与此同时，中国共产党领导的左翼音乐组织积极开展以抗日救亡为中心的音乐工作，成立各类左翼音乐小组，创作战斗性的爱国歌曲，比如《义勇军进行曲》《毕业歌》等，起到了良好的宣传作用。

在上海的歌咏运动推进过程中，有两个团体起到了至关重要的作用，即民众歌咏会和业余合唱团。民众歌咏会由上海基督教青年会的刘良模于1935年初发起并组织，同时也得到了中共左翼人士的大力支持，参加者以上海的爱国青年（店员、职员、教师以及大、中学校学生）为主，初有90余人，后增至300多人；以集体歌唱、歌咏大会、歌咏比赛、广播演唱等多种方式开展活动，影响日益扩大，至1936年，会员已有1000多人。业余合唱团又称业余歌咏团，最初由聂耳提出倡议，后来由吕骥、沙梅具体领导，参加者均为上海左翼影剧、音乐界人士，不久还吸收了许多中、小学校进步教师和学生以及进步职业青年，虽然规模不大，但成员稳定，政治思想成熟，业务水平高，对上海的群众歌咏运动具有指导作用。这两个组织相辅相成，广泛团结了上海各领域的进步音乐工作者和爱好者，在群众中教传了大量爱国歌曲，为接下来的歌咏运动热潮做好了充足准备。

1935年的"一二·九"运动则是救亡歌咏运动发展的又一催化剂。为了反对华北自治，北平青年举行大规模群众集会和示威游行活动，并在游行中大声高唱爱国歌曲。受此鼓舞，全国各大、中、小学校纷纷开展歌唱活动，并逐步发展为具有全国规模的抗日救亡歌咏运动。歌咏运动的急速发展进一步推动了救亡音乐队伍的扩大和歌曲创作的井喷。1936年元旦，吕骥与孙师毅邀集上海的诗人、作家及歌曲作者，成立了词曲作者联谊会（亦称歌曲作者协会），第一次把艺术上、政治上有不同观点的音乐工作者团结在抗日救亡统一战线上。同年，吕骥又从业余合唱团中挑选出麦新、孙慎、孟波等十几名成员，成立了歌曲研究会，以"培养年轻的词曲作者，创作群众所需要的歌曲"。虽然这两个组织的活动并不多，主要是讨论音乐创作和推荐新歌曲作品，但却凝聚了上海最广泛、最强大的音乐力量，创作出了一大批新的救亡歌曲，如《五月的鲜花》《救国军歌》《救亡进行曲》《中华民族不会亡》《打回老家去》等。

同时，各类救亡歌咏团体也如雨后春笋般在全国各地涌现，仅上海地区在"一二·九"运动至1937年初期间，就先后成立了近百个，并以各种方式展开活动，包括举办歌咏演出、出版救亡歌曲集、在广播电台开设播唱救亡歌曲的专题节目等。其中，1936年6月7日，民众歌咏会在上海西门公共体育场举行的大会唱是一次标志性的盛大事件，许多报纸都对此做了详细报道。

《打回老家去》的艺术魅力

《打回老家去》可以说是任光所创作的战斗性的典型代表歌曲。

1930年代初，任光就已是沪上左翼音乐队伍的核心人物。1932年，淞沪抗战爆发后不久，他就创作了抗日爱国歌曲《十九路军》，歌颂在"一·二八"淞沪抗战中英勇抗战的上海国民革命军第十九路军。1934年底，他创作了《大地行军曲》《抗敌歌》，歌曲节奏铿锵有力，表达了中国人民团结一致、抵御外辱的悲壮之情。此外，他还曾创作儿童唱游歌曲《警钟》、妇女救亡歌曲《妇女节歌》等。在这一系列战斗歌曲中,《打回老家去》是其中的佼佼者。九一八事变后,东北三省相继沦陷,成为全国人民心中永远的痛,但国民政府迫于日方压力,主张不抵抗政策,并压制群众的抗日舆论。1936年6月,上海租界工部局公开禁止实验小剧场、新光大戏院公演国防戏剧,禁止银幕上出现东北地图,以及有关"九一八"的字样。这种高压反而更激起了广大爱国者抗日救亡的决心。任光深入人民群众,倾听民族呼声,将群众的真实心声汇成这首《打回老家去》。初稿写出后,任光曾将曲谱提交歌曲研究会讨论,又对结尾稍做修改。歌曲最初发表在孟波1936年编辑的歌曲集《大众歌声》里。全曲悲壮激昂、气势豪迈,以"一呼百应"的表现形式、富于动感的节奏、坚定果断的音调、号召性的语言,唱出了东北同胞杀回老家、驱逐日寇的不屈意志,表达了全国人民反抗侵略、共御外侮的坚定决心。这首歌展现了任光对新音乐创作理念的重要探索,将口语化的音乐语汇与传统五声音阶旋律和进行曲式风格相融合,做到了革命化和群众化的完美统一。

传唱全国

因为旋律壮烈激昂、歌词简洁有力,表达了民众愤慨之情,《打回老家去》一度在游行队伍中争相传唱。1936年6月21日下午,5000名游行群众在上海北火车站齐声高唱《打回老家去》,在场听众,包括几百名赶赴现场的保安队员,无不动容。7月18日,上海15个团体组成业余歌咏队,出席中华职业教育社举行的聂耳逝世一周年纪念大会,会上由吕骥指挥,演唱《打回老家去》,歌声刚起,租界当局就出动大批巡警赶赴现场,严密监视。

1936年10月19日,鲁迅去世,歌曲作者协会收到以蔡元培为主席的治丧委员会的指令,要为22日举行的葬礼创作挽歌。由于时间非

常仓促，许多同志彻夜不眠地进行创作，把无限悲痛化作诗歌和音符。21日，经治丧委员会选定，张庚、任钧、周钢鸣等作词，冼星海、吕骥、任光等作曲的三首鲁迅先生挽歌作为送葬歌曲演唱。但新的挽歌群众不容易唱，经过讨论，其中一首决定用《打回老家去》的曲子，请周钢鸣重新填了唱词，并联系印刷所将歌词印成活页片儿。22日，送葬当天中午，由孟波和麦新组织的挽歌队一面在胶州路万国殡仪馆前将歌词发放给为鲁迅送葬的群众，一面在马路边和附近弄堂里设立教歌站，教大家唱挽歌。游行队伍一边唱着这首歌，一边送鲁迅。最戏剧性的一幕是，当送葬队伍经过有日本兵站岗的同文书院门前时，挽歌队突然自发地将唱词换成《打回老家去》的一句原唱词："打走日本帝国主义！打走日本帝国主义！"

《打回老家去》传唱广、影响大，同时歌词中又直接包含"打走日本帝国主义""东北地方是我们的""他杀死我们同胞""他强占我们土地""东北同胞快起来""我们不做亡国奴隶"等抗日救国的战斗口号，从而引起了日本政府的注意和干涉。日本领事馆明确提出抗议，国民党政府和租界当局迫于压力，开始"封杀"歌曲。1936年8月下旬，《打回老家去》被上海租界工部局要求禁唱。同时，上海工部局还命令上海各报刊、出版物上禁止出现"抗日"字样，改用"××"替代，至9月，又命上海各歌咏团体将有关"抗日"唱词也一律改用"××"替代。

这一禁令一直持续了大半年，直到1937年3月，迫于中国日益高涨的抗日救亡热潮，才得以解禁。刚一开禁，李广才、任贤璋就领导怒吼歌咏团在上海电台播唱《打回老家去》。也就是从这一年开始，这首歌曲的影响力从上海扩散至全国各地。3月24日，《打回老家去》被绥远省政府主席傅作义将军列为绥远全省军民共唱的15首抗战歌曲之一。在归绥全体将士欢迎全国青年会战区服务团赴绥慰问宣传大会上，这首歌由刘良模指挥 300 名战士歌咏队为数千军民演唱。4月，北平学联组织 7000 名学生去西郊举行春季大旅行，崔嵬、张瑞芳为观众现场教唱《打回老家去》。5月30日，阎锡山在太原召开五卅运动 12 周年纪念大会，吕骥、刘良模指挥 3 万余军民同声高唱《打回老家去》。6月，《打回老家去》被东北军将士改编为新调，在军队内外开始传唱。

这首歌的巨大影响力进一步引起了日本方面的仇视。1937 年 7 月，通过四处打听，上海日本领事馆终于查明，《打回老家去》歌曲作者"前发"就是百代唱片公司音乐部主任任光，并准备对他采取行动。这一消息被百代公司法侨经理提前得知，立时转告任光，劝他辞职，离开中国去海外避难。于是，就在抗战全面爆发前夕，任光迫于压力，自沪乘邮轮去了巴黎，并在海外继续从事救亡歌曲推广活动。

任光虽然离开了中国，但他创作的战斗歌曲《打回老家去》的影响力仍在持续发酵，并且因为抗战全面爆发，得到了更为广泛的传播。1937 年 7 月，《打回老家去》开始在陕西各地传唱；9月，上海救亡演剧二队奔赴河南，在河南大学以及郑州扶轮中学举行的几次公演中，冼星海指挥学生歌咏队演唱《打回老家去》；9月18日，洛阳各界举行九一八 6 周年纪念大会时，冼星海还指挥全场 2 万余群众高唱《打回老家去》。

这首因九一八事变、东北沦陷有感而发，经过左翼音乐阵地上海的孵化而创作的战斗歌曲，最终通过抗日救亡歌咏运动传遍全国，激励了无数军民和普通群众，从而载入中国现代音乐史册，为左翼音乐运动写下了光辉的一页。

海派之源

—★—

中国电影的爱国先锋

概　述

今天的上海电影制片厂、上海电影博物馆坐落于慈云街和影业街之间，这个曾被老上海电影人称为"三角地"的地方，有一个正式的地名叫"殷家角"。1930 年代，联华影业公司首次入驻这片土地，并在三角地建起了联华六厂，当时的门牌号是三角街 3 号。这里后来逐渐发展成上海电影的沃土。抗战胜利后，昆仑、文华影业公司纷纷在此建立片场。1949 年后的上海电影制片厂也在这里生根。历经 90 多年的历史洗礼，如今的上海电影博物馆大楼正门前的上影厂《工农兵》雕塑，已经成了上海的地标性建筑。这里不仅见证了上海电影的成长，更孕育了中国红色电影的文化基因。

左翼旗帜下联华影业的发展

诞生于 1930 年、1937 年因抗战爆发而停办的联华影业公司，为中国左翼电影的发展贡献了不可磨灭的力量。可以说，联华公司从创立之初就具有进步理想，这从公司主要创始人罗明佑和黎民伟的《复兴国产影片计划书》中提及的四点纲要就可见一斑："提倡艺术，宣扬文化，启发民智，挽救影业。"在该纲领的指导下，联华影业从一开始就摒弃了色情暴力和封建迷信的主题，创作的不少影片普遍表达了受五四运动影响后的进步思想观念，给当时的中国观众带来了耳目一新的感觉，尤其受到青年学生的喜爱。正是在以联华影业为代表的进步电影公司的努力下，中国迎来了1930年代左翼电影的创作高潮。

1931年的九一八事变将中华民族推向了生死存亡的边缘，抗敌救国成为时代的最强音。联华影业为充分表现其爱国使命感，于9月组成联华国人抗日救国团，积极开展捐助抗日救国储金、抵制日货的相关活动。年底，联华公司出品了由万氏兄弟创作的动画短片《同胞速醒》，正式发出"抗战电影的第一声呐喊"。1932年"一·二八"淞沪抗战爆发后不久，联华二厂的蔡楚生就迅速联合史东山、孙瑜和王次龙共同编导了上海第一部以抗日为题材的故事片——《共赴国难》。影片从讨论剧本到正式公映只用了半年时间，联华公司的全体演员都参演了此部影片。该片充分表达了联华公司及其创作者的爱国热情，声援了中国人民的抗日民主运动，具有很高的现实意义。此外，联华公司还拍摄了《暴日祸沪记》《淞沪抗日将士追悼会》等抗日新闻纪录片和《血钱》等抗日动画片。这些作品向全中国乃至全世界揭露了日本帝国主义的暴行，传递了百姓的心声，点燃了民众抗日救亡的火焰。

1932年1月28日，日本派海军陆战队登陆上海，国民革命军第十九路军奋起抵抗，战斗极为激烈。第十九路军在上海英勇抗日时，联华影业公司积极为他们提供粮食，并派出摄影师黄绍芬和罗敬浩等人奔赴前线，拍摄了第一部记录中国第十九军抵抗日本海军陆战队的抗战纪录片——《十九路军抗日战史》。这部中型纪录片真实揭露了

"一·二八"淞沪抗战中日寇轰炸闸北的商务印书馆、同济大学等地的暴行，记录了第十九路军在闸北青云路、庙行、八字桥三次战役中的作战情景，以及上海人民支持十九路军的各种活动，包括建立临时伤兵医院和难民收容所等。这些镜头都是联华战地摄影队冒着生命危险在前线拍下的，为中国抗战留下了珍贵的历史资料。后来，这部纪录片被誉为"唤醒民众的爱国教科书"。十九路军参谋长赵一肩在为纪录片《十九路军抗日战史》所作序中写道："中华民国二十一年，一月廿八晚，日本帝国主义者，于我忍受其认为妥协的条件后，竟复不顾信义，侵我闸北，十九路军起与抗战，虽屡挫其凶焰，卒罔戢其野心，浏河侧胁，后援不继，退守二线，思之痛心。联华影业公司职员，不怕艰险，随赴前线，拍摄抗日战史，爱国精神，足资矜式，爱缀数言，以志弗谖。"这段描述深刻体现了联华群体极高的思想觉悟与抗日爱国热情。

联华影业是在党的左翼旗帜下走上进步道路的。"一·二八"淞沪抗战爆发后，包括联华在内的各大电影公司不得不面对一个现实问题，那就是电影业该往哪走？其实答案很明显，在中华民族面临生死存亡的紧要关头，抗日等反映现实生活和斗争的作品才具有社会根基。1931年9月，左翼剧联通过的《中国左翼戏剧家联盟最近行动纲领》提出了党向电影阵地进军的号召。1933年3月，在中共地下组织的领导下，党的电影小组成立，小组成员是5位活跃在电影界的共产党员：夏衍、王尘无、石凌鹤、司徒慧敏和钱杏邨。由于田汉和阳翰笙担任着党内的其他职务，所以当时并未加入这个电影小组，但他们后来都亲身参与了左翼电影的创作。其中，田汉为联华公司创作了《三个摩登女性》《母性之光》等进步作品。尤其是由他编剧、卜万苍导演的《三个摩登女性》一经上映便引发了轰动。影片通过比较当时中国典型的三类女性形象，成功地塑造了中国电影中的第一个革命角色"周淑贞"，在观众中产生了巨大反响。影片也得到了进步影评家的肯定和赞扬。《三个摩登女性》

作为左翼电影运动中最先引起轰动的开创性作品，引领了 1933 年的左翼电影创作浪潮。

1933 年 2 月 9 日，中国电影文化协会在上海正式成立，汇集了当时中国电影界各阶层的众多爱国、进步人士，联华公司的卜万苍、孙瑜、史东山、吴永刚、蔡楚生等导演赫然在列。可以说，经历过左翼文化洗礼的蔡楚生是联华导演群体中的杰出代表。从 1932 年的《南国之春》和《粉红色的梦》到 1933 年的《都会的早晨》，很明显能够看到蔡楚生创作上的重大转变，而这种转变与党对他的教育和帮助是分不开的。《都会的早晨》的成功，更加坚定了蔡楚生追求进步的信念。1934 年，他执导的《渔光曲》创造了当时中国影片的高卖座纪录。次年，《渔光曲》在莫斯科国际电影博览会上获得荣誉奖。影片获奖后，联华公司回应道："这次苏俄的国际影展，中国以本公司的出品《渔光曲》获得荣誉奖，我们觉得非常感愧。但是站在中国整个电影界的立场而言，这次中国影片侥幸在国际影坛上争得一席之地，实在不仅是我们一己的荣誉。我们认定这一次不过是中国影片向世界迈进的小小的开端，只要中国影片能够在国际上得一点地位，我们愿埋头苦干，以整个国片界的光荣为光荣，而不计一己的成败。"

此阶段除了蔡楚生的进步创作，联华的其他导演也推出了一大批左翼电影。如孙瑜执导的《小玩意》《大路》、费穆执导的《城市之夜》和吴永刚执导的《神女》等，这些作品配合了日益高涨的爱国抗日运动，得到了观众的普遍欢迎，在党的左翼电影运动中起到了关键性的推动作用。1935 年，联华和其他电影公司都面临着不景气的市场和动荡的社会状况，联华又分厂众多、开支巨大。这时，刚从国外考察回来的罗明佑就决定借鉴好莱坞的制片管理经验，提出"积极经营大规模的电影村"，将各分厂归并为一，集中在徐家汇三角地的第三厂，扩大厂址至 2 万多平方米，并将公司名改为联华影业公司制片总厂，公司的各类演职人员也搬到这里居住，如联华的著名女演员黎莉莉、陈燕燕就住在徐家汇三角地三角街 3 号。三角地也就成了联华公司其后主要的活动区域。

1936 年，蔡楚生、孙瑜、费穆和欧阳予倩等人牵头成立了上海电影界救国会，标志着电影界抗日民族统一战线的初步形成。随后，中国电影业进入了国防电影的创作阶段。联华影业公司也积极响应时代的要求，在国防电影运动中起到了"扛鼎"作用。在新形势下，蔡楚生继续坚持进步的道路，创作了我国第一部以流浪儿童为题材的影片——《迷途的羔羊》。此外，联华影业公司还陆续出品了《王老五》《狼山喋血记》《联华交响曲》等国防电影代表作品。这些影片生动表现了联华创作者们的爱国热情以及对抗日民主运动的拥护与支持，点燃了民众的抗日激情，不仅深受观众欢迎，也得到了进步舆论的称赞。1937 年七七事变爆发后，联华影业公司停止了制片活动，其大部分电影创作人员离开上海，投入到抗战的时代洪流当中。

党领导下的昆仑影业公司

中国抗战胜利后成立的昆仑影业公司继承了 1930 年代左翼电影的文化特征与精神，成为 1940 年代共产党领导的进步电影创作的重要阵地。1945 年抗战胜利后到 1946 年春夏，大批文化界进步人士、电影人陆续从大后方、香港等地复员回沪，上海电影业逐渐恢复发展，昆仑影业公司因此得以建立与发展起来。不过，昆仑的建立经历了一段曲折的过程。战后，国民党运用其强硬的统治势力对上海电影业进行抢先接收，垄断了当时中国的主要电影制作资源，包括电影制片公司、电影发行机构和电影院。面对这样的情况，共产党也开始思考并筹备组建自己的电影公司。周恩来将筹备中共电影公司的指示下达给阳翰笙，指出"务必在国统区搞个电影基地，作为一个据点，公开拍摄影片，重质量不重数量"。这个电影基地要作为共产党在国统区的文艺阵地，安置和团结从各地返沪的进步文化艺术界人士，要求坚持进步的文化工作，继续开展争取和平建国的斗争。随即，这个计划迅速从酝酿走向实践。

阳翰笙接到任务后，马上开始思考组建党的电影公司的具体事宜。他清醒地认识到"要办电影厂第一要资本，第二要场地、器材，第三要人才"。首先，人才方面，昆仑具有得天独厚的人员优势。昆仑的创立可以追溯到抗战时期成立并活跃于重庆的凤凰联谊社，这个文艺团体在戏剧等方面的工作和成就为昆仑积累了有益经验。最重要的是，凤凰联谊社可以说汇集了当时最有能力和名气的艺术工作者，包括中华剧艺社的成员、中国万岁剧团（以下简称"中万"）和中央电影摄影场剧团（以下简称"中电"）的电影创作者，其中较为出名的电影工作者有阳翰笙、史东山、蔡楚生、司徒慧敏、赵丹、王为一、金山、白杨、秦怡、舒绣文、张瑞芳、沈浮、陈鲤庭、郑君里、王苹等，完全可以用"群星璀璨"来形容。各种专业的权威人士都汇集在这里，共同为昆仑的筹建和后续工作做准备，人才成为了昆仑的核心资本。其中的大部分人后来都成了昆仑的骨干力量。

但对于最困难的资金问题，阳翰笙一筹莫展。后来，他想到了几位思想开明的"川系"实业家，打算积极争取同他们的合作。1946年3—4月，在阳翰笙的主持下，史东山、蔡楚生、蔡叔厚、袁庶华等人在爱棠新村的任宗德家举行了多次筹备会议；后来，章乃器、夏云瑚等人也加入进来，共同商议组建电影制片机构的相关事宜。其中，任宗德在凤凰联谊社活动时期就曾大力赞助昆仑的戏剧文化事业，还在资金上大力支持由中共主办的《新华日报》。在此之前，他在四川经营着多家酒精厂，由于战时汽油匮乏，酒精作为替代燃料为他积累了丰厚的资本，任宗德后来顺利担任了昆仑公司的总经理一职。另外，夏云瑚经营着当时正红的国泰大戏院，也曾全力支持上海影人剧团在西南大后方进行的抗日救国宣传活动，与阳翰笙、蔡楚生等进步文艺界人士长期保持着友好的合作关系。章乃器是中国近代史上知名的爱国民主人士，被誉为"中国资信业第一人"，后来他以上川公司的名义投资了昆仑。这几位爱国民主实业家的支持为昆仑公司的组建和发展打下了坚实的经济基础。

经过多次商议，阳翰笙等人决定以凤凰联谊社的成员为未来电影制片厂的主创人员和班底，争取用战前联华影业公司的摄影棚为摄制基地，拍出几部反映抗日军民英雄业绩的史诗性的影片，建立起影响深广、作用巨大的进步文艺阵地。1946 年 5 月，阳翰笙、蔡楚生、史东山、郑君里等人回到了上海，为了不引起国民党当局的注意，决定用战前"联华"的名义打掩护，为即将组建的电影制片厂取名"联华影艺社"，并重返徐家汇三角地。他们在取回原联华摄影场的租赁使用权上还经过了一番周旋。1938 年 10 月，也就是上海孤岛时期，吴性栽再次重组联华，成立了联华摄影场，但不久后摄影场就被敌伪霸占，战后又被国民党当局以"敌伪财产"的名义接收。经过史东山、孟君谋等人与国民党当局的交涉，联华影艺社终于获得了摄影场的部分租赁使用权，拥有了稳定的拍摄基地。至此，党在国统区电影阵地的建设工作已初步完成。1946 年 6 月，联华影艺社正式成立并立即投入创作。

1946 年 9 月 24 日，联华影艺社的第一部电影《八千里路云和月》开拍。1947 年 2 月，影片成功上映，轰动了中国影坛，使当时的进步文艺创作者感到无比兴奋，也为战后的进步电影创作建立了良好的声誉，起到了标杆作用。从影片表现的现实题材与批判精神来看，《八千里路云和月》和 1930 年代的左翼电影是一脉相承的。1947 年 5 月，联华影艺社改组昆仑影业公司，标志着党的这一重要文艺阵地得到了进一步巩固和扩大。改组后的昆仑可以说是人才济济，党的地下组织为昆仑输送了一股股新鲜血液，戏剧、电影、音乐、美工等方面的进步人士都参加了其后的工作。另外，昆仑还继承与发扬了左翼电影运动和抗战时期的电影工作经验，建立了由阳翰笙、陈白尘先后担任主任的编导委员会，成员包括蔡楚生、史东山、沈浮、郑君里等，他们提出了战后进步电影的"站在人民的立场，暴露与控诉国民党反动统治的罪恶，和在这种统治下广大人民所受的迫害与痛苦，并进一步暗示广大人民一条斗争的道路"的创作方针。在联华影艺社完成《一江春水向东流》的上集《八年离乱》后，昆仑影业公司继续完成下集《天亮前后》的拍摄。影片受到了进步舆论的一致好评，认为"它标示了国产电影的进步的道路"。

在共产党的领导下，昆仑始终高举革命电影的鲜明旗帜。继《八千里路云和月》和《一江春水向东流》之后，昆仑还陆续出品了《万家灯火》《三毛流浪记》和《乌鸦与麻雀》等众多优秀的进步电影。沈浮执导的《万家灯火》真实地揭露了战后国民党统治区的通货膨胀、工人失业、家庭破产等诸多社会问题，主人公胡智清的悲惨遭遇也成了战后无数受到压迫和掠夺的人民的缩影。该片的进步之处在于不仅给予社会底层以深厚同情，更正面直言批判与讽刺了残暴的国民党当局，向革命现实主义迈了一大步。此外，由阳翰笙根据漫画作品改编的《三毛流浪记》也是昆仑影片的杰出代表。影片通过描写三毛的不幸经历，尖锐地讽刺了旧社会的黑暗与不公。但即使受到凌辱与压迫，三毛也从不偷窃，而是希望通过自己的劳动获得生活的面包，他机敏、善良和坚强的形象深深烙刻在一代又一代的中国人心中。郑君里执导的《乌鸦与麻雀》是昆仑在中国电影史上留下的浓重一笔。作为战后讽刺喜剧的优秀代表，影片典型还原了国民党反动统治的末日景象，通过小市民与国民党反动官僚的对比，完成了辛辣的讽刺。

从联华影艺社的成立，到昆仑影业公司的改组完成，最终在 1949 年后并入国营上海电影制片厂，昆仑始终在党的领导下大步前行，继承并发扬了中国共产党电影文化工作的优良传统，团结了一大批进步的民族资本家和电影艺术家，为战后党的电影事业和战线斗争建立了一个基本阵地，创作出来的大部分影片都表现出鲜明的进步色彩和革命倾向，为中国电影史留下了辉煌的一页。

上海电影制片厂成为新中国电影人才输送基地

1949 年 5 月 27 日，中国人民解放军解放了中国最大的城市——上海。在此之前，中共已经开启了上海电影的接管计划，包括在各个电影企业中组建"护厂小组"，保护电影拍摄场地、仪器设备免受损坏；对国民党在上海的公营电影机构进行资产、设备和人员的统计与清点，并积极动员电影工作者留在上海迎接解放。从 6 月 3 日到 6 月中旬，中国共产党完成了对国民党所属电影机构的全面接管，包括原"中电"等电影制片机构、电影检查所等驻沪政府机构和多家国民党公营影院。同年 11 月 16 日，国营上海电影制片厂（以下简称"上影"）成立，建厂初期共有职工 750 名，于伶担任厂长，陈白尘担任艺术委员会主任，金焰、舒绣文、白杨等著名演员也加入"上影"，形成了有力的创作队伍。1950 年，"上影"出品了其第一部故事片《农家乐》，并翻译了新中国第一部译制片《团的儿子》（原译名《小英雄》），拉开了新中国"上影"的创作序幕。

随后，国家开启了私营电影企业的国有化改造之路。政府提出的总原则是"稳步推进，量力而行"，在私营电影企业的创作方面推行的是宽松和开明的"三反"（反帝、反封建、反官僚资本）和"三不反"（不反苏、不反共、不反人民）原则。在各大私营电影企业面临经营难题时，政府也给予了足够的经济援助。1950 年初，上海首家公私合营的长江电影制片厂成立。1951 年，昆仑与长江合并，成立公私合营的长江昆仑联合电影制片厂（以下简称"长昆"）。1952 年 1 月 20 日，"长昆"与文华、国泰、大同等私营电影企业合并，组成国营上海联合电影制片厂（以下简称"上联"）。原私营电影企业的员工也都加入了"上联"，加上洗印合作社、上海剧影协会推荐的优秀演员和从香港返沪的电影工作者，"上联"的员工数量有800多人。后来徐家汇三角地的原昆仑、联华摄影场被改造成了"上联"的第一摄影场。1953年2月，国营上海联合电影制片厂并入国营上海电影制片厂，组成了新的上海电影制片厂（简称"上影厂"），于伶继续担任厂长，由此新的"上影厂"的组建工作全部完成。

上海电影制片厂的大部分创作人员都来自国统区，他们在1949年之前就积累了丰富的电影创作经验。1949年7月，中国文学艺术工作者第一次全国代表大会在北平召开，长期奋斗在国统区的进步电影工作者，如夏衍、田汉、阳翰笙、蔡楚生、史东山、白杨、舒绣文、金山等悉数参会，完成了与解放区文艺工作队伍的会师。在会上，党和国家领导人发表的重要讲话，特别是毛泽东提出的"文艺为工农兵服务"的方针对他们的政治思想和创作道路产生了重要影响。新中国成立后，在新的政治体制和电影体制之下，他们积极向人民电影事业靠拢，学习新思想，不断追求进步，使自身及其电影创作符合新中国文艺工作的发展方向及要求，带着高涨的热情投入到"上影厂"的电影创作当中。

"上影厂"老一代导演与新一代导演的合力创作，为"十七年"新中国电影的发展和辉煌做出了重要贡献。郑君里是老一代导演中一位不可忽视的代表，他创作的《林则徐》和《枯木逢春》等影片，为中国电影的民族化发展贡献了力量；沈浮也颇有建树，他执导的《李时珍》和《老兵新传》在人物描写、镜头语言和电影技术方面均做出了有益的新的尝试；桑弧在"上影厂"拍摄了新中国第一部彩色戏曲片《梁山伯与祝英台》；另外，黄佐临、吴永刚、史东山、汤晓丹等老导演都创作了不少优秀作品。除了老一代导演之外，"上影厂"对年轻导演的培养也是不遗余力的。谢晋就是其中的杰出代表，他在"上影厂"拍摄的《红色娘子军》上映后引发巨大轰动，据说曾创下了8亿人口有6亿人观看的盛况，也受到了主流意识形态话语的肯定。后续创作的《舞台姐妹》讲述了一对越剧演员姐妹在新旧社会的悲欢离合，体现了谢晋典型的人文情怀。谢晋始终在上海电影这片沃土上深耕,他于1980年代创作的"反思三部曲"奠定了其在中国影坛上不可撼动的地位。

除了电影导演，上海电影制片厂还为新中国电影培养了大批杰出演员。在1961年评选的"新中国二十二大电影明星"中，"上影厂"就占了七位之多，分别是赵丹、白杨、张瑞芳、上官云珠、孙道临、秦怡和王丹凤，他们被周总理定名为"新中国人民演员"。其中，赵丹被称为新中国影坛"五大天皇巨星"之一，他在《马路天使》《乌鸦与麻雀》《武训传》等影片中留下了难以复制的经典电影人物形象；上官云珠在《太太万岁》《万家灯火》《早春二月》等影片中完成了跨度极大的角色转换，展现了她精彩绝伦的表演功力；秦怡始终坚持文艺为社会主义服务、以人民为中心的创作导向，在《农家乐》《女篮5号》《青春之歌》等影片中留下了深受人民喜爱的艺术形象，2019年被授予"人民艺术家"国家荣誉称号。

上海电影制片厂作为新中国最初的几所国营电影制片厂之一，始终在党的正确领导之下团结奋斗，坚持追求社会进步理想，坚持现实主义的创作精神。上海是中国进步电影的策源地，上海电影制片厂在建立之初，就汇聚并团结了1949年前在国统区长期坚持进步电影创作的文艺工作者，形成了一流、坚实的创作队伍，为新中国电影事业的发展培养与输送了大量优秀人才。上海电影制片厂的杰出电影工作者紧跟时代步伐，响应时代号召，从革命历史题材到战争题材，从惊险片到喜剧片，创作了一部部经典作品，为中国电影做出了独特贡献。

"革命的同路人"：
孙瑜和他的《大路》

    1935 年 2 月，广袤的西伯利亚大地上寒流肆虐，苏联正准备在凛冬之际的莫斯科举办国际电影节。中国作为 31 个参展国家之一，经过中国影业界的推荐，选出了联华影业公司由蔡楚生编导的《渔光曲》、孙瑜编导的《大路》及其他电影公司的五部参展影片作为国产片代表由西伯利亚直送莫斯科。其中，由于孙瑜执导的《大路》表现了反帝抗日的内容，为了防止当时已经占领东三省的日本帝国主义阻挠，联华公司的陶伯逊只好将影片拷贝，通过轮船寄往海参崴港口，再通过西伯利亚的火车送往莫斯科，由于路途遥远、费时较多，《大路》遗憾地错过了电影节的评选。但恰恰是这种遗憾，从侧面反映了《大路》进步的思想意识和导演孙瑜坚定无畏的爱国主义品质。

家亡国破尽入眼，进步影评促转向

1932 年 1 月 28 日夜，日本帝国主义侵略军借口上海人民有排日行动，蛮横挑起事端，悍然向上海闸北的国民党第十九路军发起攻击，并对上海闸北、南市等地段进行狂轰滥炸，制造了中国近代史上骇人听闻的"一·二八"淞沪抗战。当晚，孙瑜正带领剧组在联华二厂拍摄电影《野玫瑰》的内景。这部影片是孙瑜在九一八事变日本侵略军占领东三省的刺激下编写的，主要讲述了水乡姑娘小凤和富家少爷江波两人相知相识最后投身革命的爱国故事。但谁也料想不到影片还没拍摄完，战火就从东北迅速蔓延到了上海。轰隆隆！闸北区的炮火声传到了摄影棚内，孙瑜隐约为剧组中一些住在闸北区的演员同事担忧起来。当时的他可能并没有想到，这场战争一打就是一个多月，也不会想到这场战争会对这个国家的社会面貌和自己的电影创作产生怎样的影响。

激烈的战火使当时的上海满目疮痍，对中国电影界造成的打击也是毁灭性的。由于当时上海的大部分电影公司和摄影场都位于闸北区，日军惨无人道的狂轰滥炸使不少电影制片公司和影院都毁于战火之中，只有明星、联华、天一和几家公司幸存于难。位于闸北区的联华公司第四分厂也在炮火中损毁严重。战争对电影业造成的巨大损失，孙瑜都看在眼里。九一八事变后，已经有观众向电影界发出了"猛醒救国"的劝告，甚至有不少观众直接写信要求影界组织拍摄抗日题材的电影。"一·二八"事变后，民族矛盾越来越尖锐，人们的抗日热情空前高涨，一致抗日成为当时中国人民的共同目标。国难当头，孙瑜也清醒地认识到才子佳人、武侠神怪的那一套已经行不通了，中国银幕上的乌烟瘴气必须被冲破清除，以电影为武器反击日本殖民侵略势在必行。当"一·二八"淞沪抗战的枪炮声还回旋在上海上空，孙瑜就已加入了联华的进步导演队伍。他和蔡楚生、史东山、王次龙等人集体赶拍了一部抗日剧情片《共赴国难》。影片 1932 年 2 月 27 日开拍，8 月 19 日正式上映，积极地配合了当时的抗日运动。

"一·二八"淞沪抗战之后，美国商人眼见中国影业遭受巨大打击，准备乘虚而入。于是他们以中美合资的名义，拉拢官僚和买办，在1932年7月办起了所谓的"中国第一有声影片有限公司"。紧接着，香港和上海的投机商人又联合办起了"美国注册联合电影公司"。这两家电影公司意图侵占中国电影市场、损害中国民族电影行业发展的行径遭到了中国影人的强烈反对和抵制。面对名利的诱惑，孙瑜始终不为所动，坚定地拒绝了这两家公司的邀请，维护了中国影人的民族尊严。与此同时，左翼剧联领导下的影评人小组开始参与电影批评工作。从1932年5月开始，左翼文艺工作者积极争取同上海主要报纸合作，陆续开辟电影副刊，如《申报》本埠增刊的《电影专刊》、《时报》的《电影时报》、《晨报》的《每日电影》、《民报》的《电影与戏剧》等都成了党的进步影评人传播进步思想的有力阵地。孙瑜当时十分重视这些进步的电影批评，也能够体会到进步影评的善意和认真负责的精神态度，所以每当这些电影副刊上有进步影评发表，孙瑜和联华公司的其他几位导演同事总是争先恐后地翻阅，尊重每一篇进步影评对他们创作的评价，并认真、仔细阅读，以这些进步影评为准绳来反思自己的不足、提高自己的创作水平，不断追求进步。

1933年2月9日，孙瑜加入了新成立的中国电影文化协会，并担任该协会的执行委员。协会成立的实质就是为了团结这些电影界人士，通过组织的形式推动他们奔着进步的方向前进。孙瑜积极接受了左翼电影文化运动的领导。当时孙瑜被认为是"革命的同路人"，和以夏衍为首的进步剧作家、影评小组成员及其他进步导演一道为党的电影文化事业做出了贡献。可以说，加入中国电影文化协会之后，孙瑜更加坚定了自己的信念，也更加明确自己未来电影创作的方向。

1933年3月28日，孙瑜开始拍摄他的新片《小玩意》。阮玲玉在影片中饰演一位生活在动荡年代的手工艺人叶大嫂。影片将底层劳动妇女和抗日的时代背景相结合，取得了不错的艺术效果。10月9日，影片拍摄完成，上映后轰动一时。进步影评人对这部影片的评价有褒有贬，夏衍当时化名"蔡叔声"发表了《看了〈小玩意〉致孙瑜先生》一文，肯定了这部影片在反帝运动背景下的重要宣传意义，赞扬了影片中对叶大嫂的人物塑造处理，但同时也指出了孙瑜影片中驰于"幻想"的不恰当运用，唐纳也尖锐地批评了影片中的"玩具救国论"。孙瑜虚心地接受了这些认真、客观的评价，在后续的创作中不断反思和改进。

进步力量齐汇聚，群策群力创作忙

1934年5月，孙瑜在联华二厂陆洁厂长的支持下着手《大路》的创作。其实他很早就想拍摄一部反映底层筑路工人劳动的影片。孙瑜长久以来都有一个非常好的习惯，就是喜欢随时随地观察社会上的种种场景，而且始终关注十里洋场背后的穷苦大众。外出时，他会随身携带一个小本子，以便记录看到的情景和当时的感受。在外滩码头驮着沉重货物的搬运工、在烈日下挥洒着汗水拉着沉重铁磙的筑路工人都成了他的观察对象。孙瑜决定以筑路为题材，结合抗日救亡的时代背景，用镜头表现底层筑路工人不畏艰辛、英勇乐观的人物群像。6月，在经过了确定主要演员、与领导层讨论剧本、综合意见修改定稿后，孙瑜完成了影片的分镜头脚本，并随陆洁、剧务主任孟君谋一同去浙西、皖南选景。7月10日，《大路》正式开拍。

电影《大路》启用了一批身具健康气质的演员，如金焰、郑君里、章志直、张翼、韩兰根等男演员，组成了《大路》中硬朗健壮的筑路工人队伍。另外，影片还邀请了黎莉莉、陈燕燕两位联华公司的女台柱，使影片充满了青春气息。这些演员都有着丰富的表演经验，且都具有一定的名气，深受青年观众的喜爱。这些演员的发掘都与孙瑜有着不可分割的关系。例如，被誉为"电影皇帝"的金焰就是孙瑜亲自发掘并带入影坛的。1920年代末，韩裔男演员金德麟加入了民新影片公司。起初，金德麟只是一个类似于场记的杂务工，但孙瑜对他十分赏识，在自己的第二部作品《风流剑客》中大胆起用了这位19岁的青年，并为他改名"金焰"，从此开启了他的银幕人生。在1930年代的社会动荡中，金焰出演了诸多优秀的代表作品，在1932年的明星票选中获得"电影皇帝"的美誉。成名后的金焰也积极向左翼进步群体靠拢，参加了左翼剧联的进步电影工作。而孙瑜对黎莉莉的发掘始于1931年他从霞飞路（今淮海中路）的联华一厂单身宿舍到赫德路（今常德路）的大鹏坊的一次搬家。当时孙瑜搬来之后，与联华公司的一名青年同事合住在同一亭子间。亭子间不大，窗户朝北，窗外就是一大片绿茵茵的草地，远处还能看到上海海关的宿舍洋楼。更重要的是，孙瑜的亭子间离爱文义路（今北京西路）爱文坊的联华歌舞班很近。该歌舞班的前身是黎锦晖创办的明月歌舞社，1931年并入联华影业公司。孙瑜逐渐与歌舞班中的黎莉莉、王人美、聂耳等人熟识，有时还向联华公司请求跟随歌舞班去往苏州、南京等地演出，与这些能歌善舞的成员建立了深厚的友谊。孙瑜也是在这里认识黎莉莉并引她走上电影之路的，后来邀请她出演了《小玩意》《大路》等作品。黎莉莉原名钱蓁蓁，她天生具备健美明星的外形特征，体格健硕，身材匀称。在《大路》中，孙瑜保留了黎莉莉的性格特点，她的豪放泼辣和陈燕燕的温婉羞涩相得益彰。另外，黎莉莉深受家庭的影响，她的父亲钱壮飞是早期中国共产党的骨干，为保卫中共中央安全做出了重大贡献，被誉为中共隐蔽战线的"龙潭三杰"之一，黎母也是中共地下党员。黎莉莉早年颠沛流离，居无定所，加入联华歌舞班让她有了家的感觉。1930年代，黎莉莉也开始参与进步电影工作。

剧情方面，《大路》以抗日战争为背景，讲述了以金哥为首的一群青年在城市遭遇失业危机后，转战内地参加抗日的筑路工程队，并勇敢地与恶势力进行斗争，后虽不幸在日本轰炸机的扫射下英勇牺牲，但工程队最后成功修筑出了一条我军通往前方战场的、象征自由解放的大路。在前期认真学习了党的进步影评后，孙瑜决定将《大路》进一步贴近反帝抗日的主题，《大路》中筑路工人的命运和国家民族的命运是紧密相连的。但在当时的政治时局下，这种反帝抗日的思想又不能表现得太明显，为了顺利通过当时南京政府和上海租界两处电影检查局的审查，孙瑜和陆洁商定影片要尽量规避违禁字眼，最起码要让观众顺利看到这部作品。于是，影片中以字幕"失地""一大片土地"代替"沦陷的东北"，以"敌国""矮鬼"代替"日本"。影片的反帝抗日主题十分明显，对帝国主义侵略者、卖国贼进行了强烈批判。事实证明孙瑜的处理是成功的，《大路》于 1934 年 11 月 19 日拍摄完毕，并在年底完成了录音、剪接等后期工作。

《大路》能在白色恐怖的时局下完成拍摄，离不开联华二厂和左翼进步电影人的帮助与合作。1930 年联华公司成立后采用分厂制度，从创立之初的 3 个分厂发展到了后来的 7 个分厂。由于公司经营管理上的失败和"一·二八"淞沪抗战的打击，此时的联华实际上只剩下罗明佑、黎民伟操控的一厂和吴性栽掌权、陆洁担任厂长的二厂。而一厂在创作的影片上竭力符合国民党的意识形态要求，因此，国民党才没有对联华公司投入过多的"关注"。"一·二八"淞沪抗战之后，党的电影小组顺利团结了二厂的进步力量并争取与其展开合作。在此之前，孙瑜已经从一厂转到了二厂。1931 年，孙瑜因为联华公司的导演分配和工作地点等问题与罗明佑、黎民伟发生了激烈争执。当时的一厂只有孙瑜和卜万苍两位导演，但出品的影片比二厂的稍微卖座一些，于是联华高层处处抬高一厂，这引起了孙瑜的愤懑不平。孙瑜十分欣赏二厂的史东山、蔡楚生、杨小仲和王次龙四位导演，愿意和他们一起共事。于是，孙瑜提出了转厂的要求，起先遭到了公司的拒绝，但看在孙瑜为联华开业拍摄《故都春梦》和《野草闲花》立下汗马功劳的份上，公司出于整体利益考虑，最终答应了孙瑜的请求。

孙瑜转到二厂后，发现自己被左翼进步力量包围和影响着。孙瑜还与同在二厂共事的进步导演蔡楚生建立了深厚、愉快的创作友谊。从明星影片公司转到联华二厂后，蔡楚生也经历了在进步影评的指引下转变创作方向的过程。1933年，蔡楚生在孙瑜的小纪念册上写下这样一段话："就使你骂我是混账王八蛋，我也要和你混在同一战线上摇旗呐喊。"蔡楚生的支持和鼓励使孙瑜备受鼓舞，也促进两人共同追求进步。与此同时，聂耳、任光、安娥等左翼音乐工作者参与了二厂的左翼电影音乐创作；党领导的电通影片公司也在有声片创作技术方面给予二厂全力支持。孙瑜欣喜不已，因为在有声技术的支持下，他终于可以把构思已久的有关拍摄筑路工人的想法付诸实践了，《大路》的诞生指日可待。

左翼音乐相辅成，声声铿锵永传唱

1930年代初期，正是中国电影从无声默片向有声片的过渡阶段，孙瑜很看好有声片的未来发展，同时也乐于把这种新技术运用到自己的创作中。早在1928年，孙瑜在自己的第一部作品《渔叉怪侠》中就已经开始尝试编写插曲，也就是用字幕叠印歌词，后期再配上洞箫的音乐。1930年，孙瑜在《野草闲花》中配入了中国第一首电影歌曲《寻兄词》。影片上映后，这首歌迅速传遍大江南北。当时，孙瑜就已经认识到电影歌曲的重要性。30多年后，孙瑜听到上海还有人在唱《寻兄词》。甚至到了1981年，还有人向他写信追询这首歌。其实，孙瑜早就有将筑路工人的故事拍成有声片的想法，但由于1931年影片《银汉双星》的失败和1932年联华歌舞班的解散，联华影片公司就把有声片的创作计划暂时搁置了。直到1934年4月，孙瑜得到了一个令他振奋不已的好消息：蔡楚生用电通影片公司研制出的"三友式"国产录音机成功录制了《渔光曲》的声带，录音效果很不错。6月，《渔光曲》上映并创下了连映 84 天的纪录。孙瑜创作有声片的热情一下子被重新点燃，并迅速投入到《大路》的创作中。

关于《大路》中歌曲创作者的选择，孙瑜毫不犹豫地想到了聂耳。1931 年，孙瑜通过联华歌舞班初识聂耳，当时聂耳在歌舞班中负责拉小提琴，还常常用带有云南乡音的四川话对孙瑜说："云南、四川，我们是大同乡啰！"在孙瑜的眼中，聂耳个子不高，皮肤黝黑，但是身体非常结实，是一个活泼好学、追求进步的人。聂耳的进步音乐创作从来都不是闭门造车，他曾在黄浦江码头附近的云丰申庄做过店员，所以经常能够看到码头上工人们的苦力劳作，这为他的革命歌曲创作积累了真实素材。1934 年 6 月，孙瑜邀请聂耳为《大路》的主题歌《大路歌》和序歌《开路先锋》作曲，聂耳爽快地答应了。

聂耳拿到歌词后，回到位于霞飞路（今淮海中路）的家中准备谱曲。在创作《开路先锋》时，每当兴致上来，他就会一个人在房间里反复高唱"轰轰轰！哈哈哈"，还曾让房东太太误以为他受了什么刺激，殊不知聂耳正全身心投入创作。1934 年 7 月，孙瑜和工作人员从江苏无锡、安徽徽州等地看完外景回到上海。回来的第二天，聂耳就兴冲冲地来到了位于延平村的孙瑜家中，刚进门还不等坐下，聂耳就迫不及待从包中拿出写好的歌谱，在孙瑜家的客厅中一边模仿筑路工人拉起铁磙的姿势，一边认真哼唱起《大路歌》来。歌曲运用了劳动号子的旋律，孙瑜听了觉得非常满意，便带着聂耳来到隔壁金焰、王人美的家中。金、王二人熟悉了几遍旋律之后，聂耳便弹钢琴带领他们合唱起来。金焰建议歌中的几个音符可以再处理得具有民族化特点一些。聂耳稍做修改之后，《大路歌》便就此定型了。

1934 年 7 月，《大路》剧组正在联华二厂摄影棚拍内景。孙瑜听说无锡太湖正在修筑环湖公路，于是带着剧组的外景队赶赴工地现场拍外景，聂耳也一同前往。由于《大路》制作采用的是蜡盘发音技术，所以只能先把画面拍摄下来，再通过后期录音把歌曲加上。当金焰、郑君里等男演员和真正的筑路工人们一起赤裸着上身、拖着沉重的铁磙缓步向前时，聂耳也拿着节拍器卖力地指挥着他们齐唱高歌，他热情高昂的精神态度潜移默化地影响了剧组中的每一个人。《大路》就在这种洋溢着青春活力的氛围中完成了拍摄。1935年元旦，《大路》在金城大戏院上映后引发轰动，得到了党的进步影评的肯定和赞扬。影片中的四首歌曲后来也都被灌制成唱片，畅销一时，广为传唱。

"背起重担朝前走，自由大路快筑完"（《大路歌》歌词），孙瑜是当之无愧的左翼进步电影人的代表，他的《大路》是1930年代左翼电影运动中的一朵奇葩。影片关注现实，但不局限于一味地表现社会困苦与民生凋敝，而是在正视社会现实的创作基础上，努力寻找黑暗中的光亮，使亿万人民得到了安抚与精神上的力量，也打响了中国底层人民的抗日示威炮。孙瑜通过塑造金哥等人物，充分挖掘并展现了中华民族自强不息、不屈不挠和勤劳勇敢等精神品格，使影片具有了超越性的艺术品质与感染力，这种力量至今依然鼓舞着我们努力修筑人生自由的大路。

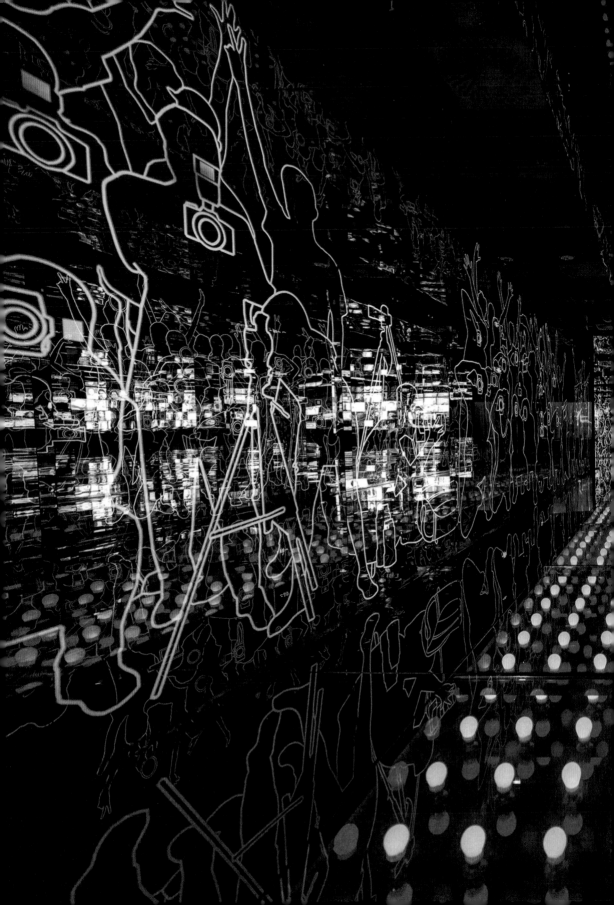

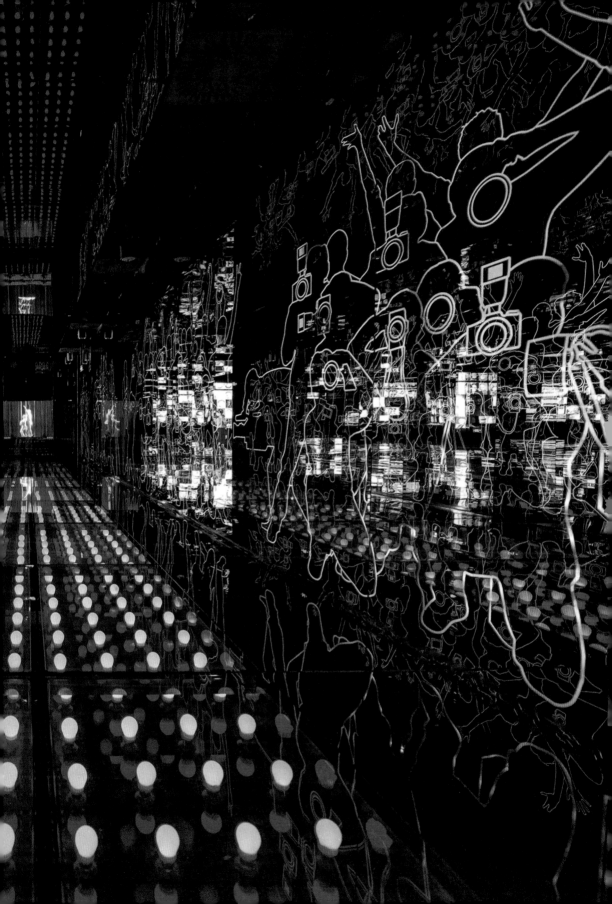

影人齐奏

抗日"交响曲"：
《联华交响曲》

    1936年11月15日，日伪军五千余人在大炮、飞机和坦克的配合下，向红格尔图的中国守军发起猛烈攻击，绥远抗战由此爆发。很快，日本侵绥的消息便传到上海。在目睹各阶层人士捐物援绥、罢工游行等行动后，联华影业公司的进步影人们深感祖国已经到了最危难的时候，必须加紧拍摄具有国防意义的电影，以配合前线战斗、响应特殊时局。随后，在新东家吴性栽"小戏大拍"的启发和厂长陆洁"一人多用"的建议下，蔡楚生联合司徒慧敏、费穆、谭友六、沈浮、贺孟斧、朱石麟、孙瑜其他七位导演以及联华全体演员，在六天的时间内，赶工完成了一部包罗万象、亦庄亦谐的抗日"交响曲"。

内忧外患急易主，联华重生斗志昂
    1936年7月15日，上海新亚饭店的503号房间内，遭受经济重创的罗明佑和大股东吴性栽开始就联华的去向问题进行谈判。8月1日，双方正式达成协议，由吴性栽等人以银团华安公司的名义接办联华，并进行改组，成立华安总管理处，对外仍称联华公司。从此，罗明佑失去在联华的支配地位，被迫退出。

正所谓"冰冻三尺，非一日之寒"，联华的经济危机与罗明佑的退出并非偶然。当年，陆洁曾在日记中写下这样一段话："罗之组织联华，凡场址、基建设备，全为大中华、民新旧物，此外则大中华原址已在为联华拍片，费用全由大中华筹措垫付，屡索屡推延。"可见，联华在初创时期虽然沿用了原大中华百合和民新公司的旧物，但依然面临资金短缺问题。与此同时，生不逢时的联华又在1932年"一·二八"事变的炮火中失去了位于闸北区的联华四厂。不久，因战乱扩大，北京的联华五厂和重庆的联华七厂也相继停办。1935年，联华当红影星阮玲玉骤然离世，"《新女性》事件"更使联华与报社关系陷入僵局，许多报社纷纷拒登联华广告。如果说，以上客观条件阻碍了联华本可以实现的更大辉煌，那创建人罗明佑的个人因素则是导致联华走向衰落的直接原因。联华甫一建厂，罗明佑就效法好莱坞的"独立制片"制度，但在具体操作上，他又没办法实行其中最关键的一环——预算。没有了预算制约，创作者们便皆取"在精不在多"的策略，"剧本审又审，演员选又选，背景采又采，摄影慎又慎，一拍再拍"。据《联华画报》刊载，"《海外鹃魂》曾到日本拍摄外景；《香雪海》三个小时只拍了两个镜头；《渔光曲》拍了一年多，花了十多万元"。长此以往，这种成本投入大、出品速度慢的经营模式势必会将公司榨干。此外，雪上加霜的是，有一年，罗明佑答应各厂厂长回香港筹措薪款，但刚到那里，他就把筹款一事忘得一干二净，最后还把难题甩给发行部处理，这一言而无信的做事态度又让罗明佑的威望急剧下降。后来，罗明佑更不顾公司同仁反对，一意孤行，力主拍摄迎合蒋介石"新生

《联华交响曲》上映宣传广告

活运动"的《国风》和《天伦》，最后引起观众的反感，票房惨败，从而把联华经济拖入深渊。无奈之下，罗明佑于1936年5月来到南京，试图争取国民政府的帮助，但一心只求利益的国民党哪会轻易出手。三个月后，罗明佑只能黯然离开他一手创办起来的联华影业公司。

而此时接管联华的吴性栽则与罗明佑截然不同。首先，作为一位资产阶级买办，他有着雄厚的经济实力，在联华遭受资金短缺和战火纷扰的双重打击下，他曾多次出资援助。据1933年《联华年鉴》记载，"联华年来之发展，得力于吴性栽先生者实多，不可不记……联华得先生赞助，而实力乃愈趋巩固……诚联华之益友，中国影界之柱石也"。其次，在人才管理与如何提高生产效率方面，吴性栽也很有想法。早在1925年6月，百合影业公司与大中华影业公司的合并，不仅让吴性栽结识了他最重要的合作伙伴——陆洁，更为吴提供了电影商业的实操经验。当时，他将制片部门分为三组，每组导演两人，实行编导合一，轮流工作。这样，创作人员既有了休息时间，也有更多机会去审慎编写剧本。到了联华时期，吴性栽已对管理事务驾轻就熟，在此基础上，他开始网罗人才，并在政治和创作上给予员工足够的宽容度。左翼电影运动时期，吴性栽周围已聚集了包括蔡楚生、孙瑜、费穆在内的诸多左翼电影导演，出品了一系列具有左翼倾向的电影，例如《渔光曲》《小玩意》《大路》等，进而为实践党的电影方针做出了重要贡献。1936 年 8 月，吴性栽全面接管联华后，依旧走稳重务实的路子，他先以银团之力，减少公司危机时期的信息不对称，在经济上给联华以重生机会。据统计，联华在停业之前不到一年的时间内就拍摄了 15 部影片。同时，他在分析电影放映情况的基础上，总结出自己的见解："拍大片很容易由于制作成本的不足而露出寒酸相。大戏小拍总不像样，反倒是小戏大拍会事半功倍。人物不要太多……情节不要太复杂。"这一思路既符合联华自身的尴尬处境，也符合当时的中国国情，从某种意义上讲，这种"小戏大拍"的方式与当时毛泽东打游击战的军事策略不谋而合。事情发展到这里，联华发展的总体大方向算是确定了，那接下来面临的就是拍什么、如何拍的问题了。就在这时，国防电影《狼山喋血记》的大获成功与日军肆虐的炮火声为联华影人送来了灵感，大家一拍即合，决定举全公司之力，合拍一部有控诉、有写实、有象征的"抗日"集锦片。《联华交响曲》由此诞生。

艺术手法取己长，齐奏抗日大交响

1936 年底，《联华交响曲》投入紧张的拍摄之中。全片由八个短故事组成：《两毛钱》，由司徒慧敏导演，蔡楚生编剧，蓝苹、梅熹、沈浮主演；《春闺断梦》，由费穆编导，陈燕燕、黎灼灼等主演；《陌生人》，由谭友六编导，郑君里、白璐、刘琼、温容等主演；《三人行》，由沈浮编导，韩兰根、刘继群、殷秀岑等主演；《月下小景》，由贺孟斧编导，李清、宗由、罗朋、严斐等主演；《鬼》，由朱石麟编导，黎莉莉、恒励等主演；《疯人狂想曲》，由孙瑜编导，尚冠武、梅熹、葛佐治等主演；《小五义》，由蔡楚生编导，王次龙、殷秀岑等主演。在以上八个片段集锦中，有五部或直接或间接地宣扬了抗日救亡主题，其他三部则不同程度地暴露了现实的黑暗和社会的不公。虽然主题相近、题材类似，但这并没有限制住八位导演敏锐的创作思路，他们根据自己的风格特点和专长，在反帝抗日的宏大主题之下完成了写实与表现并济、喜剧与悲情交织的多重变奏。

第一部短片《两毛钱》以一张破损的两毛钱纸币为叙事线索，通过其在富人、女佣、流浪汉、饭馆老板、童工和独轮车夫手中的不同遭遇，串联起底层民众的悲苦命运，揭露了旧社会贫富差距的悬殊和不合理。富人用两毛钱的钞票来引火吸烟；而流浪汉则用它来勉求一饱；童工用它来补贴家用；独轮车夫为了替父治病的这两毛钱，在毫不知情的情况下卷入贩毒案，被捕入狱，判刑八年。这个片段最有意义的地方在于实景拍摄。狭小的市集、歪斜的遮阳伞、嘈杂的人群，都真实展现了1930年代大上海市井生活的画面；紧接着，弄堂口，十余位拉车夫突然蜂拥而至，只为抢上一单生意，而镜头一转，抢到生意的拉车夫又瞬间消失在了大上海鳞次栉比的高楼大厦中。这一系列场景纪实素材的拼接，不仅表达了创作者对底层群体的关注和同情，更暴露了社会阶层之间巨大的贫富差距，加深了对现实的批判力度。

与这一典型写实风格形成鲜明对比的，是费穆编导的《春闺断梦》。该短片以两个女人做的三个噩梦来影射抗日：第一梦，她们看见一个士兵吹着悲凉的军号，另一个士兵从怀中取出一片珍藏的秋海棠叶；第二梦，一个面目狰狞的男人一边疯狂转动地球仪，一边淫邪狂笑着从怀中掏出海棠叶，将其丢入火中；第三梦，面目狰狞的男子强行冲进两个女人的房间欲行不轨，她们在受尽欺辱后，奋起反抗，最终消灭了侵略者。在这里，费穆摒弃了传统的戏剧性叙事手法，采用表现主义风格，给人以感官上的视觉冲击。首先，梦境本身就是一个表现主义元素。在弗洛伊德看来，梦是由许多材料构成的，但大部分材料又是经过潜意识加工

《联华交响曲》海报

过的。例如片中头长两角的男性，其实是做梦之人在目睹日寇烧杀抢掠、践踏国土之后的一种恶魔化的想象，传达了国人内心深处的恐惧与愤慨。同时，梦又是欲望的外化。在最后一梦里，面对恶魔的肆意践踏，两位女性拿起武器，英勇杀敌，很好地表达了日军侵略之下人民的心理诉求：国民的一味退缩，是在给日军可乘之机，只有"不愿做奴隶的人们"勇敢起身抗日，才能保住自己的家园。其次，在镜头语言上，费穆也是极力突出表现主义格调。熊熊的火焰代表日军肆虐的炮火；夸张变形的影子暗示了日军毫无节制的侵略欲望和伪善嘴脸……可以说，《春闺断梦》是这八部短片中艺术理念最新锐、成就最高的一部，它也是费穆本人民族气节的具象呈现。抗战全面爆发后，联华公司被迫停业，费穆因不肯加入受日本人控制的电影公司，退出了电影界，加入了话剧界，在话剧界又因不想为汪伪庆功而毅然解散了自己的剧团，等风头过去又成立了一个。费穆的对日态度与《春闺断梦》中两位主角的坚贞不屈形成了现实与艺术的完美呼应。

《陌生人》讲述了一个陌生人（奸细）在深夜跑到一间民宅，贪财的老夫为了金钱，不仅帮助奸细躲过了前来搜查的武装村民，而且还为其指出一条逃生之路。没想到奸细在逃跑时杀死了老夫正在村口放哨的儿子，儿媳也因此自杀。最后，醒悟过来的老夫抱起幼孙，拿着钢刀，在激昂的锣声中走上了抗敌道路。全片以家寓国，通过一个普通家庭家破人亡的故事来暗示整个中国的山河沦丧，并以此唤醒国人抵御外侮的救亡意识。

与《陌生人》的悲剧情节相比，《月下小景》则更注重对悲伤意境的塑造。绵长沉重的琴音、哀婉的弦乐与画面中冷峻的月光、破败的码头、失意的行人共同营造了荒凉凄惨的社会现实。最后，当失散多年的父子即将相认时，儿子因犯抢劫罪又被警察带走，给观众留下深深的哀伤和无奈。当然，这一片段节制的剪辑、舞台化的场景设置和人物走位也与编导贺孟斧参加抗日剧团的经历有关。1936年初，贺孟斧、章泯和赵丹等人曾组织过一个"星期实验小剧场"，每周公演一次，宣传抗战，影响颇大。后来，因为租界当局禁演章泯的《东北之家》，大家就和工部局展开了激烈斗争。禁演期间，贺孟斧写下了《月下小景》的剧本，他一方面保留了舞台演剧的经验，另一方面也将话剧《东北之家》中未尽的抗日救亡情怀在该片段中淋漓尽致地表达出来。

不同于以上直接的悲情抒写，《三人行》采取以喜写悲的手法，讲三个犯人从监狱刑满释放后，到处见义勇为，但结果总是笑料百出。后来，他们解救了一位被男人（高利贷者）殴打的女子。这位女子在混乱中打死了男人。当三个犯人得知男人企图污辱女子的真相后，便替女子顶罪入狱。若干年后，当他们再次出狱时，都已是双鬓斑白的老人了。片头套用的《凤阳花鼓》曲式预示了整部短片的喜剧风格，韩兰根、刘继群和殷秀岑三位演员夸张的表情、滑稽的动作以及幽默的语言延续了一贯的逗笑套路。只是以喜写悲，益增其哀，《三人行》中的坏人以死解脱，而三个决心向善、打抱不平的好人却锒铛入狱，这一设计不仅暴露了当时形同虚设、荒唐可笑的社会法制，更加深了影片的悲剧性。

相较于悲喜交织的《三人行》，最后一个片段《小五义》则有意

《联华交响曲》中《鬼》之一幕　　　　　《联华交响曲》中《小五义》之一幕

淡化了悲剧色彩。有五个孩子的老李受到邻居老何的蛊惑，将自己靠着街口的一间房子借给老何做买卖。与此同时，老李的孩子则识破了老何想霸占他们家的诡计，老何知道后便用一些小玩具离间五个孩子之间的感情。一天，老李的小女儿突然失踪，情急之下，老李便拉着老何到乡公所要女儿，但是收了老何好处的乡公们却含糊其辞，劝解双方和平相处。不久，孩子们就看穿了老何的离间计，随即召齐数百孩童，打砸烧毁了老何的货物，抢回了小妹。愚钝的老李这才醒悟过来，将坏人老何推入水中。可以说，从轻松欢快的音乐、童稚化的打斗笑闹到老李愚钝无知的行为动作，都表明这是一出典型的轻喜剧。其中坏人老何哄骗孩子们的狰狞嘴脸以及最后被耍得团团转的窘态，暗示了日本人种种阴谋的滑稽可笑。

　　经过了数个日夜的拍摄、剪接，1937 年 1 月 8 日，《联华交响曲》在上海新光大戏院正式公映。影片一经上映便好评如潮，叶蒂在《大晚报·剪影》发表的文章《评＜联华交响曲＞》中真诚赞扬道："我们热情的盼望有良心的艺人们，都能本着这般的制片方针，为中国电影展开新的一页，负起民族解放斗争中文化界应负的责任来。"可见，这样一部应景的突击之作，并没有因时间之短、成本之低而粗制滥造，反而在细节处展现了联华影人的抗日激情和爱国精神。

国民政府强干预，涉日问题巧思量

我国最早的电影放映管理条例可以追溯到 1911 年 5 月上海城自治公所颁布的《取缔影戏场条例》7 条。但此后很长一段时间内再未出现过全国统一、强制实行的电影检查制度。直到 1928 年，国民政府在上海设立戏曲电影审查委员会，全国性的电影审查规范才正式建立起来。到了 1930 年代，国民政府意识到电影对于政治的重要作用，因此，为了将电影纳入自己的意志轨道，开始逐步强化电影检查制度。1930 年 11 月，国民政府颁布《电影检查法》；次年 2 月，行政院公布《电影检查法实行规则》和《电影检查委员会组织章程》。1933 年 10 月，电检会正式通告电影界："近来所摄影片，间有矫枉过正者，或陷于超越现实之流弊，其或鼓吹阶级斗争，影响社会人心之大。合亟恳切告诫电影界，此后务宜各自注意。切勿玩忽，致干未便。"面对这样的严厉警告，当年的《狂流》《女性的呐喊》《三个摩登女性》等左翼影片均遭到蛮横删减；《上海战史》《上海之战》《上海抗日血战史》等抗日新闻纪录片也被全面禁映；更甚者，蔡楚生编写的剧本《血溅红颜》因反映了抗战，被电检局以内容"激烈"为由禁止拍摄。从 1934 年初到 1935 年底，国民政府更是频繁告诫各电影公司，不得拍摄宣传赤化、挑拨民族恶感的影片，银幕上不得出现"抗日"字眼。这期间出品的影片，如《女性的呐喊》《上海二十四小时》《中国海的怒潮》等都无一幸免，最后被剪得支离破碎。到了国防电影时期，电检手段更是粗暴无礼。

然而，严峻的政治压力并没有打破电影工作者们拍摄进步电影的决心，他们纷纷开动脑筋，寻找更巧妙的方式表达自己的思想。据孙瑜回忆，《联华交响曲》在当时之所以能够逃避电影审查会和租界当局的检查和禁映，不得不归功于创作者们的高明手法。其一，《联华交响曲》延续《狼山喋血记》中寓言式的创作思路。《春闺断梦》用秋海棠叶象征中国。《陌生人》中的陌生人影射居心叵测的日寇。《小五义》中，

《联华交响曲》片段剪影

脸谱化的人物设计皆有所指，父亲老李代表受人牵制、一味退让的国民政府，邻居老何代表人面兽心的日本，乡公所代表放任日本侵略中国的国际联盟，五个孩子代表汉、满、蒙、回、藏五族，丢失的小妹代表东三省（满）。最后，众人合力将老何推入水中，暗喻只有各地区、各阶层的人民团结起来、一致抗日，我们的国家才会有生的希望。其实，在《联华交响曲》创作当年，日本驻北平特务机关长松室孝良曾对中国现状做过详细的分析报告。在他看来，中国的不抵抗一是过于信任和依赖国际联盟，二是大家都采取自保主义，苟延图存。所以，创作者们将《小五义》放在"交响曲"的最终章也是希望对日本狂妄、傲慢的心理给以有力回击，通过生动的影像来警告侵略者，中国人民只要万众一心、统一战线，终将攻破日寇的阴谋诡计，取得最终胜利。其二，从台词上做文章。例如《月下小景》中的第二场戏：年轻人说早已不是他家乡的"那个地方"代表沦陷的东北三省；老者说自己的儿子五年前在"那个地方"失去音讯，对应的是1931年爆发的九一八事变；四年前老者失去了家，指的是1932年日军轰炸上海的"一·二八"淞沪抗战。虽然这些时间和地点在字面上不明确，但是那个时代的观众一听就能明白其具体所指。再如《疯人狂想曲》，讲述了一个原本过着幸福生活的农夫，因为外敌的入侵而失去了一双儿女，受到刺激的他精神失常、流落街头，最后被送进疯人院，终日伏在铁窗前，呼喊着"打回去！打回去"。这里"打回去"的地方其实指的就是东北。但这句话毕竟出自疯人之口，电影检查人员又能介意什么呢？

总而言之，尽管《联华交响曲》中的各个故事长短不一、风格各异，但它绝对是国防电影中的杰出之作。面对严格的电影审查，八大导演巧妙构思，通过技术上的规避、艺术上的旁敲侧击，策略性地宣传了抗日救亡思想。他们从苦难现实和特殊时局出发，将艺术探索与时代主题相结合，透过一个个家破人亡的悲剧故事、一幕幕奋起抗敌的热血画面，将反侵略、救中国的火种传递到千家万户，并借此唤醒国民保家卫国的抗争意识，其中蕴藏的不屈精神与爱国热忱，今时今日依然浸润着国人的心扉、荡涤着国人的灵魂。

打响"国防"第一枪：

《狼山喋血记》

1936 年 11 月 22 日，正值小雪时节，寒冷的上海街头车来人往，报童们怀抱厚厚的报纸满街奔跑，高喊"看报！看报！32 位影评人联名推荐影片""电影史上创新纪元""联华新片不可错过"……一声声略显稚嫩的吆喝引得人们纷纷驻足。这天，《大晚报》的巨幅版面上刊登的是新片《狼山喋血记》的荐片文章。这部国防电影运动背景下拍摄的影片，是这个风雨飘摇的时代里所诞生的"第一个健康的孩子"，被王尘无、石凌鹤、鲁思等进步影评人看作是开启"国防电影"伟大时代的力作。

抗日救亡需国防，联华二厂在行动

东北沦陷后，日本帝国主义又把侵略的魔爪伸向了华北地区。日寇对国民党步步紧逼，迫使其签订了丧权辱国的《何梅协定》，随后更是

"提倡国货，就是救国"标题的报纸

《狼山喋血记》本事

密谋策划了华北五省的"自治运动"，企图在这片古老的土地上攫取更多利益。面对日本侵略者如此厚颜无耻的掠夺行径，国民党依旧奉行"攘外必先安内"的政策，不予抵抗。"今日割五城，明日割十城"是当时中国最真实的写照。还在长征途中的中国共产党虽无暇自顾，却坚守民族大义，毅然发表了《八一宣言》和《抗日救国宣言》，号召中华民族全体同胞团结一致，坚决抗日，一时间群众抗日的革命热情空前高涨。在北平，中国共产党联合众多进步学生发起爱国运动，他们举起旗帜，走上街头，高喊"打倒日本帝国主义""打倒汉奸卖国贼"，此起彼伏的口号声响彻云霄，得到全国人民的响应和支持。自此，广袤的中国土地上燃起了抗日救亡的熊熊烈火。

随着抗日战争形势的变化，中国革命文艺运动的发展也进入了一个新阶段。1936年2月，周扬提出"国防文学"的口号，得到了上海文化界 200 多名仁人志士的积极响应，他们迅速成立文化界救国会，号召大家以"各种方式"抵抗日本的侵略。曾领导左翼电影运动的夏衍受此启发，认为电影界也应该团结各方力量，推动国防运动的发展。随后，夏衍在一次救亡活动中，向参加会议的多位进步电影人介绍了国防运动开展的必要性和意义。他的讲话得到了蔡楚生、周剑云、孙瑜、费穆、李萍倩、孙师毅等人的赞同，他们深觉应发挥自身所长，以电影为武器，将"开麦拉"（照相机）对准日军和汉奸，为抗日救国贡献一分力量。尔后，他们联合发表宣言，成立上海电影界救国会，国防电影运动的序幕就此拉开。紧接着，报刊上出现多篇谈论国防电影的文章。艺社的创始人王尘无看过后，觉得大家应该聚集起来，更加深入地探讨国防电影的制作问题，就假座南京路冠生园酒家，专门组织了一场座谈会，邀请石凌鹤、唐纳、鲁思、柯灵等电影人赴会畅述各自观点。最后他们一致认为凡能真实描写现实的影片都可称为"国防电影"，影片的创作也无须限定使用哪种方法，可以是写实主义，也可以是浪漫主义、象征主义，只要电影能够肩负起"战斗的任务"即可。此次国防电影座谈会的开展为今后电影的具体创作指明了方向，推动了电影界抗日统一战线的形成。

会议结束后，上海多家电影公司也将国防电影的创作提上了日程，如明星、联华等大影业公司，包括新华影业等后起之秀，都开始制订拍摄国防影片的计划。然而有些事并不是仅凭满腔热血就能完成的，上海进步电影人的创作遭到了国民政府的一再阻挠。1935 年，影界翘楚明星影片公司向国民党电影检查部递交了《最后一滴血》的剧本，通过审查后，主创人员发现剧本竟被删去了六分之五的内容，拿着仅剩的一折剧本，导演、编剧叫苦不迭，拍摄计划也因此"流产"。其实，在国防电影运动开始前，国民党执政者就一再破坏中国共产党领导的进步事业，他们发布《非常时期维持治安紧急办法》，派汉奸紧盯着救国会，一旦

《狼山喋血记》公映广告　　　　　　　　　《狼山喋血记》剧照

发现他们有组织活动的迹象，就立刻出兵阻止。当"国防电影"的口号响彻电影界时，国民党当局更是频繁警告各大电影公司的老板，不允许他们拍摄带有"抗日"字眼的影片，还以召开电影界"第三次谈话会"的方式，口头上表示支持国防电影运动的开展，实则背地里严加阻挠此类影片的拍摄，甚至指使特务公然破坏正在进行的观影活动。

　　然而，无论反动势力多么猖狂，也挡不住进步人士的爱国之心。一向以"新派"著称的联华二厂在此次国防电影运动之中，也没有置身事外，厂长陆洁觉得应该在这民族危亡的关键时刻，拍摄一部号召人们加入国防电影运动的影片。很快，他召来公司的导演，请来艺社的王尘无、杨廉、石凌鹤等人，商议如何拍摄的问题。杨廉提议采用国防电影座谈会中所说的象征手法来创作，就如去年备受好评的《大路》，以寓言化的方式策略性讲抗日，陆洁听后觉得这是个可行的办法，遂挑选电影艺术与技术并重的费穆担任导演，自己亲任影片负责人。经三个半月的拍摄、制作，影片《狼山喋血记》于 1936 年 11 月 22 日正式上映。

同心协力共创作，力求通俗启民智

1936 年，罗明佑远赴香港融资失败后，他为迎合国民党"新生活运动"而斥巨资拍摄的《国风》《天伦》，也因遭受观众冷落而严重亏损，这使原本就深陷资金困境的联华更加艰难。然而罗明佑的制片方针并未改变，这使得蔡楚生、史东山、孙瑜等联华二厂的进步导演们感到非常愤怒，一心救国的他们多次向公司高层上书，劝说管理层重视抗日题材影片的拍摄，得到的答复却是公司资金已无剩余，若拍片请自行筹款。面对高层强硬的制片态度，他们意识到自救才是唯一的出路，于是迅速行动起来，联华二厂内部曾参加过左翼运动的影人，发动演员、编剧、词曲作家，呼吁大家每月拿六六折的薪水，将剩下的工资汇集起来，以供拍摄抗日题材的影片使用。一向与联华二厂影人交好的一厂导演费穆也参与其中，并号召电影从业人员在"如此黑暗的今天"，背负起抗日救国的十字架。后来，罗明佑的位置被实力派吴性栽取代。费穆也离开了工作多年的一厂，转入进步影人齐聚的二厂。他在拍摄《狼山喋血记》时使用的大部分资金就出自厂里导演、演职人员们捐献的工资。

费穆拿出了三年前就想拍摄的《幼年中国》的剧本，该片因反映抗日过于露骨而被批复"暂缓拍摄"。之后，费穆又试作了几个新剧本，也不是很满意。公司同仁见他着急，就拿了几个别人已经写好的剧本让他挑选，他看过后还是觉得不够称心。此时，陷入困境的费穆想到了自己的朋友沈浮。费穆一向觉得沈浮天资聪慧，就请沈浮帮忙写剧本。当时沈浮正忙于《自由天地》的拍摄，费穆就让沈浮抽空来写，自己负责改。两人见面谈了一个上午，费穆在给沈浮讲杨廉的建议时，灵机一动，想出一个打狼的故事，打算把故事的背景放到自己向往的农村；出身码头工人家庭的沈浮也想编写一个表现小人物抗敌的事，两人一拍即合。于是便有了这个以山村人打狼来寓意抗日杀敌的故事《冷月狼山录》。沈浮写完初稿后，费穆又从《幼年中国》和《新婚之夜》里搬来一些材料加入其中，充实故事，就急匆匆地将剧本交给了电影剧本审查委员会（以下简称审查会）。

审查会上，曾与费穆一同参加过电影界救国会的蔡楚生也在场。蔡看过初稿后，对故事内容设计上的巧思连连称赞，并从观众的角度出发，提议费穆把剧名改为《山水人物传》，费穆自己则想改为《猎人魂》。思来想去，费穆又觉得前者太高雅，后者太俗气，于是仍然沿用《冷月狼烟录》这个剧名。剧本经审查会检查通过后决定开拍时，蔡楚生建议修改剧名的事一直在费穆心中挥之不去，他怕民众因疑惑剧名而对影片不感兴趣，又怕剧名不够通俗而使民众不知他所言为何物。他心想，如果观众看不懂内容，电影的主题又怎么能起到教育民众、动员"打狼"的作用呢？那自己和沈浮的心血不就白费了吗？于是，在一次剧本会议上，费穆将《冷月狼烟录》改名为《狼山喋血记》。

反动当局勉强检查通过《狼山喋血记》的剧本后，又设置了重重障碍，意图阻止影片的拍摄。如警官学校原本答应借给剧组数条经过训练的大狼狗，后来"接到命令"，临时变卦只借了两条小狼狗，根本就不能用来拍电影。道具人员只好求助于动物园，借了几只稍大的狼狗，它们没有狼群凶狠的面相，费穆只能凑合着拍。之后，费穆找到拟音师傅继秋，让他来模拟狼在不同情况下发出的不同声音；又联系录音师邝赞，用他在一年前试制成功的电影录音机"邝赞通"来收录电影中的所有声音，以配合电影画面，渲染影片氛围，以期把观众带入群狼环伺的凶险山村。此时，费穆也意识到歌曲已经成了有声电影的"弄潮儿"，他又请到曾多次合作的任光和安娥，谱写了慷慨激昂的《狼山谣》（又名《打狼歌》）作为电影歌曲。任光和安娥都是曾多次参加过进步电影组织的优秀战士。任光在本首电影歌曲中，把不断重复的狼嚎声融入西洋乐器的演奏中，使曲调对应电影所要传达的情绪，营造了紧张的氛围，很好地表现了打狼的迫切性。作词者安娥入党后，曾深入敌军内部做情报传

《狼山喋血记》工作人员合影。居中半蹲者为导演费穆

递工作，她谱写的"生死向前去，打狼保村庄""兄弟血如海，姐妹尸如霜！豺狼纵凶狼，我们不退让，情愿打狼死，不能没家乡"的歌词，融合了自己在工作中的所见所闻，明确点出《狼山喋血记》中的寓意，可以让观众更好理解有国才有家、守家须奋起的道理。

儿女打狼齐上阵，育民抗敌需团结

在国防电影运动如火如荼开展之时，《狼山喋血记》的筹拍得到了联华新东家吴性栽的大力支持。他与陆洁商议后，决定派出联华的多位当红实力派演员，来演绎这个激励人奋起的打狼故事。出身革命家庭的黎莉莉在此片中担任女主角小玉，展现了她活泼健美、大胆泼辣的一面。黎莉莉在年幼时就曾为来家中开会的潘汉年、李克农等地下工作者把门放哨，小玉一角与她自身的经历十分契合。张翼、刘琼等一向以阳光稳健著称的男演员也加入其中，引得许多观众前来影院买票。对于导演来说，选择当红影星饰演角色的好处有很多，其一就是可以把打狼守家园背后的道理更快地传达给观众。

费穆在创作剧本前就意识到这个一两句话就能说完的故事，若想制造出跌宕起伏的剧情冲突，那是非常困难的，所以他和沈浮商定在塑造人物上多下功夫。费穆为了塑造出真实可信的人物，经常会到大街上、学校旁、游行队伍中，体会不同的人对抗战的不同态度，有时突然有了想法，他就赶紧记在香烟纸盒上，回家后再深入琢磨人物的内心世界，猜想人物会说什么话，做什么事。后来，他决定在故事中设置以人物群戏为主，展现抗战下的众生相，使每个出场人物都具有鲜活的形象和性格，犹如戏剧舞台上的角色，旦是旦，净是净，毫不含糊。在影片中，他把小山村里的人物分为三类：自始至终坚决杀狼，毫不妥协的打狼派小玉、老张；可以争取的中间派刘三妻子；敬奉狼为仙，坚决不打狼的逃避派茶馆老板赵二。这三类人物的设计贴合了当时社会上大多普通民众的心态，可以让观众在角色身上看到自己的影子，正如当时《狼山喋血记》

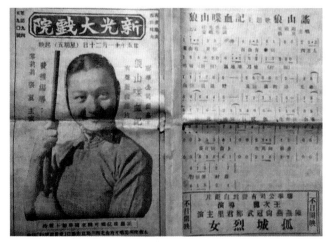

演员黎莉莉与导演费穆合影　　《狼山喋血记》广告和主题曲《狼山谣》歌词

广告宣传的画报上所说"这是全中国四万万同胞的写照"。如此富有象征性的人物设计也影射了各党派对抗日的态度：积极杀敌的共产党，主张"不抵抗"的国民党，至于在中间来回摇摆的民众该如何做选择，导演在影片中也给出了答案。

联华二厂摄制的影片一向以启发民智为重，尤其在国防电影运动时期更是如此。费穆深受影响，觉得电影之于观众的意义就应如老师给学生授课、和尚给弟子说法。于是，他在《狼山喋血记》中设置了很多剧情来塑造进步青年形象，希望观众可以向剧中的角色看齐，在现实版"狼害"的入侵下，加入抗日救亡的队伍中去，贡献自己的一份力。在表现打狼派老张时，摄影师周达明左思右想，还是决定用简单的远景镜头和仰角的近景镜头，拍摄老张手持枪在山上巡逻的情景，展现他魁梧身姿的力量感。影片中，老张打狼的行为让村子里不明所以的人们误会，有人说他为出风头，有人说他心术不正。面对流言蜚语，老张仍为了守护村民继续打狼，将自己的命运与山村的存亡联系在一起。村姑小玉在狼害中失去了哥哥和母亲，后来又失去了相依为命的父亲。面对凶残的狼群，她并没有因胆怯而逃避，也没有沉湎于悲伤无法自拔，而是以花木兰为榜样，努力练习打枪。在众人被赵二的消极打狼言论迷惑时，小玉以自身遭遇苦口婆心地劝诫村民奋起，但村民为保护自己都躲在家中。这使狼变得越来越猖狂，白天都敢来村中觅食，吃完食物，便开始吃人，刘三家年幼的孩子就在此时被狼咬死了。刘三妻由此从中间派变为了打狼派，在众人犹豫时，她积极响应小玉的呼声，加入打狼的队伍中，誓将它们赶走、打死。柔弱女子的力量令村民们动容，他们纷纷拿着猎枪奋起"战斗"。身残的哑巴也加入其中，听说狼来后，他拿起长杆就往山上跑。他的父亲赵二把他拽回来，狠狠地骂他，但这并没有中断他坚决打狼的心。后来，哑巴被狼咬了脖子，拖着沉重的身子爬回家中，在他那一心不打狼的爹爹面前，奋力喊出一个"狼"字。此时视狼为神明、呼吁不打狼的赵二，终于在儿子声嘶力竭的吼叫中觉醒，意识到自己之前言论的错误，满是悔恨地加入打狼的队伍中。在此处费穆将社会上关于抗战的各种消极观点都通过赵二之口说出，给那些妄图在抗战中自保、苟延残喘的人以启示：关门退缩的政策避不了"狼患"，唯有千千万万的中国人民团结起来，有准备、有计谋地抗敌，才能大获全胜，守卫家国。

在"国防电影"的口号提出多时后，《狼山喋血记》的公映无疑打响了"国防抗狼"的第一枪。影片在联华二厂众多进步影人的共同努力下，历经国民党检查机构的重重审查，在观众面前上演了一场场与狼的争斗，试图给民众以思想上的启蒙和精神上的动员，鼓舞黑暗中饱受摧残的人们坚定信念，奋起抗敌。在距国防电影运动已 80 余载的今天，重温影像中那为争取民族利益不畏强权的勇敢精魂，他们那为守护家国慷慨赴死的民族精神仍值得我们敬佩，那些顽强拼搏的前辈们，他们的精神之火永远不灭。

冬去春来：

追忆"昆仑"跨时代经典杰作

　　1957 年，华表奖的前身，中国电影史上第一个真正由政府部门设立的电影奖——中国文化部优秀影片奖问世，用以表彰 1949—1955 年内地和香港生产的优秀影片以及创作人员，其中一等奖影片《乌鸦与麻雀》备受瞩目，深受毛主席和周总理的青睐。这里还有一段小插曲。初评阶段这部影片只得了二等奖，这事传到周总理那里，周总理颇为不满地说："这些人冒着生命危险，拍出这么好的电影，怎么能是二等奖？"后来毛主席看过此片，非常赞同周总理的说法。最后，终评名单揭晓，该片与《白毛女》《渡江侦察记》等一起被评为一等奖。这是一部跨越新旧中国摄制而成的电影，周总理口中所说的"冒着生命危险"则是指该片在上海解放前国民党反动派重重围剿之下，半途被迫停拍，一直到 1949 年以后才续拍完成。无独有偶，历史总是惊人的相似，曾是一代人记忆的《三毛流浪记》也经历了同样的波折。两部影片能够完成，并

《三毛流浪记》中王龙基与林榛

张乐平与幼时王龙基

王龙基和《三毛流浪记》全体女演员合影

在海内外享有很高的声誉，离不开昆仑公司的天时、地利、人和。新旧之交，不仅意味着时间更替，更要承受历史与社会的巨大变革。让我们将时光逆转至上海解放前夕，共同见证中国共产党人及进步人士如何不惜以生命为代价，坚持完成上述两部影片创作，又何以坚守创作红色电影的初心与使命。

危难之际接大任，宗记合作渡难关

1946年6月，蒋介石悍然撕毁《双十协定》，内战一触即发。同年10月，内战全面爆发之际，周恩来即将离沪之前，在周公馆（即中国共产党代表团驻沪办事处）特地约见了任宗德及其夫人等人。周恩来是唯一没有中途离开并全力支持昆仑公司的高层。正如任宗德夫妇所猜测的，周恩来在离开上海返回延安之际，接见党内外人士，无疑有要事相告。果不其然，周恩来嘱托任宗德"一定要全力组建电影制片机构，坚守这片文艺阵地"。任氏夫妇"奉命于危难之间"。要知道任宗德曾是开办国防动力酒精厂的商人，何以将此重任委托给他呢？

时光倒转至1945年，就在抗日战争最后的决胜阶段，中共七大召开，这是新民主主义革命时期最后一次极为重要的党代会，它确立了毛泽东思想为党的指导思想并写入党章，同时为"打败日本侵略者，取得抗日战争胜利"制定了路线方针，指明了光明的方向。为贯彻落实此路线，任宗德等人带头组织开展座谈会，会同文艺界进步人士，其中包括阳翰笙、史东山、蔡楚生，也就是后来的"昆仑三老"，还有夏衍、田汉、赵丹、白杨等影坛明星人物。这些人后来绝大部分齐聚于昆仑影业公司。

短时间内能够快速聚集文艺界主力军，一方面得益于此次聚会地理空间的优越性。重庆韦家院坝16号这一被载入史册的地方，其贡献者就是任宗德，名义上这是他酒精厂的总管理处，实际上自1942年以来这里就成了共产党人、文艺界进步人士联络、活动的集聚点。这么说来任宗德也算得上是半个"文艺圈"的人。考虑到国民党反共高压期，他们以为司徒慧敏老母亲寿庆作掩饰，开展了本次规模较大的座谈会。于是有了楼上应酬国民党、楼下进步人士秘密研讨的局面。另一方面，抗日战争全面爆发，上海沦为"孤岛"之后，电影界的主要人员撤退到大后方重庆等地。于是，文艺界进步人士晚上秘密同周恩来、李维汉座谈，确立了推进民主进步文化工作的任务，并做出一个始料未及的决定，由任宗德出资、宋之的主持、沈雁冰（茅盾）编剧、赵丹主演一出新的话剧《清明前后》，这算是昆仑影人最初的合作；同时，他们决定在此成立进步文化团体青年联谊社（后改名凤凰联谊社）。《清明前后》揭示了国民党四大家族摧残民族工业的可恶行径，对于中国人民陷入的困境给予现实披露，一经上演好评如潮，也奠定了日后昆仑出品影片的主要基调。

1947年5月，联华影艺社改组成立昆仑影业公司。根据股本投入比例，夏云瑚任董事长，任宗德任厂长，地下党员代表蔡叔厚任总稽核，真正做到了各司其职、各尽所能。以夏云瑚为例，他早在1929年开始担任上海美商环球影业公司代理发行员，抗日战争爆发以后改发行苏联影片，并在大后方经营国泰大戏院，排演大量进步话剧。此人八面玲珑，与国民党官员有着密切往来，但并不认同他们宣传的意识形态，既有进步倾向，又可为进步影片创作打掩护，因此阳翰笙指定夏云瑚为影片发行的不二人选。创作方面，除了有编导委员会主任阳翰笙坐镇，田汉、陈鲤庭、陈白尘、于伶都是左翼影人中的活跃干将。他们不遗余力严格把关剧本，为此还实行民主管理制，即一人写好剧本，组织全员开会讨论修订，直至剧本敲定。在当时民不聊生的复杂社会背景下，立场左右摇摆的大小公司往往沿着纯粹商业路线行走，赚钱是其首要目标。而昆仑肩负社会责任，坚持"宁可不拍也不能粗制滥造"的底线思维，延续了老联华宝贵的左翼精神，因而佳片迭出。

昆仑公司成立没多久，1947年10月，由于投资人员变动，昆仑跨入了"宗记合作制片"新阶段，即由任宗德全权负责公司业务。此时昆仑内部权责、管理都更加明确。任宗德主要着手解决两个问题，一是资金短缺，二是国民党打压。为了解决经济困难，任宗德不仅将其抗战时期在大后方经商所赚的钱全部拿出，还不惜典卖了两幢房子，投入徐家汇三角地摄影场的整修当中，想尽一切办法，改善拍摄的硬件设施条件。影片要想上映，谈不上"过五关斩六将"，也至少要"过三关"——老板关、导演关和检查关，而最难通过的则是检查关。当局对昆仑的打压不遗余力，逢昆仑出品必遭大肆删减，他们甚至派遣"自己人"打入昆仑内部。在地下党组织领导下，作为总经理的任宗德想方设法应对、抵制当局打压。虽然上海解放前夕《三毛流浪记》和《乌鸦与麻雀》的拍摄工作被迫停止，但不管怎样昆仑总算是保住了。无论在管理层面还是创作层面，昆仑影人牢记党的嘱托，借助"地利人和"的优势稳扎稳打，在坚守下来的阵地乘势而上，终于成就这两部上乘之作。

银幕内外相辉映，"三毛"经典永流传

　　从抗战胜利到上海解放前后，昆仑公司在徐家汇三角地共创作完成九部影片。《三毛流浪记》作为一部跨越新旧中国创作而成的故事片，具有特殊的历史意义，它不仅是新中国第一部放映的故事片，还是第一部由一流明星全员参与且零片酬的电影。"三毛"是时代的经典，是许多人儿时的记忆，有人说"我是看着三毛的故事长大的"。这首先要感谢"三毛"之父——漫画家张乐平。其实，"三毛"在登上大银幕之前，已经家喻户晓。抗战胜利后，张乐平在《申报》《大公报》都曾连载过有关"三毛"的漫画，尤其是《大公报》，连续刊载了近两年，吸引了大批读者。当时有人声称，"每日打开《大公报》，什么天下大事都可以置之不管，首先就得问候一声三毛的消息怎样"，可见当时这部电影的火热程度。由于战乱频仍，大量无家可归的儿童在上海街头巷尾流浪，垃圾箱周围时常能够看到他们的身影。这后来也成了影片第一个镜头的来源。一幕幕流浪儿童求生的场景被张乐平记在心里、画在纸上。后来在影片摄制期间，张乐平曾多次向王龙基（"三毛"扮演者）含泪讲述他目睹的流浪儿童的种种不幸遭遇。王龙基感同身受，这也是他能够精彩演绎"三毛"的重要原因之一。当时上海社会各界为解决流浪儿童问

张乐平赠给王龙基的画

张乐平漫画《同是儿童》

题做出了许多努力，宋庆龄为此曾专门创设"三毛乐园会"，举办"三毛生活展览会"，为社会上仍在流浪的"三毛"筹备救助金。因此，昆仑影业公司决定立即将"三毛"搬上大银幕绝对是应时之举，显示出昆仑影人的敏锐与果敢。

"三毛"从漫画走上银幕的过程并非一帆风顺。现在影片所示编剧为阳翰笙，实际上最早接手的是独立制片人韦布，后来才找了翰老改编剧本。在此之间，两封匿名恐吓信悄无声息地寄到张乐平和韦布的手中。张乐平收到的信还算"委婉"，信中称"不准将三毛搬上银幕！假如不听的话，将予以不利"；而针对韦布的信则没有那么"客气"了，信中直接警告他，"三毛再搞下去，当心掉脑袋"。两封信不外乎都来自国民党方面的警告。当时国民党消息灵通，政治斗争复杂、激烈。但此事丝毫未影响创作者的热情，他们反而愈逼愈勇，紧锣密鼓地投入剧本创作，并逐场戏、逐个情节地讨论、打磨。剧本创作的同时，对于小演员"三毛"的物色，剧组更是煞费苦心。百里挑一也没有心仪人选，这可把剧组急坏了。当时，导演严恭偶遇三个正在弹玻璃球的小毛孩，虽说只是玩游戏，但获胜方坚持向对方讨要"战利品"，这股倔劲儿刚好符合导演心目中的"三毛"形象，且这个小孩外表也与漫画里的"三毛"十分相像。严恭马上同另一位导演赵明商议，两人一拍即合。说来也巧，这意外找来的小演员正是厂里电影音乐负责人、著名作曲家王云阶的儿子王龙基。王龙基颇得张乐平的喜爱，在纪念张乐平百年华诞的文章中，王龙基回忆当时乐平伯伯高兴地讲："这就是我想象中的三毛形象。"王龙基自己也认为"三毛"身上有自己的影子，"三毛是我，我就是三毛"。

值得一提的是，《三毛流浪记》是赵明、严恭合作导演的处女作。合作成功的背后离不开追求卓越的昆仑精神滋养。当时，"培养新干部"是昆仑公司的制片方针之一，阳翰笙交付两人如此重任，也正是在为新中国培养电影新力量。

剧本定稿、演员选好之后，接下来就要全神贯注于影片拍摄了。如何能够让小演员将"三毛"生动演绎出来成为新难题。要知道王龙基当时刚满8岁，正是调皮捣蛋的时候，不可能像大人一样按部就班地听指挥，于是赵、严在征得王龙基父母同意后，制订相应"游戏"规则，与他同吃同住，对其约法三章。

影片最值得称赞的地方莫过于对国民党四大家族黑暗与罪恶一面的揭露，尤其在高潮部分贵妇人宴请宾客中有所指涉。这场戏云集了上海全明星阵容，上官云珠、吴茵、孙道临等众多大明星以及赵丹、黄宗英等七对夫妻明星齐上阵，昆仑公司及这部影片的号召力与影响力可见一斑。

此外，影片有四分之三都是实地拍摄。当时到街头拍摄无疑会成为反动派的眼中钉，剧组在拍摄过程中都要东躲西藏。灵机一动，剧组采取"提前踩点，突袭拍摄"的迂回战略。外滩卖报、捡烟头以及北四川路桥头推车都是导演提前带领王龙基经历的真实场景，为此王龙基还与流浪儿交了朋友，亲身融入他们苦难且辛酸的生活当中。开拍后，为了躲避国民党当局的耳目，剧组晚上暗中踩点预演，白天在车水马龙的街道上暗中布置好群演，以突然"袭击"的方式完成拍摄。

等到影片真正创作完成已经是上海解放以后了。与1930年代左翼电影中流浪儿童电影的集大成者《迷途的羔羊》相比，《三毛流浪记》已经打消了依附上层阶级实现不再流浪的幻想，更加注重对"三毛"人物本身性格的塑造，找到了旧社会流浪儿童问题无法得到解决的根本原因。这离不开创作团队在前期体察、感悟现实中所投入的巨大精力。其实，本来还有为"三毛"找到出路的影片下集，由于时局变动，翰老离沪赴港，致使编排后半段的计划落空。上海解放后片末加拍的光明"尾巴"值得一提。最后，三毛欢快地走进"欢庆上海解放"的方队，与上海解放前被揪出"欢庆儿童节"方队形成对比，预示着流浪儿童被社会接纳的光明前景。尽管这一结尾政治性大于艺术性，但充分表现出影片跨越时代的政治历史气候的错位与流变。1949 年 9 月，上海六大影院同步首映《三毛流浪记》，得到从中央到地方的一致好评。1981 年 5 月，"三毛"迈进了世界舞台，在 34 届戛纳国际电影节的中国电影日上放映，让世界看到了"三毛"不再流浪。

强强联手塑佳作，乌鸦麻雀终不返

　　与《三毛流浪记》同期，昆仑影业公司还拍摄了另一部反映国民党在风雨摇曳的边缘垂死挣扎的影片《乌鸦与麻雀》。该片细致入微地刻画出一系列极富生活智慧的小市民，隐喻式的片名暗示了两个阶级针锋相对的历史角逐。相对于《三毛流浪记》而言，此片直接触及国民党反动政权的深处。据说是黄宗英最初提出有关影片的想法，随着解放战争的节节胜利，捷报频传，黄宗英对丈夫赵丹说："阿丹，该搞一部电影，把国统区黎明前的黑暗拍下来。"赵丹也认为刻不容缓，马上起身前往昆仑公司同几位编剧、导演商讨此事，大家一致认为有责任记下蒋家王朝最后覆灭的罪恶史。很快影片投入了剧本创作并准备开拍。该片同样遭到国民党反动派的阻挠，拍摄至三分之一后被迫停拍，直至上海解放后才创作完成。

　　《乌鸦与麻雀》真正体现了昆仑公司集体创作的优良传统。从剧本初创阶段，编、导、演已经"一体化"，陈白尘（编剧）、郑君里（导演）、赵丹（主演）、沈浮、徐韬、王林谷等人集体对剧本进行了多次讨论，最后陈白尘执笔完成剧本，应当说《乌鸦与麻雀》讽刺喜剧的创作风格一定要归功于他。时任昆仑公司编导委员会副主任的陈白尘早已是文艺界的创作行家，其作品遐迩皆知。他较早创作的《升官图》成为话剧界的喜剧经典，所写的第一个电影剧本《幸福狂想曲》是其讽刺喜剧的初

《乌鸦与麻雀》中的一幕

《乌鸦与麻雀》中赵丹、吴茵与三
个小明星

步尝试。《乌鸦与麻雀》可以说是他笔下最为完整的一部讽刺喜剧。创作过程与《三毛流浪记》一样曲折，但"上有政策、下有对策"，陈白尘灵活采用"阴阳剧本"，以躲避国民党的检查。为避开特务监视，他白天将剧本藏到摄影棚顶的大梁上，晚上拿出来继续修改，就这样以"打游击战"的方式艰辛地完成了剧本创作。该片流畅而巧妙的镜头语言设计则要归功于导演郑君里。郑君里与陈白尘是同学，两人都曾在田汉创办的南国艺术学院有过求学经历。在拍摄该片前，郑君里早已是响当当的影坛名人，曾参演过70多部话剧、20多部电影。在1932年由上海《电声日报》发起的中国电影史上第一次"十大电影明星"的评选中，郑君里被评为仅次于金焰的男明星，享有"电影候补皇帝"的美誉。他不仅在《野玫瑰》《新女性》《迷途的羔羊》等影片中担任主要角色，具有丰富的表演实践经验，还专门从事电影理论研究，17岁就能够翻译出斯坦尼斯拉夫斯基《演员的自我修养》等精深的外国理论著作。他付出的努力常人难以想象。郑君里多年来笔耕不辍，个人还著有系统的表演艺术理论、导演理论，由他撰写的《画外音》称得上是我国第一部探讨导演艺术的论文专集。郑君里在自己的光影人生中，始终不渝地保持前卫的电影本体论思想。因此，《乌鸦与麻雀》虽是郑君里独立执导的处女作，但一点儿也不亚于同时期的其他电影作品，无疑成为昆仑公司的后起之秀。

经过陈白尘、郑君里的强强联手，镜头前"乌鸦"与"麻雀"的故事展现得异常精彩。影片的高屋建瓴之处在于，将国民党霸占的"江山"熔于"一楼"，通过楼上楼下、房前屋后四户人家的生活延伸，折射出社会百态，一缩一放显示出创作者及演员对于时代样貌的深刻感悟。影片中的每个人物都有属于那个时代的不同特性。赵丹饰演的"小广播"灵活洒脱。现实中，赵丹与黄宗英长期以来生活在拥挤不堪的平房里，门里门外尽是市井气象，平时赵丹很喜欢观察并效仿小市民的言行举止。影片中许多细节动作都是他有感而发的即兴表演。当时赵丹有位邻居整天优哉游哉，没事就往弄堂口的藤椅上一坐，哼上几句绍兴戏，这给赵丹留下了深刻印象。这位邻居便成了影片中"小广播"的现实原型。据说赵丹为了演好这个角色一个月没洗澡，还用香烟熏黄一口皓牙，酝酿

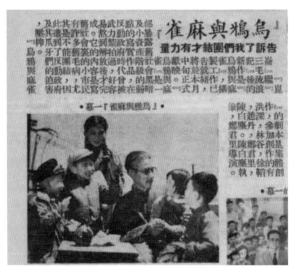

发表于《影艺（上海1949）》的评论文章《＜乌鸦与麻雀＞告诉了我们团结才有力量》

导演郑君里在昆仑摄影场中

导演郑君里拍摄《乌鸦与麻雀》时的情形

了一个通宵才入戏，为演出付出巨大。他也是将影片中的小市民生活哲学演绎得最为成功的一位。当危机来临时，赵丹既表现出了"小广播"怂恿邻居联合作战的胆怯，又展现了想"大难临头各自飞"的私心，做着"轧到金子，顶房子，自己做二房东"的美梦，然而摇椅断裂瞬间一切化为黄粱一梦。一个拉镜头所展现出的家徒四壁的凄凉景象，强烈暗示了他所有的幻想终将化为乌有。"麻雀虽小，五脏俱全"，影片塑造的所有小人物都非常立体、真实。

上海解放后，影片创作完成。1949年11月影片上映。《乌鸦与麻雀》依托巧妙的剧本构思、精湛的艺术手法与强大明星阵容的高水准演出，荣获文化部1949—1955年优秀影片一等奖。影片能够获此殊荣，主要在于影片让观众看到了新生的希望，旧社会中国民党寄生于民、倾销美货、物价疯涨等黑暗社会现实一去不复返，畏首畏尾的小资产阶级知识分子华洁之、因循守旧的教书先生孔有文等人不再各自为家，联手赶走残酷镇压人民的反动官僚侯义伯。当然，前提是报纸上出现"国民党引退"的好消息，只有共产党取得解放战争的胜利，才有"爆竹一声除旧，桃符万户更新"的新社会。

时隔70多年后的今天，当我们追忆老一辈电影人在千钧一发之际创作出的时代精品，不禁感叹"戏里戏外，皆是人生"。《三毛流浪记》《乌鸦与麻雀》是难得的跨时代经典。亲身经历过新旧交替、社会变革的昆仑影人，既以切身感受深耕细作，不畏强权、满腔热血搞创作，又能够站在新中国的政治立场上，真实反映出新时代的美好愿景。与此前批判现实、畅想未来的理想化色彩浓厚的影片相比，这两部影片更具有价值，是电影史上里程碑式的经典杰作。

"昆仑三老"
之"翰老"

　　他的一生是革命的一生，拿起枪杆，驰骋沙场；他的一生又是文艺的一生，弃武从文，满腹经纶；他的一生更是为党和人民英勇奋斗的一生，功成不居，名垂青史。他就是被尊称为"昆仑三老"之一的"翰老"——阳翰笙。在国民党黑暗势力席卷而来的危难关头，阳翰笙当机立断，决定在国统区组建进步电影阵地，本着"集中力量办大事"的原则，翰老亲力亲为，着力解决人才和物力问题，终于在国统区建成第一个由共产党领导的民营电影公司——昆仑影业公司。他具有革命家与艺术家的双重身份。他任人唯贤、团结同志，在党内党外都享有崇高声望。"先人已逝，精神永存"，1993 年新华社刊发悼词，将阳翰笙誉为"中国新文化运动先驱"之一。可以说，他近 70 年的文艺生涯就是中国当代革命史和文艺史的缩影。而在昆仑的那些日子，正是阳翰笙创作转向的关键时期，承前经历大后方的腥风血雨，顺接 1949 年后的新中国文艺事业，回回都是打头阵的"老大哥"。

初入影坛负使命，足智多谋创事业

就在抗日战争胜利后的第二年，1946 年，立足徐家汇三角地的联华摄影场，由阳翰笙牵头组建的昆仑影业公司正式成立，不仅解决了场地问题，还汇聚了编剧、导演、音乐、摄影、剪接各方精兵强将，容纳了大批电影人才。翰老能够在短时间内火速召集人马，并在时局紧张的国统区建立电影阵地，足见他在电影界巨大的影响力和极强的组织领导力。

大革命时期的阳翰笙

阳翰笙最早踏进电影圈是左联成立以后。1929年，文坛中的白色恐怖相当严重，党中央委托江苏省负责人（宣传部部长）李富春找阳翰笙和潘汉年谈话，指示他们"召集全体党员开会，统一认识，尊重鲁迅，团结起来，一致对敌"。两人随即传达了党中央的意图。1930 年，阳翰笙等 12 位发起人联合成立左联。阳翰笙先后担任左联和文委（即中央文化工作委员会）的党团书记，且贡献突出。而党真正打入电影界，形成左翼电影阵容，已经是 1932 年夏天了。夏衍、钱杏邨最先应邀进入明星影片公司，这在当时是经过文委、左联自上而下讨论的一件大事，由阳翰笙、田汉、瞿秋白等人决议后才放人，因为其时的电影圈乌烟瘴气，稍有不慎就会坠入深渊。而后，应洪深之约，阳翰笙创作完成了自己的第一部电影剧本《铁板红泪录》。该电影 1933 年由明星公司出品，与田汉的《三个摩登女性》、夏衍的《狂流》一起成为左翼电影的第一批精品。

阳翰笙非常注重现实，注重生活素材积累，并能够迅速将其转化为适应时代需求的文艺作品。他的电影处女作《铁板红泪录》是中国第一部反映农民武装反抗地主的影片，从内容来看与其生活经历不无关系。

阳翰笙（1902—1993）出生于四川高县罗场镇。在那个动荡不安的年代，他曾目睹过多场农民起义，母亲周淑贞也时常给他讲《三国演义》《水浒传》的故事。《铁板红泪录》正是以他的故乡（他称故乡为"水浒式的故乡"）及其儿时的所见所闻为背景创作而成的。

1933年是个多事之秋，那一年阳翰笙、田汉、夏衍等人加入艺华电影公司。最初艺华创始人严春堂邀请田汉当总顾问，希望田汉能够帮忙找导演、拉明星。要知道，严春堂的来头可不小，他不仅是名声不太好的暴发户，还是当时上海大流氓黄金荣的徒弟，跟他接洽合作，肯定要安排经验老道的同志，于是田汉第一时间找到了阳翰笙。

很快，逐渐发展壮大的艺华已经成为当时电影界"三足两翼"中的"一翼"，是名副其实的左翼阵地。这背后离不开田汉"明修栈道"与阳翰笙"暗度陈仓"的默契配合。田汉当时为何要找阳翰笙呢？原来两人很早就是莫逆之交。阳翰笙一直鼓励田汉向党组织靠拢，将其领导的南国社发展为左翼倾向。田汉也多次为阳翰笙的创作指点迷津，并亲笔撰文为阳翰笙宣传新作。两人志同道合，共同致力于进步戏剧与电影事业。因此，当时他们一见面就达成共识，而后又去找组织商议，组织一听"用他的钱办我们的事"，何乐而不为呢！就这样，两人共同主持艺华的编委会工作。1933年，阳翰笙根据他在南昌起义时撤退到海陆丰的耳闻，创作了反映渔民为救己救民族而进行反帝反封建斗争的热血故事《中国海的怒潮》，再次摆明自己爱国主义革命的立场。从此阳翰笙也开始直接领导左翼电影工作，并一直延续到解放战争时期。

万事俱备尽职责，只欠东风终建厂

抗日战争胜利以后，阳翰笙遵从党的使命，在上海各方影剧界朋友的支持下，准备组建电影公司（即后来的昆仑影业公司），发展进步电影事业。首先需要解决的仍然是资金问题，虽然他安排大家分头去找渠道，但最终还必须由他敲定，将资金落实到位。

翰老一贯有着"五湖四海皆兄弟"的豪气，不仅善于团结党内同志，还尽可能团结党外进步人士。与资本家打交道，翰老在行。这回他首先想到了进步民族资本家夏云瑚。夏云瑚是何许人也？用翰老的话来说，"他对中国电影戏剧运动是有特殊贡献的，他是我们电影戏剧界一位忠诚不渝、情深义重的老朋友和老同志"。抗战全面爆发后，上海戏剧工作者提出"到内地演出"的口号，左翼电影艺术家孟君谋和夏云瑚带领上海影人剧团去往武汉，刚好与在此组织戏剧活动的阳翰笙相遇，阳翰笙立即将刚恢复的上海业余剧人协会成员赵丹、陶金等人托付给夏云瑚，让他们随上海影人剧团一同奔赴四川演出。夏云瑚尽职尽责、恪守约定，即使在身无分文的艰难时刻，也靠借债维持演出队伍支出，更为可贵的是他不计个人得失，让剧团在自己经营的国泰大戏院黄金时段演出，在此公演了包括阳翰笙编写的《塞上风云》《天国春秋》等大量优秀抗敌剧目。一时之间，国泰大戏院成了进步话剧的孵化基地。尤其是皖南事变后，国共关系破裂，政治风云突变，阳翰笙接到周恩来指示，"无论如何都要保证《屈原》的演出"。《屈原》

1939 年冬，电影《塞上风云》剧组去塞北实地拍摄，阳翰笙等为剧组送行。左起：阳翰笙、舒绣文、郭沫若、黎莉莉、郑用之

《塞上风云》全体演员在绥蒙拍摄外景，着皮帽羊裘，仿佛一队朔漠英雄

是由郭沫若创作的一部借古讽今的历史剧，"写的是古人，骂的是蒋介石"，国民党当局得知后勃然大怒。面对反动派威逼利诱，夏云瑚拍拍胸膛，对阳翰笙说道："你们尽管演好，我来想办法对付他们。"经过一番周折，1942 年，《屈原》终于顺利上演，并引起强烈反响，成为戏剧史上的佳话。两人友谊也就此升温。所以，当翰老向他提出办电影厂的事情时，夏云瑚二话不说，慷慨解囊，一个人的投资就占了"半壁江山"，为昆仑影业公司出品优秀影业提供了巨大支持。

其实，组建昆仑影业公司源于阳翰笙与周恩来的约定。周恩来嘱托他要在国统区占有中国共产党在文艺界的领导权，而当务之急是建立属于自己的电影厂。阳翰笙自从接触文艺工作以来，深受周恩来的指点与影响，老舍甚至称阳翰笙为"文艺界的周恩来"。早在黄埔军校任职时，阳翰笙

周恩来与第三厅

就在周恩来领导下做政治工作。后来为加强上海文艺界的领导，他又被派去创造社做组织工作。此时，年轻有为的阳翰笙已经显露出出色的才干。即使是左翼组织遭到破坏，被软禁于南京时，阳翰笙仍通过"暗线"秘密为《新民报》编副刊，冒着生命危险写了几十篇杂文，掀起了一场"打狗"（汉奸、特务）运动。国共第二次合作时，周恩来派阳翰笙协助郭沫若筹建第三厅，这是国民政府在军事委员会政治部下设的文化机构，名义上邀共产党人搞创作，但居然派铁杆反共人物陈诚担任政治部部长，周恩来只是个空头副部长。不同于此前组建的流动于社会的协会组织，第三厅人员全部由党内同志和进步人士组成。此时第三厅内部充满了明争暗斗，上有国民党控制施压，下则要完成周恩来的指示"我们不是去做官，我们是去干革命嘛"。阳翰笙只有以智取胜，从容应对，

软硬皆吃，一再"扩大宣传、组织活动、联系群众"，为党领导开展文艺事业赢得了良好声誉。阳翰笙在第三厅立下汗马功劳后，组建党领导的电影阵地一事也就顺理成章地交到他手里了。

有了资本与组织上的支持，要拿到拍摄场地的关键还得归功于阳翰笙团结的一位党外人士，他就是烈士钱壮飞之女、著名演员黎莉莉的丈夫罗静予。罗静予曾担任过中国电影制片厂（简称"中制"）厂长，而翰老在第三厅任职时，兼任过"中制"编导委员会主任。罗静予平时非常尊重阳翰笙，凡事都请示翰老再做决定。两人不仅在工作上有交集，私交也很好。所以，等到周恩来要求罗静予协助翰老做好建厂工作时，罗静予便竭尽所能帮忙解决无厂址这一棘手问题。当时，眼看国民党即将收复最后一块宝地——位于徐家汇三角地的原联华三厂厂址，罗静予立即出面找到国民党总参谋长陈诚，一番说辞就把这事圆了，顺利接收了联华厂址。翰老负责将联华旧厂改组成昆仑公司，并在昆仑发展党组织。由此，昆仑真正成为属于共产党的电影创作阵地。

胸怀家国明立场，心系昆仑善始终

昆仑公司分工明确，制片、发行交夏云瑚、任宗德等人负责，创作方面则由"昆仑三老"负责。昆仑成立了阳翰笙为首的编导委员会，严格把控每一部电影剧本。翰老大力吸引各方人才，云集而来的编、导、演、摄、录、美等人才都是上海滩第一流的。他高瞻远瞩、运筹帷幄，构建起最广泛的文艺统一战线。在他的领导下，昆仑公司放慢速度、提高质量，以创作有影响力的精品作为第一目标。当时反动派还嘲笑昆仑是"一江春水慢慢流"，但昆仑依旧坚持慢工出细活，坚决不肯粗制滥造。

为确保影片思想内容的统一性与完整性，阳翰笙带头制订了昆仑公司的制片方针，即"站在人民的立场，暴露与控诉国民党反动统治的罪恶，和在这种统治下广大人民所受的灾害与痛苦，并进一步暗示广大人民一条斗争的道路"。翰老对反动派如此深恶痛绝，是因为眼前"不和谐"的景象深深刺痛了他。当时国民政府与美帝国主义签订了出卖中国权益的条约。1946 年，翰老回到上海，看到街上卖的都是美国倾销的物资，旅馆住的是美国人，黄浦江上满是来回穿梭的美国军舰和商船，甚至还有中国女孩陪着美国官兵在豪华酒店寻欢作乐，可以说整个上海滩成了美国人的天堂。这可把干了半辈子革命的翰老气坏了，誓死要将这一切公之于众。

此后，昆仑公司紧紧围绕制片方针，积极投入影片摄制。翰老一边忙着组织管理，一边进行自己新的创作。昆仑的组建过程是艰难的，位于三角地的联华三厂旧址虽是保住了，然而设备严重不足。翰老再次出马找到罗静予，依托他在"中制"的关系，偷偷从南京运来机器供昆仑使用。罗对翰老相当信任，甚至连一张借条都没有打。在强大的创作阵营的支持下，翰老编剧的两部佳作《万家灯火》《三毛流浪记》一改《八百壮士》《塞上风云》等作品中正面描写敌我冲突的革命现实主义特色，转而在生活真情实感和人物内心刻画上浓墨重彩。同样是揭露国民政府反动统治，《万家灯火》以小市民家庭的酸甜苦涩折射出国民党统治下社会的黑暗，《三毛流浪记》通过流浪儿童视角揭示民不聊生的悲惨世界，把左翼电影中的现实主义精神推向最高峰。

从左翼电影时期走过来的翰老，深知电影批评的重要性。他认为，电影批评包括两个方面：一方面，批判国内外反动影片；另一方面，进行内部的自我批评。从《万家灯火》开始，翰老就对导演沈浮提议，"从我们这开始做起，让大家都来讨论剧本，从老板到发行人员都派代表参加提意见，好的意见我们就接受，下去改"。不仅如此，他还要求导演、摄影、演员开拍前都要做计划、做分析、做研究。经过集中讨论，翰老提出了八处需要修改的地方，沈浮便按照讨论的意见去改、去拍。影片上映后，翰老再次找来冯雪峰、曹禺、金山、于伶等各界人士开展座谈会。早在 1932 年自己的长篇小说《地泉》重版时，他就将书稿交给茅盾、郑伯奇等人挑毛病、找缺点，事后将他们的批评直接作为序言载入书中，翰老这种虚怀若谷的高尚情操被传为现代文学史上的佳话。这次也不例外，在座的各界人士纷纷真诚提出宝贵意见，翰老委托《大公报》整整用了两大版面刊登了会上的发言，以配合宣传。经典作品必然要经过千锤百炼，而且不会随时间流逝而被忘记。在 1995 年上海举办的"中国电影 90 年十大名片"评选中，《万家灯火》位列其中，它是翰老剧本代表作之一，也是中国电影史上的里程碑。至 1949 年，昆仑已经出品了九部影片，虽然数量上不占优势，但部部都称得上是上乘之作，昆仑在国内影坛站稳了脚。

阳翰笙不仅心系昆仑，对其他电影同行的事也十分热心。有一天，阳翰笙等来了"中制"的两位厂长（罗静予和王瑞麟），他们赶来跟翰老商议厂里的事。原来是陈诚指令他们限期完成两部"戡乱反共"的影片《共匪祸国记》和《共匪罪行实录》，一向追求进步的两人一时之间不知如何是好，翰老当即想出四条"拖垮"主意。正好孙瑜从美国学习回国，准备将剧本《武训传》交付给翰老开拍，翰老灵机一动，让王瑞麟负责《武训传》的拍摄，并推荐赵丹主演，再次提出三条"拖拍"建议。在翰老一手策划指挥下，反动派打造反共基地的目的终究没有达成，

1979 年的阳翰笙（左一）

1987 年阳翰笙同志从事文艺工作 60 周年庆祝会上合影

《武训传》却拍摄了三分之一，上海解放后由昆仑公司续拍完成。

　　新中国成立前后，翰老奉周恩来之命北上，作为负责人之一筹备第一届文代会事宜，并当选为大会主席团成员，协助统筹全国文艺工作。1979年是不平凡的一年，刚获平反的翰老拖着虚弱的病身，投入第四届文代会的准备工作，并忙着为含冤而去的老朋友正名。古稀之年，阳翰笙老当益壮，仍然心系昆仑电影人。有一次，天空下着鹅毛大雪，翰老病中发着高烧，但为了赶时间，仍然为昆仑公司老演员吴茵等政策尚未落实的同志奔走。他深知文艺界要拨乱反正，必须公开举行追悼会。翰老亲自为应云卫、钱杏邨、洪深等老艺术家陆续开展纪念活动。自从得知田汉早已在狱中去世的消息后，翰老悲痛不已，撑起虚弱之躯，夜以继日为他写平反材料、追悼词，为其主持了一场追悼会，并组建中国田汉研究会，自己亲任会长。1979年11月11日，在第四届文代会上，翰老一一宣读了提前同茅盾、巴金商定的170位逝者名单，并提议为他们默哀，这也算是了了翰老一直以来的心结。

　　"几经生死几安危，赢得今朝半残身。曙光在前驱暗夜，绝把残身当新生。"翰老从左翼电影运动开始初入影坛，带着高度的革命热情直接领导中国电影界；到着手成立中国共产党自己的电影厂，不顾个人安危，重返处于水深火热的联华厂址，赓续联华左翼薪火；再到最后十五

阳翰笙的部分作品集版本

年激流勇进，重整全国文艺工作。翰老临别之时没有为家里人留下一句遗言，却一再叮嘱要重视老战友潘汉年的传记电视剧《潘汉年》的质量。翰老真正为中国革命文化事业奋斗终身，其一生所从事的文艺事业本身就是中国文学史、电影史的一部分，他的贡献永远镌刻在中国人民革命和中国文化事业的史册上。

"昆仑三老"
之"东老"

　　1928 年末，声望日隆的导演史东山因不愿与鸳鸯蝴蝶派和神怪武侠派为伍，"冀图联络一批前进的电影工作者，一同脱离这羁绊，重建一条新路，不幸他的愤懑和反抗力量终无法击破顽强的势力"。最后，史东山独自悄悄地离开了电影界，重回他自幼热爱的音乐领域。暂别影坛的史东山依然在黑暗中艰难地寻求真理。就在这时，因为一个业余自学小提琴的机会，他结识了一位德国琴友，并从琴友那儿得到了一本论述马克思主义的小册子。从此，他将这本小册子视若珍宝，一边刻苦研读其中的理论宝藏，一边反思自身的认知与思想。通过两年时间的学习，他不仅对资本主义社会的罪恶有了深刻的认识，更意识到电影对于现实社会的责任和作用。1930 年，找到奋斗方向的史东山带着强烈的正义感和饱满的爱国热情重返影坛，进入刚刚成立的联华影业公司，自此开启了他在徐家汇三角地的红色革命之路。

疮痍满目终觉醒，投身抗日救国潮

史东山

史东山（1902—1955），原名史匡韶，出生于浙江海宁硖石镇。东山，原是他老家附近一座小山的名字，后来，出外闯荡的史东山常常怀念这个儿时嬉耍玩闹的地方，故取之为名，以寄托乡愁。深受父亲的影响，史东山从小就勤习音乐和绘画，这让他与电影结下了不解之缘。当年，上海的电影院在放映外国无声片时，很喜欢请一支白俄乐队在银幕前，根据画面的内容和情绪配上演奏，由此招揽了很多观众。史东山就是其中之一，不过他进电影院不是看电影，而是为了能够偷学到白俄乐队拉小提琴的手法和弓法。就在这个偷师的过程中，史东山渐渐对银幕上扣人心弦的故事产生了兴趣，久而久之，竟也变成了一位忠实影迷。对电影的好奇和热爱让史东山毅然放弃了电报局的工作，转身进入故交但杜宇创办的上海影戏公司。因为有着扎实的绘画功底，初入电影圈的史东山先从美工师做起，进而凭借着独特的艺术气质在《古井重波记》《重返故乡》等影片中担任演员。1921年，史东山的父亲病逝，家庭生活的重担一下子落到他身上，他突然意识到不能再毫无羁绊地在那为艺术而艺术的宫殿漫游了，人活着要为社会做点事。于是，20岁的他在床边写下"人之一生，半为社会，半为自己"的座右铭，并试图以导演身份在自己的作品中探究一点社会和人生。1924年，他终于等到了一个机会。当时，上海影戏公司因亏损严重，决定征集优秀剧本，拍一部好片子以偿还债务，史东山正好编写了《柳絮》（即《杨花恨》）一剧，当即被公司选中。只是，当时青春年少的史东山涉世未深、视野尚浅，他影片中的"社会"还仅仅停留在感性都市的小资产阶级范围内。

1926年，史东山转入大中华百合公司任职，开始了他在徐家汇三角地的创作情缘。当时，国民革命军行将北伐，第一次国共合作开始，深受全国民众踊跃投身革命的影响，史东山编写了一个我民族男儿团结除暴、英勇抗敌的故事——《王氏四侠》，这四侠"一个是见义勇为的侠客，一个是雍容华贵的公子，一个是落魄江湖的老乞丐，一个是助纣为虐的卫队长，四人绝不相关，各有各的身份，然而慢慢地，他们的四把宝剑融在一起，干出了一番惊天动地的事业"。从这一点来看，《王氏四侠》虽然是一部古装影片，但它并不与现实隔离，与当时那些才子佳人式的爱情故事和追求刺激的神怪武侠片相比，已经是很大的进步了。只不过，由于当时的历史以及史东山个人思想的局限，他在片中只是揭示了现实生活的一些表象，而没有深入挖掘到中国革命的本质。后来，他找到了在上海从事电影活动的田汉，两人志同道合，很快成为知音。1929年，经由田汉介绍，他又结识了地下党夏衍、阳翰笙等人，在与进步人士的交流中，史东山的幼稚思想开始慢慢成熟。

1930年3月，史东山参加了由中国共产党领导的，鲁迅、夏衍、田汉等50多人发起的中国左翼作家联盟，结识了一批文化共产党人，从此走上了革命道路。1931年，当九一八事变的消息传到上海，正在联华公司工作的史东山义愤填膺，他在联华的一个会上激动地提出，"我们都要到东北投身义勇军，拿起枪杆来直接上战场和敌人拼命"。

史东山与蔡楚生、孙瑜、周克在拍摄《共赴国难》时的工作照

虽然最后未能实现上前线的愿望，但他的爱国热情却激励了所有的联华同仁。1932年，"一·二八"事变在淞沪爆发，史东山率先以电影为武器，并与蔡楚生动员全联华的演员，以最短的时间和极简的物质条件拍摄了中国影史上第一部以抗战为主题的故事片《共赴国难》。同年，他又编导了一部描写爱国青年参加反帝反封建斗争的影片《奋斗》。虽然前半部分还是一个关于三角恋的故事，但是最后在民族危亡之际，青年们毅

然抛却爱恨情仇，携手奔赴战场、奋起杀敌。这对鼓动青年起身从事抗战斗争无疑是具有重要意义的。

拍完《奋斗》后，史东山因为经济收入问题离开了联华公司，但这并没有阻碍他继续红色革命事业。1933年2月，中国电影文化协会成立，史东山被选为执行委员。同年3月，以夏衍为首的党的电影小组正式成立，史东山虽然不是党员，却起着党员起不到的作用。他经常不顾个人与家庭的安危，掩护夏衍、田汉、阳翰笙等地下党人在家里召开秘密会议，共同研究党的方针指示与同国民党反动派作斗争的对策。1935年，田汉被捕，冒着被国民党迫害的危险，史东山几次到南京监狱看望田汉，并邀请他在狱中写完了剧本《青年进行曲》。1937年，史东山拍摄完成了这部反侵略、反汉奸的国防电影。影片上映时，恰好是卢沟桥事变后的第三天，极大地鼓舞了全国人民的抗日热情。8月13日，淞沪会战爆发，史东山毅然告别妻儿，和若干同志由武汉前往重庆，在极艰苦的条件下，拿着电影武器投入抗日救国的战斗中去。

史东山在联华

1936年5月，史东山在抗日阵亡烈士墓前

战后重返徐家汇，针砭现实抒义愤

1945年8月，抗日战争胜利的消息传到重庆，史东山内心激动万分，他热切盼望能够尽快回到上海，并按党组织的计划收回联华的徐家汇厂址。但是当时从重庆回上海的人实在太多，轮船票千金难买，心里装着革命的史东山在好不容易弄到一张船票后，就不愿意再等了。于是，他

又一次离妻别子，急切地带着周恩来的指示与委托，只身于 1946 年初回到了上海。

不料，就在史东山到达上海前夕，国民党反动派已经抢先一步"接收"了这块摄影基地，并挂上了"中制"的招牌。不甘屈服的史东山当即决定与孟君谋、郑君里等人组成联华同人保产委员会，并以代表身份挺身而出，与国民党反动派多次交涉，要求发还联华原有产业。最后，迫于各方舆论压力，国民党终于在 1946 年 5 月将徐家汇摄影场物归原主。有了摄影场地的进步影人们，立即在这块联华旧址组织起联华影艺社，并着手筹建昆仑影业公司。与此同时，国民党政府为了完全控制中国电影制片业，加紧赶拍了《忠义之家》《天字第一号》等为国民党歌功颂德的故事片。眼看着这些歪曲历史事实、艺术上也粗制滥造的影片正在荼毒人民的灵魂，史东山的心冷到了极点，他激愤地批评道："这真是'商女不知亡国恨，隔江犹唱后庭花'，国家这样危险，到处是饥饿的人民，我们还是嘻嘻哈哈的，这行吗？"为了重振战后中国电影的精神，反击国民党当局在电影界的霸道横行，史东山在资金短缺、设备简陋的艰苦条件下，在 1946 年 9 月到 1947 年 2 月，短短五个月的时间里，完成了战后第一部进步电影《八千里路云和月》。

影片一经公映，立刻轰动了海内外，引起了广大观众的强烈反响，也获得影界同仁的高度评价。1947 年 3 月 6 日，影片在北平放映后，观众在报纸发表评论说："看了这部片子都会流下热泪！觉得八年的苦白吃了！血白流了！……八年热血头颅换来的不是高礼彬所说的'过着自由、民主、幸福的生活'，而是接收大员团聚欢庆'五子登科'和贪官污吏的金条与美钞。"田汉也在《新闻报》热情赞扬道："它十足替战后中国电影艺术奠下了一个基石，挣到了一个水准。"当时在新加坡从事新闻工作的夏衍更是遥寄贺信，他激动地表示："在抗战中走了八年险路，常情你们也应该休息一下了吧，可是在战后电影界的一片乌

《八千里路云和月》剧照　　　　　　　　《八千里路云和月》外景拍摄

烟瘴气之中，你们又稚气地背上了十字架了！……只许成功，不许失败，这是联华再创之昔的誓词，现在第一战的战果发表，你们是光辉地全胜了。"

　　《八千里路云和月》之所以受到如此广泛的重视，就是因为它近乎实录，再现了抗日战争的历史和胜利后的社会现实。影片一开始，"八一三"淞沪会战爆发，热血青年江玲玉毅然加入上海救亡演剧队，走上了保家卫国的战场。接下来，故事的发展便如纪录片似的，一幕幕重现了演剧队员们跨江浙、经赣鄂、转湘桂、入黔川，深入群众和军队进行抗日宣传的景况。如在苏州街头演唱评剧《放下你的鞭子》时，观众们信以为真的反应；徐州会战时，难民逃亡的一组画面极具新闻片意味；在湘桂撤退的一组蒙太奇镜头中，满载着大批难民的火车缓缓驶向未知的远方。而此时，在重庆投靠国民党高官的周家荣却大发国难财，过着花天酒地、逍遥快活的日子。两相对比，简直就是当年"前方吃紧，后方紧吃"画面的真实再现。在战后回乡的路上，导演又借报纸新闻标题《仓有霉粮，野有饿殍》《江西灾情 —— 惨！》等特写镜头说明当时饥贫交困的社会惨状。战后回到上海的周家荣大肆"劫收"胜利果实，偌大的花园洋房、华丽的客厅橱窗与高、江二人生活的狭窄阴暗的阁楼形成了强烈的视觉冲击。在江玲玉以记者身份揭露周家荣无耻行径的一场戏中，史东山用一个近景的长镜头，让江玲玉大声疾呼：

《八千里路云和月》苏州街头演唱《放下你的鞭子》一幕

"这个世界都像你们这样搞下去，还成世界？明敲暗诈，强夺霸占，人人都在切齿痛恨你们。"在当时，这段台词虽然没有直接表明其背后的始作俑者是国民党反动派，但最后江玲玉面向镜头的怒吼，其实也是对蒋介石、孔祥熙等四大家族倒行逆施、祸国殃民的行为的控诉。以上情节和人物，可以说就是当年现实生活素材的拼接，史东山突破1930 年代电影惯用的戏剧式叙述方法，以明快爽朗的纪实风格，为后人留下了"漫长抗战'惨胜'的真实写照和这胜利后黑暗依然浓稠沉重的现实的历史铭文"。

在谈到该片的创作初衷时，史东山曾说："把善与恶列出来对照一下，提醒提醒大家，我希望罪恶的人自知悔过，受到苦难的、同情苦难的和爱惜子孙的人都能够振作起来，纠正这社会的病态……我们必须争回我们人生应有的幸福。"《八千里路云和月》不仅是史东山艺术成就的高峰，还是其思想成熟的表现。在影片中，他先通过江玲玉之口向观众抛出一个问题："我们八年的苦白吃了吗？"以引起观众的注意和思考，而后又借助高礼彬的话，呼吁人们振作起来，只有去消灭造成这种种罪恶的根源，才能看到革命胜利的曙光，"中国大得很，你不能单看这一种角落，也不能单看这一种中国人。现在已经有了比从前更多的人懂得争取他自己应该得到的权利，这种腐败的、不合理的东西不会存在多久的"。可以说，这段话不仅为当时处于水深火热之现实的广大观众注入了一支强心剂，同时也说明了导演史东山对战后社会的理性思考和革命前途的坚定信念。正因为该片始终贯穿着这样一种思想，所以到今天我们依然可以看到它闪耀着的革命现实主义的动人光芒。

进步影片屡被禁，转探社会问题剧

在完成了引起巨大社会反响的《八千里路云和月》后，史东山对国民党政府"劫收"发财、卖国求荣的行为愈加愤慨，他很想再通过一部电影把这些接收大员的丑态暴露无遗。这时陈白尘编写的喜剧电影文学剧本《天官赐福》满足了他的心愿。这是一部讽刺喜剧，它辛辣、尖锐地刻画了从重庆回到上海的国民党接收大员"五子登科"（房子、车子、条子、票子、女子）的荒淫腐败行径。最初，剧本原名是《天外飞来》（指接收大员都是从重庆乘飞机来的），史东山觉得剧名不够隐晦和讽刺，最后为了通过审查，改名为《天官赐福》。但是改了名字还是没起什么作用。当时，史东山已完成了分镜头剧本的创作，剧组也已经开会成立，突然噩耗传来，国民党电影检查机构不通过这个剧本。检查机构认为，在人民群众对国民党的一片怒骂声中，再出现这样揭国民党短的影片，岂不是火上浇油？所以，不管昆仑公司怎么疏通都没用。最终，这样一个极具现实意义的影片被中途腰斩。但是，面对国民党"剪刀"的无理扼杀，史东山并没有屈服，1948年1月，他利用《大公报》召开电影座谈会之机，愤怒斥责了国民党反动派的电影检查制度，并在报上公开发表文章，抨击和揭露国民党反动派对他的迫害。与此同时，为了公司接下来正常运转的需要，史东山又以最快的速度创作出反映女性问题的电影《新闺怨》，经过编委会的讨论，

《新闺怨》剧照

《新闺怨》在中山公园外景拍摄

决定由它代替《天官赐福》，成为昆仑改组后的首部大制作影片。

可以说，《新闺怨》的出现是偶然的。当时，史东山并不是不想再拍摄批判黑暗现实的作品，但他也要考虑到公司生产经营上的问题。在介绍《新闺怨》产生的一篇文章中，史东山讲道："整个摄影场空着很久，等待我们工作。那时候，我不仅是慌忙的，且可能是过分谨慎的。匆促中，我只能随手拉起身边最熟悉的题材来赶写剧本。起先想把剧本主题思想的范围缩到最小，小至可以毫不涉及社会现实，以期顺利通过审查的关头，所以想写'性道德'的问题，但后来又觉得此种问题要表现得透彻，可能在教育上起'反效果'，恐有不妥，于是又改写'男女问题'，如一般所说的'恋爱、结婚、家庭'问题，而偏重在妇女方面，就成为今天大家认为是讨论'妇女问题'的《新闺怨》。"因此，《新闺怨》对女性生理、心理、性与婚姻问题的关注也让它成为昆仑公司一个独特的存在。它就像"一支在妇女现实生活中提炼出来的乐曲，幽怨，

愤昂"，通过描写一个知识女性在家庭与事业间两难兼顾的痛苦困境，让众多女性在影片中找到自己的影子和疮疤，并引发观众对于妇女解放问题的思考。

为了保证影片的质量，在前期准备到后期制作的每个环节，史东山几乎都事必躬亲。演员方面，考虑到男主角音乐家的身份，他决定启用刚刚从上海音乐专科学校毕业的新人卫禹平来出演，而女一号何绿音则继续由具有票房号召力的白杨担纲。因为女二号何紫来是全片中台词最多的角色，他再三斟酌后，选用了自己的老搭档，即舞台健将沈浩。沈浩向来以念词准确清脆为人所折服，可以说《新闺怨》中的这一角色非她莫属。置景方面，为了能够还原最后一幕"露天音乐会"的大场面，布景师韩尚义把兆丰公园（今中山公园）的一座音乐台原样不动地搬进了摄影场。到了大合唱部分，史东山又请来了上海音乐专科学校及国立音乐院校友合组的青木合唱团演唱，并配以上海的市府乐队演奏，其场面之大，非同一般。到了剪辑环节，史东山更是严格把关，他对剪辑师傅正义说："你不能把片子剪得这样紧，让人透不过气来……剪片子，一定要达到自己和观众一起看懂影片。"最终，功夫不负有心人，这部聚焦女性问题的"独特"影片《新闺怨》一经上映，便引起了社会各界的广泛讨论。

熊佛西称赞它是"一部'电影的艺术'，是一部完整净洁的电影艺术"。文化界人士蔚遐认为："这虽然是一部描写女人的影片，但它并非像一般其他影片写女人的美丽与多情，却是把一个女人的苦难提出来，那个女人的遭遇存在着一个需要寻求解答的社会问题。"胡风也在《新闺怨》的座谈会上肯定了史东山的问题意识，认为"他是先有'问题'，而后'找'人物表现'问题'"。妇女界的相关人士则认为，《新闺怨》虽然触及了妇

1948 年的史东山

女问题，但是并没有解决它，尤其是对女主角自杀结局的处理，不仅情节条件不充分，更让整个片子"充满着没落彷徨，没有表现出生命的价值，没有给人指出一条积极的路"。面对诚恳的批评，史东山在深刻反思后，对原作的结尾进行了修改，将何绿音的死改为了含蓄性的结尾。诚然，《新闺怨》存在一些缺点，但那就像导演本人所说的，"是属于编导技术上的疏漏，或是被环境压束而发育残缺，不是作者思想上的毛病"。在那时，或许也只有史东山能够以其敏锐的视角，率先触及当时妇女面临的家庭纠纷、生计困难等社会问题，并通过影像将这一问题具象化、典型化，以警示女性、呼吁社会制度的变革。所以，我们不能因为《新闺怨》在主题思想上的偏颇而否定编导者在创作上的革命意识和虔诚态度。史东山坚定的政治立场和批判精神，引起了国民党当局的高度关注。1948年下半年，他不幸被列入剿共搜捕的"黑名单"。为了避免反动派的疯狂迫害，在地下党组织的统一安排下，史东山暂退香港，由此结束了他在徐家汇三角地的创作情缘。1949年1月31日，北平解放后，史东山毅然谢绝了美国影片商邀他拍片的重金聘请，只身一人急赴北平，积极投身于筹建新中国电影的事业中。

从江南才子到文化战士，徐家汇三角地见证了史东山的思想成长。与此同时，史东山也通过电影在这块革命基地实践着为社会、为人民的终生理想。他的视角既可以宏大到整个抗日战争的历史，通过对现实的批判，道出人民群众想说的心里话，在文化战线上配合人民解放战争的胜利推进；也可以细腻到社会一角，以一个知识女性的彷徨苦闷，向不合理的社会制度发出质问：为什么这类悲剧，常常发生在此时此地？可以说，自20世纪20年代末初入革命三角地起，史东山就把个人命运和社会命运紧紧地连在了一起，在国家动荡的大背景下，他始终紧跟党的领导，冲锋在前，用自己伟大的艺术宣扬着民族的精神，记录着历史的前进。

"昆仑三老"

之"蔡老"

　　1995 年 12 月，在"纪念世界电影诞生 100 周年、中国电影诞生 90 周年"的大会上，蔡楚生获得国家广播电影电视部授予的"中国电影世纪奖·导演奖"。在这前后，国内外曾多次举办过蔡楚生逝世周年纪念会以及蔡楚生作品研讨会等各种形式的活动，以此来纪念这位电影界的一代宗师。1996 年，位于潮阳市的蔡楚生纪念铜像以及纪念碑和文光古塔更是被当地市委、市人民政府定为"爱国主义教育基地"。蔡楚生将其 62 年的短暂生命中的 40 年都献给了进步电影事业，而他在进入电影界之前的丰富经历也为他日后成为一位勇敢、坚强的革命电影艺术家奠定了基础。在左翼进步思想的影响下，蔡楚生的创作风格和内容发生了明显转变，从关注现实到自觉革命，他要求进步的心从未停止。20 世纪三四十年代的三部高票房影片《都会的早晨》《渔光曲》《一江春水向东流》均出自蔡楚生之手，而后两部更是创下当年的票房新高。这奠定了蔡楚生在中国电影导演中的独特地位。

左翼批评督转变，虚心求教促成长

1906 年 1 月 12 日，蔡楚生（1906 — 1968）出生于上海。6 岁时，他跟随父母回到家乡广东，跟着大人下田干活。蔡老从小便是一个追求上进的人。12 岁时，他被父亲送到一家杂货商店去当学徒，受到商店账房先生的言语刺激后，从此便发奋自学。在日复一日、年复一年的努力学习中，蔡老了解了不少国内外大事，他曾对五四爱国运动中爱国青年的游行留有深刻印象。帝国主义的侵略、民族危难等都深刻影响着蔡楚生少年时期的成长。19 岁时，在五卅爱国运动浪潮下，他积极组织了进业白话剧社来进行反帝爱国宣传。期间，他曾听过周恩来、彭湃等共产党人的演讲，并深受启发。蔡老的这些经历使他在之后的电影创作中格外关注作品的社会价值。1927 年，大革命失败，空气中弥漫着白色恐怖气氛，蔡楚生不得已前往上海，华剧影片公司的陈天导演收留了他。蔡老在厂里干拖地等杂活，并在拍戏时，帮助做场记、搭布景等。1929 年初，蔡楚生到天一影片公司的剧务部工作，并写了电影剧本《无敌英雄》；在秋天，他退出了天一。之后，蔡老又在民新影片公司制作的电影中饰演过配角，在汉伦影片公司做过临时工。同年，蔡老遇见了他的潮州同乡郑正秋。郑正秋是明星影片公司的编导。在郑少秋的介绍下，蔡老进入明星公司担当他的助手。从此，蔡老便开始了自己的电影编导工作。

蔡楚生进入明星公司后，先是在郑正秋的《战地小同胞》中担任副导演兼做道具、布景、化妆、服装等工作；之后，又担任郑正秋的《碎琴楼》《桃花湖》等影片的助理导演。在协助郑正秋拍摄了 6 部戏之后，蔡楚生在电影界已有了一定的知名度，加上当时又受到明星公司的排挤，而更向往风气清新的联华公司，于是在 1931 年夏秋之间，蔡老不顾尊师郑正秋的竭力挽留，经由著名导演史东山等人举荐，进入联华影业公司并被聘为正式编导。

联华影业公司规模较大，集中了当时如史东山、孙瑜、卜万苍、费穆等一批优秀导演，他们各自拥有自己的拍片风格。在联华公司的新环境下，蔡楚生开始独立编导第一部影片《南国之春》。影片讲述了一对青年男女的恋爱故事，流露出导演小资产阶级的消极情绪。随后，蔡楚生着手拍摄《粉红色的梦》。该片讲述了一个浪子回头与儿女情长的故事，仍不脱流行爱情片的俗套。因"一·二八"淞沪抗战爆发，蔡楚生中途暂停了《粉红色的梦》的拍摄，和摄影师周克等同仁赴前线、伤兵医院等地拍摄新闻片，之后他又与联华公司的史东山、孙瑜等几位导演合作拍摄了反映抗日战争的影片《共赴国难》，表现出了强烈的抗日爱国热情。参与创作《共赴国难》，预示着蔡老思想的转变。在《共赴国难》拍摄完成后，蔡老又继续完成了《粉红色的梦》。但他的《南国之春》和《粉红色的梦》受到聂耳等左翼影评人的强烈批评，聂耳曾以"黑天使"的笔名在一篇题为《下流》的文章中恳切地希望蔡老能尽快走上正确的道路，作品能够反映下层人民的生活。蔡楚生是一个要求进步的艺术家，他在痛苦之余，欣然接受了批评。经过多方打听，蔡老才知道"黑天使"原来是聂耳的笔名，因此他特地跑去找聂耳，并真诚地向聂耳袒露他对劳动人民并无偏见的内心想法。蔡老虚心向聂耳求教，两人在恳切交谈后，从此便建立了深厚的友谊。在之后的创作中，蔡楚生都会主动听取左翼电影工作者的意见，并受到他们很多鼓励和帮助。

进步思想助创作，现实主义获丰收

1933 年到 1937 年是蔡楚生的第二个创作时期，此时的蔡楚生，无论在思想上还是创作上都有较大转变。随着"九一八"事变和"一·二八"事变的爆发，民族危机日益严重，蔡楚生的爱国心被点燃了，他开始关注现实社会的风云变幻。与此同时，中国共产党在群众的强烈呼声中掀起的左翼电影运动，又使蔡楚生看到了希望。1933年2月，蔡楚生参加了中国电影文化协会，并和郑正秋、聂耳、史东山等人一起当选为执行委员。中国电影文化协会号召电影工作者组织起来，推动电影文化发展的宣言，使蔡楚生对未来充满信心。

参加左翼电影运动后，蔡楚生在进步电影人的批评和帮助下，思想上有了极大的转变和提升。他的视野变得宽阔，不再局限于小资产阶级的圈子，而是开始深切关注社会现实的黑暗，关心百姓生活的疾苦，并在进步思想的感召下，以极高的热情投入电影创作中。1933年3月，蔡楚生创作完成了代表他思想发生巨大转折的作品——《都会的早晨》。在这部影片里，蔡老以鲜明的阶级观点和立场抨击了以黄梦华、许惠龄为代表的资产阶级的卑劣丑恶，热情赞美和歌颂了以许奇龄和许兰儿为代表的劳动人民的优美品质和昂扬斗志。影片上映后，得到了评论界普遍的赞扬和广大观众的欢迎。它在上海连续上映18天，极为轰动。左翼电影评论家王尘无当时发表文章，既肯定了《都会的早晨》，又指出了其思想上的某些不足。尽管有不足，但它仍为左翼电影运动做出了巨大的贡献。《都会的早晨》以后，蔡楚生始终坚持进步，成为左翼电影运动中的重要一员。

面对国民党反动派制造的白色恐怖，蔡老不曾动摇，仍义无反顾地继续工作。1934年春，在司徒慧敏等人的协助下，蔡楚生成功使用"三友式"电影录音机（司徒逸民等三人试制）录制了王人美唱的《渔光曲》主题歌（由安娥作词、任光谱曲），从而实现了拍摄有声片的愿望。蔡老创作的影片《渔光曲》当时轰动了影坛内外。影片中，蔡老描写了一个贫苦渔民家庭破产、流浪及死亡的悲惨遭遇，表现出他对穷苦渔民命运的深刻同情。影片还真实地揭露了黑暗旧社会的压迫，以及渔业资本家的剥削和帝国主义的经济侵略等才是造成渔民生活苦难的原因，深切控诉了买办阶级与帝国主义之间相互勾结以压迫渔民的罪恶。《渔光曲》情节曲折，故事生动感人，加之曲调凄婉的主题歌《渔光曲》的多次出现，更增加了影片的悲凉气氛，使其具有打动人心的力量。1934 年 6 月 14 日，影片在上海金城大戏院首映，当时正面临上海 60 年未遇的酷暑天，但观众仍争先恐后地前去观看，影片连映了 84 天，创造了当时的票房纪录。而《渔光曲》主题歌也被灌制成唱片，畅销十多万张，这在中国电影史上是尚无先例的。《渔光曲》参加了 1935 年在莫斯科举办的国际电影节，当时有 21 个国家的近百部影片参展，中国的联华、艺华、明星、电通四家影片公司携 7 部故事影片参展。影展结束后，有 10 部影片获奖，《渔光曲》以第九名的成绩获荣誉奖，成为中国第一部在国际上获奖的电影作品。

　　1934 年冬末，蔡楚生将孙师毅写的《新女性》剧本压缩、提炼后改成分镜头剧本，准备拍摄电影，同时邀请聂耳为影片主题歌谱曲，并为全片配乐。1935 年初，《新女性》突击拍摄完成，并在上海金城大戏院首映。影片放映现场，在聂耳的指挥下，联华女子声乐团演唱了《新女性歌》，激昂有力的歌声表达了影片的主题。《新女性》根据当时的一位电影女演员艾霞的自杀事件改编，透过女主人公韦明的悲惨遭遇，揭露了旧社会压迫、凌辱知识女性的黑暗现实，同时通过李阿英的先进女工形象指出了妇女解放的正确道路。由于影片直击社会现实的黑暗，因此它在上映后，激起了社会恶势力的强烈不满。反动的上海新闻记者公会向联华公司提出所谓"抗议"；许多黄色小报的记者，在报刊上大肆发表造谣诽谤的文章，攻击《新女性》及其主创人员，并扬言要将蔡老等人"骂出上海"。联华公司老板为息事宁人，不得不登报道歉并剪除了片中有关内容。这从反面证明了影片击中了要害。在和各类反动派作斗争的过程中，蔡楚生都坚持进步，以不屈不挠的顽强意志和勇敢无畏的奋斗精神创作了一部部优秀的作品。

1936 年 8 月，他完成了影片《迷途的羔羊》，这是我国第一部将流浪儿童作为创作题材的影片。蔡楚生目睹了许多无家可归的流浪儿童过着非人的痛苦生活，而国民党政府却还大肆庆祝所谓的"儿童节"以粉饰太平，这使蔡老毅然决定拍摄一部反映我国流浪儿童现状的影片。通过描写小三子等人的遭遇，影片《迷途的羔羊》深刻反映了 20 世纪 30 年代流浪儿童家破人亡、被人任意侮辱歧视的悲惨命运。在创作《迷途的羔羊》的过程中，蔡老从现实生活出发，深入流浪儿童群体中去熟悉、了解他们的生活和心理，挖掘他们身上所具有的热情、勇敢等美好品质。流浪儿童的美好心灵和他们不幸遭遇的鲜明对比，更能引起人们对他们命运的同情，蔡老以此呼吁社会加强对流浪儿童问题的关注。

　　20 世纪 30 年代中期，国民党对左翼文艺运动进行"围剿"，在政治和经济上对各影片公司施压。在此环境下，联华公司的影片生产也直接受到影响。然而进步影人们在不利的条件下，以拍摄低成本短片的方式继续表达抗日爱国主题，揭露社会黑暗。当时，联华公司的八位导演决定共同创作一部由八个短片组成的集锦式影片《联华交响曲》。蔡老编导了其中的一个短片《小五义》。这是蔡老继《迷途的羔羊》之后，在反动派的重重阻挠下完成的一部表达抗日必胜信念的短片。1937 年上半年，蔡楚生又编导了影片《王老五》。在拍摄前，蔡老曾深入上海打浦桥一带的棚户区进行访问、搜集素材，为拍摄穷苦流浪汉生活做准备。在这部影片中，蔡老更是以无所畏惧的精神公开谴责出卖祖国与人民的汉奸。影片通过塑造心地善良、刚正不阿、爱国爱家的王老五形象，揭露了汉奸的罪恶，赞颂了王老五等小人物的高尚品格。《王老五》刚摄制完成，因七七和"八一三"事变，全面抗战爆发，影片被拖延到 1938 年 4 月才在沦为"孤岛"的上海与观众见面。在这之前，影片曾经过反动电影审查机构的审查，他们以中国没有汉奸为由，大量删掉了影片中汉奸的破坏活动、王老五的反抗和被害等场面，这便牺牲了电影最重要的部分，致使《王老五》成为残缺不全的作品，电影人物性格的完整性也被严重破坏和歪曲。在这一时期，他还创作出《两毛钱》《歌舞班》等电影剧本，它们皆从不同侧面反映了社会现实的黑暗。

危难深知百姓苦，革命电影创新高

1944 年，蔡老因逃难辗转到了重庆。在重庆，蔡楚生与周恩来等共产党人接触，学习了毛泽东《在延安文艺座谈会上的讲话》等有关文件，进一步了解中国共产党的政策及其领导下的解放区人民的新生活，这使他对革命文艺产生了更深刻的认识。同时，他看到，国民党的达官贵族们净想着升官发财，而置民族与国家的危亡于不顾；在抗战胜利后，又一边急于掠取胜利果实，一边发动内战，使人民的生活重又陷入艰难痛苦之中。这一切，都激起了蔡老内心极大的愤慨。于是，一部以抗战为背景，描写国民党腐败和人民苦难的巨片正悄悄在蔡老的脑海中酝酿形成。

抗战胜利后，周恩来指示应在上海建立一电影制作基地，让许多进步电影工作者有用武之地，以战胜一切反动的、落后庸俗的电影。为此，蔡楚生和史东山、阳翰笙等人多次讨论实施计划。1945 年冬末，蔡老与孟君谋等人乘船沿长江东下前往上海，到武汉时，受到国民党军队的阻挠而无法通行，于是史东山和蔡老改乘运输汽车，并于 1946 年初抵达上海。蔡楚生、史东山、阳翰笙等人在回到上海后，即刻团结广大进步电影工作者。1947 年，昆仑影业公司以史东山、蔡楚生和阳翰笙为核心，由任宗德、夏云瑚等筹资经营。史东山的《八千里路云和月》是昆仑出品的第一部影片，第二部便是蔡老的《一江春水向东流》。

1945 年至 1949 年是蔡老创作的第四个时期。这一时期，蔡楚生完成了影片《一江春水向东流》。蔡老在构思创作《一江春水向东流》的过程中，为使作品真实反映时代生活，曾多方搜集资料，并带病走访贫苦居民，向他们了解日据时期的生活状况。后来，考虑到自己的身体状况势必难以胜任现场的执导工作，因此蔡老决定邀请郑君里合作。两人克服了战后物资紧张、资金匮乏的困难，共同完成了此影片。影片在展现一个坎坷动人的家庭悲剧的基础上，采用三条线索交织和对比的方式，高度概括和真实再现了抗战时期和胜利前后中国社会生活的广阔图景。影片的现实意义无疑是重大的，尤其是在描写素芬及其公婆、孩子的痛苦遭遇时，有着强烈的控诉意味和感人至深的艺术力量，它生动反映了抗战时期在日军蹂躏下的沦陷区人民的艰难困苦，以及抗战胜利后国统区人民在国民党的经济掠夺下更加贫困的境况。在《天字第一号》等低劣制作的反动影片席卷中国影坛、制造乌烟瘴气以迷惑广大观众的环境下，《一江春水向东流》以其革命现实主义的手法和严肃认真的艺术风格脱颖而出，它聚焦一个家庭的内部变化来表现整个社会的沧桑巨变，使刚刚经历过战争动乱的观众看到了真实的社会面貌，同时使他们充满前进的希望。《一江春水向东流》一经上映，便创造了万人空巷的局面，从 1947 年 10 月到次年 1 月，影片连续放映三个多月，观众近达 71 万人次，是继《渔光曲》之后再次创造最高卖座纪录的国产影片。而电影获得广大观众喜爱的原因，除了它从现实出发，表达了观众积压心中多年的愤恨等情绪外，还在于影片故事曲折动人、层次分明、脉络清楚的艺术特色，演员的精彩演绎以及富有表现力的细节刻画，这些都给人留下深刻的印象。当时，上海报刊以及夏衍、瞿白音等七位著名评论家均盛赞影片的价值，认为它发挥了国产电影"指路标"的作用。

"一·二八"淞沪抗战前后，由于受到左翼文化思想的影响和爱国主义热情的感召，蔡老的创作风格开始转变，到解放战争结束，蔡楚生始终都在党的无产阶级文化思想的引领下坚持进步，即使在白色恐怖无比严重的1934 年，也从未动摇。从《都会的早晨》到《一江春水向东流》，他的每一部作品都深刻反映现实生活，表达了对劳动人民的深厚感情，无论是思想性还是艺术性，他的作品都跻身于当时最优秀影片的行列。蔡老在联华和昆仑两个阶段的创作中，为公司赢得了最好的成绩，从《都会的早晨》上映 18 天，到《渔光曲》连映 84 天，再到《一江春水向东流》连续放映三个多月，他的每部作品均在当时产生巨大轰动，并不断刷新国产影片的票房纪录。这些作品都诞生在徐家汇三角地，这是蔡老的骄傲，也是联华和昆仑的荣誉。蔡老对中国电影事业的贡献无疑是巨大的，尤其是他的电影中细节的真实与细腻，在今天依然值得许多创作者去借鉴与学习，正如邓颖超在为蔡老的题词中所写的："蔡楚生先生是中国进步电影的先驱者！"

一片红韵

傅亮

曾记否，多少个壮丽的深夜
我们像生命之树坚挺屹立
站在音符里，站在歌唱里
站出一片朝阳如血

一脉相承的历史，延绵岁月精彩交响
一江春水的浓情，贯穿血脉热忱流淌
一片红韵，撩动了春风
像一颗刺破天际的心顽强跳动
真理烧化了铁窗的禁锢
灯影里的星火那么美丽地闪动
就像在最早睁眼的苍穹下
一面鲜艳的号旗

一排排，我们走过去了
留下有声的风中铿铿锵锵的抒情
一代代，我们攀上去了
成就遐想期待中闪闪亮亮的结晶……

悠悠舞动，与时代息息相随
我们，有野火的气质，春桃的妩媚
楚楚屹立，与未来遥遥相对
我们，有义士的气度，奇侠的聪慧
日落连着月明，留声托起共鸣
隔世的墨香，就此散发无垠清新
赤霞相闻丹青，光影投射初心
交汇的洪流，已然充满你我胸襟！

我们并不惧怕惊雷
当惊雷总是以悲壮的暴雨
袭扰这片曾经荒芜的土地
新空气，多么纯粹，多么动听
在腥风肆虐的时日
丰厚根植的土壤
我们，一片红韵
开始传递终究到来的欣喜！
我们热爱热爱，我们崇敬崇敬
我们燃烧燃烧，我们壮行壮行！

我们，在历史的芳草地点亮一盏灯
映照背影源远流长
我们，在潮头的策源地飘散一阵香

弥漫心间万千衷肠
哦，掷地的激昂，飞天的奔放
执子之手，我心徜徉
执子之手，焕发荣光！

这一刻，金黄落叶铺就造梦秀场
这一刻，万顷波涛敞开东方大港
一座海纳百川的城市，慧眼闪动着灵光
一方开明睿智的热土，笑颜绽放着浩荡
八面来风，层层聚集万国坤舆的畅想
南呼北应，滔滔汹涌豪情智慧的碰撞
动人史诗新华章，开启时代始发港
舞动众志共筑梦，砥砺奋进再激扬
今夜的徐汇，你有开怀畅饮的亮堂
今夜的上海，你是整装齐发的疆场

不能再等待了
敏锐的目光，激越的梦想
正在深切地注视，并且放声歌唱
注视那穿越时空的又一次起航
歌唱那突破历史的新一轮开创
伟大梦想的启航地，正把精彩纷呈的思维
酿成"一带一路"的玉液琼浆
我们把自己的雄才，放大在你宽厚的身上
我们把自己的胆略，扩张在你坦荡的胸膛

我们走在大路上
基因源赵巷，传承在学堂

我们走在大路上

购物看琳琅，文化更兴旺

我们走在大路上

通衢展活力，枢纽更繁忙

我们走在大路上

开放连五洲，交融更海量

我们走在大路上

融汇着风情，共创着时尚

我们走在大路上

书写着未来，把握着时光

一片红韵，用心中的兰蕙把爱意传递

生生不息，用最新的智慧把未来举起

我们，有大山的气度，世纪的聪慧

我们，有星空的气质，时尚的妩媚

坚实的地基，正和南来北往接轨

最美的厅堂，正把各方精英荟萃

这是豪情与理性的联袂

这是光荣与梦想的丰碑

快来共赏，快来心醉！

快来共赏，快来心醉！

扫码听诗

编后记

　　徐家汇地区是海上一方热土。自晚明徐氏后人将徐光启陵墓移葬到徐家汇土山湾西北处，因地处肇嘉浜、蒲汇塘和李漎泾"三水汇合"处，这片区域被称为"徐家汇"之后，直至近代，这里聚集了马相伯、蔡元培、张元济、徐家汇藏书楼、徐家汇观象台、徐家汇博物院、土山湾孤儿工艺院、震旦学院、徐汇公学、联华影业公司、昆仑影业公司、百代唱片公司等一大批对中国近代的历史进程产生很大影响的著名人物和重要机构。徐家汇也因此成为海派文化的发源地之一，成为近代中西文化互通交流的中心之一。

　　1847 年，南格禄神父将法国耶稣会传教基地从青浦横塘迁移到徐家汇。作为耶稣会总部的徐家汇，流行的是以法国文化为代表的西方文化，这里被称为上海的"拉丁区"，是近代上海最有文化气息的社区；而毗邻徐家汇、创办于 1897 年的南洋公学，奉行"中学为体，西学为用"的政策，和耶稣会所办众多院校形成了良性的互济互促关系。同时，20 世纪 20 年代起，中国民族工业进入高速发展期，不少民族资本伴随着外来资本一起在肇嘉浜一带开厂创业，近代工业得以在徐家汇地区迅速兴起，如五洲固本皂药厂、大中华橡胶厂、百代公司、可的牛奶公司、美亚织绸厂、永新雨衣厂等。徐家汇地区就此有了中国第一代产业工人，其中包括转型过来的当地农民。

无可讳言，长期以来我们谈徐家汇文化，更多的还是谈耶稣会所属各机构，其中既有研究视野偏颇之嫌，更有文献史料缺位的原因。出版《海派之源·红色基因》这本书，就是为了弥补这个缺陷！召集众多学者，大家集思广益，群策群力，主要就是为了以充分扎实的史料为基础，阐述并揭示：除了西方宗教文化以外，徐家汇地区还有着悠久的红色基因，有着传承有序的爱国主义传统，红色文化积淀同样深厚丰富！

2001 年，时任上海市市长韩正同志在为《梧桐树后的老房子》一书作序时指出，"徐汇区历史上文人众多，文化兴盛。中西文化的交流，文化科技设施的发达，形成了徐汇区独特的人文特色。徐汇区保留下来的花园住宅、公寓、新式里弄和教堂等建筑，名列全市之最。这些历史建筑不仅为城市所有，也是全世界人民共有的宝贵财富"（上海画报出版社 2001 年 10 月版）。悠久的人文特色和历史文脉是徐汇区的荣光。这些不平凡的人和物，经历岁月的磨洗，仍旧传承，依然矗立，他们就是珍贵的悠久文脉，是一个国家、一个民族、一个地区最应该珍惜的精神和物质财富。我们站在 21 世纪的今天，重新打量徐家汇的过往，就是要正视它特别丰富的多元层面，思想上重视，精神上敬畏，并付之以踏踏实实的工作，钩沉史实，广泛传播。在中国共产党成立 100 周年之际，在徐家汇街道全力支持下，把海派之源值得发现、发掘、发扬的红色基因，集合成一本展现民族理想、焕发城市精神的新书，就是我们献给徐家汇的一份诚挚礼物。

张 伟

2021 年 1 月 28 日

编者致谢

　　进入全新的开局之年，上海市委明确提出：上海要增强文化自信，把城市精神品格作为文化建设源动力，不断激发文化创造力，让文化更好为城市发展添彩增能。徐家汇源作为国家 4A 景区和展现"海派之源"深厚底蕴、彰显城市软实力的都市地标，其中红色文化资源发掘与发扬、红色基因传播与传承，正日益得到重视与大力推进。为积极贯彻落实党的二十大精神，弘扬共产党人不忘初心、砥砺奋进的伟大精神，徐家汇源景区积极组织各方专家，精心策划、深入挖掘、严谨编选，历时两年余，终于不负使命，完成了这一本有血有肉、有理有据、有声有色的文化读物，第一次全面呈现了徐家汇作为上海红色文化承载地的一段不可或缺的生动篇章，也为徐家汇源景区的红色景点和板块，增添了展现中国共产党人砥砺奋进时代风采的独特历史魅力。

徐家汇街道在这一本"海派之源"系列丛书中的"重头戏"编写和出版过程中，给予了大力支持与指导，并提供了众多徐家汇地区珍贵的文献资料和历史线索。谨此表示由衷的感谢！

在本书即将问世之际，编委会主任张伟先生病逝。在此，谨表达深深悼念！并向为主持本书编委会编辑工作付出辛勤努力的张伟先生，致以真诚感谢和深切敬意！

编者

2022 年 12 月

内容提要

本书以徐家汇地区红色文化历史轨迹为线索，对诞生在徐家汇地区的红色文化基因进行梳理，挖掘鲜为人知的共产党员先进事迹和历史史料，集中描写与重大事件、重要人物相关的红色文化故事和动人史实。是第一本比较完整反映徐家汇地区红色文化历史的书籍，也是"四史"教育的生动教材。

图书在版编目（CIP）数据

海派之源·红色基因 / 徐家汇源景区主编. -- 上海 ：
上海交通大学出版社, 2023.1
ISBN 978-7-313-27947-7

Ⅰ. ①海… Ⅱ. ①徐… Ⅲ. ①革命故事-作品集-中国-当代 Ⅳ. ①I247.181

中国版本图书馆CIP数据核字（2022）第217219号

海派之源·红色基因
HAIPAI ZHI YUAN·HONGSE JIYING

主　　编：徐家汇源景区
出版发行：上海交通大学出版社　　　　　　　地　　址：上海市番禺路951号
邮政编码：200030　　　　　　　　　　　　　电　　话：021-64071208
印　　制：上海盛通时代印刷有限公司　　　　经　　销：全国新华书店
开　　本：710mm×1000 mm　1/16　　　　　印　　张：26.5
字　　数：346千字
版　　次：2023年1月第1版　　　　　　　　　印　　次：2023年1月第1次印刷
书　　号：ISBN 978-7-313-27947-7
定　　价：128.00元